제20회 전태일문학상 수상작품집

포이동 이야기 (외)

제20회 전태일문학상 수상작품집
포이동 이야기 (외)

2012년 11월 16일 초판 1쇄 인쇄
2012년 11월 19일 초판 1쇄 발행

지은이 이혜정 외
펴낸이 윤철호
펴낸곳 (주)사회평론

편 집 김천희 · 김태균
마케팅 박현이

등록번호 제10 - 876호(1993년 10월 6일)
전 화 326 - 1182(영업) 326 - 1185(편집)
팩 스 326 - 1626
주 소 서울시 마포구 성산동 114 - 10
이메일 editor@sapyoung.com
홈페이지 http://www.sapyoung.com

포이동 이야기 (외)

이혜정 외 지음

사회평론

나는 돌아가야 한다

이 결단을 두고 얼마나 오랜 시간을 망설이고 괴로워했던가

지금 이 시각 완전에 가까운 결단을 내렸다

나는 돌아가야 한다

꼭 돌아가야 한다

불쌍한 내 형제의 곁으로

내 마음의 고향으로

내 이상의 전부인 평화시장의 어린 동심 곁으로

생을 두고 맹세한 내가

그 많은 시간과 공상 속에서

내가 돌보지 않으면 아니 될 나약한 생명체들

나를 버리고 나를 죽이고 가마

조금만 참고 견디어라

너희들의 곁을 떠나지 않기 위하여 나약한 나를 다 바치마

너희들은 내 마음의 고향이로다

1970. 8. 9 **전태일**

스무 권, 전태일문학상은 기록의 연대이다

　제20회 전태일문학상 수상 작품집을 내놓는다. 그동안 우리는 스무 번의 시상식을 열었고, 약 스무 권의 책을 전태일의 이름으로 세상의 서재에 꽂아두었다. 수상 작품집이 출판계의 환영을 받을 때도 있었고 출판사를 찾지 못해 곤란을 겪은 일도 있었다. 그럴 때마다 이 상을 소중히 여기는 이들이 모여 명맥을 잇게 하고 더 나은 책으로 만들었다.

　1988년 문학상이 제정되었으니 햇수로 24년째다. 전태일문학상은 한 노동자의 삶과 정신을 기려 만든, 그의 이름을 내건 세계적으로 희귀한 문학상이다. 이러한 문학상을 사반세기 지속해 왔다는 것은 돌이켜보면 놀라운 일이다. 전태일문학상은 20회의 진행 과정을 거치며 운영과 심사에 있어 공정성 있는 상으로 알려지고 자리 잡게 되었다.

　20회에 이르기까지 많은 작가들이 전태일문학상을 통해 배출되었다. 상금 등 문학상의 규모로 볼 때 의외라는 생각이 들 만큼 많은 수상자들이 시인으로, 에세이스트로, 소설가로, 평론가로, 르포작가로, 동시작가로, 동화작가로 여러 분야에서 활발한 집필 활동을 통해 전태일의 정신을 작품에 담아 세상에 전송하고 있다.

전태일문학상은 전국에 산재한 200여 개 문학상들의 경계가 희미해지는 동안에도 전태일로부터 비롯된 상의 성격과 방향을 잃지 않기 위해 부단히 애써왔고 이를 지켰다.

오늘에 이르기까지 많은 이들이 대가 없는 자발적인 발품을 보태었다. 전태일재단의 일꾼들과 전태일문학상 운영위원, 심사위원, 수상자들, 삶의 현장에서 작품을 보내온 응모자들이 지난 20회 문학상 역사를 만든 주체들이다. 그리고 꾸준히 수상작품집을 출간하고 있는 사회평론사와 문학상 홍보를 맡아준 프레시안, 레디앙, 참세상, 매일노동뉴스 등 진보언론들의 역할도 큰 힘이 되었다. 전태일의 친구가 되어 함께해준 이들 모두에게 감사드린다.

지난해 전주에서 한 희곡작가를 만난 적이 있다. 그는 해마다 전태일문학상에 시를 응모하고 있다고 고백했다. 나는 그가 문학상 마감일이 다가올 때마다 자신의 전공인 희곡을 제쳐두고 시를 쓴다는 사실이 의아했다.

그의 설명인즉, 매해 작품을 응모하는 것은 전태일에 빚을 갚는 자신의 방식이라는 것이다. 그는 매년 마감일에 맞춰 전태일 정신을 가슴에 아로새기며 시인이 되는 것이다. 이러한 응모자가 있는 문학상이 또 어디에 있겠는가? 전태일문학상의 힘은 바로 이런 보이지 않는 많은 이들의 응원과 지지일지도 모른다.

20회를 맞이한 올해는 6월항쟁 25주년이 되는 해다. 항쟁을 거치며 눈을 뜬 노동자들은 그해 7월에서 9월에 이르기까지 노동자 대투쟁을 전개했고, 이듬해인 1988년 전태일문학상이 태동했다. 이러한 배경에서 출발한 문학상은 지나온 시간만큼 다양한 변화를 겪었다. 응모작들의 소재는 다양해지고 내용은 확장되었다. '지금, 여기'에서 벌어지는 인간의 삶과 갈등을 놓치지 않으려는 응모자들의 분투에 따른 결과는 20권의 수상 작품집에 담겨 있다.

올해는 10월 유신이 선포된 지 40주년이 되는 해다. 또한 다음 5년을 이끌어갈 지도자를 뽑는 대선이 치르는 해이다. 공교롭게도 대선 후보 중 한 명은 유신 헌법을 만든 대통령의 딸이다. 70년대는 전태일과 박정희의 시대로 일컬어지고 있다. 한 사람은 가장 낮은 곳에서 인간 해방을 꿈꾸며 자신의 몸을 불살랐고, 한 사람은 가장 높은 지위에서 독재를 일삼고 종신 대통령을 꿈꾸다 총탄에 사라졌다.

40년이 흘렀지만 유신의 잔재는 새로운 탈을 쓰고 부활하고 있다. 그 시작은 5·16 쿠데타와 유신의 정당화이다. 유신을 선포한 박정희의 딸은 내용 없는 통합 행보를 이어가고 있다.

40년이 흘렀지만 이 땅의 노동자들은 또 한 번의 겨울을 맞이하고 있다. 시린 바람 부는 시청 앞 거리에 천막을 친 재능교육 노동자들은 지금도 싸움을 멈추지 않고 있다. 23명의 동료를 다른 세상으로 떠나보낸 쌍용자동차 노동자들은 대한문 앞 분향소를 지키고 있다. 그리고 울산에서는 정규직화를 요구하며 현대자동차 노동자 두 명이 송전탑 철탑에 올라 고공농성을 벌이고 있다.

이 땅 곳곳에 있는 전태일들의 부름에 응답하는 것은 우리들의 몫이다. 우리는 글로써 기록해야 한다. 기록은 연대이다.

이번 제20회 전태일문학상엔 총 204명이 789편의 작품을 응모하였다. 시는 정우영, 맹문재 시인이 심사를 맡았고, 소설은 김하경, 안재성 소설가가 맡아 수고해 주었다. 전태일문학상의 특징적 장르인 생활글 기록문(르포르타주) 부문은 박영희, 서정홍 작가가 심사를 맡아주었다. 이들과 예심 심사위원들에게 감사드린다.

아울러 이 책엔 전태일청소년문학상 작품도 함께 실려 있다. 예년에 비해 빼어난 작품을 선정했다는 데에 심사위원들의 이견이 없었다. 제7회 청소년문학상엔 212명이 449편의 작품을 응모했다. 해를 더할수록 청소년문학상 응모자 수가 늘고 있다는 것은 고무적인 일이다.

이소선 어머니께서 세상을 떠난 지 한 해가 지났다. 어머니께선 매해 시상식마다 불편한 몸을 이끌고 참석해 수상자들을 일일이 안아주고 격려하시곤 했다. 이제 수상자들을 안아주는 일은 우리들의 몫으로 남았다. 모든 수상자들께 축하를 드리며 응모해준 모든 분들에게 감사의 인사를 올린다.

전태일문학상 운영위원 일동

(안재성, 맹문재, 유현아, 송기역, 옥노욱, 정영현)

시 부문 당선작

오버로크 외

이태정

73년 서울출생

2010 동서커피문학상 맥심상

2011 방송대문학상 가작당선

2012 〈유심〉 신인상 당선(시조)

유심동인

풀밭동인

현 방송대 재학중

오버로크

중학교를 졸업하고 양장학원에 등록했다
학원 이름은 노라노
노라노, 노라노 발음하면
놀아 너, 놀아 너로 들렸다
놀고 싶은 청춘은 무럭무럭 자라 사춘기를 맞았고
그것을 누른 것은 노루발이었다

꽃무늬 원단에 그려진
하얀 초크선을 따라가다 보면
나비 한 마리가 날아와 앉았고
그런 날엔 내 마음도 꽃밭에 자리를 잡았다
나비와 함께 꽃길을 걷다 잠시 한 눈을 팔면
봉재선을 따라 손가락도 박음질 되었다
그렇게 우리들의 오후는 자주 피를 흘렸다
재단사의 가위질보다 정확하게 잘려 나간 하루
작업장에 폴폴 날리는 먼지를 꽃향기 대신 맡으며
먼지보다 가벼운 수다를 커피 한 잔에 타 마셨다

런닝구 한 장 입고 라디오에 귀를 열어놓으면
낭만적 우울이 속성으로 치유되던 시절에도
치유되지 않은 상처는 있었다
상처를 보듬으며 과부하 상태로 버티던 유일한 무기는
무쇠 같은 몸뚱이뿐이었다
수천 벌 치맛단과 바짓단을 뒤집으며

오버로크 박을 땐 힘이 솟았다
가느다란 실오라기들이 횡대로 드러누웠다
도로 위에 드러누운 시위대의 인간띠처럼
가늘게, 그러나 촘촘히 박혔다

닭발

발톱이 다 잘려나간 발
발가락뼈까지 발라진 흐물흐물한 살덩어리에
페티큐어 칠하듯이 덧발라지는 빨간 양념
비로소 발이 발로써 우뚝 서는 순간이다

철판 위에 서 있는 발은 온갖 수난을 견디며 뛰고 있다
왼발 오른발 오른발 왼발
쉬지 않고 뒤척이며 땀 흘리고 있다
죽어서도 쉬지 않는 저 발놀림 한 접시가
살아서 발길 쉬어가야만 하는 우리들의 저녁이 되는 시간
양손에 비닐장갑을 끼고 발을 떠받들고 있다
밑바닥을 지탱하던 발은
마지막 존재감을 발자국처럼 찍으며
내 입천장에 불을 지핀다

순간
내 두 발도
파다닥 호들갑을 떨고 있다

잃어버린 본성

본성이 바뀌고 있다
아프리카의 기린들은 더 이상
초식의 운명을 받아들이지 않는다

체면을 버린 기린들은 이제 목에 힘을 주지 않는다
산성비를 맞은 나뭇잎은
칼슘이 부족하여 골다공증을 일으키고
껍질만 앙상한 열매에는 알맹이들이 없다
높은 곳을 바라보던 기린들은
이제 관심을 땅 아래로 돌린다

숨이 끊어지기 전까지
체면만 차리다가 죽었을지도 모를
어느 동료의 갈비뼈를 핥다가
긴 모가지를 바닥에 내려놓고 뜯는다
방금 버린 체면이 얼마나 다행스런 일인가
이렇게 뱃속이 든든할 수 없다
하지만 그들의 뱃속은
여전히 불안으로 가득했다

체면을 버리고 다행스러운 적 내게도 있다
구순 넘은 어머니를
서로 모시지 않겠다고 변명하는 대책회의
소화되지 않는 말들을 삼키며 종일 뒤척거리다

'막내잖아요' 한마디를 뱉고 나서야 내려가던 채증
그렇게 후련한 적 없었다
하지만 나의 머릿속은 자꾸 불안으로 가득했다

나는 오늘도
이 도시에 어울리는 새로운 본성을 익히느라
여전히 소화되지 않는 것들을 삼켜가며 불안해하면서도
나의 본성을 조금씩 잃어가고 있다

늙은 독수리

돼지우리 안에 터를 잡은 독수리
그때 놈은 작정했을 것이다
배고픈 왕보다는 배부른 잡새가 되겠다고,

새끼 돼지들을 괴롭히는 까마귀를 쫓아낸
그 삯으로 배를 채울 수 있다면
무딘 발톱과 침침한 눈으로 사냥을 하지 않아도 되리라
예리한 부리도
농장주가 쑤어놓은 여물죽에 처박았고
제왕이라는 이름도 여물통에 내려놓았다

까마귀가 날지 않을 땐 날개를 접고 꾸벅꾸벅 조는 독수리
매서운 눈의 위엄이 사라졌다
잠깐의 허기만 채우다 하늘을 박차고 올라
절벽에 둥지를 틀겠다는 꿈도 버리고 멋진 활공도
고향에 가려던 하늘길도 접었다

지천에 살아 있는 새끼 돼지들이 놈을 먹여 살린다
어슬렁거리는 걸음걸이가 오리 새끼를 닮았다
날카로운 부리는 닭의 부리가 되었다

서른이 넘도록 이력서를 쓰지 못하고
나는 어머니 등골만 빼먹었다
쪼아대는 만큼 내 여물통에 떨어지는 여물들

그마저 입에 맞지 않는 날엔 술병에 코를 박고 잠이 들었다
꿈도 미래도 사라진 캄캄한 날들
그러다 깨어나면 말없이 먼 하늘만 바라보았다

한번도 지배당한 적 없는 기억을 지워가며
쉽게 배를 불린 놈은
오늘도 우리 밖을 날지 못하고
뭉뚝한 발톱을 흙먼지 속에 감추고 있다

스놉효과*

나는 프랑스 콩테에서 태어났어요
열네 살에 파리에 상경해 상자공장 견습공으로 일하다
여왕의 짐 싸는 일을 거들면서 귀족들을 만나게 되었지요
그때부터 내 인생은 9회 말 투아웃 역전 홈런을 날려댔지요
지금은 럭셔리한 나의 이상형을 찾고 있어요

나한테만 필이 꽂혀 충성하는 사람이면 좋겠어요
나를 만나기 위해 한두 시간 쯤은
묻지도 말고 기다려줄 수 있으면 좋겠어요
기다리는 동안, 우아한 표정을 지을 수 있으면 더 좋겠어요
그럼 전 럭셔리하게 앉아서 기다릴게요

나는 가벼운 상처를 입어도 동네 병원 따윈 가지 않아요
주치의가 있는 일등급 병원으로 가야 해요
그리고 일주일 정도는 충분히 휴식하고 돌아와야 해요
그래도 괜찮다면 한번 생각해 볼게요
콧대를 조금만 낮추면 안 되겠냐구요
어서 다른 분 찾아보세요
내 온몸에 새겨진 루이뷔통 문신 안 보이나요
자, 다음 분은
싸구려 생각은 비닐 가방에 잘 구겨 넣고 들어오세요

---

* 다른 사람과는 다르게 차이를 두고 싶은 속물처럼 타인과의 차별화를 위해 소비
   하려는 현상.

십대의 꿈

태풍에 오토바이가 떠밀려도
바람이 눈 앞을 가려도
시속 100km를 목숨같이 유지해야 해요
그러다 넘어지면
무릎이 도우*처럼 부풀어 오르고
토마토소스 같은 붉은 피가 흐르다
울긋불긋 토핑 같은 딱지가 앉으면
예열된 마음이 200°로 타고 있지요
그래도 밀가루를 털 듯
툭툭 털고 일어나야만 해요
아직은 십대라 며칠 만 절룩거리면
치즈처럼 뼈마디가 늘어나 쫀득해질 테니까요
잠시 정신을 잃었을 뿐
다행히 번지수를 새까맣게 태워먹지 않았어요

방금 주문한 피자가 아직 도착하지 않았어요
피자집에 전화를 걸어요
"지금 출발했어요." 녹음기 맨트가 흘러 나와요
수화기를 내려놓자 벨이 울려요
귀신같이 피자가 내 앞에 나타났어요

십대의 하루가 여덟 조각으로 뜨거워요
한 조각을 아작아작 씹고 있어요
십대의 꿈이

조각조각 식어가고 있어요

* 피자 한 판을 만들 수 있는 숙성된 밀가루 덩이.

향기의 힘

친구들과 몰래 간 극장 앞에서
어머니가 암표 장사하던 모습을 보았다
나와 눈이 마주친 어머니는
암표 뭉치를 서둘러 감추시고 줄행랑을 치셨다
그날 밤 어머니는 장을 보지 못하셨고
우리는 짓무른 복숭아를 깎아 저녁을 대신했다
오래 물고 있을수록 더해지는 수분으로
허기를 달래던 그 과즙의 향기

퇴근길 신설동 사거리 좌판에서 그 향기를 맡았다
종일 손님들 손에 오르내리다
짓무른 것들만 깎아 드시며
저녁값 굳어 좋다고 너스레를 떠는 입가에 번지는 향기
그 향기로 자식들을 키운 것이다

아득한 향기를 받아먹던 혀끝을 다지며
밥 한 숟가락을 입안에 오랫동안 곱씹는다
잘게 부서지는 밥알 사이로 내 습한 침 향기가 배어 있다
목숨 같은 새끼의 입안으로 밀어 넣는다
한 마리 제비가 내 앞에서
입을 벌리고 있다

런던올림픽 소식을 TV에서 듣고 있는 아침

아나운서의 떨리는 목소리 "금메달입니다." 하는 순간 전화벨이 울렸습니다.

전태일문학상에 당선되었다는 낭보였습니다. 기쁘고 흥분 되었습니다.

나의 시로 조금은 세상을 향해 목소리를 낼 수 있는 기회를 주신 것에 참으로 감사했습니다. 처음 읽었던 시집이 박노해의 『노동의 새벽』이었습니다.

한 줄 한 줄 읽을 때마다 주먹을 움켜쥐던 때가 있었습니다. 그때부터 뭔지 모르는 정의에 관하여 관심을 가졌습니다. 전교조운동이 불법이던 시절 학생 신분에 전교조운동을 돕다 학교에서 정학 당할 위기에 처한 적이 있었습니다. 어린 나이에 권력자로부터 부당하게 억압 받고 있다고 생각했던 첫 번째 시련 이었습니다. 아직도 이 땅에 가진 게 없어서, 배우지 못해서, 소수라서, 약자라서, 이러한 것들이 우리들의 삶을 방해하고 있다고 느낄 때 절망 앞에 무릎 꿇을 때가 있습니다. 절망 앞에 무릎 꿇은 자들에게 짚고 일어서는 지팡이 같은 시인이 되겠습니다. 결핍 속에서도 풍요를 꿈꾸며 희망의 씨앗을 놓치지 않는 글을 쓰겠습니다. 부족한 작품을 당선작에 세워주신 맹문재 선생님, 정우영 선생님, 두 분의 심사위원님께 다시 한번 감사드리며 유심동인, 풀밭동인, 스승인 홍성란 시인, 언제나 내 편이 되어주시는 하나님 아버지께 이 모든 공을 돌리고 싶습니다. 당선의 채찍을, 소외되고 상처받은 사람들을 살피며 살아가라는 명령으로 받들겠습니다. 감사합니다.

소설 부문 당선작

북쪽의 끝

이승범

1981년 2월생

부산 사람

내과 의사

북쪽의 끝

- 1 -
목요일

　지하 주차장으로 들어가는 길은 완전히 막혀있었다. 추석을 일주일 앞두고 있었으니까 붐빌 거라고 예상은 했지만, 평일에 정오가 되기도 전에 차들이 백화점을 몇 바퀴 두르고 있을 줄은 미처 몰랐다. 지난 주만 해도 이 정도까지는 아니었는데, 그 사이에 주변 아파트 단지에 입주가 속속 진행되었는지 도로와 거리 모두 사람들이 넘쳐났다.

　동식은 높이 솟은 쌍둥이 빌딩을 바라봤다. 서울 동남부 외곽에 새로 조성된 신도시 복판에 세워진 종합 쇼핑몰이었다. 백화점, 영화관은 물론 할인마트와 오피스타워도 자리잡고 있다. 주인이 누가 되었든 건물만 지으면 남은 건 돈을 쓸어 담는 일뿐일 터, 수많은 업자들이 달려들었을 테고 그 중에서도 선택된 누군가가 저 꼭대기에 앉아 있을 것이다.

　하지만 동식은 그 누군가를 상상할 여유가 없었다. 지금부터 30분 내에 열 개가 넘는 화물을 배달해야 했다. 노상에 차를 댈 수 밖에 없었다. 한 달에 40만원씩 날아오는 주차 딱지가 걱정되기는 했지만 그런 거 일일이 신경 쓰면 일 못한다. 뭐든 선진국이랑 비교하는 게 우리나라 사람들 병이라지만 이럴 때는 일본 사례가 자꾸 떠오른다. 거기 택배 트럭은 공식적으로 길가에 주차할 수 있다고 하지 않던 가?

동식은 핸들을 돌려 차량의 행렬에서 빠져 나오려 했다. 줄지어 서 있는 Audi나 BMW 범퍼에 흠집이라도 날까 신경 쓰이는 판에 자기 앞에 끼어 들었다고 빵빵거리는 소리가 여기 저기서 들려와 머리 밑에 땀이 솟았다.

인도를 반 넘게 타고 넘어 차를 세우고 짐칸의 문을 열었다. 눈 앞에는 150여 개의 택배 상자가 펼쳐졌다. 동식은 핸드 카트를 꺼내 옆에 내려놓은 뒤, 맨 앞에 있는 상자 아래로 두 손을 밀어 넣고 힘을 주었다. 우욱. 허리가 휜다. 부피는 작은데 무슨 납덩이를 넣었나? 아침부터 용 쓰게 생겼네. 이래 놓고 손에 떨어지는 건 개당 800원 남짓. 명색이 개인사업자라 밥 먹고 기름 넣는 돈도 본인 부담으로 떠 넘겨진다. 그러니 하루 14시간을 일할 수밖에. 사고라도 나는 날엔……. 생각만 해도 끔찍하다. 하지만 그건 그때 가서 생각할 문제고, 지금은 배달을 해야 할 시간. 오늘도 시작이다.

동식은 카트를 끌고 사무용 빌딩으로 향하는 엘리베이터에 올랐다. 습관적으로 '죄송합니다 –'가 튀어나왔다. 그렇지 않아도 비좁은 공간을 반 정도 차지하느라 다른 사람들이 벽 쪽으로 밀려나야 했다. 동식도 가능하면 좀 기다리더라도 다른 엘리베이터를 이용하려 했으나, 어쩐 일인지 한 대만 운행을 하고 있었다. 에어컨 바람이 천장에서 불어오면서 등허리에 축축한 느낌이 더 심해졌다. 9월이라지만 여름 못지 않은 날씨에 웃옷은 이미 땀에 푹 절어 있었다. 그래서 그런지 옆에 선 남자가 자꾸 흘깃거리는 것 같았다.

냄새가 좀 날 테지. 동식이 일하는 영업소 소장은 택배 배송사원들에게 서비스맨임을 자각할 것을 늘 강조했다. 평소 맥도날드 햄버거의 창업자 레이 크록을 가장 존경한다는 그는 조회 때마다 자부심과 자신감을 가지고 긍정적이며 적극적으로 사고할 것을 강조했다. 그러면서 크록이 1930년대에 직원을 10대 소녀에서 전부 남자 종업원으로 바꾸고 종업원 수칙도 정해 햄버거에서 불량식품 이미지를 걷어내었듯이 택배사원도 서비스맨으로서 멋이 있으려면 복장과 몸가짐을 단정히 해야 한다고 했다. 그가 무슨 책에서 읽었다며 예로 든 그 수칙을 들어보면 '첫째, 모자가 항상 머리를 덮어야 한다. 둘째, 머리카락을 단정히 손질해야 한다'에서 시작해 '여섯째, 이를 닦아야 한다' '아홉째 구취를 없애야 한다.' '열 셋째, 체취가 나면 안된다'를 거쳐 '스물 셋째, 바지자락이 길 때는 끝을 접어 올려야 한다'로 끝난다(홍은택, 『블루아메리카를 찾아서』, 창비에서 인용 – 필자). 하지만 하루 종일 똥줄 타게 박스를 나르다 보면……. 그게 어디 될 법한 말인가?

동식도 불과 몇 해 전까지는 몸으로 먹고 살 것이라고 생각 안 했다. 하지만 서른을 1년여 남겨둔 시점에서 어쩔 수 없는 선택을 해야 했다. 학자금 대출의 원리금 상환을 더 이상 미룰 수 없었기 때문이다. 이 일을 평생 할 생각이야 당연히 없지만, 그래도 4년제 대학까지 나왔는데 서울의 그 많은 빌딩들 중에 자기가 일할 사무실 하나가 나지 않았다. 부모님은 이제 그만 부산으로 돌아와서 가게 일이라도 도왔으면 하는 뜻을 내비쳤지만 그러려고 억지로 서울에 온 것이 아닌데, 미련이 자꾸 남았다.

사무실은 칸막이가 미로처럼 이어져 있었다. '택밴데요.' '누구누구 씨 계십니까?' 연방 외쳐대며 그 사이를 누비고 다녔다. 여기서 일하는 사람들은 대부분 서로를 등지고 앉아 자기 컴퓨터 모니터만 들여다보느라 동식 혼자만 불쑥 위로 올라 선 꼴이었다. 무슨 일들을 하는 걸까? 알고 보면 대단한 건 없겠지만 앉아서 일한다는 점 하나만으로도 자신보다는 처지가 나을 것이었다. 넥타이와 블라우스로 넘쳐나는 공간에만 있다 보면, 마우스 클릭 하나로 세상이 돌아가는 줄 알겠지만, 실제로 움직이는 건 택배기사들이다.

복도로 나온 동식은 한쪽 손에 들고 있던 운송장 다발을 모바일 스캐너에 하나씩 등록시켰다. 오늘은 자리를 비워 헛걸음 치게 만든 고객은 없어서 다행이었다. 한결 가벼워진 카트를 끌고 백화점이 있는 빌딩으로 향했다. 마지막으로 남아 있는 상자는 연분홍색에 크기도 작았다. 슬쩍 발신자를 살펴 보니 무슨 수영복이란 글자가 적혀 있었다. 여름은 이미 다 지나갔는데 어디 피서라도 가는 건가? 받는 주소가 백화점 내의 무슨 점포로 되어 있는 걸 보아하니, 장사하는 사람이라 대목을 피해 휴가를 계획한 것일지도 모르겠다 싶었다

유리문을 몇 개 통과하자 사무실이 모여 있던 곳과는 완전히 다른 분위기의 공간이 나타났다. 대리석 바닥에 파란색으로 통일된 벽면과 화려한 장식 조명들…….

"어서 오십시오 –"

젊은 여자의 목소리가 들려왔다. 고개를 돌려보니 하늘색 유니폼 차림의 직원 한 명이 두 손을 배에 대고 허리를 숙이고 있었다. 한눈에 보기에도 동식은 손님이 아닌 게 분명한데, 누가 이토록 서비스 정신이 투철한가 싶어 걸음을 잠시 멈추게 되었다.

하지만 그 여직원은 고개를 들지 않았다. 표정은 짙은 화장 아래 감추고 시선도 발 끝을 향해, 길게 세운 속눈썹만 보일 뿐이었다. 폭이 좁은 치마 밑으로 모아 선 다리가 불빛을 받아 살짝 반짝였다. 이 더운 날, 정장에 스타킹까지 신게 한 것은 대체 누가 정한 걸까? 동식은 자기가 지나가 주어야 앞에 선 아가씨가 허리를 펼 수 있을 것 같아 서둘러 백화점 안으로 들어섰다.

눈앞에 펼쳐진 넓은 홀에는 사람들이 가득했다. 주말의 명동 거리도 이것보다는 한산하다고 느껴질 정도였다. 진열된 물건에는 웬만한 사람 월급의 절반에 육박하는 숫자가 아무렇지도 않게 적혀 있었다. 동식이 사는 방 창문으로 밤마다 보이는 동네 개척 교회의 십자

가들처럼 백화점 곳곳에 솟은 계산대에는 차곡차곡 돈이 쌓이는 중이었다. 분명히 뉴스에서는 사상 최악의 불경기라 하는데, 동식네 소장도 비상사태 운운하면서 틈만 나면 정신차려야 한다는 말을 입에 올리는데, 여기는 딴 나라인가 싶었다.

그러고 보니 추석이 다가오고 있었다. 남들은 쉰다고 좋아하겠지만 택배사원들에게 추석은 전투다. 작년에도 배송은 새벽부터 새벽까지 이어졌다. 연휴를 사수하려면 어쩔 수 없었다. 갑자기 맥이 풀렸다. 게다가 통로는 비좁아 속도가 잘 나지 않았다. 여기 말고도 옆 아파트 단지에도 배달할 물건이 잔뜩 있는데 말이다.

에스컬레이터에서 막 내려서려는데 바닥이 부르르 - 떨리면서 발 밑이 울렁거렸다. 땀을 너무 많이 흘려 어지러운 건가 싶어 잠시 걸음을 멈췄다. 그런데 갑자기 사방이 조용해지는 게 좀 이상했다. 동식은 주위를 둘러보았다. 다들 어리둥절한 표정으로 서로의 얼굴을 마주보고 있었다. 조금 전 그걸 자기만 느낀 게 아니라는 걸 알아차리기 시작했는지 술렁거림이 커졌다. 불안감이 점점 부풀어오르다 화재 경보가 울리자 빵 - 하고 터져버렸다.

사람들은 일단 뛰기 시작했다. 동식도 순식간에 휩쓸렸다. 하지만 가는 방향이 제각각이라 여기저기서 어깨를 부딪히고 넘어지고 난리가 났다. 카트는 벌써 놓쳐버렸다. 겨우 들고 있던 택배상자도 이내 손에서 멀어졌다. 숨이 턱 막혔다. 발 밑에 물컹한 게 자꾸 밟혔다. 이제는 넘어지지 않는 것에 온 신경을 써야 할 판이었다.

그때 조명이 나갔다. 비명소리가 가득 찼다. 이런 젠장! 동식도 심장이 멎는 줄 알았다. 이내 다시 밝아지긴 했지만 충격은 쉽사리 가시지 않았다. 빨리 밖으로 나가야 하는데……. 머리 속에 온갖 생각이 다 떠올랐다. 뭐가 터진 건가? 그래서 불이 났나? 어디로 가야 하지? 위층인가, 아래층인가? 혹시 무너지는 건 아니겠지? 초조한 마음에 욱하고 명치 끝이 조여 들었지만 수많은 인파가 아예 한데 뭉처 꿈쩍도 안 했다.

그나마 다행인 건 화제 경보가 더 이상 울리지 않았고, 연기 또한 차오르지는 않고 있다는 점이었다. 아마 그랬으면 사람들은 완전히 이성을 잃고 말았을 것이다. 이 와중에서도 최악의 사태는 피해야겠다고 생각했는지 적어도 사방으로 밀고 당기던 움직임은 차츰 가라앉고 있었다.

동식은 인파에 떠밀려 앞으로 걸어갔다. 에어컨이 고장 났는지 점점 더 덥게 느껴졌다. 얼굴에서 연신 땀이 흘러내렸다. 하지만 손이 끼어 닦을 수도 없었다. 그렇게 꾸역꾸역 걸어가다 보니, 저 멀리 비상구 표시가 깜빡이는 게 보였다. 사람들은 다시 서로를 밀치기 시작했다. 동식도 질세라 닥치는 대로 뚫고 앞으로 나아갔다. 나가는 길이 보이자 오히려 더 마음은 급해져서 체면이고 뭐고 없었다.

좁은 계단을 몇 바퀴나 돌아 내려갔을까, 마침내 한 줄기 바람과 함께 1층으로 통하는 문에 다다랐다. 로비를 지나, 유리문을 지나, 다시 만난 쇼핑몰 광장의 공기는 감동적이기까지 했다. 동식은 밖에 나오자마자 다리에 힘이 풀려 시멘트 바닥에 주저 앉았다. 쿵쿵거리는 가슴을 진정시키느라 한동안 숨을 크게 들이마셨다 내셨다 했다. 그렇게 하고 나니 정신이 좀 들었다. 동식은 고개를 들어 높이 솟은 쌍둥이 빌딩을 올려다 봤다.

어라? 건물은 말짱했다. 멍한 기분이 들었다. 하지만 누구한테 물어볼 수도 따질 수도 없었다. 어쩌면 큰일날 수도 있던 상황. 하지만 그만 정신을 차려야 했다. 배송을 기다리는 고객들에게 내 사정은 고려 사항이 되지 못한다. 오늘 어쩌면 크게 다칠 수도 있었으니까 정신적 충격이 너무 커서 하루 쉬어야겠다? 약해 빠진 소리 작작 하시라. 전해주지 못한 수영복은 분실 처리하고 길 건너 아파트 단지로 향해야 했다.

동식은 자신의 택배 트럭으로 가기 위해 광장 뒤쪽으로 걸어갔다.

건물에서 가능한 멀어지려는 사람들과 반대 방향으로 향하느라 이리저리 부딪혔다. 그들의 대화는 어느덧 무용담으로 바뀌고 있었다.

그때였다. 눈앞을 스치고 지나가는 누군가의 모습에 동식은 걸음을 멈추었다. 몸에 착 붙게 디자인된 하늘색 반소매 재킷과 치마. 그래서 더 드러나는 야윈 몸집과 창백하고 긴 얼굴. 알아보는 데 그리 오랜 시간이 필요하지 않았다. 선우였다. 백화점 유니폼을 입은 선우가 저 앞에 걸어가고 있었다. 10년만이었지만, 그래서 얼굴에 화장기가 그만큼 짙어졌지만 잊을 리 없었다. 고등학교 때 수업을 마치고 집으로 가는 길은 항상 그 아이와 함께 했었으니까. 하지만 둘 사이에는 사람들이 너무 많았다. 동식은 인파를 헤쳐나가려 했지만 선우의 모습은 점점 멀어져 갔다.

- 2 -
금요일

한껏 부풀어 올랐던 혈압계의 커프(cuff)가 슈욱- 바람 빠지는 소리를 냈다. 동시에 깜빡이던 모니터 커서에 숫자가 표시되었다. 〈160/100 mmHg〉 명준은 입술을 한쪽으로 비틀며 앞에 앉은 남자에게로 눈을 돌렸다. 그 남자도 명준을 마주 보았다. 실실 웃는 표정이었다. 이번에도 혈압이 높게 나왔다. 분명 지난 달에 약을 올렸는데, 이상하다.

"이번에도 혈압이 좀 높아요. 약은 잘 드시죠?"

"그럼요. 당연하죠."

남자의 숨결에서 술 냄새가 풍겨왔다. 이 남자는 거의 매일 소주를 달고 사는 것 같았다. 다른 의사가 적은 예전 기록에도 술 때문에 약을 잘 안 먹는 날이 많다고 적혀 있었다. 보건소에서 오래 근무한 여사 말에 따르면 이 남자, 부인도 자녀도 없고 노모랑 단 둘이 산다고 했다. 혈압 수치만 놓고 보면 이대로 보내기가 부담스럽지만 그렇다고 약을 더 쓰는 것도 아니다 싶었다.

"약 잘 드셔야 합니다. 안 그러면 정말 큰일 나요. 머리 혈관이 터질 수도 있다고요."

"네, 알았습니다."

정말로 알아 들었는지 어떤지 알 수가 없는 노릇이었다. 근 10년 만에 고향에 돌아와서 이전과 달라졌다고 느낀 것 중 하나가 사람들이 훨씬 많은 양의 술을 마신다는 것이었다. 이해를 못해줄 것은 아니다. 솔직히 너무 심심하지 않은가? 보건소가 있는 읍내만 해도 저녁 여섯 시만 넘기면 인적이 끊길 정도인데 긴긴 밤 술 안 먹고 무얼 하겠는가? 명준이 고등학교를 다닐 때만 해도 이곳 대연군은 인구 20만 명을 바라볼 정도로 번화한 곳이었다. 시로 승격해야 한다는 말이 나올 정도였으니까. 하지만 불과 10년 만에 거의 반 토막이 났다. 엑소더스(exodus). 지역을 먹여 살리던 공장들이 문을 닫으면서 이제는 스마트폰 쓸 때 3G도 잘 안 잡힐 때가 있을 정도로 시골이나 다름 없게 되었다.

시계를 보니 슬슬 정오에 가까워지고 있었다. 금요일이다. 이쯤에서 진료를 접고 점심이나 먹으러 가야겠다고 생각했다. 길 건너 고등학교에 영어 선생으로 있는 상희가 오기로 되어 있었다. 그 아이도 어렸을 적 이 동네에서 자랐다. 명준보다는 네댓 살 어려서 전에는 말을 나눠 볼 기회는 많지 않았는데, 지금은 이곳에 비슷한 또래가 워낙 드물기 때문에 자주 만나지 않을 수가 없다.

"아, 홍 쌤. 처방 하나만 더 넣어주세요."

자리에서 일어서려는데 보건소 여사가 늘어지는 목소리로 명준은 불렀다. 진작에 말하지 그랬냐고 한 소리 하려다가 참았다. 부모님 통해서 한두 다리만 건너면 다 아는 사이였다. 괜히 소문 안 좋게 나면 곤란할 뿐더러 오늘같이 오후 진료를 빼먹을 때면 여사가 잘 막아주는 게 필요했다.

"무슨 환자인데요?"

"우리 잘 아는 언니 시아버님인데, 전에도 한 번 약만 타간 적 있잖아요. 폐암으로 거의 누워만 지낸다는……."

"아, 저기 강서면에 산다는?"

"맞아요. 아유, 선생님 기억력도 좋으시네. 왜 그 양반이 젊었을 적 군인이었는데 강서면에 공단이 처음 생길 때 현장 소장도 하고, 또 그 아들은 군청에서 근무한다고 했잖아요. 그렇게 건강하시던 분이 폐암으로 쓰러져서는 거동도 못한대요. 폐암이 그렇게나 무서운 병인가 봐요? 저기 읍내 보일러 집 김씨 영감도 폐암 소리 듣고 1년도 안 돼서 죽었지, 그리고 또……."

여사는 혼자서 계속 떠들어댔다. 대충 어떤 환자인지 생각 났다. 결국은 진통제와 식욕촉진제 몇 알 처방하면 되는 거였다. 어차피 항암치료는 더 못하고 죽을 날만 기다릴 텐데 옛날에 무얼 했고 또 아들이 어디에 근무한다는 게 무슨 상관인지. 그건 그렇고 시골이라고 다 공기 좋은 건 아닌 모양이었다. 의외로 폐암 환자가 많은 것 같았다. 역시 담배를 많이 피워대기 때문일까?

하여간 명준은 처방전을 발행해주고는 여사가 더 말을 걸지 못하도록 잽싸게 밖으로 나왔다. 잠시 주위를 살핀 뒤 차를 빼기 위해 보건소 뒷마당으로 갔다. 얼마 전 리스를 승계 받은 은색 Audi A4가 윤기 나는 자태로 서 있었다. 겨우 2,000cc에 180 마력밖에 안 되는데 외제차랍시고 사람들이 계속 쳐다봐서 평소에는 숨겨놓다시피 한다. 나이가 서른이 넘었고 전문의도 땄는데 이 정도는 다른 동기들에 비하면 양호한 수준이다.

"명준 오빠."

상희가 종종걸음으로 다가오고 있었다. 웨이브를 넣은 긴 머리가 찰랑거렸다. 흰색 반소매 셔츠에 짧은 반바지. 오늘 수업이 없었나?

"너, 학교 선생이 그러고 다녀도 되는 거야? 남학생들 심란하게시리."

"이러고 가면 아마 애들보다 나이 든 선생님들이 더 우왕자왕 할걸? 뭐 하는 짓이냐, 제정신이냐, 블라블라……. 오늘은 1학년들 야외 수업이 있는 날이야. 거기 따라갔다가 일찍 끝나는 바람에 집에 들러서 갈아입고 나왔어."

"뭐야, 야외수업 하나 마나 구나? 그럼 오늘은 좀 멀리 나가도 되겠네?"

"정말? 나야 좋지. 너무 좁은 동네에만 있다 보니까 축축 처지겠어. 아 – 찐하게 내린 아메리카노 마시고 싶다."

명준은 상희를 옆자리에 태우고 시동을 걸었다. 가속페달을 밟자 차는 가볍게 앞으로 튕겨져 나갔다. 읍내 쪽으로는 들어갈 생각이 없었다. 조금 돌아가더라도 강변 도로를 타는 게 눈을 피하기 좋았다. 명준이 태어나고 자란 대연군은 남한강의 지류인 두 줄기의 하천이 Y자 모양으로 만나는 곳에 자리 잡고 있었다. 하천이 만나는 한 가운데 커다란 호수가 생성되어 있어 대연(大淵)군이라 불린다. 이 지방 사람들은 댐 건설로 생긴 근처 충주호나 저 멀리 소양호 따위가 유명 관광지로 대접받는 것을 우습게 여겼다. 실제로 호수는 바위산과 숲이 어우러져 절경을 자랑했다.

상희는 강변 도로에 들어서자 창문을 내렸다. 훤히 펼쳐진 강물 너머로 파란색의 경사진 지붕들이 물결치듯 이어진 거대한 직사각형 건물이 눈에 들어왔다. 다리 건너 강서면에 있는 공장 지대의 모습이었다. 이 지역이 전후 일찌감치 산업 단지로 발전할 수 있었던 것은 일제 시대 때 세워진 비료 공장 덕분이라고 했다. 명준에게도 어렸을 적 일대를 가득 채웠던 암모니아 냄새는 지워지지 않는 기억으로 남아 있다.

한때 규모가 처음의 세 배를 넘기도 했지만 70~80년대를 거치면서 전자제품 조립공장에 자리를 내주게 되었다. 마지막으로 비료를 생산해 내던 게 근 20년 전인데, 그걸 애석해하는 사람은 없었다. 그때 대연군은 제조업의 신흥 메카로 최고 전성기를 누리고 있었으니까. 공단은 3저 호황으로 밤낮이 없었고 읍내는 사람과 돈이 넘쳐났다. 하지만 명준이 서울에 있는 대학에 진학할 무렵 IMF 경제위기가 닥쳤고 이후 10여 년이 지나는 동안 마을의 인구는 줄어드는 걸 멈춘 적이 없다.

물길을 따라가니 남한강이 보이기 시작했다. 명준은 강을 따라 세워진 고속도로로 차를 몰았다. 갓길 옆으로 공장 지대가 가까이 보였다. 이미 절반 넘게 공터로 변해 있었다. 공장이 빠져나간 자리에는 택지 조성 사업이 한창이었고, 대규모 리조트가 건설될 예정이라고 적힌 플래카드가 군데군데 나부꼈다. 파란 지붕으로 뒤덮여 있던 풍경도 드디어 변화를 맞이할 때가 온 것이다.

명준은 발끝에 힘을 주었다. 탄력을 받은 A4는 앞서가던 차들을 가볍게 제쳤다. 이대로 한 시간 남짓만 달리면 양수리 카페촌에 다다를 수 있었다. 사실 마음만 먹으면 강남이나 분당에 놀러 가는 것도 불가능한 일은 아니었지만 서울에서 멀리 떨어져 있다는 것 자체가 사람을 우울하게 만들었다.

역시 이곳으로 돌아오는 게 아니었나? 처음 공중보건의사로 배치되었다는 것을 확인했을 때는 세상을 다 가진 것 같았다. 옆에 있던 친구는 군의관으로 가게 되어 거의 미칠 지경이었다. 그도 그럴 것이 훈련 기간도 4주라 절반밖에 안 되고 복무 여건도 하늘과 땅 차이였다. 명준은 군대를 피했으니 어디서 일하든 상관 없다고 생각했지만 근무지 추첨을 위해 전국의 예비 공중보건의사들이 모였을 때 그렇지 않다는 것을 깨달았다. 무조건 서울에 가까운 지역이 선호 1순위였고 경부선을 따라 서열이 정해졌다. 까딱 잘못하다간 전남의 작은 섬이나 심지어 백령도, 울릉도도 갈 수 있었다.

또 다시 피 말리는 추첨의 순간들이 지나고 천운이 따랐는지 모두가 선망해 마지 않는 경기도에 안착할 수 있었다. 경기도청에서 최종 근무지를 뽑던 날 이왕이면 서울에 더 가까이 갔으면 했지만 다른 사람들에 비해 순번이 밀렸다. 선택 가능한 지역으로 대연군과 용인시가 남아 있었다. 명준은 내과 전문의라 보건소에 우선 배치될 확률이 높았다. 용인은 대도시였고 업무량에 있어 군 단위의 보건소와는 비교가 되지 않는다. 대연군이 경기도 끄트머리에 위치한다는 점이 마음에 걸렸고 부모님 가까이 살면 이것저것 간섭하려 들 게 뻔했지만 어쩔 수 없었다. 사는 건 보건소 옆에 새로 지은 방 두 개짜리 관사를 쓰는 걸로 해결했고, 또 전화위복이라고 내년에는 부모님 잘 아는 군청 공무원을 통해서 서울 가까운 곳으로 근무지를 옮길 수도 있지 않겠는가?

명준은 옆 자리에 앉은 상희를 슬쩍 돌아보았다. 들뜬 표정으로 머리카락을 연신 쓸어 올리고 있었다. 상희도 서울에서 대학을 다녔기 때문에 다시 돌아오게 되었을 때 명준과 비슷한 느낌을 가졌을 테지만 정규직으로 교사 자리를 얻을 수 있는 곳은 여기 말고 없었다고 했다. 엄마와 단 둘이 살아왔기 때문에 다른 지역 임용을 마냥 기다리면서 더 시간을 보내기도 어려웠을 것이다. 상희는 명준과 눈이 마주치자 주근깨가 살짝 앉은 얼굴로 배시시 웃었다.

"오빠, 재미있는 이야기 하나 해줄까?"

"좋지. 뭔데?"

상희는 명준 쪽으로 몸을 돌려 앉았다. 샴푸 냄새가 풍겨져 왔다.

"3학년들은 야간 자율학습이 밤 11시에 끝나거든. 늦게까지 남아서 감독하는 건 남자 선생님들 몫인데, 어젯밤 어떤 여학생이 화장실을 다녀오다가 학교 뒷산에서 귀신을 봤대."

"귀신?"

"사실 귀신이라는 건 그 학생 얘기고, 정확히 말하면 어떤 여자가 뒷산으로 올라가는 길 가로등 밑에 가만히 서서 학교 안을 보고 있더래. 밤중에 그런 걸 봤으니 놀랄 만도 하지."

"그래서?"

"여학생이 하도 소리를 지르니까 다들 뛰쳐나가서 본거야. 그때는 이미 그 자리에 아무도 남아 있지 않았지. 감독 선생님이랑 남자 애들 몇 명이 뛰쳐나가 보았는데……."

"그런데?"

"여자가 서 있었다는 자리에 노트가 한 권 놓여져 있더래. 그것도 표지가 빨간 색의."

"뭐라고?"

"어때 재미있지? 주임 선생님들은 수능 얼마 안 남기고 분위기 흐릴까 노심초사야. 학생들이나 젊은 선생님들은 은근히 즐기는 눈치지만."

명준은 더 대답하지 않았다. 가슴 한 가운데를 얻어맞은 기분이 들었다. 빨간 색 노트라……. 그걸 다시 떠올리게 될 줄은 몰랐다. 지금 그 일을 기억하는 사람은 적어도 명준이 아는 사람 중에는 남아 있지 않다. 모두들 고향을 떠나 돌아오지 않은 것이다. 상희는 그때 너무 어려서 아무것도 몰랐을 테고.

그러니까 명준이 고등학교 2학년 때였다. 야간 자율학습 시간, 창 밖에 어떤 여자가 서 있었고 그 자리에서 빨간 노트가 발견되었다. 하지만 그 여자, 모르는 사람이 아니었다. 한때 같은 반이었던 친구. 명준은 그 이름을 기억해냈다. 이선우. 그리고 그 아이는 옆에 앉은 상희의 친 언니이기도 했다.

- 3 -
금요일

생각나니 졸업식이 끝난 후 텅 빈 교실에서 우리들 맹세한 약속
10년이 지난 이날 이곳에 다시 찾아와 멋진 모습 보여주자 했지
그저 젊음만으론 쉽지 않은 세상에
때론 부끄럽고 약한 내 모습에 화가 나도
언제 어디서라도 든든한 울타리로 다시 일어설 수 있는 힘이 되어준
너 있기에 난 웃을 수 있어
이제 서로 다른 세상의 길을 걸어도 잊을 수 있겠니
꿈을 꾸며 살아가자던 그 부푼 약속을
이제 머지 않은 어릴 적 다짐 속의 그날엔
그 누구보다 자랑스런 너의 친구로 멋진 내 모습 보여주리

　전람회의 노래를 다시 들었을 때 기분이 매우 저조했다. 아파트 단지 내 도로 한 구석에 차를 세운 뒤 편의점에서 산 빵을 한 입 베어 물고 핸드폰을 꺼내 '10년(年)의 약속'을 재생시켰다. 고등학교 때 처음 CD로 사서 들은 게 그들 2집이었던 걸로 기억한다. 휴대용 CD 플레이어가 부의 상징이던 시절이었다. 동식은 운 좋게도 일본으로 보따리 장사를 다니는 이모 덕에 사는 동네에 어울리지 않는 호사를 누렸다.
　선우와 이어폰을 나눠 들으며 시멘트 담장 너머 북항 부두의 크레인과 맞닿은 바다를 바라볼 때면 아직 오지 않은 시간들이 너무나 그리웠다. 가끔은 속이 먹먹해 노래를 끝까지 다 듣지 못할 정도였다. 반면 선우는 CD가 몇 번을 다 돌 때까지 말 없이 앉아 있곤 했다. 그 모습을 옆에서 가만히 보고 있다 눈이 마주치면 선우는 시골 아이처럼 볼이 발개졌었다.

전람회의 노래는 여전히 좋았다. 특히 1절 가사를 그대로 피아노에 옮긴 듯한 간주 부분이. 그래서 더 이상 들을 수가 없었다. 이번에는 다시 돌아갈 수 없는 시간들이 못내 그리웠다. 정말 그땐 뭐라도 될 줄 알았는데.

동식은 종료 버튼을 눌렀다. 어느덧 15분이 흘러 있었다. 아직 택배 물건은 반도 넘게 남았다. 아마도 저녁 늦게까지 숨돌릴 여유조차 없을 것이다. 잠시 망설이다 번호를 누르기 시작했다. 벌써 10년이 넘게 지났는데 이제 와서 다시 만나는 게 무슨 소용 있을까 싶었지만 그날 본 선우의 뒷모습을 떠올리면 이상하게 마음이 아파왔다. 그리고 뭔가 모르게 미안했다.

어제 백화점에서 있었던 소동은 사소한 기계 오작동으로 결론이 난 모양이었다. 텔레비전 뉴스에 단신으로 보도가 되었는데 쇼핑몰 건물 위층이 아직 인테리어 공사 중이었고 용접 불꽃에 화재 경보기가 민감하게 반응했다는 것이다. 그날 느꼈던 진동에 대해서는 언급하지 않았다. 크게 문제될 것이 없는 건가?

하여간 오늘 오전에 다시 들렀을 때 이미 영업을 재개한 상태였다. 사람은 여전히 많았다. 그래도 선우가 입고 있던 하늘색 유니폼을 찾는 건 어렵지 않았다. 지하 주차장 입구에도, 백화점 유리문 앞에도 비슷한 옷차림이 눈에 띄었다. 동식은 그 중 1층 잡화 매장 한 구석에 소문자 'i'가 큰 글씨로 새겨진 부스로 다가갔다.

"무엇을 도와드릴까요, 고객님?"

여직원이 생긋 웃으며 가볍게 목례를 했다. 동식은 사정을 이야기했다. 처음에는 정말 친구 맞나 하는 표정을 지었지만 자기가 결정할 일이 아니다 싶었는지 전화번호를 하나 알려주었다. 근무한지 얼마 되지 않아 다른 직원들은 잘 모르며 아무래도 회사에 물어볼 수밖에 없다는 것이었다. 여기저기 물어보러 다닐 시간도 없고 해서 일단 고맙다는 말을 남기고 밖으로 나왔다.

동식은 백화점 직원이 알려준 전화번호를 눌렀다. 밝은 음악과 함께 '사랑합니다, 고객님. 사랑과 정성으로 모시는……' 어쩌고저쩌고 하는 음성이 반복되었다. 그러다가 아까보다 더 높은 톤으로 '감사합니다. J-서비스입니다.' 라는 여자 목소리가 들려왔다. 가만 백화점이 고용주가 아니었나? 파견 업체에서 인력을 받아 쓰는 모양이구나.

전화를 받은 직원은 친절했지만 정작 동식이 원하는 것은 말해주지 않았다. 자꾸 개인 정보니 회사 방침이니 하면서 근무자 명단은 백화점에도 제출되어 있으니까 그쪽으로 알아보라 했다. 동식이 쉽게 물러설 기미를 보이지 않자 사장한테 물어보겠다며 일방적으로 끊어 버렸다. 난감한 노릇이었지만 우긴다고 될 일이 아니니 어쩔 수 없었다.

그날 오후는 내내 전화에 시달렸다. 너나 할 것 없이 사정은 다 급하고 동선은 갈수록 꼬여갔다. 요즘은 조금이라도 불친절하게 대하면 민원이 본사 홈페이지까지 올라가기 때문에 퇴근 시간을 희생할 수밖에 없었다. 거리가 어두워진 후에야 운송장이 끝을 보이기 시작했다.

마지막 코스를 향해 달려가는 사이 또 다시 벨이 울렸다. 간다. 간다. 조금만 기다려, 제발! 울컥 했지만 받지 않을 수 없었다. '여보세요.' 가느다란 남자의 목소리였다. '예, 동화택배입니다.' 동식은 늘 그렇듯 큰 소리로 대답했다. 열심히 일하는 중이란 티를 내면 상대방이 누구든 조금은 누그러지기 마련이었다.

"조동식씨 되십니까?"

남자의 말투는 정중했다. 그래서 낯설었다. 게다가 이름을 부르는 경우는 더욱 드물었다. 동식은 전화기를 고쳐 잡았다.

남자는 대학이나 연구소에서 일하는 사람처럼 결이 고운 말투를 쓰고 있었다. 나이는 40대 초반 정도? 숱이 많은 머리는 자연스럽게 가르마를 타서 빗어 넘겼고 얼굴은 면도 자국 하나 없이 말끔했다. 눈이 좀 작았지만 온화한 인상을 헤칠 정도는 아니었다. 늦은 시간인데도 굳이 동식을 만나고 싶어했다. 선우에 관한 이야기라 했으므로 거절할 이유가 없었다.

두 사람은 동식이 마지막으로 갈 예정인 아파트 단지 상가 내 24시간 문을 여는 맥도날드 매장에서 만나기로 했다. 거기 도착했을 때 남자는 이미 아이스 커피 두 잔을 주문해놓고 있었다.

"이렇게 시간 내주셔서 감사합니다. 이선우 씨의 친구라고 하셨죠?"

"고등학교 때 알던 사이입니다."

"선우 씨를 찾고 있는 것 같던데요?"

"며칠 전 이 근처 백화점에 들렀다가 우연히 보게 되었어요. 거기서 일하는 것 같아서……."

"그렇군요. 그래서 J-서비스로 연락을 하신 거네요. 저도 사실 선우 씨를 간절히 만나고픈 사람 중 하나입니다."

도대체 무슨 일일까? 동식의 마음을 읽었는지 남자가 명함을 건넸다. 서울신용회복위원회 전문위원 박진호. 동식은 그를 바라보며 눈만 껌벅거렸다.

"선우 씨는 저희 위원회의 신용회복 프로그램을 수행하던 중이었습니다. 워낙 성실한 아가씨라 2-3년 안에 해결될 수 있을 거라 예상했죠. 그런데 갑자기 이번 달 입금액이 들어오지 않더니 이제는 연락조차 안 됩니다. 이러면 저희도 도와드릴 수가 없는데 말입니다."

저절로 한숨이 세어 나왔다. 남자는 선우를 어떻게 알게 되었는지 물었다.

"고등학교 2학년 여름 방학이 끝나고 얼마 되지 않았을 때입니다. 저는 고향이 부산인데, 살던 집이 골목을 따라 조금 올라가야 되는 곳에 있었어요. 학교까지 그리 멀지 않아서 걸어서 통학을 했죠. 보통 야간 자율학습이 밤 9시에 끝났는데 평소에는 그 시간에 집으로 가면 골목에 지나다니는 사람이 거의 없었는데 어느 날부터 여학생 한 명하고 자주 마주치더란 말입니다. 교복을 보니 우리 학교 바로 옆에 붙어 있는 같은 재단 소속의 여상에 다니는 것 같았어요. 얼굴도 참했고, 뭐랄까 이성에 대한 호기심이 많을 때라, 적당한 기회를 봐서 슬쩍 말을 걸어 보았습니다. 반응이 시원찮으면 바로 그만두었을 텐데 저쪽에서도 잘 받아주니까 점점 대화가 늘어나고, 그런 식으로 가까워지게 되었습니다."

"그 여학생이 바로 이선우 씨군요. 우리 서류에는 학교를 부산에서 다녔다는 기록은 없었는데. 그럼 원래 부산 출신이었던 건가요?"

"아니요. 서울말을 쓰길래 물어봤더니 원래는 경기도에 어디 살았다고 했는데 집안 사정 때문에 부산에 있는 친척에게 맡겨진 것이었어요."

"경기도 어디인지는 정확하게 모르십니까?"

"네, 거기까지는……."

"알겠습니다. 그럼, 선우 씨와는 얼마나 가깝게 지내셨나요?"

"지금 생각해보면 둘이서 어디 놀러 가 본 적이 얼마 안됩니다. 시내에 영화 보러 한두 번 정도, 그리고 광안리에도 몇 번 갔었죠. 평일에 저는 야간자율학습 때문에, 선우는 친척 집 가게일 돕느라 둘 다 늦게 마쳤고, 주말에는 제가 단과 학원을 다녀서 시간을 잘 낼 수 없었으니까요. 그저 가끔 동네 공터에서 만나 이야기를 나누거나 음악을 듣는 게 대부분이었습니다. 물론 선우와 조금 더 깊게 사귀어보고 싶은 마음도 있었어요. 성격도 맞는 편이었고, 무엇보다 잘 웃고 되게 착했거든요. 다만 대학 가는 게 우선이라 생각하고 일부러 거리를 조금 둔 것이지요"

"대학 입시가 끝나고 계속 만나셨습니까?"

"그게 말입니다, 졸업식 일주일 전쯤인가, 한 번 보기로 했었습니다. 입시도 끝났으니 정식으로 한 번 만나보자, 그러려고 나름 이벤트 같은 것도 준비했는데, 선우가 사라져버렸습니다."

"가출을 했다는 말입니까?"

"뭐, 어떻게 보면 그렇게 말할 수도 있겠네요. 돌봐주던 친척 아저씨 말로는 원래 집으로 돌아간 것도 아닌 것 같았다니까요. 하여간 그 뒤로는 만난 적이 없습니다. 게다가 저 역시 대학을 서울로 오게 되면서 그 동네를 떠났으니까요."

말해놓고 보니 선우를 찾는데 별 소용이 없는 이야기만 했지 싶었다. 하지만 상대방은 개의치 않는 것 같았다. 악수를 청하며 감사하다는 말을 반복했다. 자기는 서류를 좀 정리할 게 있다며 동식보고는 돌아가도 좋다고 말했다. 동식은 엉거주춤 일어서려다 다시 자리에 앉았다.

"한 가지 부탁을 좀 해도 될까요?"

"무엇입니까?"

"선우의 번호를 알고 계시는 것 같던데, 혹시 알려주실 수 있을지……."

남자는 가만히 동식을 보았다.

"선우 씨를 잊지 못하시는 모양입니다."

"좀 미안한 생각이 들어서 그럽니다. 그래도 친하게 지낸 친구인데, 집을 나갈 만큼 힘든 일이 있었던 걸 챙겨주지 못해서요. 그때 제가 조금 더 신경을 썼다면……."

잠시 동안의 침묵. 그러다 남자는 가방을 뒤져 메모지를 꺼냈다.

"이해합니다. 원하신다면 알려드리죠. 하지만 큰 기대는 하지 마세요. 이미 여러 번 해봤는데 받지 않았습니다."

"감사합니다."

동식은 그가 건넨 것을 받아 들었다. 그리고 운전석으로 돌아와 잠시 숨을 골랐다. 신용회복 프로그램이라니 막막한 기분이 들었다.

남자가 알려준 번호를 보고는 고민이 깊어졌다. 지금 자신의 처지로는 정작 연락이 닿아도 선우에게 도움이 되지 않을 터였다. 그래도 보고 싶었다. 조심스레 통화버튼을 눌렀다.

신호는 갔다. 전원이 꺼져 있는 건 아닌 모양이었다. 하지만 받지 않았다. '고객이 전화를 받지 않아 음성사서함으로 연결됩니다. 삐 소리가 나면……' 예상했던 대로였다. 그대로 내려놓으려다 다시 액정을 열었다. '나 고등학교 때 친구였던 조동식이야. 우연히 연락처를 알게 되었어. 한 번 만나고 싶다. 그럼 답장 기다릴게.' 문자가 전송되는 것을 확인한 후 동식은 시동을 걸고 차를 출발시켰다.

현관문을 열자 물비린내가 훅 올라왔다. 동식이 사는 방은 2층 서향인데다 바로 앞에 빌딩이 서 있어 습기가 잘 안 빠졌다. 게다가 대각선 방향으로는 횟집도 하나 있었다. 제습제를 항상 서너 통씩 놓아두지만 한 달을 못 가서 갈아주어야 했다. 그러지 않으면 유리창 위까지 곰팡이가 피어 올랐다.

며칠 전부터 온수기가 고장이 나 찬 물로 대충 씻고 바닥에 드러누웠다. 종아리와 허리가 뻐근해져 왔다. 팔을 움직일 때마다 어깨도 아팠다. 택배 일을 시작하고 2년이 넘게 흘렀지만 적응되기는커녕 피곤이 점점 몸을 갉아먹고 있었다. 얼마 전 인터넷을 훑어보다가 『아프니까 청춘』이라는 책이 베스트셀러가 되었다는 기사를 보았다. 내 청춘은 끝나가는데 언제까지 아파야 되는 건지 동식은 그 저자에게 묻고 싶어졌다.

내일도 일하려면 그만 잠자리에 들어야 했다. 남들은 Friday Night을 즐기겠지만 택배는 그런 거 없다. 억지로 몸을 일으켜 전등을 끄고 알람을 맞춘 후 다시 자리에 누우려는데 벨 소리가 울렸다. 동식은 그 자리에서 굳어 버렸다. 번쩍거리는 액정 화면 위로 선우의 번호가 떠 있었다.

- 4 -
토요일

운동장에 들어섰을 때 무엇보다 당혹스러웠다. 졸업하고 처음 들른 모교였다. 몇몇 선배들은 스승의 날 같은 때에 대학생이 된 모습으로 찾아 오기도 했지만 명준은 그러지 않았다. 그에게 고등학교란 엉덩이에 종기가 나도록 하루 종일 좁은 의자에 앉아 문제집을 풀어대던 생활의 연속이었다. 그런 건 인생에서 싹 잘라내 버리는 게 최선이라 믿었다. 하지만 어느새 10년이 넘는 세월이 흘러갔다. 이제는 추억이란 말로 미화해도 되지 않겠는가? 그래서 상희가 학교에 와달라고 부탁했을 때 크게 망설이지 않았다. 교문에 가까워지자 아련한 느낌이 들기도 했다.

그런데 막상 도착하고 보니 하나도 낯설어지지 않았다는 걸 깨달았다. 한 손엔 교과서, 다른 한 손엔 각목을 쥐고, 한 줌의 권위를 권력으로 휘두르는 선생들에게 속으로만 반항하던 놈으로 어느새 되돌아가 있었다. 그땐 그 꼴이 하도 보기 싫어 집에 와 투덜거리면 군청에서 일하던 아버지는 단체 생활 어쩌고 하는 말만 되풀이했었다.

사회니 조직이니 그딴 거에 얽매이지 않으려면 라이선스를 따는 것말고는 답이 없겠다 싶어 의대를 갔고, 거기서도 층층시하 선배들 밑에 더러운 꼴 보며 살지 않으려고 독하게 공부해 모교 병원을 탈출, 각 학교 수석들만 모인다는 우리 나라에서 제일 큰 병원에서 레지던트까지 마쳤다. 나이도 먹었고 전문의 선생님도 되었으니, 이제는 건드리는 사람 없을 줄 알았는데, 그래 봤자 너의 비굴했던 시절 다 기억한다고 학교는 말하고 있었다. 명준은 쓸쓸한 표정으로 교무실을 향해 걸음을 옮겼다.

니스가 칠해진 나무 문을 옆으로 밀자 볼펜으로 무언가 써 내려가고 있던 상희가 고개를 들었다. 얼굴에 비해 커 보이는 까만 반 무테 안경을 끼고 있어서 그런지 전날 카페 조명 아래서 봤을 때보다 평범한 인상이다.

"어서 와, 오빠. 와줘서 땡큐 땡큐."

명준은 웃으며 손을 한 번 들어 보였다. 사실 상희는 이 동네에서 원래 모습에 비해 좋게 평가되는 편이었다. 어렸을 때부터 그랬다. 대연군을 대표하는 아이. 외부에서 손님이 오시거나 하면 곱게 차려입고 꽃다발 따위 주거나 하는. 학교 다닐 때 반장도 많이 했고 무슨 대회가 있으면 면장이나 군수 추천도 자주 받았다. 따지고 보면 명성(?)에 비해 그리 공부를 잘 한 건 아니었다. 대학도 수도권 4년제를 겨우 들어갈 정도였다. 그래도 여기 사람들은 고향으로 돌아온 상희를 반갑게 맞아주었다. 고등학교 정규직 특채라는 선물까지 주면서.

그들에게는 상희 부모님의 이혼과 그로 인해 선우가 엇나간 일에 대해 마음의 짐 같은 게 여전히 남아있는 듯 했다. 그나마 그것도 상희 어머니 집안이 한 때는 나름 이곳에서 존경 받았던 가문이기에 가능한 일이다.

아무도 없는 교무실 안은 에어컨을 틀어서 그런지 쾌적했다. 요즘은 교실에도 개별 냉방과 난방을 다 하는 것 같았다. 상희는 좋아진 거라곤 그것뿐이라고 말했다. 혹시 더울까 걱정했는데 다행이었다. 오늘 오후는 이곳에서 보내야 했기 때문이다.

아침에 상희가 갑자기 전화해서는 야간자율학습 감독을 도와달라고 했다. 토요일이니까 정확히 말하면 오후 5시까지다. 원래는 남자 선생들이 맡아서 하는데 오늘 시위 현장에 동원되어 갔다는 것이다. 명준이 처음 듣는다는 반응을 보이자 상희는 이 동네 사람 맞냐고 물었다. 알고 보니 벌써 석 달 전부터 강서면 공장 지대에서 정리해고에 항의하는 근로자들의 점거 농성이 계속되는 중이었다. 최근에는 어디서 소문을 들었는지 외부 사람들이 지원 유세를 오는 일이 잦아졌다. 오늘은 관광버스까지 대절해서 나타난 모양인데 십여 대가 넘는다고 했다. 유력 정치인들 몇 명도 동행한 모양이다.

경찰과 공무원들에게는 총동원령이 내려졌다. 교사들까지 재단 이사장 특별 지시로 모두 거기 불려간 상태였다. 명준도 명색이 공무원인데 이 사실은 모르고 있었다. 어쨌든 혼자 남아 감독을 해야 하는데 학생들 통제할 자신이 없으니까 명준을 부른 것이다.

상희가 타준 커피를 마시며 인터넷을 하고 있는데 드르륵 – 문 소리가 났다. 고개를 돌려보니 살찐 체구에 구깃구깃한 정장을 입은 남자가 쭈뼛거리며 들어오고 있었다. 명준은 자리에서 일어나 그에게로 다가갔다.

"형오 너도 왔구나. 반갑다."

"아, 명준 형님. 잘 지내셨습니까?"

형오는 명준이 내민 손을 두 손으로 감싸며 허리를 굽혔다. 아무리 명준이 고등학교 1년 선배지만 지나치게 예의를 차리려는 게 이 녀석 특징이었다. 충분히 그러지 않아도 되는 데 말이다. 아니 어쩌면 반드시 그래야 하는지도 모르겠다. 한 번도 형오 같은 처지가 되어본 적이 없으니 명준이 판단할 일이 아니지 싶었다.

형오는 이 지역을 기반으로 성장한 조영그룹이라는 대기업 집단의 사주 일가에 속해 있었다. 현재 회장으로 계신 분이 형오의 큰아버지다. 명준에게는 형오를 볼 때마다 그의 사촌 형이자 가문의 후계자인 김상오가 생각났다. 미안한 일이지만 솔직히 좀 비교가 되는 건 어쩔 수가 없었다. 명준보다는 여섯 살 정도 위였는데 평소에는 서울에 살았기 때문에 창업주의 기일이라든지, 아니면 회사 차원에서 큰 행사가 있을 때만 이곳에 얼굴을 내비치곤 했다. 태생적으로 주변에 호감을 사는 사람이었다.

보통 사람들은 뒤에서는 재벌이니 뭐니 해서 욕하다가도 막상 눈앞에서 대하면 어깨가 움츠려 들게 마련 아닌가? 김상오는 그럴 때

자기가 어떻게 행동하면 되는지 잘 알고 있었다. 친절하고, 소탈하고, 티 내지 않으면서, 능력도 있는 대기업 회장의 장남. 비록 명준은 몇몇 집안 좋은 의대 친구들을 통해서 그가 강남 나이트에서 벌인 좌중을 압도하는 망나니 짓에 대한 목격담을 전해듣긴 했지만, 그건 뭐……. 기업가에게 중요한 건 무엇보다 사업 실적 아닌가? 미국 유학을 다녀온 뒤 유통업계에 뛰어들었는데 벌써 수도권 신도시 일대에 대형 쇼핑몰을 세 군데나 운영 중이라고 들었다.

그에 비하면 형오는 뭐랄까, 생긴 것도 볼품 없고 성격도 좀 소심하다. 학교도 지방 국립대를 겨우 졸업하고 군대를 다녀와서 지금은 강서면에 마지막 남은 조영전자 공장에서 아버지 일을 돕고 있다. 형오가 늘 조심스럽게 행동하는 것도 다 사연이 있었기 때문에 명준은 그러려니 했다.

자율학습 시작을 알리는 종소리가 들려왔다. 상희가 나눠준 지휘봉을 하나씩 들고 두 사람은 복도를 따라갔다. 명준은 2층을 지키기로 했다. 교실은 낮인데도 불이 환히 밝혀져 있었고 사소한 소음 하나 나지 않았다. 아마 그곳이 3학년 교실이라 더 그런 것 같았다. 해야 하는 일이라고는 복도 끝에서 끝까지 왕복하는 것 말고는 없었다.

10분 정도가 지나자 벌써 지루해졌다. 명준은 창가에 서서 학교 뒷산을 가만히 바라다 보았다. 아마 저기 어디쯤이었을 것이다. 선우가 서 있던 자리 말이다. 그날 이후로 선우는 자취를 감추고 말았다. 어린 상희와 어머니를 남겨두고. 이미 그 전부터 위태위태 했었다. 명준과 전교 1등을 다툴 정도였지만 아래로 떨어지는 건 순식간이었다. 성적은 둘째 치고 결석과 사고가 끊이지 않았다.

물론 그 아이만 탓할 수 없는 건 분명했다. 선우의 아버지가 불미스러운 사건에 휘말리고 거의 도망치다시피 마을을 떠난 일은 그분을 아는 누구에게나 충격이고 상처였으니까. 설상가상이라고, 그 여

파로 외할아버지까지 돌아가시고 선우네는 그야말로 생활비를 걱정해야 할 처지로까지 내몰렸다. 하지만 아무리 그렇다고 해도 선우가 보여준 행동들이 다 용납이 되는 건 아니었다.

명준은 다시 복도를 걸었다. 다리가 아프면 교사 휴게실에 가서 쉬면 된다고 상희가 알려주었지만 거긴 들어가기 싫었다. 건물 끝에 자리잡은 교실 반만한 방을 말하는 거였는데 원래 옛날에는 학생 지도실로 쓰던 곳이다. 그 시절 '지도'란 '체벌'과 동의어였다. 하루는 그 앞을 지나는데 남자 선생 한 명이 대걸레자루를 들고 들어가고 있었다. 나무문이 닫히는 순간 바닥에 꿇어 앉은 선우의 옆모습을 보고 말았다. 안에서 무슨 일이 벌어졌을 지는 지금도 상상하기 싫다.

학교는 집요하리만치 선우를 억누르기만 했다. 마치 누가 이기나 보자는 식으로. 그 시절 선생들이야 그런 방법밖에 몰랐을 수도 있겠지만 그 아이의 문제가 단지 가정 불화에 따른 '일탈과 방황'이 아닐 수도 있다는 생각은 왜 하지 못했을까?

그 질문에 대해서는 명준도 자유롭지 못했다. 그때 그런 선우를 본 순간 명준이 제일 처음 가졌던 생각은 자신도 저렇게 되지 말란 법이 없다는 것이었다. 아무리 지금 공부를 잘 해도 뭐 하나 삐끗하면 언제든지 미끄러질 수 있는 거구나. 처음으로 그나마 공무원인 아버지에게 감사하는 마음을 가졌다. 그 이상은 헤아리지 못했다. 대학에 갈 때까지는 노심초사하며 살 수밖에 없었으니까. 지금에서 생각해 보면 좀 미안하기도 했다.

이제와 새삼 마음에 걸리는 것이 빨간 표지의 노트였다. 상희 정도의 나이 대만 해도 그게 뭘 뜻하는지 모르는 것 같았다. 그건 명준에게 있어 선우의 입장을 한 번 더 생각해보게 하는 일종의 정황 증거였다. 빨간 책은 대연군 사람들에게 오래 전부터 전해져 내려온 하나의 상징이다. 그것이 의미하는 바는 바로 '해고'. 유래는 이렇다.

일제 시대, 비료 공장의 관리인이 일본사람이었을 적에 공장장이 늘 옆구리에 끼고 다닌 공책의 표지가 빨간 색이었다고 한다. 그것은 해고 예정자의 명단이 적힌 살생부였다.

명준이 그걸 아는 건 어렸을 때 겪은 일 때문이다. 1980년대 말, 비료 공장이 전자제품 공장으로 바뀌면서 고용 승계 문제를 두고 근로자들의 시위가 크게 벌어졌는데 그때 빨간 색 노트를 불에 태우는 의식을 우연히 보게 되었던 것이다. 당시 노동조합의 지도자가 바로 선우 아버지였다. 이 지역 출신은 아니었지만 공병대 하사관 출신으로 사람들을 이끄는 재주가 있었다. 당시 성동격서(聲東擊西)로 메인 작업장을 장악하고 수 주간의 연좌농성을 벌인 끝에 대타협을 이끌어낸 건 신화로 기록될 만했다.

하지만 노조위원장 자리를 장기 집권한 것이 화근이었다. 서울까지 가서 회사 사람들에게 고급 룸살롱 접대를 받고 접대부와 강제로 성관계를 맺으려 한 사실이 경찰에 적발되는 일이 벌어졌다. 관행이었다는 건 변명거리밖에 되지 못했다. 그 후 이어진 도피 생활과 이혼, 그리고 선우의 가출.

문제는 그 다음이다. 선우가 빨간 노트를 남기고 사라지고 난 다음 해 IMF라는 핑계가 있긴 했지만 대대적인 정리해고의 칼바람이 불어 닥쳤다. 선우 아버지를 순진한 양반집 아가씨 꼬드겨서 결혼한 뜨내기라 욕하던 마을 사람들 사이에서도 그분이 남아 있었다면 노조가 그렇게 일방적으로 당하지만은 않았을 거란 말이 긴 탄식과 함께 오랫동안 떠돌았다. 정말 선우는 무언가를 알고 그랬던 것일까? 그때 선우에게 조금 더 관심을 가져야 했었나……

시계를 보니 5시가 다 되어가고 있었다. 곧 종이 칠 테니 슬슬 돌아가도 될 때다. 교무실에 와보니 나머지 두 사람은 벌써 내려와 있었던 것 같았다. 어느새 피자도 시켜놓고 반 넘어 먹어 치운 상태였다.

"형님, 오셨어요? 어서 이것 좀 드세요."

"역시 오빠는 대연군 최고의 모범생이라니까. 적당히 해도 될 걸 시간 맞추는 게 예술이에요."

명준은 멋쩍은 표정을 지으며 종이컵에 콜라를 따르기 시작했다. 둘이서 같이 좀 있으라고 배려해준 것도 모르고. 형오가 상희에게 마음이 좀 있어 보이는 건 예전부터 눈치 채고 있던 바였다. 상희의 반응은 '그다지……' 였지만, 어쩔 때 보면 둘이 잘 어울려 다니기도 했다. 어른들은 오히려 명준과 상희를 연결시키려고 하던데 저들 사이에 끼어서 분란을 일으키는 건 사양하고 싶었다.

복도에서 계속 선우 생각이 나서 심란했는데 피자 몇 조각 먹으니 배도 부르고 몸도 나른해졌다. 그러다 벌떡 자리에서 일어났다. 상희가 이상하다는 듯 쳐다보았다. 명준은 건너편 책상 위에 놓인 빨간 표지의 노트를 가리켰다.

"상희야, 저게 네가 말한 그거니?"

"뭐? 아, 노트 말이구나. 난 또 뭐라고. 그래 맞아. 저게 바로 그거야. 왜 그렇게 놀래? 귀신 나올까 무서운 거야? 의외로 겁이 많구나."

"실제로 보니까 좀 섬뜩해서 그랬어. 허허허."

명준은 떨리는 목소리를 겨우 진정시켰다. 선우가 돌아왔을 지도 모른다는 건 아직 상희에게 해줄 수 있는 이야기가 아니었다. 그러다 문득 새로운 생각이 머리 속에 떠올랐다. 빨간 노트는 해고를 뜻한다. 그런데 지금 공장 지대에서는 계속 시위가 이어지고 있다. 이게 우연일까?

- 5 -
일요일

그는 장소를 계속 바꿨다. 더워 죽겠는데, 잠실역으로 오라고 했다가 올림픽 공원까지 걸어가게 해놓고선 또 다시 버스를 기다리라 했다. 그러더니 다시 전화가 와서는 택시를 잡아타고 신천역에 내리라는 것이다. 동식은 왠 남자가 선우 핸드폰을 가지고 있다는 사실 자체로도 기분이 썩 좋지 않은데다, 난데없이 첩보원 흉내까지 내라니 불쑥 짜증이 치밀었다. 게다가 오늘은 일요일이다. 제대로 쉬지도 못하고 이런 식으로 시간 낭비하고 싶지 않았다.

신천역에 도착하여 외국계 브랜드 커피 전문점으로 들어간 동식은 2층 구석 자리를 찾아 앉았다. 주위를 둘러보았지만 혼자 리포트를 쓰고 있는 여자 한 명, 외국인 과외를 하는 것으로 보이는 남녀 커플 정도밖에 눈에 띄지 않았다. 그때 2층 복도로 통하는 문이 열리고 키가 훌쩍 큰 남자가 다가와 동식 앞에 앉았다. 동식은 그제서야 1층 출입문을 통하지 않고도 이곳으로 들어올 수 있는 방법이 있다는 것을 알아차렸다. 이 남자 나름 심각하구나, 하는 생각에 일단 마음을 가라앉히기로 했다.

"당신이 문자 보낸 사람이오? 조동식 씨?"

그는 질문을 하면서도 정작 시선은 좌우를 끊임 없이 살피고 있었다.

"그렇습니다. 도대체 무엇 때문에 이러는 겁니까?"

"그 남자가 당신도 찾아 갔어요? 그 왜, 얼굴 허옇고 눈이 작은……."

이번에는 동식도 자세를 고쳐 앉았다.

"신용회복위원회인가 뭔가 하는 곳에서 나온 사람 말인가요?"

"완전히 낚였군. 하긴 사람 찾으러 다니는 데 그만한 핑계거리가 또 없지."

"……."

그는 검은 뿔테 안경을 살짝 밀어 올리며 상체를 앞으로 숙였다. 가까이서 보니 표정이 변할 때마다 잔주름이 많이 졌다. 생각보다 나이가 많을 수도 있겠다 싶었다.

"그 남자, 어젯밤 나를 찾아왔었어요. 내가 당신한테 전화한 게 이틀 전이죠? 어떻게 그 남자가 만 하루도 안 지나 나를 찾아냈는지 궁금하지 않아요? 통화내역을 뽑았더군. 그런 다음 이 전화기 위치추적까지 했어. 그리고 내 가게에 보란 듯이 나타났지. 이게 신용회복위원회가 할 수 있는 일이라고 보나요?"

동식은 잠시 머리가 안 돌아갔다. 통화내역, 위치추적…….

"경찰인가요?"

"아니면 경찰 정보망 정도는 마음대로 들여다볼 수 있었거나."

"그런 사람이 선우를 찾는 이유가 뭡니까?"

"본명이 선우였나 보죠? 우리와 일할 때는 지선이라고 불렀는데."

"네?"

"아, 뭐. 크게 신경 쓰지 마세요. 중요한 건 아니니까. 그건 그렇고 내가 먼저 물읍시다. 그 남자와 무슨 이야기를 나눴소?"

"이봐요. 뭐가 뭔지 설명을 좀 해줘야 되는 거 아닙니까?"

"당신도 위험할 수 있어서 그러는 거에요. 그 남자가 굳이 당신을 찾아간 이유가 있을 테니까."

동식은 뭐랄까, 어리둥절한 기분이었다. 백주대낮에 '위험'해질 수 있다는 게 실감이 날 리 없었다. 하지만 선우에 대한 이야기를 들으려면 이 사람이 원하는 건 말해줘야 했다.

"선우를 어떻게 아냐고 묻길래 고등학교 때 친구라고 했어요. 졸업하고 만나지 못했는데 며칠 전 우연히 보게 되어서 찾고 있던 중이라고……."

"우연히 만났다고요? 좀더 구체적으로 말해주세요."

"저는 택배 일을 합니다. 배달을 하러 한 백화점에 들르게 되었는데 거기서 일하는 것 같았죠. 그런데 그날 갑자기 화제 경보가 울리는 바람에 주변 사람들과 뒤엉켜버리면서 그만 놓치고 말았습니다."

"화제 경보? 무슨 백화점이었나요?"

"JOY 백화점이었습니다. 잠실에서 조금 내려 가면 있는 신도시에 새로 생긴……."

"아, 그랬군. 당신은 그날 거기 있었던 거야. 그래서 어디까지 아는지 궁금했던 거로군. 그때 이상한 거 못 느꼈나요? 건물이 흔들린다던가."

"맞아요. 그랬어요. 뉴스에는 나오지 않아 이상하다고 생각했죠. 그런데 어떻게 아십니까?"

"그 남자가 다녀간 후 나도 좀 알아 봤지요. 그랬더니 부동산 업자들 커뮤니티에서 그 쇼핑몰 빌딩이 심각할 정도로 미분양 상태였다는 소문이 퍼지고 있더란 말이지."

갈수록 못 알아들을 소리만 하고 있었다. 동식의 표정을 읽었는지 그는 가지고 온 아이패드를 꺼내 무언가를 검색하기 시작했다.

"건물이 흔들렸던 게 무언가가 폭발했기 때문이라는 정보는 소방관 입을 통해 새어 나왔어요. 마침 현장에 있었던 공인중개사 한 명이 진동이 있고 나서 뒤늦게 화재 경보가 울린 게 수상쩍어 소방서에 전화를 해봤다는데, 아마 선수 상대로 잡아 떼기 어려웠을 겁니다. 언론들 입은 어떻게 잘 막아서 백화점 장사하는 데까지 지장을 주지는 않았는지 모르겠지만, 중요한 포인트는 그게 아니. 전체 40층 건물 중 20층 이상은 화재 경보기를 꺼 놓을 정도로 완전히 비어 있었다는 게 밝혀 진 거야. 사실 그 전부터 그런 말이 돌았거든. 그런데도 분양률을 80% 이상으로 발표해왔으니……."

"그런 걸 어떻게 다……?"

"주식 하는 사람은 이런 정보에 일반인들이 상상도 못 할 정도로 촉이 빠르거든요. 내일 장이 열리면 아마 주가가 제법 빠질 거요."

그는 아이패드를 내밀어 각종 부동산 동호회 카페의 게시판과 그래프 등을 보여주었다. 이 와중에 그게 뭐 자랑이라고.

"선우랑은 무슨 상관입니까?"

"그날 무언가를 터뜨린 장본인이 바로……."

"선우가 그랬다고요? 말도 안 되는 소리 마세요. 어떻게 그런……."

동식은 몸을 반쯤 일으켰다. 테이블이 밀리면서 바닥 긁는 소리가 크게 났다. 그는 질색했다.

"아이 좀, 흥분하지 말고 앉아요. 우리 얘기를 어디서 누가 듣고 있을지 모르는 판에. 그쪽이 믿기 힘든 건 당연해요. 나도 역시 놀랐으니까. 하지만 그렇게 믿을 수밖에 없어요. 그 얼굴 허연 남자한테 직접 들은 거니까. 게다가……."

"게다가?"

"그 쇼핑몰 건물의 미분양률이 높을 지도 모른다고 제가 그랬거든요. 거기 취직했다 길래 그냥 별 생각 없이 말한 건데……."

"그럼 그쪽은 선우가 그런 일을 할 줄 전혀 몰랐던 거네요. 그런데 왜 이렇게 불안해 하십니까?"

"실은……. 내가 전에 해준 말이 있어서……."

"무슨 말이요?"

"얼마 전 부평에 있는 용진 자동차 공장에서 장기 농성을 하던 해고 노동자들을 경찰이 무력으로 진압한 거 기억하죠?"

그런 일이 있었나? 평일엔 일하고 일요일은 자느라 시간 다 보내는 생활이 굳어지다 보니 세상 돌아가는 데 영 어둡다. 그렇다고 모르는 티를 낼 수는 없지 않은가. 동식은 잠자코 있었다.

"특공대가 헬리콥터를 타고 공장 지붕 위로 쏟아져 내리는데 변

변한 저항도 못 했어요. 회사측은 경찰이라는 공권력을 동원하여 사적인 폭력을 마구 휘두르는데, 노동자들은 스스로를 지키려는 행동마저 불법으로 간주되고 말았죠. 막스 베버에 따르면 '국가란 폭력의 합법적 독점체'로 정의된다는데, 만약 국가가 사적 폭력으로부터 개인을 보호해주지 않는다면, 자위 수단으로서의 폭력 또한 '방어권'이라는 이름으로 인정해야 하는데 말입니다."

"막스 베버?"

"제가 이래 보여도 정치학과 출신이거든요."

동식은 할 말을 잃었다. 결국 정치학과 나온 걸 티 내려고 한 얘기를 선우가 들었다는 것이다. 그 결과로 백화점에서는 눈에 불을 켜고 선우를 찾으러 다니는 중이고 이 남자는 자기에게 '사상적 배후'라는 불똥이 튈 까봐 전전긍긍이다.

"선우가 도대체 왜……."

"저도 모르죠. 하지만 원래 하기로 했던 일들 모조리 취소하고 급하게 백화점에 아르바이트 자리 구해서 들어간 게, 지금 생각해보면 뭔가 이유가 있었던 걸로 보입니다."

"그럼, 그전에는 다른 일을 했습니까?"

동식의 물음에 그는 눈을 피했다.

"사실 뭘 하든 수입이 뻔했겠죠. 서울 바닥에서라면 겨우 살아갈 수 있을 정도였을 거에요. 자세히는 잘 모르지만 그것만으로는 필요한 돈을 감당할 수 없었나 봅니다. 그 상황에서 어떻게 해야 됐겠어요?"

그거야 동식도 모를 리 없었다.

"대출이라도 받아서……."

"그건 끔찍이도 싫어했어요. 한 번 빌리기 시작하면 영원히 못 갚는다면서."

100% 동감이다. 동식은 자신의 처지를 떠올렸다. 하지만 빚을 지

지 않으면 살아갈 수가 없는 세상이다. 그럼 남은 길은 하나.

"아니면 룸살롱, 그런 겁니까?"

"아뇨."

"그럼 뭡니까?"

"쉽게 표현하면 부분 모델 같은 건데."

"그게 돈이 되나요?"

"개인 소장용 사진이나 동영상을 찍는 겁니다. 특히 색다른 취향을 가진 고객들에게는 가격을 세게 부를 수 있죠."

"뭐요?"

"그 왜 있잖습니까? 다리 같은 특정 신체 부위라든지, 속옷이나 스타킹 같은 거……. 왜 알잖습니까? 특히 교복 입고 찍은 사진은 제법 비싸게……."

동식은 테이블을 내리쳤다. 불쾌감이 등을 타고 스멀스멀 올라왔다.

"진정 하세요. 그 입장에서는 어쩔 수 없었을 거에요."

"……."

"모르긴 몰라도 유흥업소는 나갈 형편이 못 되었을 겁니다. 술을 못하는 데다가 그 바닥은 보기보다 인력 관리가 철저하고 무엇보다 기록이 남거든요. 반면 우리 일은 손님을 직접 상대하지 않아도 되고, 어찌 보면 2차 나가는 것 보단 나을 수도 있잖아요. 게다가 찾는 사람들이 아무래도 켕기는 게 있으니까 비밀 보장이 잘 됩니다. 선우라는 당신 친구, 예전부터 스스로의 존재를 감추려 했거든요. 저랑 거의 3년 넘게 가까이 일했지만, 개인적인 얘기는 한 번도 안 했어요. 신용카드도 잘 안 썼고, 때때로 전화번호를 갑자기 바꾸기도 했고. 그뿐만 아니라, 인터넷도 e-메일 정도만 만들어서 썼지 미니홈피나, 트위터 같은 건 아예 손도 안 댔죠. 왜 그럴까? 대부분의 그 나이 아가씨들은 마치 자기가 연예인이라도 된 것처럼 일상을 예쁘게 꾸며서 남한테 보이려 하는데. 그래서 넌지시 물어본 적도 있어요. 혹시 무슨 사고 친 것 아니냐? 그랬더니 묘한 말을 하대요. 금단의 숲에 들어간 자, 영원히 도망쳐 다닐 수밖에 없다고."

도대체 어떤 사정이길래. 고등학교를 졸업하고 갑자기 말도 없이 사라져야 했던 것도 그 이유 때문일까? 동식은 무거운 추가 등에 매달린 것 같았다.

"문제는 그게 다가 아닙니다."

"네?"

"이건 사람들 무관심에 그냥 묻혀버린 사건인데, 용진 자동차가 강제 해산을 단행하고 나서 복직을 요구하는 목소리가 힘을 잃게 되자 노조 간부 중 한 명이 서울에 있는 용진의 본사 사옥 앞에서 분신 자살을 기도했어요. 동료들이 진화에 나섰지만 한 달여 만에 사망하고 말았죠. 혹시 이 대목에서 떠오르는 인물이 있습니까?"

"분신 자살? 전태일을 말하는 건가요?"

"맞아요. 아마 우리 나라 사람 상당수가 같은 답을 할 겁니다. 왜 그럴까요?"

"워낙 유명하니까……."

"좀더 정확한 표현을 쓰자면, 전태일은 우리에게 저항을 의미하는 모(母)사건인 셈이죠."

"뭐라고요?"

"적어도 우리 나라에서 저항의 상징은 전태일의 분신 자살이에요. 이건 위키리크스가 공개한 미국 외교 문서에서도 언급된 겁니다. 순교자의 이미지죠."

"하지만 전 단지 영화를 보고……."

"그래요. 맞습니다. 제가 얘기 하려던 게 그거에요. 동식 씨처럼 어린 친구들은 사실 전태일을 잘 몰라요. 누군지 안다 정도죠. 그나마 홍경인인가 하는 배우가 나온 영화가 아니었으면 이름조차 몰랐을 걸요. 저희 때만 해도 대학 들어가면 『전태일 평전』부터 읽었는데 말이죠."

"……."

"선우 그 친구도 마찬가지였습니다. 저항하면 생각난다는 사건은 따로 있었어요. 그게 뭘 거 같습니까?"

"글쎄요. 저는 잘……."

"그럼 저항을 테러리즘이라는 말로 바꿔봅시다. 뭐가 제일 먼저 떠오릅니까?"

"9.11이요?"

"그래요. 잘 아시네요. 바로 뉴욕 세계무역센터 사건입니다. 장 보드리야르가 언급했듯 9.11은 세계화에 저항하는 절대적 사건인 모(母)사건으로 세계인들 마음 속에 새겨져 있습니다. 국제화 시대 속에 자란 요즘 젊은 세대들도 예외가 아닌 게죠. 뭐, 그렇다 해도 키워드가 '순교자'란 점은 마찬가지지만요. 전태일이든 9.11이든."

꼴에 이번에도 정치학 강의다. 그게 뭐 어쨌다고……. 그러다 동식은 뭔가 속에서 덜컥 하는 걸 느꼈다. 백화점 빌딩, 그리고 폭발. 이건 명백한 테러다.

"무슨 말씀 하시는지 알겠습니다. 선우가 상당히 위험한 일을 벌이고 있군요."

"이제야 좀 말이 통하는군요."

"그렇다면 당장이라도 선우를 찾아야 하지 않겠습니까? 뭔가 알고 계신 게 있나요? 핸드폰까지 맡긴 걸 보니 그래도 가깝게 지내신 것 같은데."

"아까도 말했지만 본인에 대한 건 거의 이야기하지 않았어요. 지나칠 정도로 조심했죠. 이 전화기도 제 책상 서랍에 말도 없이 놓아두고 간 거에요. 가지고 있으면 저처럼 위치 추적 당할 수도 있었을 테니."

"이미 사라질 마음을 먹고 있었군요. 그렇다면 아예 없애도 될 걸 굳이 남겨둔 이유가 있나요?"

"메모를 남겼는데, 올 초에 간호사 시험에 붙었다고 해요. 언제 또 그런 걸 준비했는지……. 하여간 그 동안 여러 군데 원서를 넣었는데 나이가 많은 편이라 그런지 계속 취직이 안 되다가, 이번에 지방에 있는 한 병원에서 최종 면접까지 올라갔나 봐요. 합격 통보가 이 번호로 오게 되어 있다면서, 만약 붙었다는 전화가 오면 꼭 일할 거라고 답해주어야 한대요. 그러지 않으면 일방적으로 채용이 취소된다고……."

간호사라……. 적지 않은 시간과 노력이 들었겠구나. 그런데도 선우는 떠나야 했다.

"한 번 잘 생각해보세요. 하다 못해, 선우가 지하철은 몇 호선을 탔는지, 자주 이용하는 버스 노선이 있는지, 사는 동네 지명을 우연찮게 말했다든지……."

"가만 있어보자. 아, 그렇지. 스튜디오에 올 때 마을버스 타고 간다는 말을 종종 했어요."

"스튜디오가 어디 있나요?"

"이 근처 아파트 단지 안에 있습니다. 평소에는 동네 사진관도 겸해서 하거든요."

"그걸로 버스 노선을 검색해볼 수 있지 않나요?"

동식은 아이패드를 가리켰다. 뿔테 안경이 콧등까지 내려온 그 남자는 잠시 멍하게 있다가 떨리는 손으로 액정 화면을 밀어대기 시작했다.

"있습니다. 세 개가 검색되네요. 녹색이 두 개, 파란색이 한 개입니다."

"파란색은 운행 거리가 좀 멀어요. 보통 마을버스라고 부르지는 않죠. 녹색이 지선 버스니까 그것부터 돌아봐야겠습니다."

"부탁합니다. 제 능력 밖의 일이라서……."

동식은 같이 따라 나서지 않아서 차라리 고마웠다.

"선우 핸드폰은 제가 가져가겠습니다. 괜찮겠죠?"

"물론입니다."

"혹시 선우의 사진을 가지고 계십니까? 필요할 수도 있을 것 같은데."

순간 남자의 얼굴이 살짝 발개지는 바람에 동식은 가라앉았던 화가 다시 치밀어 올랐다. 이 자식은 선우를 떠올리며 무슨 생각을 하는 거야?

"있습니까, 없습니까?"

"네, 있습니다. 가게에 가면 제 컴퓨터에 저장되어 있을 텐데……."

"그럼 같이 갑시다. 어차피 마을버스를 타려면 그 앞까지 가야 하니까요."

"네? 아, 예! 알겠습니다. 가시죠."

커피 전문점을 나온 동식은 남자를 따라 신천 골목을 걸었다. 주말 밤을 맞아 흥청거렸을 주점들은 불투명한 유리문을 걸어 잠그고 본래의 남루한 모습을 드러내고 있었다. 남자는 골목이 끝나자 오른쪽으로 꺾어 석촌 호수 방면으로 향했다.

차도를 건너자 번잡스런 소음에서 갑자기 해방되었다. 사람들은 느린 걸음으로 동식을 스쳐 지나갔다. 얼마 지나지 않아 갈색 화강암 기둥과 금색 휘장으로 장식된 아파트 단지 출입문이 나타났다. 마침 대형 세단 한 대가 묵직한 엔진 소리를 뿜어대며 지하 주차장을 빠져 나왔다.

그 차가 지나가길 기다리느라 잠시 멈춰 선 동식은 단지 안 풍경을 물끄러미 바라보았다. 먼지 하나 없을 것처럼 새하얀 바위가 둘러쳐진 중앙광장에는 소나무 몇 그루가 드문드문 솟아 있었고, 햇살이 보도 위로 넓게 비춰 들었다. 밝은 회색의 콘크리트 벽과 파란 통

유리가 직각을 이룬 아파트는 그 속에 사는 사람들이 이 땅에서 거둔 성공을 새긴 기념비가 되어 눈 앞에 버티고 서 있었고, 그 사이를 숄더백을 든 젊은 여자가 가벼운 옷차림으로 가로질러갔다.

다시 길을 걸었다. 신천3동 주민센터 앞에서 아파트 단지 안쪽으로 꺾어 들어가니 상가가 보였다. 그의 가게는 놀랍게도 1층 길가에 있었다.

"잠시만 기다려 주세요."

남자는 각종 파일이 수북한 책상에 앉아 컴퓨터를 켰다. 동식은 한 구석에 서서 조용히 지켜보았다. 가게 안은 여느 스튜디오와 다르지 않았다. 한 가운데 삼각대에 고정된 한 눈에도 비싸 보이는 카메라가 놓여 있었고 벽면에는 액자가 가득했다. 거기 걸린 사진들 속에는 아마 여기 아파트에 살고 있을 가족들이 저마다 가슴을 내밀고 턱을 당기고 입꼬리에 힘을 주고 이쪽을 바라보고 있었다.

"잠시만 기다려주시겠어요? 사진 중에 쓸만한 게 없어 동영상 메이킹 필름에서 캡쳐를 해야겠습니다."

남자는 이마 위로 머리카락과 땀을 한꺼번에 쓸어 올렸다. 동식은 고개만 까딱 했다. 그때 갑자기 TV를 크게 튼 것처럼 귓속이 왕왕 울리기 시작했다. 뒤이어 뭔가 바람을 가르듯 휙 - 휙 - 하더니 착 - 하는 소리가 스튜디오에 가득 퍼졌다. 남자는 납빛이 되어 허둥지둥 책상 위를 뒤졌다. 하지만 계속 들려왔다. 착 - 착 - 그리고 하나 - 둘 - 비명처럼 내지르는 여자 목소리. 이거 뭐야? 동식은 피가 거꾸로 솟았다.

"너, 이 새끼!"

"죄송합니다. 죄송합니다."

남자는 떨리는 손으로 스피커 선을 잡아 뽑았다. 주먹이 그 남자 턱밑까지 올라갔지만 화면 속에서 책상을 짚고 뒤돌아선 선우가 얼핏 눈에 들어와 기겁하고 물러섰다. 그리고, 보지 않으려 했지만, 선우 다리에 빨갛게 난 두 줄. 숨 쉴 때마다 몸이 떨려왔다.

"대답 해봐. 선우가 왜 저러고 있지? 당신, 저런 것도 찍나?"

"찾는 분들이 있습니다."

"선우한테 저런 걸 하라고 시켰어?"

남자는 그 자리에서 튀어 오르며 손사래를 쳤다.

"아닙니다. 절대 아닙니다. 본인이 먼저 원했습니다. 저는 말렸고요. 이거 쉽게 생각해선 안 된다. 진짜로 때린다. 하지만 끝까지 우겨서……"

"도대체 왜?"

"왜겠습니까? 다 돈 때문이죠."

"……"

"한 번에 백 만원 가까이 받을 수 있거든요."

동식은 기가 막혔다. 남자는 마우스를 계속 움직여대며 눈치를 살폈다.

"저기, 사진은 프린트를 해드리면 되겠습니까?"

하지만 동식은 뭐라 말할 기분이 아니었다. 남자가 내민 것을 낚아 채다시피 하고 밖으로 나왔을 때는 기운이 다 빠져 있었다. 손에 든 걸 보고는 또 한 번 가슴이 철렁 했다. 얼굴만 따로 잘라냈지만 아까 그 장면이 머리 속에 끝없이 재생되었다. 앞으로도 쉽게 지워지지 않겠구나. 인두로 지져서 새겨진 기억이니까. 거리는 눈이 아플 정도로 환했다.

- 6 -
월요일

여자는 부스스한 얼굴이었다. 등록번호를 누르자 컴퓨터 화면이 바뀌면서 검사 결과가 나열되었다. 제목에는 건강진단수첩, 괄호 치고 '유흥'이라고 되어 있었다. 통칭 '보건증'이다. 명준은 보는 사람이 행여 놓칠까 붉은 색으로 표시된 항목을 확인했다. 클라미디아 양성. 쉽게 말해 성병이 도졌다. 여섯 달 전 결과는 정상이었으니 그 사이 거쳐간 누군가에게서 옮겨왔을 것이다.

이제 일주일간 약을 먹고 다시 검사를 받아야 하고, 치료가 되기 전에는 일을 할 수 없다. 정작 성매매는 법으로 금지해놓고 아가씨들 건강은 국가가 돈 들여서 챙겨주고 있는 셈인데, 이게 누구를 위한 건지는 볼 때마다 헷갈렸다. 여자는 처음이 아닌 듯 덤덤하게 처방전을 받아 들었다. 모자를 눌러쓰고 진료실을 나가는 모습을 보니 이 좁은 시골 바닥에서 저렇게 살기 참 쉽지 않겠다 싶었다. 어쩌면 다음 번 보건증은 다른 지역에서 끊을 지도 모른다.

명준은 환자 명단으로 눈을 돌렸다. 일흔 살 먹은 할아버지가 기다리고 있었는데 클릭을 해 보니 초진인지 아무 기록이 없었다. 마이크를 들고 이름을 부르자 키 작은 노인이 앞장 서 들어왔고, 옅은 색 양장을 입은 할머니 한 분도 뒤 따라왔다. 노인은 머리 숱이 거의 없고 주름이 많은 얼굴이었다. 명준은 의자를 권했다.

"자, 박정호 어르신, 어떻게 오셨습니까?"

그는 턱을 치켜들고 명준을 슬쩍 내려다 보았다.

"내가 요즘 숨이 좀 차서 말인데……. 감기가 든 것 같으니 감기약 좀 지어줘. 내가 그 전부터 먹던 약이 있을 거야."

앉자마자 반말이다. 거기다가 진단도, 처방도 혼자서 다 내린다. 뭐 하자는 건지. 예전 처방을 띄워 보니까, 세상에, 무슨 약이 10개 가까이 되냐? 이건 아니지.

"숨이 어떨 때 차시나요? 움직일 때 심해지는지, 아니면 가만히 있어도 숨이 찬 건지……."

"그런 거 없이 그냥 숨이 차."

"기침이나 가래 같은 건 없으신가요?"

"아무것도 없어. 내가 볼 때는 감기가 들었어. 감기약 먹으면 나을 것 같아."

"혹시 담배 피우십니까?"

"담배는 일절 안 해."

"가슴이 답답하거나 뻐근한 통증이 있지는 않으신가요?"

"쓸데 없이 그건 왜 물어? 다른 의사 선생들은 군말 없이 해주던데. 내가 여기 다닌 지가 십 몇 년이야."

"자, 어르신. 제 말 좀 들어보세요. 숨이 차다는 건 폐가 안 좋은 것일 수도 있지만, 심장이 나빠진 것은 아닌지도 따져봐야 합니다."

"거 참. 그래서 지금 약을 못 주겠다는 건가?"

명준은 이쯤에서 물러서야겠다고 생각했다. 꼭 저런 부류들이 나중에 더 큰 병이 발견되면 왜 처음부터 자세히 안 봤냐고 따진다. 그러므로 적당히 실랑이를 벌여줘야 행여나 뭐가 잘못되었을 때 이쪽에서도 할 말이 있다. 숨 소리만 한 번 들어보고 보낼 요량으로 명준은 청진기를 들었다.

"자, 숨 크게 쉬시고요."

약을 준다고 해서 그런지 노인은 순순히 셔츠를 들어올렸다. '뭐 특별한 건 없겠지……' 하던 명준은 멈칫했다. 오른 쪽 폐 소리가 왼쪽에 비해 교과서 표현대로 '현저하게 감소'되어 있다.

"어르신, 숨 소리가 좀 안 좋습니다. 가슴 사진을 찍어봐야겠는데요?"

"의사 선생이 그렇게 판단한다면, 하지 뭐."

좀 전까지 약만 달라 더니, 뭐 안 좋은 게 있다니까 바로 하겠단다. 역시 그냥 보냈으면 큰일 날 뻔했다. 명준은 X-ray를 처방한 뒤 노인을 검사실로 보냈다. 결과는 내일이나 모레 확인하기로 하고, 약은 일단 진통제만 복용하도록 했다. 핑계는 사진 판독에 그 정도 시간이 걸린다는 것이었지만, 실은 상희와 어디 가기로 되어 있어 더 기다리기가 힘들었다. 보건소 여사에게 대충 나머지 일을 맡기고 명준은 서둘러 진료실을 나섰다.

약속시간까지는 이십 분 넘게 남아 있었지만 서두르는 게 좋을 듯했다. 명준도 그렇지만 상희 역시 평소 점심 시간보다 일찍 나선 터였다. 일이 많은 월요일이지만 보건소 여사도, 학교 선생들도 오늘만은 뭐라 하지 못할 것이다. 두 사람과 점심을 같이 하기로 한 사람이 누군지 다들 알고 있었으니까.

명준의 A4는 읍내를 가로질러 갔다. 남천면으로 가기 위해서는 강을 건너야 했다. 대연군은 남한강으로 향하는 두 하천이 Y자 모양으로 만나는 곳에 자리 잡았는데 위쪽 가운데 땅이 바로 남천면이었다. 우측 아래 대연읍에서 출발한 다리는 완만한 곡선을 그리며 이어졌다.

마을 입구에 도착한 명준은 안으로 들어가지 않고 곧바로 좌회전했다. 소나무가 우거진 2차선 도로가 낮은 구릉을 따라 나 있었다. 운전석 차창 너머로 일렁이는 호수물결이 스쳐 지나갔다. 오르막이 끝나자 모습을 드러낸 것은 스페인 그라나다의 궁전을 본뜬 하얀 벽과 붉은 지붕의 클럽하우스였다. 수도권에서도 회원권이 비싸기로 유명한 대연 칸트리클럽. 그곳의 주인 박강수가 지금 그들을 기다리고 있었다.

"명준 형님, 오셨습니까?"

입구에 차를 세우자 형오가 달려 나왔다.

"아저씨께서 조금 늦으실 것 같습니다. 먼저 들어가 계시지요. 제가 안내해 드리겠습니다."

형오는 박강수를 아저씨라고 불렀지만 두 사람의 촌수는 조금 더 복잡했다. 상희가 일하는 고등학교의 재단 이사장이자 조영그룹 회장의 사모님, 즉 형오의 큰어머니 되는 분이 박강수의 누님이었다.

그들의 인연은 선대에까지 거슬러 올라간다. 박강수의 집안은 대대로 지주였고 부친인 박조영은 이 일대 제일가는 갑부였다. 형오의 할아버지는 그 밑에서 집사 노릇을 했는데, 일제 치하에서 심약했던 주인을 대신해 가문을 지키는데 크게 일조한 모양이었다. 일본 자본을 끌어와 비료 공장을 세운 것도 그분이었다.

광복 후 토지개혁을 거치며 대부분의 지주들이 몰락한 반면 일찌감치 농지를 개간해 공장을 세운 덕에 현재의 대기업으로 성장하는 발판을 마련할 수 있었다. 다만 경영에 있어서는 형오 집안 사람들이 실질적인 권한을 가졌고, 박강수와 그의 형제들은 주주총회에서 거수기의 역할만 하는 것으로 알려져 있다. 그들에게 주어진 건 해마다 나오는 배당금과 그룹의 이름을 부친 성함에서 따온 것 외에는 없는 셈인데 그나마 요즘에는 영문 이니셜을 딴 JOY와 혼용되는 추세였다.

명준과 상희는 대리석으로 장식된 로비를 지나 넓은 테라스로 안내되었다. 탁 트인 호수와 함께 여름의 끝자락이 좌우로 빽빽이 펼쳐져 있었다. 듣던 대로 장관이구나. 천천히 차를 들이키던 명준은 건너편 산 중턱에 세워진 건물에 눈길이 갔다. 3층 정도 되는 '凹'자 모양의 집이었다. 떡 벌어진 풍채에다 검은 빛이 도는 대칭된 형태의 커다란 두 개의 창. 꼭 누군가가 아래를 내려다보고 있는 느낌이 들었다.

저게 바로 형오의 할아버지, 김동화 회장이 살았던 별장이다. 옛날 사람인지라 한때 자기 주인이었던 분을 끝까지 공경해 후손들이 모여 사는 남천면에는 집을 두지 않았고, 대신 공장들이 있는 강서면 북쪽에 위치한 야산에 별장을 짓고 자신이 이룩한 것들을 감상하며 말년을 보냈다고 알려져 있다. 본인이야 뿌듯했겠지만 밑에서 일하는 사람들은 볼 때마다 어떤 기분이었을까?

"늦어서 미안하다."

명준은 자리에서 일어났다. 박강수가 이쪽으로 다가오는 중이었다. 그와 눈이 마주치자 가볍게 목례를 했다.

"명준이 많이 컸구나. 이젠 의사 선생님이라 불러야겠네. 아버님께서도 잘 계시지?"

방금 샤워를 끝냈는지 순한 스킨 향이 코 끝을 스쳤다. 박강수는 짧게 자른 머리를 긁적이며 자리를 권했다.

"어서들 앉아라. 배고프겠다. 이봐! 어서 음식 내 오지."

눈가에 주름이 더 굵어지고 머리칼도 반백이 되었지만 목소리는 여전히 카랑카랑했다. 간간히 쇳소리가 섞여 나오는 것도 그대로다.

"그 동안 잘 지내셨어요? 아저씨는 나이를 안 먹는 것 같아요."

맞은 편에 앉은 상희의 말에 박강수는 손을 휘휘 내저었다.

"말도 마라. 나날이 몸이 부실해지는 걸 절감하고 있다."

"오늘도 잘 안 맞으셨어요?"

이번에는 형오가 물었다.

"처음에 파를 연속 두 개 잡았어. 이제야 감이 온다 싶었는데, 평소 한 쪽 눈 감고 쳐도 되던 15번 홀에서 공을 웅덩이에 빠트려 버린 거야."

"요새 거의 매일 연습하시잖아요."

"하면 뭐 하냐? 만년 보기 플레이어 신세를 못 면하는 걸. 너네 큰아버지는 한 달에 한 번도 제대로 안 치면서 싱글을 유지하는 걸 보면, 역시 대단한 양반이셔. 그러고 보니, 명준이 너는 골프 시작했니?"

명준은 샐러드를 집으려다 말고 황급히 대답했다.

"곧 머리를 올릴 수 있을 것 같습니다."

"그거 잘 됐구나. 내가 이야기 해 둘 테니까 비는 시간 있으면 우리 클럽에서 치도록 해라. 혼자 오기 좀 그러면 형오랑 같이 하면 되겠네. 이 녀석도 아직 초보야. 치기 싫다는 걸 억지로 내가 시켰어.

남자가 사회 생활 하려면 골프는 필수야."

"그래도 되겠습니까? 정말 감사합니다."

이게 왠 떡이냐 싶었다. 그러지 않아도 필드 나가려면 돈이 들 것 같아 마이너스 통장을 뚫을까 아님 야간 당직 아르바이트를 시작해야 하나 고민했었는데. 그러는 사이 종업원 두 명이 들어와 생선회가 담긴 커다란 접시를 테이블 위에 올려놓았다. 박강수는 직접 정종을 따라주며 이야기를 이어갔다.

"이렇게 젊은 친구들하고 밥을 먹으니 기분이 좋구나. 내 가끔 부를 테니 와서 맛있는 것도 먹고 편하게 놀다 가거라. 마누라랑 아이들이 영국에 가 있으니까 심심할 때가 많아."

겉 보기와는 달리 마음이 좀 약해졌구나. 명준의 어렸을 적 기억 속에는 어깨가 벌어진 남자 몇 명 데리고 지프차에 올라 여기저기 휘젓고 다니던 모습이 선한데. 지금은 이렇게 앉아 술 맛을 음미하며 창 밖을 바라보고 있다.

"참으로 멋진 풍경이야. 이런 곳에 공장을 만들겠다는 생각, 나라면 죽었다 깨어나도 못했을 거다."

상희가 박강수의 빈 잔을 다시 채워주었다.

"전에 보니까 문을 닫은 곳이 많은 것 같던데요?"

"어쩔 수 없는 흐름이야. 인건비를 감당할 수 있어야지. 그렇다고 직원들한테 중국이나 베트남 수준 월급으로 살라고 강요할 수도 없는 것 아니냐?"

"다른 부분에서 돈을 줄일 수 있으면……."

"형오 너는 그래서 세상 읽는 눈이 부족하다는 소리를 듣는 거야."

"그게 아니라……."

"우리 애 만나러 가서 내가 느낀 게 있다. 일이백 년 전만 하더라도 세계 제조업의 중심은 영국이었지. 대영제국. 하지만 지금은 금융업이 그걸 대신하고 있어. 우리 나라도 배워야 해. 금융이나 서비스 중심으로 산업 구조를 바꿔야 한다는 말이지. 내가 일찌감치 이 자리에 골프장을 세운 것도 그때문이야."

박강수는 다시 호수 쪽으로 눈을 돌렸다.

"서울에서 이 정도 거리에 여기처럼 멋진 풍경을 가진 곳은 어디에도 없어. 곧 4대강 사업도 완성될 테고, 관광객은 계속 늘어날 거야. 강원도? 산세만 험하지 뭐 볼 게 있나."

"그래서 리조트 단지를 건설하려는 것이군요."

"역시 우리 명준이가 똑똑하구나. 앞으로 강서면 일대 공장들은 단계적으로 철거될 거다. 알짜배기만 남겨서 베트남으로 옮긴다는 게 우리 계획이야."

"마을 사람들이 어떻게 나올지……."

"반대할 이유가 뭐 있겠냐? 리조트를 만들면 일자리는 오히려 더 늘어날 테고, 또 그래야 동네에 젊은 사람들도 좀 들어볼 거 아니냐? 남천면 쪽에서 원래부터 농사 짓던 어르신들이야 땅값 오르고 공해도 없어지니 더 좋아라 하시겠지."

형오가 뭐라고 더 얘기하려는데 누군가 테이블로 다가오는 바람에 대화가 중단되었다. 말끔한 얼굴에 머리를 단정히 빗어 올린 남자였다. 그는 박강수에게 귓속말로 몇 마디 건넸다.

"알겠어. 일단 박실장은 모른 척 하고 있게."

남자는 유난히 작은 눈을 몇 번 껌뻑거리다 고개를 끄덕이고는 밖으로 사라져갔다. 잠시 어색한 침묵이 이어졌다.

"상희야."

팔짱을 끼고 가만히 있던 박강수가 고개를 들었다.

"너도 잘 알겠지만 요즘 강서면 일대가 어수선하다. 특히 얼마 전부터는 외부인들이 들어와 간섭하는 일까지 벌어졌지."

"네, 알고 있어요."

"급기야 열흘 전 그들 중 한 명이 가동이 중단된 공장의 굴뚝에 올라갔다. 그 동안 회사 사람들 외에는 비밀로 하고 있었는데……."

"곤란하게 되었군요. 그 애긴 거길 점거하고 내려오지 않겠다는 뜻이잖아요?"

"맞다."

"그런데 그 말씀을 왜 저에게 하시는 건지……."

한참 동안 뜸을 들이던 박강수는 마침내 입을 열었다.

"내 비서로 일하는 박실장이 방금 알려주었는데, 굴뚝에 올라간 사람이 바로 너희 아버지라는구나."

그 순간 명준은 누구한테 한 대 얻어 맞은 줄 알았다. 모두가 더 할 말을 찾지 못 했다. 상희의 떨리는 숨소리만이 점점 크게 들려올 뿐이었다.

– 7 –

화요일

처음 보는 사람은 쓰레기장인 줄 알았을 것이다. 넓은 공터에 형형색색 종이상자가 곳곳에 산을 이루고 군데군데 페트병이나 스티로폼 박스도 끼어 있으니 말이다. 하지만 냄새가 다르다. 땀내 나는 습한 공기가 이곳에는 가득 차 있다. 추석 연휴 전날, 평소보다 두 배 넘게 밀려든 물량을 처리하느라 기사들과 알바생들 모두 죽어나고 있을 터였다.

원래는 동식도 이 시간에 담당 영업소에서 '까대기'를 도와야 했다. 컨테이너 간선차량에서 2천 개 가까이 되는 물건을 쉴 틈 없이 운반 작업대에 올려놓아야 하는 일이라 동식이 빠지면 나머지가 힘들어진다. 결국 알바생더러 친구 한 명 더 데리고 나오라고 하는 수

밖에 없었다. 그러지 않으면 오늘 만나려는 사람과 시간을 맞추기가 힘들었을 것이다. 그 친구 일당은? 물론 동식의 지갑에서 나가야 했다.

그날 스튜디오에서 나온 뒤 마을버스를 타고 이 일대를 몇 번이나 돌았다. 신천3동 주민센터 앞 버스 표지판에는 두 개의 초록색 번호가 있었다. 4381 그리고 3344. 노선을 확인해 보았다. 4381번은 잠실운동장에서 신천역과 성내역을 지나 천호 사거리로 향했고, 3344번은 잠실역에서 올림픽 공원을 거쳐 다음 방이동까지 갔다. 먼저 도착한 것은 4318번이었다. 신천역에서 성내역 사이는 고층 아파트와 오피스텔이 거리의 대부분을 차지했고 한 눈에 보기에도 임대료가 비쌀 것 같았다.

버스는 올림픽 공원 앞에 이르러 좌회전 한 뒤 근처에 있는 대학병원을 한 바퀴 돌았다. 그리고 올림픽 대교 아래를 통과해 한적한 2차선 도로로 들어섰다. 문득 환해지는 느낌이 들어 창 밖을 보니 파란 하늘이 넓게 펼쳐졌다. 눈 앞을 가리고 섰던 건물들이 사라지고 기껏해야 2층 정도 되는 네모난 주택들이 다닥다닥 이어졌다. 잠실에, 그것도 한강변에 이런 동네가 있었나 싶어 동식은 버스에서 내렸다. 그리고 바로 느낌이 왔다. 선우가 살았던 곳이 바로 여기라고.

혹시나 싶어 나머지 노선도 둘러보았지만 근처에서 크게 벗어나지 않았다. 방이동 쪽으로 가는 버스도 타보았는데 주점이나 모텔이 밀집해 있었고 사람이 살 만한 건물은 거의 없었다. 방에 돌아와 인터넷 지도를 검색했다. 그곳 이름은 풍성동. 송파구 동쪽 끄트머리에 한강을 마주보고 들어선 마을이었다.

동식은 월요일에 출근하자마자 그 지역을 관할하는 영업소를 알아보았다. 다행히 연수회 때 안면을 튼 적이 있는 직원이 근무하고 있었다. 사정을 듣고는 다른 업체에서 일하는 기사 한 명을 소개시켜 주었다. 풍성동에서만 배달을 10년 넘게 하고 있다고 했다.

그 기사는 자신의 집배송차량 앞에 서 있었다. 훈련소 부사관처럼 벌겋게 익은 얼굴에, 운송장을 들여다보느라 가늘게 뜬 두 눈 사이로 깊게 패인 주름. 그는 동식이 다가가자 말 없이 손을 내밀었다. 팔뚝에 돌덩이 같은 근육이 붙은 게, 이력을 의심해서는 안 될 것 같았다. 악수를 나눈 뒤에도 운송장에서 눈을 떼지 않은 채 물어왔다.

"자네가 조동식인가? 나 찾아 올 거란 얘기는 들었어. 그래, 무슨 일이야?"

동종업계 '선배'라 그러는지 대놓고 반말이다. 동식은 그러려니 하고 선우에 대한 이야기를 꺼냈다. 저항이니, 폭발이니 하는 말은 당연히 뺐다. 고등학교 동창이 빚 때문에 문제가 생겨 연락이 끊겨 찾으러 다닌다고 하자 연신 고개를 끄덕이며 비닐로 된 조끼 주머니에서 핸드폰을 꺼냈다. 조끼가 말려 올라가면서 불룩하게 튀어나온 뱃살이 드러났다. 동식은 조만간 자기도 저렇게 되기 싫었다. 팔에만 근육이 붙으면 뭐 하나. 수시로 끼니를 거르고 밤에 폭식하기를 반복하다 보면, 마흔도 안 되어 각종 성인병이 달려 들 것이다.

"전화번호."

그는 멍하게 서 있는 동식에게 재차 소리쳤다.

"그 아가씨 전화번호!"

동식은 얼른 숫자를 불러주었다.

"음. 여기 있네."

"오!"

진짜로 있었단 말인가? 전화기를 빼앗듯이 집어 들고 액정을 확인했다. 381이라는 숫자가 자동 검색 되어 있었다.

"동네에 오랫동안 살았거나 자주 물건을 배달시키는 집은 이렇게 단축번호로 저장해두거든."

"이 숫자는 무슨 뜻입니까?"

그는 창고 한쪽 벽면으로 갔다. 큼지막한 송파구 지도가 붙어 있었다.

"풍성동 38-1번지. 지금은 무슨 길 몇 번, 이렇게 바뀌었지만 난 옛날 게 더 편하거든. 그러니까, 바로 여기야."

그는 볼펜으로 지도 한 귀퉁이에 동그라미를 쳤다.

"이 번지수로 저장된 전화번호가 4개가 있는데 그 중 자네가 불러 준 번호가 세 번째에 있으니까, 아마 2층 방 중 하나일 거야."

"감사합니다!"

동식은 당장이라도 달려가고 싶었다. 하지만 그럴 수가 없었다. 오늘은 추석 연휴 바로 전날. 자정을 넘기지 않는 걸 목표로 해야 할 판이었다. 일단은 영업소로 돌아가야 했다.

다음 날 아침에 겨우 일어날 수 있었던 건 잠결에 떠오른 두 단어 때문이었다. 그게 아니었으면 오후까지 내쳐 잤을 것이다. 통화내역, 위치추적. 그리고 선우의 전화기. 한때 유행했던, 사진을 가로로 찍을 수 있는, 폴더가 돌아가는 전화기. 눈 작은 남자라면 동식이 선우를 찾으러 나선 것도 아마 알아차렸을 것이다. 솔직히 올 테면 와봐라 하는 심정이었지만 선우가 살던 집 위치를 알게 된 지금, 가능한 빨리 움직여야 했다.

이것저것 챙기다가 문득 부산에 계신 부모님께 전화 안 한지 한 달이 넘었다는 생각이 들었다. 오늘부터 연휴다. 집에 내려가볼까 생각 안 해본 것도 아니지만, 올해도 좋은 소식 하나 없는 명절. 어차피 얼굴 봐도 서로 할 말도 없었다. 동식은 가방을 둘러메고 방을 나섰다.

지하철을 갈아타고 성내역에 도착한 뒤 며칠 전 탔던 마을버스에 다시 올랐다. 전날 인터넷 지도로 다시 검색해보니 풍성동 38-1번지의 새 주소는 풍성로 7길 23번. 수백 가구 넘게 모여 사는 마을 안에서도 거의 한가운데였다. 백제 시대의 성곽이 발견되는 바람에 개발이 제한된 곳이다. 그 동네 집주인들이야 억울한 일이겠지만 미로 같은 골목과 번지수만으로는 찾을 수 없는 수 많은 방들은 선우의 은신처가 되어 주었을 것이다.

풍성동 입구 정류장 앞에 내려서자 강바람이 한 차례 불어 닥쳤다. 짧은 순간이었지만 눈을 뜨지 못할 정도였다. 동네 이름에 '風'자가 들어간 이유를 알 것 같았다. 동식은 마음을 가다듬고 골목을 따라 천천히 걸어 들어갔다.

시멘트가 덧칠해진 길은 차 한대가 지나가기 힘들 정도로 좁았다. 마당도 없는 벽돌집들을 지나쳐 걸었다. 불과 2층짜리 건물에 둘러싸여 있는데도 햇빛이 가려 발바닥에 찬 기운이 스몄다. 모든 것이 낡아 버린 낮은 담벼락에 새로 만든 파란 색 주소 표지판이 줄지어 붙어 있었다. 풍성로 7길 23번. 동식은 그 앞에 섰다. 가슴이 떨려왔다. 그 기사 말이, 선우는 2층에 산다고 했다. 계단을 찾았다. 하지만 보이지 않았다. 옆 건물과 사이에 난 틈새를 살펴보니 주인집과 반대쪽으로 출입문이 나 있는 것 같았다.

동식은 골목을 빠져 나왔다. 한 블록을 지나 다시 골목 안으로 들어갔다. 하지만 한참을 가도 아까 그 집은 보이지 않았다. 여기저기 나 있는 쪽문에는 아무런 주소 표시가 없었다. 위치검색을 다시 해 보았지만 핸드폰 액정에 떠오른 지도를 아무리 들여다 보아도 여기 있는 집들을 분간해낼 수가 없었다.

하릴없이 몇 번을 왔다 갔다 하던 중 동식은 전신주 밑에 모아둔 쓰레기 더미에 무심코 눈이 갔다. 아, 이런…… 가득 채워진 100리터짜리 종량제 봉투가 서너 개. 그리고 그 옆에, 노끈으로 동여매진 여남은 권의 책들. 가까이 다가가자 '간호학과', '국가시험' 따위가 점점 뚜렷해 보였다. 그리고 책 아랫면에 사인펜으로 쓰여진 세 글자. 선우의 이름이 거기 있었다.

쓰레기 봉투를 아직 수거해가지 않을 걸 보면 불과 얼마 전에 이곳을 떠난 것 같았다. 허탈했다. 뭐, 전혀 예상 못했던 일은 아니지만……. 자, 이제 어떻게 하나? 선우가 처한 상황이 그 정도로 심각하다는 말인데, 그렇다면 더더욱 포기할 수 없는 일.

동식은 정공법을 택하기로 했다. 배송지가 잘못되었거나 수취인이 엉뚱한 이름으로 되어 있는 택배 물품을 처리하면서 경험한 바로는, 세입자에 관한 건 주인집에 물어보는 게 제일 좋았다. 예의를 중시하는 우리 나라 사람들은 공손하게만 행동하면 낯선 사람에게도 호의적으로 나오는 경우가 많았다. 일단 풍성로 7길 23번 대문 앞에 다시 섰다. 그리고 초인종을 눌렀다. 추석 연휴 첫 날이었지만 다행히 집 안에서 인기척이 들렸다. 현관문이 열리고 오십 대 정도로 보이는 아줌마가 계단을 내려왔다. 헝클어진 퍼머 머리에 알록달록한 홈웨어 차림이라 아직 늦은 아침에서 깨어나지 않았던 것 같았다. 동식은 두 손을 모으고 한 걸음 물러섰다.

"누구세요?"

"번거롭게 해드려 죄송합니다. 이른 시간에 잠시 실례하겠습니다."

"뭐 팔러 온 거면 그냥 가세요. 우리 아무것도 안 사니까."

"아뇨, 그런 거 아닙니다. 사람을 찾으러 왔습니다. 친구가 여기 살았는데, 이선우라고…….

동식은 사진도 보여주었다.

"으응, 2층 아가씨 말이구나. 지난 주에 이사 나가고 없는데."

"혹시 어디로 갔는지는 모르십니까?"

"우리야 잘 모르지."

"그렇군요…….

동식은 안타까운 표정을 지어 보였다. 아줌마는 슬쩍 호기심이 동하는지 머리를 문 밖으로 좀 더 내밀었다.

"그 아가씨 애인이라도 되나?"

"뭐, 비슷합니다."

"내가 이래라저래라 할 건 아니지만, 그렇게 쫓아다닐 만한 여자는 아닌 것 같던데."

"무슨 말씀이신지?"

"나도 그 아가씨가 착하고 성실하다는 건 잘 알아. 근데 문제가 좀 있더라고. 내가 이런 말 해도 되려나? 한 2-3년 전부터 웬 중년 남자가 그 아가씨 주변을 기웃거리더라고. 근처 놀이터로 불러내기도 하고, 밤 늦은 시간에 집 앞에 가만히 서 있는 바람에 우리 딸이 크게 놀란 적도 있고. 뭔 일인가 싶었는데 알고 보니 친아버지라는 거야."

"아버지요?"

"말도 마. 알코올 중독이라 그 전까지는 병원에 입원해 있었던 모양인데, 특히나 요 몇 달 사이는 술에 취해 반쯤은 정신이 나가서는 돈 내놔라, 뭐 해내라 그러는 거야. 동네방네 소리 지르다 쫓겨난 적도 몇 번 되지?"

선우의 아버지라. 생각지도 못했던 존재다. 동식이 아무 말 않자 아줌마는 득의만면했다.

"알겠어요? 그런 아버지 둔 여자, 엮여봐야 좋을 거 없어. 그러니 이쯤에서 관두도록 해요."

쿵- 소리와 함께 문이 닫혔다. 동식은 담벼락에 기댔다. 긴긴 한숨이 새나왔다. 고개를 들어보니 굵은 전선줄 사이로 조각난 하늘만 유난스레 맑았다.

- 8 -
수요일

드라이버 헤드가 허공을 갈랐다. 손바닥에 경쾌한 진동이 전해지는 게, 드디어 제대로 맞았나 보다. 오늘 샷 중에는 가장 멀리 날라가는 것 같은데, 역시나 오른쪽으로 계속 휜다. 그래도 OB를 내지 않은 게 어디냐.

"형님, 잘 하시는데요?"

형오가 티잉 그라운드에 들어섰다. 부웅 – 딱. 간결한 샷이다. 게다가 덩치가 있어서 비거리가 250m를 넘는다. 그러면서 말끝마다 명준더러 잘 친다니, 하여간 특이한 녀석이다. 하지만 아무럼 어떤가? 솔직히 형오가 아니면 어디 가서 휴일에 앞뒤 시간 다 비워놓고 치는 호사를 누리겠는가? 전반 9홀을 다 돌 때까지 명준은 트리플 보기와 더블 파 사이를 오고 갔다. 스크린 골프와는 차원이 달랐다. 뒤에 따라오는 팀이 있었다면 명준도 캐디도 진땀 깨나 흘렸을 것이다.

형오는 클럽을 카트 위에 놓인 백에 집어넣고는 캐디더러 먼저 출발하게 했다. 그리고 잔디 위를 천천히 걸어갔다. 명준은 다음 샷 계산에 열중하고 있었다. 파4홀이니까 이번에 그린 위로 올려야 최소 보기 정도를 노려볼 수 있을 텐데.

"형님, 상희 만나보셨어요?"

"뭐? 상희?"

명준은 퍼뜩 정신이 들었다.

"아니. 전화 하기가 좀⋯⋯."

"그렇죠? 저도 마찬가지예요."

형오는 더 그랬을 것이다. 정리해고를 강행하는 오너 집안의 남자와 쫓겨났다 돌아온 노조위원장의 딸. 이건 뭐, 로미오와 줄리엣인가?

"어떡하죠? 상희에게 부탁할 일이 있는데."

"부탁?"

명준이 되물었지만 한 동안 대답은 돌아오지 않았다.

"뭔데 그러니?"

"그게, 위원장님께서 내려오시도록 설득을 좀 해줬으면 해서……."

"위원장님이면……. 상희 아버지? 야, 그건 좀 무리다. 걔 입장도 생각 해야지."

엄마와 딸들을 버려놓고 마을을 떠난 지 십 몇 년이다. 그간에 겪은 일들을 생각해보면 무슨 애정이 남아 있겠나? 좋은 일로 보자 해도 거시기 할 텐데, 굴뚝에서 내려오라는 말을 하라니.

"박강수 아저씨 생각이야?"

"네."

명준은 멀뚱히 형오를 바라보았다. 형오는 시무룩한 표정으로 앞만 보며 걸었다.

"꼭 그래야 할 이유가 있어요."

그게 뭔지 궁금했지만 형오는 입을 꾹 다물어버렸다. 세컨드 샷을 위해 기다리고 있는 캐디가 시야에 들어왔기 때문이리라. 명준은 아이언을 골라 들고 자세를 잡았다. 뒤에 선 캐디가 야드로 거리를 불러준다. 아까부터 미터로 해달라는데 자꾸 그런다. 화장을 두껍게 하느라 귓구멍까지 막아버렸나? 헷갈려서 제대로 칠 수가 없잖아. 젠장, 결국 또 그린에서 한참 벗어났다. 반면 형오는 깔끔하게 성공.

"그 이유라는 게 대체 뭐야?"

이상한 캐디는 카트에 실어 보내고 명준은 슬쩍 말을 꺼냈다.

"저기, 형님도 알고 계시나요?"

"응?"

"빨간책이요."

명준은 눈을 깜빡였다. 그러고 보니 자율학습 감독을 도와주러 갔던 날 형오도 그걸 봤다. 그리고 어쩌면, 선우가 사라진 그때, 형오도 우리랑 같은 고등학교에 다니고 있었으니까 빨간책에 대해 알 수도 있겠구나.

"혹시 형님, 상희 언니랑 같은 반이셨지 않나요?"

역시…… 뭐라고 하지? 명준은 최대한 애매하게 대답하는 게 좋을 것 같았다.

"선우…… 말이구나. 그랬지. 하지만 오래 전에 집을 나갔고 그 뒤로는 행방을 몰라. 그런데 갑자기 선우는 왜?"

"그게, 아저씨께 그 빨간책 얘기를 해드렸는데 갑자기 멍해지시더니, 상희 언니가 돌아왔다는 얘기를 혼잣말처럼 하시더라고요."

"뭐? 그분이 그걸 어떻게 알아?"

"자세한 건 저도 잘 몰라요. 다만 두 사람 사이에 무슨 일이 있었던 눈치에요."

"에에?"

"이건 제 추측인데요, 혹시 상희 언니가 학교에 빨간책을 놔둔 게 자기가 돌아왔다는 걸 박강수 아저씨에게 알리는 위해서가 아니었을까요?"

"아니, 도대체 왜?"

"아마 위원장님 때문이겠죠."

"가만, 굴뚝에 올라간 사람이 상희 아버지인 걸 진작부터 알고 있었어?"

"네."

"너도?"

형오는 말 없이 고개를 까딱했다.

"허허, 참."

"문제는 회장님이나 상오 형님은 위원장님을 대화 상대로 인정하지 않으신다는 거죠."

"그래서?"

"사실 처음에는 강제로 끌어내리려고 시도를 몇 번 했나 봐요. 그때마다 위원장님은 뛰어 내리려 했고요. 그랬더니, 상희 언니가……."

"뭐야? 빨리 말해봐."

"그게……. 상오 형님 백화점에 폭탄 비슷한 걸 터트렸다고……."

"뭐? 그게 무슨 소리야? 선우가 그랬다고?"

"네."

"야, 말이 되는 소리를 해. 걔가 무슨 수로?"

"부탄가스통 위로 신문지를 쌓아놓고 불을 붙였다는데……."

"에에? 설마……. 혹시 잘못 본 거 아냐? 그 뭐냐, 증거, 증거는 있어?"

"CCTV에 다 찍혔대요. 얼굴을 가리려 하지도 않았다던데요?"

"맙소사……. 제정신이야?"

"지금 시간이 별로 없어요. 회장님께서는 이번 추석 연휴 끝나고 월요일에 바로 리조트 기공식을 하려고 하시거든요. 아마 며칠 내로 경찰 동원해 진압 작전을 할 모양이에요."

"뛰어내리든 말든 상관없이?"

"그 일만 안 일어났으면 진작에 끝냈을 거예요. 큰아버지나 상오 형님은 그러고도 남을 분들이에요. 몇 년 전에도 다른 공장에서 비슷한 일이 있었는데, 굴뚝 위에 올라간 그 지역 노조 간부 한 분이 끝내 목을 매 자살하셨다고 해요. 그런데도 두 분은 눈도 꿈쩍 안 했대요."

"어떻게 그럴 수가 있냐?"

"여태까지는 보상금만 좀 내 놓으면 유가족들이 크게 문제 삼지 않았거든요. 하지만 이번엔 다른 게……."

"그러니까, 선우가 가만 있지 않을 거라 이거지?"

"네, 맞아요. 아저씨는 뭔가 알고 계신 듯 해요. 위원장님 문제 제대로 해결 못하면 난처한 일이 벌어질 지도 모른다고 그러셨거든요."

"그래서 상희더러 나서서 그 일을 하라는 거야? 상희는 선우 일은 모르는 눈치던데."

"끝까지 비밀로 해야겠죠. 어쨌든 위원장님께서 무사히 내려오시
게 하면 되는 문제니까요."

"박강수 아저씨가 그날 밥 먹자고 부른 이유가 그거였구나. 박실
장인가 하는 사람이 나타난 것도 다 짜고 한 일이고. 참 너무들 한
다."

"형님께서 상희에게 말씀 좀 해주시면 안 될까요? 상희랑 친하시
잖아요. 저는 도저히 못하겠어요."

명준은 머리 속이 복잡해졌다. 이미 라운딩은 안중에 없었다. 18
홀을 마쳤을 때 스코어가 132타. 어디 가서 말하기 쪽 팔리는 점수였
다.

라운딩 끝내고 사우나만 하고 돌아가려고 했는데, 형오가 저녁까
지 같이 먹자고 붙잡았다. 명준도 집에 들어가봐야 목에 힘주고 훈
계하기 좋아하는 삼촌들이 추석 쇠러 와 있을 거라 잘 됐다 싶었다.

술 한 잔 들어가자 형오는 말이 좀 많아졌다. 다른 사촌들은 다 서
울이나 뉴욕, 파리 같은 데 사는데 자기만 시골 공장에서 지내는 게
처음에는 힘들었다고 했다. 하지만 자기가 태어나서 자란 곳이고 또
계속 지내다 보니 이젠 이 동네가 좋아졌단다. 게다가 다른 소질이
있는 것도 아니고, 회사 일을 하길 바라는 아버지 기대도 외면할 수
없었다고. 형오의 아버지는 다섯 째 아들이었는데, 막내로 태어나서
그런지 위에 형님들과는 돌림자가 달라 서자라는 오해를 받으면서
자랐다는 것이다.

"그래서 굳이 제 이름을 상오 형님과 형제처럼 보이게 지었어요."

하지만 형오는 그래서 더 비교당하며 산다고 씁쓸하게 웃었다. 이
번 일만큼은 자기가 중간에서 잘 해결해 아버지 기분도 좋게 해드리
고, 상희 네 가족도 화해를 시켜주고 싶다고 했다. 그래 너도 나름 고
민이 많겠구나. 취기가 올라서 형오와 그런지 한층 가까워진 기분이

들었다. 녀석은 발렌타인 21년산을 연신 따라주며 상희한테 얘기 좀 잘해달라고 몇 번이나 당부했다. 오냐, 내게 맡겨라! 명준은 밤 늦게까지 형오와 잔을 부딪혔다.

클럽하우스를 나올 때 직원들이 일제히 인사를 했다. 문 앞에 택시도 대절해 있었다. 대접 제대로 받는구나. 뒷좌석에 올라 출발하려는데 찐한 향수 냄새가 풍겨왔다. 언제 따라왔는지 아까 접대해주던 아가씨가 옆에 앉아 있었다. 이런 시골에서 만나리라 생각도 못했을 정도로 예쁜 얼굴에 가슴 굴곡이 은근하게 파인 원피스를 보니 술이 확 깼다. 조금 말려 올라간 치마 자락 밑으로 튼실하게 생긴 허벅지는 오히려 귀여웠다. 허허, 진짜 제대로구나.

"형님, 좋은 시간 되세요."

택시는 머뭇거림 없이 밤길을 달렸다. 여자는 명준의 어깨 사이로 기대 왔다. 살짝 웃는 저 표정이 연기라면 여우주연상감이요, 진짜라면 참으로 고마운 일이었다. 택시는 산길 한 가운데 두 사람을 내려주었다. 여기가 어디냐. 사위가 조용해지고 새소리도 들려 순간 오싹했지만 정면에 보이는 핑크빛 건물을 보고 이내 마음이 푸근해졌다.

이런 곳에 모텔이라. 우리 나라 사람들 참 열정적으로 산단 말이지. 여자는 익숙한 듯 입구를 찾아 들어갔다. 엘리베이터와 복도는 모두 짙은 보라색으로 통일되어 있었다. 몽롱한 게 마음에 들었다. 계산도 미리 되어 있었던 듯 여자는 제일 위에 있는 파란색 버튼을 누르고 키를 꺼냈다. 그리고 또 살짝 이를 보이며 웃었다.

"우리 제일 비싼 방으로 가요."

방은 충분히 넓었다. 서울에서 가끔 가던 방들은 뭔가 서둘러 할 일만 끝내고 나와야 할 분위기였는데, 시골이라 야박하지 않구나. 어쨌든 기분 좋게 샤워를 하고 명준은 여자가 기다리는 침대로 기어 들어갔다. 여자 역시 인심이 후했다.

- 9 -
수요일

동식은 이렇게까지 해야 되나 싶었다. 물론 선우를 찾는 게 중요하지만, 대낮에 길 한복판에서 쓰레기 봉투까지 열어보다니. 무엇보다, 선우에게 실례가 아닌가? 그래서 그냥 관두려고도 했다. 하지만 뭔가를 더 알아내려면 이 방법뿐이라 눈 딱 감고 봉투를 뒤집어 내용물을 쏟아냈다.

첫 번째 봉투는 이불과 배게 만으로도 꽉 차 있었다. 두 번째 봉투는 탄 자국이 몇 군데 있는 프라이팬과 냄비, 플라스틱 용기와 사기그릇, 신문지에 쌓인 도마와 칼, 국자와 수저 몇 벌, 헤어 드라이기와 다리미, 소형 선풍기, 그리고 원래 용도를 알 수 없는 부서진 나무 판자가 나왔다. 크기가 작은 세 번째 봉투는 팔할이 화장지였다. 수북이 쌓인 하얀 뭉치 속을 뒤지다 보니 눈에 띄는 게 있었다. 동식은 노란색 바탕의 전단지를 집어 들었다. 대충 구겨진 걸 다시 펴자 웬 중년 남자의 얼굴이 드러났다. 굵은 눈썹과 네모난 턱이 꽤나 정력적으로 보였다. '동지 여러분의 가슴 속을 시원하게 뚫어 드리겠습니다.'라는 문구와 함께, 산정상에 올라 땀에 젖은 머리를 휘날리며 하늘을 바라보고 있는 사진 속의 남자. 누굴까? 선우와 어떤 관계지? 어쨌든 선우가 버린 쓰레기 봉투에서 나왔으니 이걸 만든 단체에 연락해보면 선우의 행방을 알 수도 있겠다 싶었다.

동식은 전단지에 나와 있는 번호로 전화를 해 보았다. 그런데 거기서 일하는 무슨 간사라는 사람이 받더니만, 이선우라는 이름을 듣자마자 화를 내면서 자기는 그런 사람 '절대' 모른다며 끊어버렸다. 동식은 그게 더 이상했다. 그래서 한 번 가보기로 했다.

지하철 종로4가역 플랫폼에 내려 선 동식은 지하철 역마다 흔히 있는 주변 지역 안내도 앞에 섰다. 인터넷에서 찾아낸 주소는 대한

민국 지식경제부 우정사업본부의 모범적인 주소 체계를 가지런히 정렬한 것이었지만 택배일 좀 해본 동식은 자기가 찾아갈 사무실이 그렇게 숫자와 문자의 나열만으로는 설명할 수 없는 위치에 있다는 것을 잘 알았다.

계단을 올라오자 도로변에는 크기나 모양이 제 각각인 건물들이 죽 늘어서있었다. 명색이 대한민국 심장부인 종로라지만 동식이 마주한 곳은 낡은 옛날 가옥을 임시 방편으로 쪼개고 덧붙인 게딱지만한 가게들이 얽히고 설켜 미로에 가까웠다. 동식은 복잡 다다한 골목길을 건너 더욱 안쪽으로 걸어 들어갔다.

선우는 그 단체와 어떤 관련이 있는 걸까? 무슨 노조와 관련된 일을 하는 것 같던데. 동식에게 있어 '노조'라는 단어는 딴 세상 일이었다. 학교 다닐 때만 해도 자기는 대기업에 들어가 무역이나 해외 영업 파트에서 일하게 될 줄 알았다. 교문을 지날 때마다 커트 머리에 동그란 안경 낀 학생회 간부가 마이크를 잡고 있는 게 보여도 정치 지망이라든지 경력 관리라든지 하여간 다른 꿍꿍이가 있겠거니 생각했다. 그건 주위 친구들도 마찬가지였다. 특히 제대 후 같이 다니던 서너 살 아래의 여자애들은 '꼭 못생긴 애들이 저런다.'는 말까지 아무렇지 않게 해댔다. 물론 노조가 동식과 딴 세상 일인 건 지금도 마찬가지다. 동식은 법적으로 엄연한 개인사업자니까.

동식은 좌우로 가로주차가 빼곡히 된 길에 서서 이쯤 어디겠다 싶어 간판들을 유심히 살폈다. 그러다 반대편에서 누군가 걸어오는 게 보였다. 얼래? 저 사람이 여기 왜? 동식은 옆에 있는 승합차 뒤로 몸을 숨겼다. 허연 얼굴에 작고 찢어진 눈매. 이름도 기억 난다. 박진호. 본명인지는 모르겠지만……. 하여간 저 남자가 나타났다면 지금 동식이 찾고 있는 노조 관련 단체가 선우와 연관이 있는 게 맞을 거란 생각이 들었다. 박진호는 전에도 와봤는지 성큼성큼 걸어서 3층짜리 상가 건물로 들어갔다. 저곳인가 보구나. 동식이 따라가려는데 빌딩 앞에 주차된 차에서 검은 양복을 입은 남자들이 우르르 내렸다. 동식은 기겁을 하고 다시 숨었다. 그들 중 몇몇은 박진호가 들어간 건물 안으로, 다른 몇몇은 맞은편 골목 사이로 일사분란하게 흩어졌다.

무슨 일일까? 잠시 멍하던 동식은 문득 떠오른 생각에 심장이 뛰기 시작했다. 저들은 선우를 잡으러 왔다. 선우가 이리로 오고 있다. 그렇다면 섣불리 움직여서는 안 된다. 동식은 최대한 자세를 낮추고 앉았다. 그리고, 끝없는 기다림……. 그림자가 길어져 건너편 보도에 닿을 무렵, 먼 곳에서부터 타박타박. 왔다. 이제 골목 안은 발자국 소리 외 그 어떤 것도 들리지 않았다. 타박타박. 점점 가까워졌다. 그러더니 눈 앞으로 파란색 운동화가 지나갔다. 동식은 고개를 들었다. 깡마른 몸이 그대로 드러나 보이는 청바지와 티셔츠. 선우가 분명했다.

반가워할 시간도 없이 검은 양복들이 선우 앞을 막아 섰다. 선우가 멈칫하는 사이, 언제 그리로 갔는지 뒤쪽에도 남자들이 나타났다. 박진호가 건물 밖으로 나왔다. 뒤 따라온 키 작은 남자는 고개를 숙이고 어쩔 줄 몰라 하고 있었다. 저 사람이 선우를 꾀어 낸 건가? 꼼짝없이 붙잡힐 판이었다.

"이선우양, 이쪽으로 오세요. 사장님께서 보고 싶어 하세요."

박진호는 이런 상황에서도 목소리만은 나긋나긋했다.

"뭐 해요? 어서 와서 아버지 편지도 받아 보셔야지요. 그것 때문에 여기 온 거 아니에요? 어쩌면 마지막 편지가 될 수도 있는데."

박진호는 '마지막 편지'에서 히죽 웃기까지 했다. 선우는 그 자리에서 꼼짝 못하고 서 있었다. 이제 어떻게 해야 하나? 수적으로 너무나 열세다. 동식은 주차된 차 뒤로 돌아갔다. 박진호가 있는 쪽은 검은 양복이 열명은 되어 보였지만 뒤쪽은 단 둘이었다. 어쩌면 도망갈 길을 열어줄 수도 있을 것 같았다. 동식은 선우 뒤를 막아 선 놈들 옆에 세워진 승용차 트렁크 위로 천천히 올라갔다. 그리고 몸을 날렸다.

"선우야 도망가!"

시멘트 바닥으로 떨어진 동식은 가슴팍이 내려앉는 충격에 숨이 턱 막혔다. 검은 양복들도 갑자기 자기 머리 위로 덮쳐오는 동식을 미쳐 피하지 못하고 한데 엉켜 나뒹굴었다. 기울어진 시계(視界) 속으로 선우가 내달리는 게 보였다. 박진호와 검은 양복들도 그 뒤를 쫓아갔다. 동식은 다시 공중으로 들어올려졌다.

-10-
목요일

얼마나 잤을까, 목이 말라 눈을 떠보니 푸르스름한 기운이 커튼 틈새로 스며들고 있었다. 여자는 옆에 없었다. 명준은 침대에서 일어나 냉장고를 찾았다. 머리가 좀 띵했지만 양주를 먹어서 그런지 속은 편했다. 생수를 하나 따서 마시면서 커튼을 열어보았다. 말 그대로 산골짜기였다. 모텔로 올라오는 길 양 옆으로 높은 산 줄기가 번갈아 가며 이어졌다. 어둠이 채 가시지 않은 시각, 명준은 느긋하게 운치를 즐기려다 악- 소리를 지를 뻔 했다. 길 건너편에 누군가 서 있었다.

명준은 옷을 입지 않았다는 걸 깨닫고 황급히 몸을 숨겼다. 천천히 얼굴을 내밀어 밖을 살피니 아래 위 까만 트레이닝 복을 입고 불룩한 배낭 비슷한 것을 등에 맨 여자가 천천히 산비탈을 올라가고 있었다. 명준은 점점 눈을 크게 떴다. 마른 체구에 작은 어깨, 그 위로 늘어뜨린 머리카락. 낯설지 않은 실루엣이었다. 명준은 직감했다. 선우였다.

옷을 입고 밖으로 뛰쳐나갔을 때, 선우는 이미 사라지고 난 뒤였다. 선우는 이런 시간에, 어디를 가려는 걸까? 명준은 빨리 형오에게 알려야 한다는 생각이 들었다. 왠지 고자질 하는 것 같지만 선우가 뭔가 위험한 일을 꾸미고 있다면 막아야 하는 것이 당연하지 않은가? 이 근처 숙박 업소란 게 뻔하기 때문에 사람 몇 동원해서 훑으면 며칠 안에 찾을 수 있을 터였다.

일단 방으로 돌아갔다. 샤워를 하고 있는데 문자가 왔다. 형오였다. '형님, 안녕히 주무셨습니까? 차는 보건소로 가져다 두었습니다. 즐거운 추석 보내세요.' 명준은 택시를 불러 우선 관사에 들렀다. 거기서 옷을 갈아입은 다음 바로 옆에 있는 보건소로 주차장으로 갔다. A4 운전석에 앉아 시동을 걸려는데 언제 봤는지 여사가 뛰어나왔다.

"아유, 선생님! 잘 오셨어요."

오늘은 쉬는 날이잖아. 나는 지금 일 하러 온 게 아닌데. 명준은 짜증을 누르고 창문을 내렸다.

"뭐에요?"

"그게 있잖아요. 지금 급한 환자가 와 있는데, 오늘 비상 근무 서는 한 선생님이 일반의잖아. 경험이 부족하다 보니까 설명을 잘 못해서 애먹는 것 같아서 선생님 오신 김에 좀 봐주셨으면 해서."

"걔가 그런 얘기 합디까?"

"그건 아니지만, 제가 옆에서 보기 딱해서."

하여간 오지랖은. 명준은 입맛을 다시며 밖으로 나왔다. 여사를 따라 진료실로 가보니 군복처럼 생긴 파란 옷을 입은 남자 하나가 의자에 앉아 있고 같은 옷을 입은 남자 몇 명이 주위를 둘러 서 있었다.

"아, 홍 선생님. 오셨습니까?"

한 선생은 명준을 보더니 반색한다. 안 도와 줄 수가 없다. 한 선생이 물러난 자리에 앉으며 물었다.

"그래, 무슨 일입니까?"

"이거 좀……."

파란 제복을 입은 남자는 다리를 내밀었다. 목소리가 가늘길래 얼굴을 자세히 보니 까맣게 타서 그렇지 완전 어린 애였다. 가슴에 POLICE라고 쓰여진 흰 글자도 눈에 들어왔다. 애네들 의경이구나. 명준은 남자의 바지를 걷어 올렸다. 엄마야……. 왼쪽 종아리 안쪽으로 거의 10cm는 찢어진 것 같았다. 게다가 상처가 깊었다.

"어쩌다가 이랬어요?"

"저기, 작전 나갔다가……."

"야야."

뒤에서 굵은 목소리가 들려왔다. 앞에 앉은 의경은 그때부터 묵묵부답. 눈을 치켜 떠보니 모자에 계급장이 달려있었다. 소대장쯤 되려나.

"훈련하다 다쳤습니다. 봉합 좀 해주시고, 그 뭐 항생제도 필요한가? 아, 파상풍 주사도 좀 놔주시죠."

"봉합이야 해드릴 수 있는데, 파상풍 주사는 병원 응급실 가야 합니다."

"무슨 소리요? 여기 예방접종실에서 주사 놓아주는 거 알고 왔는데."

"그건 앞으로 다칠 걸 대비하는 거고요. 이번에 다친 거는 면역단백질을 맞아야 합니다. 항생제도 이왕이면 주사제가 좋고요."

"아니, 보건소에는 그런 게 없나?"

"네, 없어요."

"뭐가 그래?"

그는 잠시 무전기로 뭐라 그러더니 앉아 있는 의경 어깨를 툭툭 쳤다.

"야, 너 좀 참을 수 있지? 일단 오늘은 봉합만 하자. 파상풍, 그 주사는 연휴 끝나고 보내줄게. 지금 비상 대기 걸려서 도저히 사람을 뺄 수가 없다."

"예, 그러겠습니다."

의경은 0.1초도 망설이지 않고 답했다.

"일단 처치실로 가 계세요."

여사가 그들을 진료실 밖으로 내몰았다. 한 선생이 명준 귓가에 대고 말했다.

"선생님, 저대로 보내도 괜찮을까요?"

"일단 의무 기록 잘 남겨 놓도록 해. 우리는 충분히 설명했다고. 저런 타입들이 나중에 뒤탈 생기기 딱 좋아."

"알겠습니다."

"봉합은 네가 할 수 있지? 너 정형외과 쓸 거라며."

"제가 할 게요. 선생님 어서 들어가서 쉬세요."

명준은 여사가 더 붙잡기 전에 서둘러 차를 몰고 나왔다. 형오에게 전화를 걸었다. 골프장에 있다고 했다. 입구에 도착해보니 어느새 형오가 마중 나와 있었다. 빠르기도 해라.

"형오야, 바쁜데 미안하다. 너랑 상의할 일이 좀 있는데."

"중요한 건가 보죠?"

"그래. 선우 문제야."

형오는 고개를 끄덕이면서 명준 차 옆자리에 올라탔다. 형오가 가리키는 대로 가다 보니 붉은 지붕의 클럽하우스 뒤편으로 나무 사이에 숨겨놓은 듯한 갈색 타일을 바른 평범한 건물이 나왔다. 형오는 2층 방으로 안내했다. 곁에서 보는 거와 달리 넓고 고급스런 집기들로 꾸며진 곳이었다. 한 쪽 벽면에는 진공관 오디오도 있었다. 짙은 원목 책상에는 형오의 이름이 새겨진 명패가 놓여진 게 보였다.

"여기가 네 사무실이니?"

"네, 맞아요. 앉으세요."

형오는 에스프레소 머신에서 커피를 두 잔 뽑아 들고 명준 맞은 편이 앉았다.

"아까 상희 언니 얘기라고 하셨죠?"

"그래, 맞아."

"어떤……?"

"선우를 봤어."

"네? 정말이요?"

형오는 엉덩이를 반 뼘 정도 들었다 다시 앉았다.

"언제요? 어디서요?"

"오늘 새벽에. 그…… 모텔에서."

"가만 있자. 거기가 궁전 모텔이었죠?"

"그, 글쎄."

"아마 맞을 거에요."

"어차피 그 근처에 숙소로 삼을만한 곳이 몇 군데 없으니까, 잘 찾아보면……."

"형님 말씀이 맞아요. 오늘부터라도 돌아다녀봐야겠어요."

형오는 전화기를 꺼내 누군가와 통화를 했다. 그런데 형오 얼굴이 일그러졌다.

"무슨 일이야?"

명준은 통화가 끝나자마자 형오에게 물었다.

"형님, 일단 나가시죠."

"뭔데 그래?"

"클럽하우스 근처에서 폭탄이 발견됐어요."

"뭐야?"

명준은 의자 위로 튀어 올랐다. 이게 무슨 일이냐? 형오를 따라 건물 밖으로 나가보니 직원들은 여기저기 뛰어 다니고, 한 쪽에서는 골프채를 든 사람들이 쏟아져 나오고, 난리도 아니었다. 클럽하우스 앞 공터에는 제복 입은 경비원들이 둘러서서 테이프로 경계선을 치고 있었다. 형오는 그쪽으로 다가가 뭔가 이야기를 나누었고 이내 안으로 사라졌다. 명준은 그 자리에 어정쩡하게 있을 수밖에 없었다.

골프장 입구에서는 요란한 소리를 내며 소방차가 들어오고 있었다. 그뿐 아니라 앰뷸런스, 경찰차, 거기다 살수장치가 달린 군용 트럭까지 뒤따라 왔다. 화생방이라도 난 줄 아는지 트럭 위에는 이 더운 날 방독면 끼고 비닐 옷까지 둘러 쓴 사병들이 살수 호스를 들고 서 있었다.

"손님, 여기 이러고 계시면 안 됩니다."

근처 벤치에나 앉아 있을까 했는데 땀범벅이 된 남자 직원 하나가 헉헉거리며 다가왔다.

"아, 저기……."

"손님 안전을 위해서 그러는 겁니다. 여기 계시면 안 됩니다."

그러면서 직원은 계속 저쪽으로 가라고 손을 내저었다. 그도 황망한 표정이었다. 무슨 말을 해도 들리지 않겠다 싶어 얌전히 따라갔더니, 알록달록 골프 웨어를 입은 아저씨 아줌마들이 한데 모여 영문을 몰라 하고 있었다. 몇몇은 있는 대로 신경질을 냈다. 자기가 어떤 사람인줄 알고 이러느냐는 말이 여기저기서 들려왔다. 직원들은 '죄송합니다.'를 연발하면서도 절대 사람들을 보내주지는 않았다. 아니, 위험하다면서 못 가게 잡는 건 또 무슨 이유인가? 명준도 울컥해서 한 놈 붙잡고 시비라도 좀 걸어보려는 찰나, 저 멀리 형오가 지나가는 게 보였다. 명준은 폴짝폴짝 뛰며 형오에게 손을 흔들었다.

"형님, 놀라셨죠?"

형오는 명준을 발견하자마자 헐레벌떡 달려와 그 북새통 속에서 명준을 빼내주었다. 그리고는 사람들 안 보이는 곳으로 명준을 끌다시피 했다.

"그리 위험한 건 아니래요. 에탄올 담긴 유리병 주위로 부탄가스 통 몇 개를 철사로 감아 놓은 것뿐이더라고요. 발화장치처럼 해 놓은 건 빈 껍데기였고, 붙어 있던 타이머도 그냥 시중에서 파는 시계였대요."

"그거, 혹시?"

"맞아요. 상희 언니가 갖다 놓은 거예요. 이번에도 CCTV에 그대로 찍혔어요."

"언제 그런 걸?"

"아침 9시경이니까, 아마 형님이 목격하신 다음이겠네요."

"대체 어떻게 접근했대? 왜 아무도 몰랐지?"

"캐디 옷이랑 비슷하게 입고 있었대요. 폭탄은 골프용 보스턴백에 넣어서 온 것 같고요. 오늘도 하루 종일 스케줄이 꽉 차서 다들 바빴고, 게다가 들어온 방향을 보니까 강을 건너서 필드 쪽으로 들어왔는데, 그러면 발견하기 어려웠을 수 있어요."

"강 쪽에서 어떻게?"

"궁전 모텔이 강서면 외곽에 있죠? 거기서 출발했다면 북쪽 산을 넘은 다음 강가로 내려와 다리를 건넜을 거예요. 산세가 험하지 않고 길도 나 있어서 넉넉잡고 3시간이면 충분했을 거예요."

"아니, 걔는 대체 왜 그런데? 뭐가 불만이래?"

"그게 말이죠……."

명준이 목소리를 높이자 형오가 괜히 미안해했다. 명준은 속이 꽉 막힌 듯 답답해졌다. 그러다 문득 아까 봤던 의경들이 생각났다.

"형오야, 뭐 하나만 물어보자."

"네, 형님."

형오는 명준이 목소리를 낮추자 몸을 꼿꼿이 세웠다. 왜 이리 긴장을 하냐?

"아까 보건소에 잠시 들렀는데, 의경 하나가 다리를 크게 다쳐서 왔어. 근데 걔가 작전 어쩌고 이렇게 말했거든. 그랬더니 소대장으로 보이는 놈이 뭐라 하더라. 혹시 어제 무슨 일 있었니?"

형오는 눈에 띄게 당황했다. 속내라고는 숨길 줄을 모르는 녀석이다.

"그게 말이죠, 저도 좀 전에 들었는데, 어제 저녁에 큰 아버지께서 경찰서에 전화 하셔서 위원장님을 끌어내리라고 하셨대요. 추석 전날이라 시위대가 잠시 빠진 틈을 노려야 한다면서요. 박강수 아저씨께서도 동의하셨고요."

"어제 나랑 얘기 할 때만 해도 박강수 아저씨는 강제로 끌어내리는 데 반대라고 했잖아. 근데 왜?"

"자세히는 모르겠어요. 다만 박강수 아저씨께서 아까 방에서 전화로 박실장님한테 되게 뭐라고 하시더라고요. 잡았다고 하지 않았냐고? 거의 다 잡았다는 건 잡았다는 거냐, 놓쳤다는 거냐, 이러시면서……."

"그러니까 박실장인가 하는 사람이 선우를 찾아냈고, 거의 다 잡았다고 하니까 위원장님을 끌어내려도 될 거라 판단했던 거구나?"

형오는 한참을 난감한 표정을 짓더니 겨우 고개를 한 번 끄덕였다.

"그런데 결국은 선우를 놓쳤다? 그럼, 선우 아버지는?"

"아직 굴뚝 위에 계세요."

"다치지는 않았고?"

"네."

"다행히 뛰어내리지는 않으셨네."

"거의 그럴 뻔 하셨죠."

"그래서 이번에도 폭탄을……."

명준은 아연한 기분이었다. 선우가 장난이 아니구나. 이건 경고다. 그것도 박강수 면전에 대고 날린.

"야, 형오야. 이거 어떻게 하냐?"

"이제 남은 건 상희한테 부탁하는 것밖에 없어요."

"그렇겠지?"

"형님, 부탁 드려요. 상희가 위원장님 내려오시도록 설득할 수 있게 말씀 좀 잘 해주세요. 네?"

형오는 거의 애원조였다. 명준은 머리가 아파오기 시작했다.

– 11 –

목요일

운전대를 돌릴 때마다 온 몸이 쑤셨다. 불식간에 울화통이 터졌다. 어제 동식은 길가에 주차된 승용차 지붕 위로 거의 내던져졌었다. 썬루프 근처에서 옆구리를 부딪히고 벽 쪽으로 튕겨져 나가 머리를 박았다. 한 10초간은 앞도 보이지 않았다. 발길질도 몇 번 당한 것 같았다. 겨우 일어났을 때 검은 양복들은 골목 끄트머리까지 달려간 뒤였다. 선우가 걱정되었지만 다리고 허리고 성한 데가 없어 따라가긴 무리였다. 씩씩거리며 길을 따라 걷다 보니 검은 가방이 눈에 띄었다. 선우가 뛰어갈 때 누군가 낚아채려다 떨어뜨린 모양이었다. 동식은 가방을 집어 들었다. 그때 저 앞에서 검은 양복들이 다시 나타났다. 동식을 보고는 소리를 지르며 달려오길래 정신 없이 그 자리를 도망쳐나올 수밖에 없었다.

방에 왔을 때는 이미 어두워져 있었다. 선우는 무사할까? 그 남자들 기세로는 잡아서 무슨 짓을 할지……. 겁이 덜컥 났다. 이대로 있을 수는 없었다. 선우의 가방을 열어보았다. 안에 든 것은 별 게 없었다. 화장품 두 개와 거울, 만 원짜리 하나랑 교통 카드가 든 지갑, 찜질방과 편의점 영수증, 그리고 '알코올 병원 안내'라고 적힌 팜플렛.

동식은 선우가 살던 방 주인 아줌마의 말을 기억해냈다. 선우의 아버지는 알코올 중독이라고 했다. 아무래도 이 병원을 찾아가봐야 할 것 같았다.

날이 밝는 대로 출발했다. 홈페이지에는 병원이 하남IC에서 얼마 떨어져 있지 않다고 그랬다. 네비게이션 상으로도 고속도로 내려서서 15분 예상이었다. 하지만 실제로는 거의 산골짜기였다. 근처에는 건축 자재를 만드는 조립식 공장 두어 채만 서 있을 뿐, 민가는 보이지 않았다. 좀 올라가다 보니 포장도로도 끊겼다. 트럭이 본격적으로 덜컹거리기 시작했다. 여기 오는 환자 중에 치매 걸린 노인도 많다는데, 차라리 그 편이 낫겠다 싶었다. 맨 정신으로 자식들 차 뒷좌석에 앉아 이 길을 지난다면 참 서글프지 않을까? 그 처지가 되어 보지 않아 함부로 예단하면 안 되겠지만, 자꾸 유배지로 들어가는 기분이 들었다.

길 끝나는 곳에 페인트로 주차선이 그려진 콘크리트 마당과 누렇게 바랜 흰색 건물이 보였다. 5층 정도 높이에, 각층마다 방범창이 빠짐없이 붙어 있다. 옆으로는 사람 키 두 배쯤 되는 펜스가 쳐진 운동장이 딸려있지만 공을 차거나 하는 사람은 없다. 건물 외벽에 세로로 붙은 간판에 초록색 십자가 마크와 그 밑으로 '해원사랑병원'이란 글자. 홈페이지에 나와 있기로, 여기가 알코올 중독자들이 입원하는 곳이다. 동식은 입구로 다가갔다. 1층은 로비라 부르기엔 좀 을씨년스러웠고, 시골에 낡은 버스 터미널에 온 것 같았다. 복도나 계단에는 모두 쇠창살로 된 철문이 가로막고 있는 게, 완전 감옥이다. 그나마 사무실로 보이는 방도 불이 꺼져 컴컴했다. 자세히 보니 창문에 사인펜으로 쓴 종이가 붙여져 있었다.

'용무가 있는 분은 요양원으로 오시오.'

요양원은 조금 더 규모가 컸다. 좌우로 길게 뻗은 게, 학교랑 비슷하게 생겼다. 동식은 언덕을 걸어 올라갔다. 성모상이 있는 현관을 지나 유리로 된 문을 밀고 들어가자 장판이 깔린 넓은 공간이 나타났다. 입구에 실내화가 몇 켤레 내려져 있고 신발장이 보이는 게 아마 이걸로 갈아 신어야 되나 보다. 공기는 아까랑 확실히 달랐다. 알코올 병원은 으스스했는데, 여긴 뭐랄까, 아늑하기도 하고, 눅눅하기도 하고.

"계십니까?"

계단을 따라 2층으로 올라가자 콧속이 요동쳤다. 어우, 이거 뭐야? 아무리 노인들만 있다고 해도, 병실에서 왜 이런 냄새가 나지? 동식은 코로 흡수된 공기가 다시 침으로 배어 나오는 것 같아, 짧게 숨을 쉬며 주위를 둘러보았다. 종이 뜯는 소리, 비닐 까는 소리가 차례로 들렸다. 안쪽 침대에서 나이 든 여자 하나와 비교적 젊은 여자 하나가 뭔가를 힘껏 밀고 당기고 있었다. 그 와중에 보풀이 잔뜩 인 담요가 미끄러지면서 허연 다리가 드러났다. 그리고 맙소사, 벌어진 틈으로 보이는 축 늘어진 거무죽죽한 남자의 거시기. 사람이란 결국 막판에는 저 꼬락서니가 되는 거구나. 묵은 똥 냄새를 풍기면서…….

"어떻게 오셨어요?"

기역자로 된 책상 너머에 작은 공간에서 누군가 걸어 나왔다. 연두색 바지와 허리가 잘록한 흰색 상의에다 목에 리본까지 매고 화장도 꼼꼼히 했지만, 눈가에 두 줄 주름과 빗자루처럼 부석부석한 단발머리가 오히려 눈에 띈다. 가슴에는 '간호부장'이라고 자수로 새겨져 있다.

"저기, 사람을 좀 찾아 왔습니다."

"오늘은 고유 명절이라 환자랑 직원들이 자리를 많이 비웠는데요."

서울말 억양이 좀 심하다. 동식은 괜히 밉상스러워 아줌마는 오늘 같은 날 왜 여길 지키고 있냐고 묻고 싶어졌다. 그래도 그러면 안되지.

"혹시 환자 보호자 중에 이선우라고 들어보신 적 있습니까? 이름만 가지고 모르시겠다면, 여기 사진도 있습니다."

동식이 내민 걸 간호부장은 쳐다보지도 않았다. 대신 두 손을 맞잡으며 '어떡해, 어떡해.'를 연발했다.

"이선우를 아십니까?"

"이번에도 신용정보회사에서 나오셨나 보죠?"

"네? 아, 그게……."

"내가 빚을 지면 안 된다고 그렇게 일렀는데."

"저기……."

"얼마 전에 또 다른 분께서 다녀가셨는데, 그렇다면 다중채무란 말이잖아요? 그렇죠?"

동식이 아무 말 없자 한 손으로 머리를 짚으며 잠시 기우뚱 하더니, '어머, 내 정신 좀 봐.' 라며 동식을 안쪽 테이블에 앉게 했다. 보고 있던 이상문학상 작품집이 치워지고, 커피와 과일을 담은 쟁반이 순식간에 차려졌다.

"제가 이런 말 해도 될지 모르겠지만, 잘 좀 도와주세요. 정말 성실하고 착한 아이입니다."

"아, 네."

"제가 데리고 있어 봐서 알아요. 요새 젊은 애들, 이런 데서 일하려고 하나요?"

"네? 여기서 일을 했다고요?"

"그럼요. 그거 하나만 봐도 얼마나 성실한지 피부로 느낄 수 있죠. 몸은 좀 고될지 몰라도 입주 간병인으로 있으면 숙식도 해결할 수 있고, 쓸데없이 돈 쓸 일도 없거든요. 다들 도시가 좋다고 서울로 가려 하지만, 그거 다 허영심이에요. 선우양도 고등학교 졸업하고 백화점에 잠시 다니긴 했는데, 이건 아니다 싶었대요."

선우가 참 열심히도 살았구나. 동식은 마음이 좀 짠했다.

"그랬군요. 얼마나 있었나요?"

"한, 3년?"

"언제 그만뒀죠?"

"벌써 4년은 더 되었을 걸요?"

"그런데 잘 기억하고 계시네요."

"그야, 제가 워낙 자랑스럽게 생각하니까요."

"네?"

어지간히 흐뭇한 표정이다.

"여기 있으면서 틈틈이 공부를 하더니 당당히 4년제 간호대학에 들어갔답니다."

"아, 네."

"아마도 저를 보고 느낀 게 많았나 보죠?"

"그렇군요."

동식은 이래가지고서야 쓸만한 단서가 나오지 않겠다 싶었다.

"그건 그렇고, 제가 알기로, 그 아버지도 여기 입원해 있었던 것 같던데요?"

"그 양반 얘기는 꺼내지도 마세요."

간호부장은 갑자기 새치름해졌다.

"혹시 알코올 중독이었다는?"

"맞아요. 아버지가 아니라 짐이에요."

그러더니 천장을 보고 눈을 가늘게 떴다.

"선우양이 학교 들어가느라 여길 그만두고 몇 달 안 지나서, 저를 찾아왔어요. 처음엔 인사 차 온 줄 알고 반갑게 맞았는데, 아버지 부탁을 하더라고요. 입원 좀 시켜달라고. 근본이 술에 찌들어 살던 사람이에요. 그러던 걸 선우양이 뒷바라지 잘 해서 노동운동가로 제법 높은 자리까지 올라갔던 모양인데, 그나마 그것도 재선에 실패해 물러나게 되었대요. 그 바람에 또 다시 술을 달고 살게 됐고요. 본인이 부덕한 탓에 그런 걸 가지고 음모니, 탄압이니 잘도 주워섬겼죠."

노동운동가인 아버지라. 그래서였구나. 선우가 버린 쓰레기 중에 노조 관련 단체에서 만든 전단지가 나온 게. 아마도 그 단체는 선우 아버지와 관련이 있으리라. 간호부장은 선우 아버지 얘기를 계속 늘어놓았다.

"하여간 그 양반, 대단했어요. 노조 간부 출신이라 그런가 말주변이 어찌나 좋던지. 직원들 구워삶아 무단으로 외출하고 몰래 술 들여오는 게 비일비재 했어요. 병원에서 안되겠다 싶어 아예 쫓아내려 했는데, 글쎄 지체 장애인 애 하나를 자기편으로 만들어서 부모로 하여금 탄원서를 넣게 한 거 있죠. 그 양반 덕분에 애가 많아 밝아지고 자립심이 생겼다나? 하여간 생긴 것도 딱 사기꾼같이 생겨가지고는, 딸내미가 대주는 돈 가지고 유세는……."

동식은 듣고 있기 참 거북했다. 하지만 별 수 없지 않은가.

"그분은 언제까지 여기 있었습니까?"

"엄밀히 말하면 퇴원한 게 아니에요. 이번에도 멋대로 병원을 나간 거지. 그 전에도 자주 들락날락 했거든요. 그러니 우리는 신경 끊었어요."

"그러니까, 그게 언제……?"

"보름 정도 됐을 거에요."

"어디로 갔는지는 모르나요?"

"아까 말한 그 장애인 애한테 물어봤는데 고향으로 간다고 말했대요. 자기가 꼭 매듭지어야 할 일이 있다면서."

"혹시 어딘지는 모르시고요?"

"경기도 어디라고 들었는데, 저도 자세히는……. 알고 싶지도 않고요. 차라리 안 돌아오는 게 속 편하겠네."

"선우…… 양도 그걸 아나요?"

"제가 전화로 알렸죠. 많이 걱정하는 눈치였어요. 그렇게까지 할 필요가 뭐가 있다고. 어쨌든 자기도 아버지 찾으러 고향으로 가겠다고 했어요."

동식은 자리에서 일어났다.

"잘 알겠습니다. 많은 도움이 되었어요."

"벌써 가시게요? 아무쪼록 잘 좀 부탁 드립니다. 아마 선우양이 빚을 진 것도 그 양반 때문일 게예요. 세상에 그렇게 성실한 아이가……."

간호부장이 뭐라는 지 들리지도 않았다. 동식은 복도를 쿵쿵 걸어갔다. 선우의 고향이라, 그걸 아는 사람은…….

-12-
금요일

명준은 소파에 드러누우니 어제의 일을 생각했다. 그 난리를 떨어 놓고도 밖으로는 직원 한 명의 오인 신고로 빚어진 해프닝으로 발표한 모양이었다. 이번 일이야 그렇게 수습한다고 쳐도, 앞으로는 어쩔 건가? 선우는 점점 선을 넘으려 하고 있다. 형오가 말한 대로 지금으로서는 더 무슨 일 나기 전에 선우 아버지께서 무사히 내려오시도록 설득하고, 빨리 선우도 찾는 게 우선이다. 이유야 어떻든 간에 오해가 있다면 그 다음 차근차근 풀면 된다. 그러려면 빨리 상희한테 전화를 해야 하는데……. 게다가 형오한테 얻어 먹은 것도 있고, 또 저렇게 부탁을 하니……. 하지만 계속 뭉그적거리기만 할 뿐, 엄두가 나지 않았다.

답답한 마음에 리모컨을 집어서 TV을 켰다. 지상파와 케이블에서 동시에 〈반지의 제왕〉이 나오고 있었다. 아무리 생각해도 추석 연휴에 이건 상도의가 아니지 않나? 하지만 그거 말고는 도무지 볼 게 없다. 명준은 젓가락을 들고 족발 한 점을 입에 넣었다. 내 이럴 줄 알

앉다. 그래서 웬만하면 안 나오려 했다. 그런데 꼭 이런 날 돌아다니는 또라이 같은 감사가 있다는 소문을 들은 터라 몸을 사려야 했다.

추석 연휴 기간, 보건소는 비상 근무에 들어간다. 별건 아니고 직원들 모두 돌아가면서 하루씩 나와서 자리를 지킨다. 명준은 일부러 오늘을 택했었다. 추석 다음 날에는 다들 서울로 돌아가니까 별로 오는 사람도 없을 것 같아 출근 안 해도 되지 싶어서였다. 결과적으로는 자충수를 둔 셈이 되었다.

예상대로 진료 보는 환자는 거의 없었다. 대신 할머니 몇 명이 오전 내내 보건소 한 귀퉁이 있는 돌침대와 안마기를 차지하고 누워 끝없이 이야기를 해댔다. 가끔은 뭐가 그리 재미있는지 웃는 소리가 귀청 떨어지게 들려왔다. 저 분들은 친척도 없나? 안 그래도 심란해 죽겠는데. 명준은 참다 못해 진료실 옆에 딸린 방으로 피신해 있는 중이었다.

그때 문 두들기는 소리가 들리고, 보건소 여사가 얼굴을 디밀었다. 환자가 왔다는 것. 명준은 냉큼 일어났다. 일단 상희 문제는 제쳐두기로 했다. 진료실에 나가보니 양복 입은 노인이 앉아 있었다. 주름진 얼굴을 힐끗 봤지만 전에 왔던 사람인지 아닌지 헷갈렸다. '어떻게 오셨어요-' 컴퓨터 화면에 차트가 열리길 기다리면서 명준은 말을 걸어 보았다.

"사진 찍은 거 확인하러 왔어. 의사 선생이 내 폐가 안 좋다고 그랬잖아."

이름을 보니 생각 났다. 박정호. 그날 급하게 나가느라 X-ray를 확인 못했었다. 오른 쪽 폐음이 많이 감소되어 있었는데…… 어라? 모니터에 떠오른 이미지는 명준의 예상을 뛰어넘었다. 결핵성 늑막염 정도 생각했는데 이건 뭘까, 좀 험악하게 생겼다. 우측 내벽을 따라 흉막이 울퉁불퉁하다. 물이 차서 그런 거라면 그 압력 때문에 심장이 분명 왼쪽으로 밀려나 보일 텐데 이 사진은 그런 게 없다. 그렇다면 흉막 자체가 두꺼워졌다는 말이다.

"어르신, 보호자 분이랑 같이 오셨어요?"

"우리 마누라랑 같이 왔어."

"좀 들어오라고 하시겠어요?"

"이봐, 난 뭐 숨기거나 돌려서 말하는 거 질색이야. 나한테 말해도 된다고. 내 사진이 뭐가 안 좋아?"

"그럼 보호자 분이랑 같이 설명 드리겠습니다."

"여보, 일로 와봐."

바로 밖에 서 있었는지 양장을 입은 할머니가 금새 진료실로 들어왔다.

"혹시 어르신 무슨 일 하십니까?"

"특별한 일 안 해."

"전에 담배는 안 하신다고 하셨죠?"

"그렇지."

"공장에서 일하신 적 있습니까?"

"어떤 공장?"

"예를 들면 조선소나 섬유 공장…… 아니면 광산 같은 데?"

"맞아. 내가 젊었을 때 조선소에서 좀 일했어."

"그러셨군요."

명준은 키보드를 두드리기 시작했다.

"의사 선생. 뭐 때문에 그러나? 툭 까놓고, 폐암인가?"

"비슷합니다.

"아, 그래?"

막상 그 말을 듣자 노인의 얼굴에 그늘이 졌다.

"정확히 말하면 악성 중피종이 의심되는데요, X-ray 가지고는 확진을 내릴 수 없고, 큰 병원 가서서 CT도 찍고 조직 검사도 하셔야 합니다. 제가 의뢰서를 써 드릴 테니 연휴 끝나는 대로 서울에 큰 병원 가 보세요."

"알았네."

미국 사람들이 가장 두려워한다는 세 단어가 'You Have Cancer'라고 수업 시간에 어떤 교수님이 말했었다. 아무리 오래 살았어도 죽을 날을 받아 놓고 의연하기란 쉽지 않은 일. 이 진료실을 나서는 순간 저 노인의 일상은 큰 변화를 겪을 것이다.

"저기 선생님."

명준은 고개를 들었다. 아직 안 나가셨나? 양장 차림의 할머니가 책상 앞에 홀로 서 있었다. 하긴, 걱정될 만도 하다.

"우리 그이 말인데요."

"너무 상심 마세요. 아직 확실한 것도 아니고요, 수술 하면 좋아지는 경우도 있습니다."

물론 그건 아주 운이 좋았을 때다. 중피종은 생존율이 낮기로 악명 높으니까.

"그게 아니라……. 저 사람 조선소에서 일한 적 없어요."

"네?"

"그러니까…….."

"여보. 어서 가자고."

화장실 물 내리는 소리와 함께 노인의 목소리가 들려왔다. 할머니는 머뭇머뭇 대다가 문밖으로 사라졌다. 명준은 뭔 소린가 싶었다.

- 13 -

금요일

종착역을 향해 가는 동해남부선 남단의 마지막 철로가 운전석 왼편을 스쳐 지나갔다. 층층이 쌓인 컨테이너 박스도 보이기 시작했다. 반대편 길가에는 '매화', '백조' 따위의 아크릴 간판이 붙은 술집들이 나란히 섰다. 폭이 좁은 은색 철제 출입문과 붉은 타일이 발려진 외벽, 그리고 2층에 난 창문 하나. 변한 게 없었다. 몇 년 만에 돌아온 부산의 거리는 예전 모습 그대로 낡아가는 중이었다. 서울은 재건축과 뉴타운으로 공간에 대한 기억이 말살 당했는데, 이곳은 오히려 시간이 강제로 머물러 있었다. 밤새 달려온 고속도로에서 내려 광안대교를 탔을 때 본 해운대만은 예외였다. 푸른 통유리가 칠해진 80층짜리 빌딩들의 행렬은 천지개벽이라 할 만했다. 다만 해운대는 해운대일 뿐, 더 이상 부산이 아니었다.

원래는 집에 올 생각이 없었다. 명절이지만 요즘은 서로 안 보고 사는 게 속 편했다. 얼굴 맞대봐야 뾰족한 수가 나오는 것도 아니고……. 굳이 내려온 건 선우 때문이다. 고향으로 떠난 선우 아버지. 요양원 간호부장 말로는 선우 말고는 그분을 돌보는 사람이 없었던 것 같다. 그렇다면 그 집 가족들은 아직도 흩어져 살고 있단 말인데……. 선우는 고등학교 2학년 때 집안 사정으로 부산의 친척 집에 맡겨진 거라 들었다. 스스로 금단의 숲에 들어갔다고 표현한 그 사정이란 게 이번 일들과 무슨 연관이 있는 걸까? 어쩌면 그 뿌리는 동식이 아는 것보다 훨씬 더 지난 날들로 뻗어 있을 지도 몰랐다. 지금으로서는 선우가 그 전에 어디서 살았고, 뭣 때문에 거길 떠나야 했는지 알아보는 수밖에 없었다.

동식이 나고 자란 동네는 북항 부두가 시작되는 곳과 맞닿은 언덕 위에 있었다. 원래는 신선이 내려와 머무는 터라 불리던 곳이다. 하지만 일제시대, 여기에 자리 잡은 사람들은 부둣가에 붙어 사는 노가다와 언덕 배기에 지금도 남아 있는 텃밭을 파먹던 농사꾼들이었다. 전쟁 때 피난민이 흘러 들면서 어떻게든 빈 땅을 찾아 비탈을 타고 올라갔다. 그래서 이곳 집들 생긴 거 보면 정말 무지막지하다. 바닥은 기울어져 있기 일쑤고 얇은 시멘트 벽과 홑창은 그나마 아귀도 잘 맞지 않는다. 어떤 곳은 마당 앞이 절벽이다. 옥상이 뒷집의 주차장이 되는 경우도 있다. 하나 공통점이 있다면 세월을 먹은 먼지와 기름때가 만들어 내는 흐리멍덩한 잿빛이 내려앉아 있다는 것.

동식은 구불구불한 오르막을 따라 차를 몰았다. 군데군데 땜질한 골목길은 위로 올라갈 수록 점점 좁아졌고 상점 앞으로 사람이 지날 자리를 차지한 물건들이 여기 저기 나앉아 있어 수시로 속도를 줄여야 했다. 본디 차가 오갈 것을 염두에 두고 닦은 길은 아니었을 것이다. 움막을 짓고 살던 마을에 거주자 우선 주차장이 생길 거라고 누가 알았겠나?

동식은 옅은 황색 페인트가 칠해진 연립 주택 앞에 택배 트럭을 세웠다. 집에 왔다. 하수구 냄새 올라오는 계단과 녹슨 난간을 지나, 초인종을 누르고, 덜컹 – 문이 열리고, 그리고 뜻밖의 환대. 어머니는 목을 얼싸 안았고 아버지는 뒤통수를 한 대 갈겼다. 두 분은 동식이 온다는 말을 듣고 시골에도 내려가지 않았다. 여동생도 집에 있었다. 오랜만에 네 식구가 다 모였구나. 집안에 들어서자 기름 냄새에 잠시 숨을 골라야 했다. 거실과 붙어 있는 부엌 식탁에는 튀김과 전이 소쿠리에 가득 차 있었다. 동생이 배고프다고 난리였다.

늦은 점심을 먹고 집을 나섰다. 부모님께는 오랜만에 왔으니 동네 한 바퀴 돌고 오겠다고 했다. 굽어진 길을 따라 천천히 걸어 갔다. 오른 쪽 담장 너머로 내다보이는 부두가에는 붉은 철근 기둥 위에 세워진, 거대한 기린을 닮은 컨테이너 크레인이 늘어서 있었다.

여기 주차장 공터 어디쯤이 선우와 앉아서 음악을 듣던 놀이터였다. 토요일이나 일요일 오후에 선우가 일하던 곳 밖에 기웃거리고 있으면 가게 주인인 선우의 친척 아저씨가 동식을 알아보고는 같이 나가서 놀다 오게 해 주었다. 거기서는 통닭과 맥주를 주로 팔았는데 낮에는 배달 손님이 많아 선우가 할 일이 별로 없었기 때문에 선심 쓰는 척 허락했을 것이다. 그래 봐야 이 근처를 돌아다니는 게 다였지만.

그래도 몇 번은 버스 타고 광안리까지 갔었다. 맥도날드에서 햄버거를 사먹을 때 선우는 흘리지 않으려고 연신 입을 오물거렸고, 실없는 농담에도 많이 웃어 줬다. 바닷가를 거닐다 오락실이 보이면 같이 테트리스도 했다. 블록을 튕기며 얍! 얍! 하는 소리에 확, 볼을 꼬집어주고 싶던 걸 얼마나 참았는데. 몇 번밖에 안 되는 그 시간들이 지금에 와서는 오히려 더 큰 기억으로 남아 있다. 구김살 없어 보이던 그때에도 고민과 아픔이 있었던 걸 동식은 알지 못 했다. 왜 그때 조금 더 신경 쓰지 못 했는지…….

통닭집은 아직도 그대로였다. 아저씨는 그 사이 머리 숱이 많이 빠져 있었다. 얼굴에 살도 쪘다. 그래도 장사 하는 분답게 한 눈에 동식을 알아봐줬다. 아저씨는 10여 년 전과 마찬가지로 허허 - 웃는 얼굴로 동식을 바라보았다. 해가 지려는지 아저씨 눈가에 그림자가 깊어졌다. 이야기를 어떻게 꺼내야 할까? 아까부터 계속 말이 겉돌고 있다.

"근데 여는 어쩐 일이고?"

아주머니 목소리가 들려왔다. 이제까지 옆 테이블에 앉아 등 돌리고 파를 다듬고 있었다. 보고만 있기에 답답했던 모양이다.

"혹시……. 최근에 선우 소식 들으신 거 없으세요?"

아저씨는 입을 약간 벌린 것 외 별 다른 반응이 없었다. 대답은 이번에도 아주머니가 했다.

"가 소식을 와 우리한테 묻노?"

"얼마 전에 서울에서 본 것 같아서요."

"가쓰나, 서울 갔는 가배. 지가 그 뭐 할 끼 있다꼬 갔노?"

"그러게 말입니다."

이걸로 대화 중단. 참 난감하네.

"그 녀석, 잘 지내던가?"

아저씨가 드디어 입을 열었다.

"아, 네. 그게 좀⋯⋯."

"그렇군. 다 그런 거지. 잘 지냈으면 했는데. 걔 생각 하면 늘 미안한 마음이 들어."

아주머니가 고개를 이쪽으로 돌렸다.

"뭐시가 미안해요? 집 나간 게 우리 탓이가? 고만큼 해줬으면 됐지."

"당신은 좀 가만히 있어."

"말은 바로 하랬다고. 지 주제에 대학은 무슨⋯⋯."

동식이 끼어들었다.

"대학이요?"

아저씨는 허허 – 하는 표정이었고, 아주머니는 다시 파를 다듬었다.

"선우가 대학을 가려고 했나요?"

"그랬지."

"여상⋯⋯ 다녔었잖아요."

"공부는 잘 했어."

"그런데 왜⋯⋯."

"그게⋯⋯."

아저씨는 계속 어딘가 눈치를 살필 뿐이다.

"고마, 우린 시키는 대로 한 것뿐이다."

갑자기 아주머니가 쟁반을 들며 소리쳤다.

"우리가 신세 진 게 얼만데, 해달라 카는 대로 해야 안 되겠나? 난생 처음 보는데 친척이랍시고 그 애를 떠안은 것도, 여상에 보낸 것도, 대학 못 가게 막은 것도 다⋯⋯."

부엌으로 향하면서도 언성은 점점 높아졌다.

"경기도에서 제일 비싼 골프장 갖고 있는 양반인데, 우리가 무슨 수로 거역 하노?"

이윽고 들려오는, 뭔가 우당탕 - 하는 소리.

"누구를 말씀하시는 건지……. 선우의 부모님 말고 다른 사람인가
요?"

아저씨도 자리에서 일어났다.

"이거, 손님 오실 때가 다 되었네. 오늘이 추석 다음 날이라 좀 바
빠. 다들 가족끼리 한 잔 하러 온다고……."

갑자기 뭐야? 그만 나가라고?

"어쨌든 이렇게 커서 다시 보니까 반갑구나. 가끔 술 마시러 와.
내 서비스 잘 해 줄 테니까."

행주로 테이블을 훔치는데 여념이 없는 아저씨를 뒤로 하고, 동식
은 가게 문을 나섰다. 벌써 박진호 그 사람이 여기까지 손을 썼나 보
다. 그래도 아주머니가 힌트를 줬다. 인터넷을 파봐야 할 차례다.

그 길로 집으로 돌아와 컴퓨터 앞에 앉았다. 오랜만에 들어와본
동생 방은 그 사이 옷장 하나를 더 들여 놓아서 엄청 좁았다. 인터넷
을 열려는데 왜 이렇게 느린가 봤더니, 맙소사 메모리가 250 MB. 화
면 하나 넘어가는 데 10초씩 걸렸다.

동식은 마음을 억누르고 검색창에 JOY 백화점, 경기도, 골프장을
쳐 넣었다. 블로그, 카페글, 웹문서, 뉴스. 차례로 훑어보았지만 시원
찮았다. 가만, JOY 백화점의 모기업이 어디더라……. 조영그룹이다.
이번에는 조영그룹, 경기도, 골프장으로 검색했다. 다시 블로그, 카
페글, 웹문서, 뉴스 순서로 읽어 내려가다가 '조영그룹, 대규모 리조
트 조성 예정'이라는 제목이 보여 클릭했다. 경제신문 기사였다. '본
격 럭셔리', 'VVIP', '하이 엔드' 등등등이 난무하는 기사 끝머리에
이런 문구가 있었다. '고급 골프 문화를 선도해온 대연 칸트리클럽
과 시너지 효과 기대.' 대연 칸트리클럽이라. 주소를 확인했다. 경기
도 대연군 남천면 대호리. 이곳이, 선우가 살았던 마을인가?

- 14 -
토요일

나부끼는 깃발, 귀를 때리는 북소리, 높아지는 함성. 시위 현장이 가까이 보이는 곳에 차를 세운 명준은 솔직히 좀 섬뜩했다. 살면서 저런 장면이 처음은 아니었다. 명준도 예과 1학년 때 의약분업 규탄한다고 서울역에서 명동성당까지, 전통 있는 명코스를 전경들 대동하고 행진한 경험이 있었다. 그땐 나름 심각했지만, 살벌하지는 않았다. 어제 봤던 〈반지의 제왕〉에서 로한의 왕 세오덴이 기마대를 이끌고 미나스 티리스에 도착했을 때 오크의 대부대를 보고 지었던 표정. 명준은 그거야말로 지금 자기 기분을 나타내는 데 딱 이지 싶었다. 하지만 정작 저 속으로 들어가야 하는 사람은 따로 있었다.

명준은 옆 자리에 앉은 상희에게 눈을 돌렸다. 거울을 꺼내 들고 얼굴을 매만지느라 바쁘게 오가는 손길은 지금 어떤 기분인지 짐작하는 걸 허락치 않았다. 심란했을 텐데, 머리부터 발끝까지 풀 세트로 하고 왔다. 포멀 슈트 스타일링의 결정판. '대연군을 대표하는 아이'다웠다.

그러고 보니 언제부턴가 남녀 불문하고, 격식 있는 자리 가 보면 또래 사람들 옷이 블랙 일색이다. 입학식, 졸업식, 결혼식, 거기다 장례식까지. 정장이 워낙 비싸서 하나 가지고 돌려 입는 건가? 아니면 다들 그런 차림으로 다니니까 유달라 보이지 않으려고? 옛날 어떤 철학자가 영혼이 육체로 인해 자유롭지 못하다고 말했다는데, 요즘은 그조차도 옷과 화장 아래 갇혀 있는 꼴이다. 하지만 명준이 입을 댈 수 있는 문제는 아니었다. 이렇게 나와 준 게 어딘가?

명준은 결국 어젯밤 늦게 상희에게 전화를 했다. 어떻게 말할까 수십 번 연습했지만 헛수고 한 거였다. 상희도 이미 생각을 하고 있었다. 괜찮겠어? 라고 물었을 때 상희는 짧게 한 숨을 내뱉으며 이렇

게 말했다. '어쩔 수 없잖아. 우리가 신세 진 게 얼만데.'

그래, 그 말이 정답이겠다. 박강수는 상희네 외할아버지께서 돌아가시자, 평생 험한 일 해본 적 없는 상희 어머니를 위해 읍내 한복판에 있는 자기 소유 빌딩 1층에 편의점을 내도록 '배려'해주었고 향토장학금 명목으로 등록금도 보태줬다. 게다가 지금 상희가 일하는 고등학교 재단 이사장이 누구냐? 바로 박강수의 누님이다. 물론 상희네를 도와주라는 동네 사람들 요구도 무시하지 못했었을 것이다. 하지만 상희는 이유가 그게 다는 아니라고 했다. 상희 표현을 빌리자면 박강수가 '인간적으로' 도와준 적도 많았다는 거다.

"엄마는 언니한테 기대가 많았지. 의사, 판사, 변호사, 약사. 하다 못해 교사라도 될 거라고."

상희는 콤팩트를 탁- 소리 나게 닫으며 말했다. 명준은 대답이 궁했다. 상희가 선우 얘기를 하는 건 처음이지 싶었다. 선우가 떠나고 그 기대는 졸지에 상희 몫이 되었으리라. 상희는 거기에 어긋나지 않게 살아오려 한 것이고.

"아저씨께서는 엄마랑 내가 더 밑으로는 떨어지지 않도록 해주셨어. 감사할 따름이야. 그리고 이번 기회에 아빠도 짐을 좀 내려놓으시면 좋겠어. 큰 흐름을 막을 수는 없는 거잖아. 난 그게 마음에 안들어. 아빠가 하는 일은 다 옳고 도덕적이고 선하다는 생각."

공장 앞에는 회사에서 나온 걸로 보이는 군청색 잠바 차림의 아저씨들이 우르르 모여 심각한 표정을 짓고 있었다. 상희는 차문을 열었다. 더운 기운이 훅- 들이닥쳤지만, 아랑곳 않고 또박또박 걸어나갔다. 꼭 조여진 허리와 굽 높은 구두. 뒷모습이 위태로워 보였다.

명준은 관사로 향했다. '아버지께 올리는 호소문' 같은 신파극을 지켜볼 마음은 애초에 없었다. 그런 거 딱 질색이다. 게다가 조금 있다가 형오랑 같이 갈 데가 있다. 이틀 전 왔던 박정호 할아버지. 보건소 여사 통해서 알아보니까 보통 노인네가 아니었다. 거의 60년 가까이, 그러니까 인생의 대부분을 형오 할아버지의 별장 관리인으로 살아왔다는 거다. 그러니까 남편이 조선소에서 일한 적이 없다는 할머니 말이 맞았다. 명준이 그때 그걸 물어본 건 악성 중피종의 경우 석면에 대한 노출 여부가 발병에 중요하기 때문이다. 물론 관계 없이 발병하는 경우도 있다. 그러므로 평생 별장에서만 살았어도 중피종이 생기는 게 전혀 불가능한 것은 아니다.

이상한 것은 할아버지 본인이 조선소에서 일했다고 말한 점인데, 1분도 안 지나 탄로날 거짓말을 왜 한 걸까? 명준은 닥터 하우스 흉내를 내보기로 했다. 그 드라마 나오는 의사들은 환자 집도 뒤진다. 굳이 그러려는 건, 행여나 별장 근처에 석면 성분이 있다면 마을 사람에게도 영향을 끼칠 수 있거니와 전에 여사가 이 지역에 폐암 환자가 많은 것 같다고 했으니 그냥 넘길 수 없었기 때문이다.

또 하나 마음에 걸리는 게, 그날 밤 모텔에서 선우를 봤을 때 그 아이가 향하던 산길이 강서면 북쪽으로 이어져 있다는 점이었다. 그날 선우는 산을 넘은 다음 강가로 내려가 다리를 건너 박강수의 골프장으로 들어갔을 것이다. 그런데 인터넷으로 지도를 따라가보면 우연인지 몰라도 선우가 지났을 거라 예상되는 길목에 형오 할아버지의 별장이 있다. 이래저래 미심쩍어 보이기는 한데, 문제는 형오 할아버지의 별장은 아무나 들어갈 수 있는 곳이 아니란 거다. 역시 이번에도 의논할 사람은 형오밖에 없었다.

일단 석면 얘기는 하지 않고, 집이 예뻐서 구경하고 싶다고 해봤다. 형오는 그냥 보는 것만 할 거라면 괜찮다고 했다. 어차피 요즘은 1년 내내 찾는 사람도 없다는 것이다. 게다가 박정호 그분이 급하게 서울에 있는 병원에 입원하느라 별장이 비어 있단다. 연휴도 안 끝났는데 벌써 올라갔다니, 참 빠르기도 해라.

관사에 도착한 명준은 인터넷을 하면서 형오를 기다렸다. 두 시간쯤 지났을까, 전화가 왔다. 밖에 나가보니 검은 색 에쿠스 한 대가 서 있었다. 별장까지는 형오의 차로 가기로 되어 있었다. 그래야 지나 가다 누가 보더라도 이상하게 여기지 않는다는 거다.

형오는 명준을 보자마자 차에서 내려 조수석 문까지 열어주었다. 이렇듯 겸손을 몸에 달고 다니건만, 명준은 문득문득 이 녀석은 자기랑은 근본적으로 다른 세계에 살고 있다는 걸 새삼 확인하곤 했다. 오늘처럼 에쿠스를 쏘나타인 양 몰고 다닌다거나, 맨날 입는 구깃구깃한 정장이 알고 보면 아르마니 리미티드 넘버라거나, 요전처럼 골프 칠 때 앞뒤 타임 다 비워놓는다거나 하면 말이다.

"저기, 형오야."

"예, 형님."

"전에 내가 선우를 봤다는 그 모텔, 가봤니?"

"아, 궁전 모텔이요? 가봤어요."

"그래?"

"아, 근데, 벌써 나가고 없었어요."

"다른 곳은?"

"돌아다녀보고는 있는데, 믿고 맡길 사람이 몇 명 없어서, 거의 하루 이틀 상간으로 계속 놓치고 있어요. 저도 우리 마을에 모텔이 그렇게 많은지 처음 알았네요."

"그렇구나."

"지배인들한테 말해뒀으니까 조만간 찾을 거에요. 너무 걱정 마세요."

형오는 차를 출발시켰다. 별장으로 가기 위해서는 다리를 건너 강 서면 북쪽 산으로 올라가야 했다. 공장 지대가 거의 끝난 곳부터 산 줄기가 시작되었는데, 별장 진입로는 시작부터 커다란 철문으로 막혀 있었다. 그 앞에 에쿠스가 한 대 더 보였다. 이번에는 흰 색에 리무진이다. 운전석 앞에 누가 서 있나 봤더니 박강수 비서, 박실장이라는 남자였다. 그렇다면 저게 바로 박강수의 차? 다들 취향이 참…….

아니, 어쩌면 주변 시선 때문에 외제차는 못 타는 걸지도 몰랐다. 명준의 차와 비교하면 가격이 두 배, 아니 세 배까지 차이 나겠지만 에쿠스는 되고 A4는 안 되는 현실. 그건 그렇고, 저 남자는 여기 왜 있지? 박실장은 차에서 내리는 명준과 눈이 마주치자 나긋나긋한 말투로 먼저 인사를 건네왔다.

"선생님, 안녕하셨어요? 저희 형님 잘 봐주셔서 감사합니다. 선생님 아니면 큰 병 든 것도 모르고 지날 뻔 했네요."

형님? 혹시 박정호 할아버지를 말하는 건가? 나이 차를 보니 친형제는 아닌 것 같고, 사촌이나 육촌, 뭐 그 정도 되나 보다. 남자는 주머니에서 열쇠를 꺼내 철문을 열어주었다. 저걸 맡길 정도면 가까운 사이는 맞는 것 같다.

"한 차로 가시죠."

박실장은 형오 옆 조수석에 먼저 앉아버렸다. 졸지에 명준은 뒷좌석으로 옮겨야 했다. 역시 에쿠스가 넓구나, 감탄하는 사이 차는 숲속 길로 접어들었다.

"박실장님, 공장에서 오시는 길인가요?"

"맞아요."

"어땠어요?"

"형오군, 상희양한테 두고두고 고맙다고 하세요."

"그러려고요."

"요새 젊은 사람답지 않게 참 착하더군요. 언니와 달리."

가만 선우 얘기가 아닌가? 명준은 두 사람 대화에 귀를 기울였다.

"상희 언니요?"

"고년 참 맹랑했죠. 우리 형님께서 한 번 혼쭐이 나셨으니까요."

"네?"

"그게 언제더라, 10년도 넘은 것 같은데. 형님이 하루는 부스럭대는 소리가 들려서 나가보니까 웬 계집애 하나가 어떻게 들어왔는지 마당을 통과해 별장 뒷산으로 올라가려 하더랍니다."

"뒷산이면……. 수목원 쪽이요?"

"그렇죠."

지금 무슨 소리 하는 거야? 선우가 예전에 여기 왔었다고?

"아시다시피 거긴 역린(逆鱗)이잖아요. 그때는 친일재산 어쩌고 저쩌고 해서 한창 재판이 진행 중이었을 거라 더 엄했을 텐데."

"그래서 어떻게 하셨답니까?"

"처음엔 잘 타일러 보냈는데, 두 번, 세 번 자꾸 그러니까, 우리 사장님한테 알렸죠."

"아저씨께요?"

"형님도 고민이었을 겁니다. 회장님께서 아시는 날엔 분위기가 험악해졌을 거니까요."

"큰아버지라면, 그랬겠죠."

"결국 사장님께서 해결해주셨대요."

"네에……."

명준은 숨소리가 가빠지는 걸 겨우 참고 있었다. 조그만 소리라도 날까 자세도 바꾸지 못했다. 박강수가 해결했다? 그때 떠오른 장면 하나. 학생 지도실 바닥에 꿇어 앉은 선우의 옆모습.

"천천히 둘러보세요."

별장 입구에 도착했다. 박실장은 담배를 입에 물고 천천히 사라졌다.

"저분 난데없이 상희 언니 얘길 왜 꺼내신대요? 내가 아무것도 모르고 있다 생각하시나? 그럴 리가 없는데……."

"응? 그, 그러게"

"좀 이상하네. 일단 들어가시죠."

형오가 뭐라 열심히 설명을 해댔지만 아무것도 눈에 들어오지 않왔다. 화강암으로 꾸며진 계단도, 이태리풍의 정원도, 호수의 절경도……. 도대체 박실장이 왜 그런 얘기를 했지? 속셈이 뭔가? 퍼뜩 드는 생각이, 좀 전의 그 대화는 실은 나 들으라고 한 게 아닐까? 등골이 서늘해졌다. 이곳에는 비밀로 해야 할 무언가가 있는 것이다. 진짜 석면? 선우도 알고 있었나? 그래서 그렇게……. 그럼, 선우가 가출한 것도 다 이것 때문인가? 가만, 가출이 아닌가? 설마, 박강수가 어떻게 한 건가? 명준은 주위를 살폈다. 석면이 맞다 쳐도, 증명할 방법이 있을까? 샘플을 채취해야 할 텐데, 엄두가 나지 않는다. 흙이라도 퍼가야 하나? 먼지라도 쓸어 담아볼까? 아니다. 못 하겠다. 어디선가 박실장의 작은 눈이 지켜보고 있을 것 같다.

"여보세요? 아, 네, 부장님. 잠시 밖에 좀. 네, 네. 네? 정말입니까? 아, 잘 됐군요. 아, 다행이다. 네, 네. 알겠습니다. 바로 들어가겠습니다. 네. 좀 있다 뵙죠."

형오가 멍청히 서 있는 명준을 얼싸안았다.

"형님! 다 끝났어요. 다 잘 됐어요."

"뭐, 뭐야?"

"노조 집행부가 저희가 제안한 최종 협상안을 받아들이기로 했답니다."

"그래? 그러면 상희 아버지는?"

"노조 결정을 존중하겠다고 하시니 곧 내려오실 겁니다."

"이야, 잘 됐네. 야, 축하한다."

"형님 덕분이에요."

"아니야. 내가 뭘. 상희가 수고 많았지."

"맞아요. 아, 다행이다."

에쿠스로 돌아가는 형오는 거의 뛰는 걸음이었다. 명준도 형오를 따라 나섰다. 그래, 이걸로 됐다. 다 끝난 일이다. 그만 돌아가자.

- 15 -

토요일

길은 너무 어두웠다. 부산에서 늦게 출발한 탓이다. 이번에 올라가면 또 언제 올지 장담할 수 없는 일. 부모님은 조금이라도 동식과 시간을 더 보내고 싶어했다. 하지만 웃는 얼굴도 하루 이틀이지, 어느새 잔소리가 늘어갔다. 이제 그만 서울 생활 정리하고 내려오라고 전에 없이 세게 나오는 바람에 진땀이 다 났다.

동식의 아버지는 몇 개월 전 구청에서 빌려주는 무슨 창업 지원금인가로 집 근처 대학교 앞에 복사집을 차렸다. 오래 전 사업이 실패한 뒤 친구분이 하는 시골 주유소에서 먹고 자며 몇 년을 고생한 끝에 얻은 마지막 기회였다. 실패하면 그게 다 빚으로 남을 텐데. 그래서인지 요즘은 인터넷으로 주문을 받고 24시간 내에 직접 배달까지 해주지 않으면 살아남기가 어려워, 사람 한 명이 아쉬운 상황이란다. 어머니랑 동생도 나서서 돕고 있었다. 어차피 고상한 직업 가질 희망이야 접은 거 아니냐며, 동식을 가게 사무실로 데려가 이것 저것 보여주려 했다. 그 바람에 예정에 없던 시간을 보내버렸다. 결국 대연군 톨게이트를 통과했을 때는 해가 이미 땅 밑으로 한참이나 멀어져 간 뒤였다.

인적이 끊긴 시골길은 가로등도 드물었다. 어둠 속에서 갑자기 커브길이 튀어나오곤 했다. 그 때문에 몇 번이나 급하게 핸들을 꺾었다. 희끄무레한 게 보인다 싶으면 어느새 노인네가 도로 위를 걷고 있었다. 그럴 때면 끽 - 소리 나도록 브레이크를 밟았다. 어찌어찌하여 읍내에 들어섰지만 양 옆으로 셔터가 내려진 상점들만이 가만히 도사리고 있을 뿐, 조용하다 못해 괴괴했다. 1읍 8면에 인구가 12만 명이라더니, 뭐 이러냐? 기분은 점점 가라앉았다. 중부내륙 고속도로를 달려와 노을이 담긴 남한강을 마주했을 때는 마구 설레었다.

잘 하면 선우를 찾을 수 있을 것 같았다. 하지만 대연군에 가까워질수록 보여지는 것들은 동식을 의기소침하게 만들었다.

대연군이라는 곳이 선우의 고향인지 아직 확실하지는 않았다. 하지만 전에 선우랑 마주쳤던 노조 관련 단체의 홈페이지에 들어갔다가 '조영전자 정리해고 시민대책위원회'라는 카페를 찾았는데, 거기에 선우 아버지로 짐작되는 인물에 관한 글이 있었다. 회원들 사이에서 '위원장님'이라 불리는 그는 거의 전설적인 존재였다.

위대한 노동운동 지도자였으나, 회사의 음모에 휘말려 모든 것을 잃은 남자. 가정은 풍비박산 나고 몇 년을 수배자로 살아오면서도 재야 운동가로 백의종군. 한 때는 전국 단위 노조 대표자로 화려하게 복귀하기도 했지만, 정권이 바뀌면서 또 다시 시작된 탄압. 결국 간경화로 몸까지 망가졌지만 그럼에도 굴하지 않고 또 다시 불어 닥친 정리해고의 한파 앞에 분연히 일어선 순교자. 읽는 사람을 슬슬 달아오르게 만드는 문장들이었지만, 일단 진정하고 '팩트'에 집중했다. 대연군, 조영그룹 계열사인 조영전자, 흩어진 가족들, 그리고 간경화. 선우 아버지는 분명 알코올 중독자랬다. 동식은 대연군에 한 번 가보고 싶어졌다.

하지만 그 전에 넘어야 할 큰 산이 하나 있었다. 오늘은 토요일. 원래는 출근을 해야 했다. 추석 연휴와 이어서 통으로 놀고 어쩌고 하는 건 적어도 동식 네 영업소에서는 '정신 나간 짓'이다. 그래서 어제 저녁 고민에 고민을 거듭한 끝에 소장에게 전화를 걸었다. 조여오는 가슴을 한 손으로 꾹 누르고 통화 버튼을 눌렀다. 클래식 음악 컬러링이 흐르고, 밖에 있는지 떠들썩한 가운데 '오! 동식이―'라는 약간 상기된 소장의 목소리.

동식은 우선 추석 잘 쇠라는 인사를 전했고, 잠시 소장이 덕담이라고 하는 얘기들을 들어준 뒤, 지금 고향에 내려와 있는데 부모님이 붙잡고 놓아주질 않는다고 확 말해버렸다. 한 동안 정적이 흐르고, '뭐 어쩔 수 없지. 효도 잘 하고 와.' 이 말이 떨어질 때까지 동식은 아무도 없는 방 안에서 점점 쪼그라들고 있었다. 법으로 정해진 내 휴가를 쓰겠다는데 이렇게 눈치를 봐야 하다니. 그래도 기분이 좋을 때 맞춰 전화를 해서 다행이었다.

동식은 조영전자 공장 앞에 차를 세웠다. 시위대가 좀 있을 줄 알았는데, 분위기가 영 썰렁했다. 철조망이 쳐진 담장 너머로 높이 솟은 굴뚝은 그 끝이 아득했다. 저 위에 올라가 있는 사람이 정말 선우의 아버지일까? 안으로 들어가는 출입문은 남자 두 명이 지키고 있었다. 동식은 그 쪽으로 다가갔다. 의자에 걸터앉아 있던 남자 하나가 일어서더니 동식을 쳐다봤다. 그는 상대방이 위축될 정도로 키가 컸다. 조명 불빛 아래 드러난 얼굴은 녹슨 철판처럼 불그스름했다.

"어이, 거기. 무슨 일이요?"

"잠깐 말씀 좀 묻겠습니다."

"뭐요?"

"그게, 저 위에 계신 위원장님 따님에 대한 겁니다."

"그 여자가 보내서 왔소? 자본가의 앞잡이 주제에 무슨 염치로."

자본가의 앞잡이? 누굴 말하는 건가?

"뭔가 오해가 있으신 것 같은데요, 저는 친구를 찾고 있습니다. 저기 계신 위원장님께서 그 친구 아버님 되시는 것 같아서……."

"우린 그런 얘기 들은 적 없는데."

"잠깐 확인만 해주시면 안될까요? 제 친구 이름은 이선우 입니다."

키 큰 남자는 애매한 표정을 지으며 옆에 앉은 또 다른 남자 쪽으로 고개를 돌렸다. 여태껏 동식에게는 눈길도 주지 않던 그 남자는 천천히 일어났다. 아무렇게 자란 수염과 번들거리는 얼굴에서 그간의 피로를 엿볼 수 있었지만 눈빛만큼은 어둠을 밝힐 기세였다.

"당신, 기자요?"

"아닙니다."

"그럼, 뭐요?"

"선우의 옛날 친구……."

"아니, 무슨 일 하냐고?"

"물류회사…… 다닙니다."

"그래……? 흠흠, 일단 기다리시오. 위원장님께 여쭈어는 보겠소."

"부탁 드립니다."

"전화번호를 주시오. 시간이 좀 걸릴 수도 있어요. 위원장님은 워낙 바쁜 분이라."

뭐가 바쁘다는 건지는 모르겠지만 동식은 따지지 않기로 했다. 키 큰 남자가 여기 있지 말라고 떠미는 바람에 동식은 일단 돌아섰다. 등 뒤에서 '저 새끼' 어쩌고 하는 말이 들려왔다. 이거 참, 언제 봤다고 욕인지…….

일단 트럭으로 돌아가려는데 귓가에 바람이 불었다. 뭐지 싶어 고개를 돌리는 순간, 새하얀 불빛이 눈을 찔렀다. 동시에 귀를 떨게 하는 엔진음. 육중한 무언가가 다가오는 게 온몸으로 느껴졌다. 동식은 뒤돌아서 무조건 뛰기 시작했다. 어느 샌가 군홧발 소리가 뒷덜미를 잡아 챌 듯 가까워졌다.

호각이 울리고 공장 안에서 사람들이 뛰어나오기 시작했다. 동식은 샌드위치 신세가 되어버렸다. 둔탁하게 무언가 부딪혔다.

"악!"

"씨발!"

욕설과 비명이 동시에 튀어 나왔다. 동식의 머리 위로 둔기가 날아들었다. 그걸 막으려고 손을 올렸다가 팔이 떨어져 나갈 뻔 했다. 다른 사람 옷 덜미를 잡아 억지로 몸 앞에 세우고 숨어서 앞을 보니, 저벅저벅 소리와 함께 검은 갑옷으로 무장한 남자들이 포위해오고 있었다. 그들의 팔에 하얗게 쓰인 POLICE가 눈에 들어오자 동식은 저절로 뒷걸음질 쳐졌지만 빠져나갈 틈이 없었다. 이마에 흐르는 피가 누구 건지 분간도 안 됐다.

몇몇이 몸을 날려 정문을 사수하려 했지만 수적으로 절대적으로 열세였다. 위에서 내리 찍는 방패 모서리를 맞고 획획 나가떨어졌다. 삐비빅 ― 지지직 ― 무전기에서 뭐라 하는 소리가 얼핏 들리는가 싶더니, 본격적으로 밀고 들어오기 시작했다. 방패를 일렬로 세워 쓸어버리는 바람에 앞에서부터 차례로 균형을 잃고 넘어졌다. 저들은 쓰러진 사람을 곤봉으로 내리치며 밟고 타 넘었다.

사방에서 부서지고 깨지고 죽는 소리가 들려왔다. 동식은 갈비뼈가 눌려 으스러질 것 같았고 발목도 자꾸 꺾였다. 하지만 넘어질 까봐 다리에 힘을 뺄 엄두가 나지 않았다. 그렇게 끝없이 뒤로 밀려났다. 결국 정문이 뚫리면서 대열이 흐트러졌다. 그 바람에 동식도 옆으로 튕겨져 나가 나뒹굴었다. 겨우 숨을 가다듬고 주위를 둘러보았다. 굴뚝이 있는 곳에 포위망이 좁혀져 가고 있었다. 손수건으로 입을 가린 남자들이 위태롭게 죽창을 휘둘러댔지만 이내 하나 둘 땅바닥에 내팽개쳐져 군홧발 세례를 당했다.

동식은 낮은 포복으로 몸을 숨기며 정문 앞을 살폈다. 다들 굴뚝 밑으로 몰려가는 바람에 경찰 간부로 보이는, 모자를 쓰고 무전기를 든 남자 옆으로 빈 틈이 생겼고, 그 뒤로 멀리 택배 트럭이 보였다. 동식은 엉덩이를 든 다음 다른 거 볼 거 없이 전력질주 했다. '어어 ―' 하는 소리가 들리고 누군가 허리를 잡아채려 했지만 용케 피했다. 아까 그 간부랑 순간 눈이 마주쳤지만 있는 힘껏 밀어 넘어뜨려버리고 트럭을 향해 달려갔다.

- 16 -

월요일

바람이 한결 시원했다. 명준은 플라스틱 간이의자에 기댔다. 공장 앞 공터는 싹 치워져 있었다. 깃발과 천막과 구호는 사라지고, '리조트 기공식' 준비가 한창이었다. 회사 직원들은 물론이고 공무원들까지 대거 지원을 나왔다. 경찰차와 전경 버스도 눈에 띄었다. 명준도 '의료 지원팀'의 일원으로 본부석 한 귀퉁이에 앉아 있는 중이다. 노사간 협상도 타결되고, 선우 아버지도 무사히 내려오셨고, 다 잘됐다. 어차피 지역 발전을 위해 필요한 일 아닌가? 뭐, 밖으로 알려진 것과는 달리 약간의 우여곡절이 있긴 했지만…….

노조가 사측 협상안을 받아들이는 것으로 마무리 될 줄 알았건만 선우 아버지가 막판에 어깃장을 놓는 바람에 형오의 입장이 난처해졌다. 노조 측에서도 대놓고 말하진 못했지만 정도껏 해야지 하는 의견이 많았다고 한다. 회장님인 큰아버지는 처음부터 상대할 가치조차 없는 인간이었다며 경찰 특공대를 동원한 강제 진압을 천명했다. 외부에서 왔던 시위대는 노사 협상 타결 소식이 전해진 후 모두 돌아가버렸고, 보도 협조도 다 받아 놓아 언론의 도움도 바랄 수 없었다. 잘못하다간 선우 아버지가 진짜로 뛰어 내릴 수도 있는 상황, 진압 작전이 예정된 토요일 밤을 앞두고 형오는 급히 명준을 찾아왔다.

"형님, 수면제 좀 구해 주실 수 있으세요?"

명준은 처음에는 애가 무슨 소리를 하나 싶었다. 형오의 말을 들어 보니, 선우 아버지에게 식사를 제공하는 식당 주인을 찾아가 협박 반 애원 반으로 매달려 저녁 밥에 수면제를 넣기로 했다는 것이다. 경찰이 투입되는 것은 되돌릴 수 없는 일, 그렇다면 어떻게는 선우 아버지가 다치는 일만은 막아야 하지 않겠냐는 생각이었다. 명준은 보건소에 방문 진료 용으로 비축된 수면제를 몇 알 건네주었다. 나중에 듣자 하니 경찰들이 굴뚝 위로 올라갔을 때 선우 아버지는 세상 모르고 잠들어 계셨다고 한다. 지금은 경찰서 유치장에 있는데 조만간 구속 영장이 신청될 거라고.

어쨌든 다행이었다. 일단 사람부터 살고 봐야지. 아마 선우는 이런 내막까지는 알 수 없을 것이다. 기자들 입 단속 단단히 해서 보도자료마다 '협상 타결', '무사 귀환'만 내보내기로 했고, 선우 아버지를 비롯한 현장에 있던 사람들도 모두 연행되어 지금도 경찰서에 있으니 말이다. 이제 선우를 찾기만 하면 되는데, 아마 형오가 단서를 잡은 모양이었다. 오늘 오전 중으로 선우가 묵고 있는 걸로 추정되는 모텔을 덮쳐볼 거라고 했다. 이걸로 다 끝났다.

명준은 기지개를 켰다. 어제 밤의 여흥이 길게 남아있었다. 선우 아버지께서 내려오셨다는 걸 확인하고 나니 갑자기 이 동네에 있기가 싫어졌다. 뭐랄까, 지긋지긋했다. 그래서 친구들 모아서 강남에 풀살롱이란 데를 갔다. 요즘은 그게 대세란다. 가격도 괜찮고, 따로 2차 나갈 필요 없고, 나이 먹어 체력도 달리기 시작하는데 시간도 적당하고, 좋았다. 무엇보다 물이 차원이 다르다. 역시 사람은 서울에서 살아야 하나보다. 보건소장의 제안을 거절할 수가 없겠구나…….

아침에 잠깐 보자고 해서 방에 갔더니 미안하지만 근무지를 옮길 수 있느냐고 물어왔다. 갑자기 뭔가 했더니, 보건지소에 나가 있는 공중보건의 하나가 오후에 골프 치러 다니다 도 감사에 걸렸는데, 그럴 경우 일종의 패널티로 보건소로 이동 명령을 내린단다. 그 자리에 명준보고 대신 가라는 것. 군침 도는 일이 아닐 수 없었다. 지소는 완전 천국이다. 게다가 연산면이라니. 거긴 대연군 북쪽 끝이라 서울까지 30-40분이면 간다. 영동 고속도로하고도 가까워 겨울에 스키 타러 가기도 편하다. 소장은 그런 사정을 아는지 모르는지, 평소 말버릇 대로 '우짜겠십니꺼 –'라면서 이해해 달라고 했다. 명준은 표정 관리 하느라 힘들었다.

사람들은 점점 많아지고 있었다. 거의 다 노인들이다. 기공식이 무슨 축제쯤 되는지 허리 굽은 할머니들까지 보였다. 하긴 오후에는 무명 가수 공연과 경품 추첨이 예정되어 있긴 했다. 보건소에서는 실적을 보여줄 기회라 여겼는지 구강 검진에, 치매 검사에, 금연 교실까지 총출동했다. 어르신들은 무슨 쇼핑하듯이 휙 돌면서 한 보따리씩 챙겨갔다. 우리 나라 참으로 복지 국가다. 장사치들도 대목을 맞아 열심이었다. 제일 성황인 데가 영정 사진 찍어주는 봉고차 앞인데, 화장실 다녀오면서 슬쩍 봤더니 언제 돌아가셨을 지 모를 할머니, 할아버지 사진들이 견본으로 전시되어 있고, 또 그걸 가지고 한복이 어떻네 화장이 어떻네 품평들을 하는 게 기분이 참 묘했다. 그건 그렇고, 진열대 한 귀퉁이에 박정희 전 대통령 사진은 대체 왜 있는 거야?

본부석으로 돌아와 커피 한 잔 하고 있으려니까 주변이 부산해지기 시작했다. 오른 쪽으로 보이는 단상 앞에 아저씨들이 도열했다. 잠시 후 검은 색 그랜저 한 대가 비상등을 깜빡이며 들어왔다. 차가 멈추고 누군가 문을 열어주자 2:8 가르마를 한 남자가 내려섰다. 단상 앞에 있던 사람들은 쪼르르 달려가 허리를 굽히고 악수하고 하하하 웃고, 자기네들끼리 난리였다. 다들 작달막한 키에 똑같이 맞춘 듯한 흰색 점퍼를 입고 뛰어다녀 누가 누군지 명준은 구분도 안 되었다.

옆에 앉은 앰뷸런스 운전 기사는 경기도 부지사가 왔다고 좋아했다. 그러면서도 관용차가 급이 낮다고 은근히 무시했다. 아닌 게 아니라 뒤이어 도착한 도의회 의장 차는 체어맨이라 비교가 되기는 했다. 물론 하이라이트는 박강수의 흰색 에쿠스 리무진이었다. 차에서 내린 박강수가 같이 온 누군가를 안내하는데 자세히 봤더니, 세상에 회장님, 그러니까 형오 큰아버지였다. 그는 부지사와 인사를 나누고 나란히 단상 위에 놓인 귀빈석으로 걸어갔다. 주위의 남자들도 우르르 이동했다.

기공식은 지켜웠다. 국민 의례로 시작해서 회장님, 군수, 부지사, 도의회, 농협, 청년회, 자매 부대 사단장까지 나와서 한 마디씩 했다. 뒤이어 대연군과 조영그룹의 역사를 담은 영상물이 낭랑한 여자의 목소리와 함께 상영되었다. 발음이며 톤이 예사롭지 않다 했더니, 지역 케이블 방송국에서 데려온 아나운서란다. 흑백 화면 속에는 형오 할아버지가 근로자들과 함께 공장을 시찰하고 있었다.

그때 허벅지를 간질이는 진동이 울렸다. 명준은 바지 주머니에서 핸드폰을 꺼내 들었다. 형오였다.

"형오구나. 어떻게 됐니?"

"형님, 거기 괜찮아요?"

"무슨 소리야?"

"여기 모텔에 왔는데, 없어요."

"선우 말이야?"

"네, 분명히 어제 밤 들어온 걸 지배인이 확인 했고, 분명히 잘 지켜보고 있었다는데……."

그 순간 온몸이 튕겨져 오를 듯한 폭음이 귀를 때렸다. 북쪽 산 중턱에서 오렌지 빛 불꽃과 함께 파편들이 하늘을 향해 날아올랐다. 햇빛에 반사된 유리 조각이 반짝이며 포물선을 그리는 가운데 검은 연기가 치솟았다. 명준은 망연자실 그 광경을 바라봤다. 폭발이 일어난 곳은, 형오 할아버지의 별장이었다.

- 17 -

월요일

동식은 운전석에 기대 있다 급히 몸을 일으켰다. 드디어 터졌구나. 혹시나 해서 기다리긴 했지만, 일어나지 않길 바랬다. 동식은 안타까움에 한 숨이 비어져 나왔다. 선우가 결국은 하고야 말았다. 문을 열고 밖으로 나와 보니 주위는 아직 멍했다. 다들 기둥처럼 제자리에 서서 한 방향만 바라보았다. 시간이 멈추었는데 혼자서 돌아다니는 느낌이 이럴까? 멀리서 사이렌 소리가 울렸다. 몇몇 남자들이 거칠게 어깨를 부딪히며 어디론가 사라졌다. 이러고 있을 때가 아니다. 선우를 찾아야 한다. 동식은 사람들을 헤치고 앞으로 나아갔다.

그날 밤, 어디로 향하는 지도 모르고 엑셀을 밟아 댔다. 그러다 문득 정신을 차려보니 깜깜한 산길 위에 홀로 서 있었다. 동식은 갓길에 차를 세운 뒤 운전대에 이마를 대고 엎드렸다. 오른 쪽 손등이 뻐근하니 부어 오를 기세였고, 조금만 움직여도 왼쪽 어깨와 옆구리에 뭐가 뚫고 지나가는 듯 격통이 일었다.

한동안 그러고 있다가 겨우 몸을 일으켰다. 어찌된 일인지 알아봐야 했다. 핸드폰을 꺼내 인터넷을 열어보니 카페 게시판에 '진실을 알아야 합니다!'라는 제목이 붙은 새 글이 올라와 있었다. 관리자에 의해 계속 삭제되고 있다는 호소로 시작한 그 글은, 현재의 조영전자 노조 집행부가 노사 합의안에 서명했는데, 그걸 두고 '위대한 승리' 운운하며 축제 분위기에 빠질 때가 아니라는 내용이었다. 알고 보니 비정규직의 희생을 묵인한 거란다. 이에 '위원장님'은 절대로 받아들일 수 없다는 입장을 분명히 했고, 동식이 목격한 대로 사측은 경찰을 동원한 강제 진압에 나선 것이었다.

게시판의 글쓴이는 '우리 위원장님은 자유 의지에 의해서만 땅 위로 내려오실 것'이라며 '결사항전의 의지를 다지고 계시기 때문에 경찰도 섣불리 움직이지 못할 것'이라고 했다. 쉽게 얘기 해 여차하면 뛰어 내리겠다는 뜻인데……. 동식은 허벅지를 주먹으로 내리쳤다. 거기 끝까지 남아 있었어야 했다. 하지만 다시 가봤자 맞아 죽기밖에 더 하겠나? 막다른 길이었다.

서울로 돌아가기 위해 네비게이션을 따라 차를 몰았다. 그런데 어느 틈엔가 대형 승용차 한 대가 동식의 트럭 뒤에 나타났다. 한밤중이라 흰색인 차체가 유난히 눈에 띄는 데다, 차도 별로 없는데 큰 헤드라이트를 번쩍이며 바싹 달라 붙는 바람에 신경이 쓰이지 않을 수 없었다. 그러더니만 고속도로 톨게이트를 지날 때 갑자기 유턴을 하는 게 사이드미러에 비쳤다. 고속도로 진입로 코앞까지 와서 차를 돌리다니 이상하다고 여기던 찰나, 동식은 아차 싶었다. 나를 쫓아 여기까지 온 것이구나. 통행권을 뽑으면서 슬쩍 보니, 차를 반쯤 돌린 상태에서 이쪽을 빠히 지켜보듯 멈춰 서 있는 게, 아주 노골적이었다. 젠장, 오기가 발동했다.

동식은 일단 그곳을 벗어났다. 어두워진 고속도로를 달리며 생각했다. 적어도 한 가지는 확실해졌다. 굴뚝 위에 있던 분은 선우의 아버지가 맞았다는 것. 그리고 급하게 쫓아온 걸로 봐서 저들도 아직 선우를 찾지 못했을 가능성이 높았다. 아직 포기해서는 안 되는 거였다.

동식은 다음 날 다시 대연군으로 향했다. 어디 해보자 싶어 트럭 대신 랜트카도 빌렸다. 돈을 따질 때가 아니었다. 공장 앞에는 지난 밤의 흔적 따위 남아 있지도 않았다. 짐작은 했었다. 카페나 트위터, 인터넷 뉴스 어디를 뒤져봐도 '시민 세력의 승리', '화합의 아이콘으로 떠오른 정치가 OOO' 만 있을 뿐, 전날 있었던 참상은 일어나지 않는 거였다. 선우 아버지도 '무사히' 내려왔단다. 어떻게 이럴 수가 있나? 사람들이 원한 건 결국 '드라마' 였나?

동식은 그냥 있을 수 없었다. 저들이 무슨 짓을 했는지 사람들한테 알려야 했다. 운전석에 앉아 닥치는 대로 게시판에 글을 썼다. 그러다 문득 슬퍼졌다. 선우가 보고 싶었다. 선우를 찾아야 했다. 동식은 시동을 걸었다. 여기는 선우가 나고 자란 곳이다. 뭐 하나라도 건질 게 있을 거였다.

정처 없이 차를 몰며 주위를 둘러보는데, 현수막 하나가 눈길을 잡아 끌었다. '경축! JOY 리조트 기공식'. 날짜를 보니 월요일 오전이었다. 저걸 계획한 사람들은 희희낙락이겠구나. 선우도 저걸 알까? 그러다 동식은 아차 – 싶었다. 내가 쓴 글들을 어쩌면 선우가 볼수도 있겠구나……. 만약 선우가 그걸 본다면, 그래서 지난 밤 이곳에 무슨 일이 있었는지 알게 된다면, 저 순간을 그냥 넘기지 않을 것같았다. 설마, 이번에도 뭘 터뜨리려고?

생각이 여기까지 미치자, 동식은 오늘 아침 '무단 결근'을 강행하고서라도 다시 이곳에 오지 않을 수 없었다. 거의 30분 단위로 전화해서 당장 출근하지 않으면 잘라버리겠다는 영업소 소장의 협박에도 불구하고 말이다.

폭발이 일어난 곳은 공장 지대 북쪽, 야트막한 산 위에 서 있는 저택이었다. 집 자체는 별로 피해가 없었지만 그 뒤로 우거진 나무 숲으로 불길이 번져갔다. 저만한 곳이라면 경비도 잔뜩 세웠을 테니까 근처에 접근하거나 안에 들어가서 터뜨리지는 못했을 것이다. 그럼, 남은 방법은? 혹시 산 위쪽에서? 동식은 푹 눌러썼던 모자를 벗어 던졌다. 눈에 힘을 주고 산등성이를 훑었다. 아! 명치끝이 시큰해졌다. 솟을 절벽 위에, 누군가가 있었다. 바람에 머리카락을 흩날리며, 야윈 몸을 두 다리로 버티고 선 채, 가만히 아래를 내려다보는……. 동식은 알아볼 수 있었다. 선우였다.

하지만 선우는 이내 연기 속으로 사라졌다. 동식은 핸드폰을 꺼냈다. 지도를 확인했다. 산줄기가 동서로 길게 뻗어 있어, 선우가 저길 걸어서 내려간다면 북쪽에 있는 연산면 어디쯤으로 향할 것 같았다.

거길 지나는 국도는 영동고속도로와 바로 통해 있다. 동식은 차를 세워둔 곳으로 달려가기 시작했다. 그 누구보다 먼저 선우에게로 가야 한다. 그래서 어떻게 할지는, 아직 모르겠다. 다만 더 이상은 혼자 도망 다니게 놔두고 싶지 않았다.

-18-
월요일

기공식은 황망하게 끝났다. 마을 소방차가 전부 동원된 듯 불길은 오래지 않아 사그라졌다. 하지만 형오 할아버지의 별장에서는 그 뒤로도 한동안 검은 연기가 피어 올랐다. 명준은 왠지 모를 모욕감에 눈을 돌려버렸다.

일단 관사로 돌아오는 수 밖에 없었다. 하지만 책상 앞에 앉아서도 마음을 가라앉히기 힘들었다. 설마……. 선우가……. 기어이……. 하지만 대체 어떻게 알았을까? 명준은 일이 돌아가는 상황이 궁금했지만, 인터넷을 뒤져보아도 트위터에 폭발 장면이 찍힌 사진이 돌아다니고 각 신문사들 마다 퍼나르기식 기사만 써댈 뿐, 별 영양가가 없었다. 그저 다친 사람이 없다는 점이 위안거리였다.

초인종이 울렸다. 문 앞에는 형오가 서 있었다. 형오는 토요일에 자기 할아버지 별장에 갔던 이유가 뭐냐고 했다. 박실장이 한 얘기가 아무래도 이상하다는 것. 명준은 우물쭈물 하다가 결국 사실대로 말해 주었다.

"석면이라고요……?"

형오는 눈에 띄게 얼굴이 흐려졌다. 그러면서 한다는 말이, 박강수가 박실장한테 당장 선우를 잡아다 눈앞에 대령하라고 난리를 쳤단다. 형오도 선우가 한 일에 대해 당혹스럽긴 마찬가지였으나, 저렇게까지 방방 뛰는 게 좀 이해가 안 가서 혹시나 싶어 명준에게 온 것이었다. 형오는 당장 박강수를 만나러 가겠다고 했다.

형오를 보내고, 명준은 상희는 뭐하고 있나 전화를 해봤다. 하지만 받지 않았다. 오늘 일을 벌인 게 선우라는 걸 상희는 알고 있을까? 어떻게든 말해 줘야 할 텐데. 그러고 있는데 또 다시 초인종이 울렸다. 문을 열었다가 명준은 뒤로 나자빠질 뻔했다. 희멀건 얼굴의 박실장이 버티고 서 있었다.

"아, 안녕하세요? 여긴 어떻게⋯⋯."

박실장은 명준을 한참 동안 쏘아보다가 눈을 내리깔고 말했다.

"사장님께서 찾으십니다."

"아저씨께서요? 저를 왜?"

"일단 가보시죠. 모시러 왔습니다."

순간 명준은 확 도망가버릴까 하는 충동이 일었다. 난 더 이상은 엮이기 싫은데.

"아, 아닙니다. 제 차로 가겠습니다."

"⋯⋯."

박실장이 다시 눈을 부릅떴다. 하지만 이것만은 양보해선 안 될 것 같았다.

"알겠습니다."

명준은 일단 한 숨을 돌렸다. 흰색 에쿠스를 앞세우고 골프장으로 난 산길을 달리며 몇 번이나 생각했다. 지금이라도 서울에 친구 집에 가서 며칠 지내다 올까? 보건소에는 휴가 내 달라고 하고 다음 주부터 보건지소로 출근하면 되잖아? 하지만 그건 참 의리 없는 짓이지 싶었다.

"명준이 이리 와 봐라."

박실장을 따라 클럽하우스 2층에 있는 방으로 들어서자마자 박강수가 소리부터 쳤다. 명준은 저도 모르게 다리가 떨려왔다. 박강수는 책상 위에 걸터앉아 있었다. 옆에는 얼음이 담긴 유리잔과 반 넘어 비워진 위스키 병이 보였다.

"박실장은 가보도록 해. 해야 할 일이 있잖아."

박실장은 90도로 인사하고는 방을 나갔다. 명준은 돌처럼 굳은 박강수의 눈매를 살피며 형오 옆에 가 섰다.

"지금 형오가 하는 말이 무슨 소리냐? 뭐? 석면?"

"아, 네. 그게……."

"괜찮으니까 아는 대로 말해 봐라. 나도 어떻게 된 일인지 좀 알아야겠으니까."

형오도 명준에게 눈짓했다.

"확실한 건 아니고요. 그 별장 관리인 할아버지께서 진료를 받으러 오셨는데, 사진이 좀 안 좋아서 큰 병원에서 진료를……."

"그게 석면이랑 무슨 상관이야?"

명준은 또 다시 움찔 했다. 더 말해도 될까? 우물거리던 명준은 너무나 간절히 자기를 보고 있는 형오를 외면할 순 없었다.

"악성 중피종이 의심되었습니다. 그건 원래 석면이 원인 물질이라서……. 그리고 또 별장 관리인 말고 다른 일은 하신 적이 없다 해서……."

박강수는 명준을 한참 노려봤다.

"명준아."

"네."

갑자기 목소리가 부드러워졌다.

"이거 형오 말고 다른 사람한테 얘기 한 적 있니?"

"아닙니다. 절대 아닙니다. 형오한테도 좀 전에 말했을 뿐이에요."

"그래?"

그리고 또 한동안 침묵.

"명준이 너는 예정대로 연산면으로 출근하도록 해. 여기 일은 더 신경 쓰지 말고.”

아니, 박강수가 그걸 어떻게 알지? 설마 보건지소로 옮기라는 게 박강수 지시였나?

“네?”

“명준이는 제대하면 서울에 있는 대학병원으로 다시 돌아갈 거잖아? 아버님한테 그렇게 들었는데.”

“그, 그렇죠.”

“그럼 준비할 게 많지 않니? 영어 공부도 열심히 해야 될 테고. 대학원, 뭐 그런 거 안 하나?”

가만, 지금 무슨 소리 하는 거야?

“요새 감사도 빡빡하다며? 괜히 딴 짓 하고 다니다 걸렸다간 복무 연장되고 제때 병원으로 돌아가지도 못 한다던데……. 우리 명준이는 그러면 안 되지.”

맙소사, 이 양반 눈 밖에 났다간 무슨 일을 당할지 모르겠구나. 보건소 인사도 좌우하다니. 명준은 입이 바싹 말라갔다. 역시 이쯤에서 빠지는 게 좋겠다.

“명준이는 그만 돌아가보도록 해라.”

“…….”

명준은 돌아 섰다. 도저히 형오를 쳐다볼 수 없었다.

“형오 너도 그만 가봐. 이번 건 네가 나서서 해결할 수 있는 문제가 아니다. 내가 다 알아서 처리할 테니 모른 척 하고 기다려.”

“그럴 순 없습니다.”

“뭐야?”

“큰 아버지께서 별장 뒷산에 석면을 묻으셨다면서요?”

명준은 문 앞에서 그대로 굳어버렸다. 그렇게 된 거였구나.

“입 다물지 못해? 형오, 너 이게 뭐 하는 짓이냐! 명준이도 있는데 혼 좀 나 볼 테냐?”

"그걸 지금까지 방치하시면 어떻게 합니까?"

"우리도 얼른 다시 파 내려고 했어. 그땐 사업을 넓히느라 돈이 없었다고. 근데 나중에 어떻게 됐어? 친일 재산이다 뭐다 해서 국가로 환수되는 바람에 이러지도 저러지도 못하게 된 거 아니야!"

박강수는 이제 명준이 있든 없든 막 가기 시작했다.

"그걸 파낼 생각을 하고 있었다면 상희 아버지한테는 왜 그러셨어요?"

"그건 네 큰아버지가 한 일이야."

"뭐라고요?"

"그 인간이 그걸 갖고 협박을 해대잖아! 구조조정에 막 들어가려던 참인데……."

기가 막힐 노릇이었다. 선우 아버지가 쫓겨난 것도 그것 때문이라니.

"그럼, 선우한테도 마찬가지로 그랬나요?"

명준은 자기도 모르게 박강수에게 다가가 물었다. 박강수의 낯빛이 흔들렸다.

"아저씨, 대답해주세요."

박강수는 유리잔에 남은 위스키를 단숨에 들이켰다.

"난 그래도 형오 큰아버지가 걔 아빠한테 한 거에 비하면 신사적으로 대해 줬다."

"학교에서 선생님들이 선우를 대한 게 신사적이었다고요?"

"훈육 차원에서야 손이 좀 나갔을 순 있겠지."

"선우가 하루 아침에 사라진 건 또 어떻고요?"

"그것도 걔네 엄마한테 다 말하고 한 거야. 어쩔 수 없었다고. 걔가 무슨 사고를 칠 지 모르겠는데 어떻게 해? 아무리 잘 타이르려고 해봐도 안 되는 걸. 잠시 동안 다른 곳에 가서 마음 좀 가라앉히게 하려 했는데."

박강수는 점점 풀이 죽어갔다.

"걔가 거기서도 가출을 할 지 누가 알았겠냐? 몇 주 지나서야 제 엄마 앞으로 편지가 왔는데, 아빠한테 갈 거라 하더라고. 그때부터는 자발적으로 떨어져 산 거야. 걔네 엄마, 선친께서 누구 땜에 그렇게 되셨는데, 아무리 딸이라도 그 인간 찾아 간다니 배신감이 말로 표현이 됐겠냐? 옆에서 보기 하도 딱해서, 내가 한 번 그 녀석 만나 얘기라도 해보려고 백방으로 뒤져봤지만, 어디 숨었는지 끝내 못 찾았어. 젠장, 오늘 같은 일이 일어날 줄 알았으면 그때 확실히 혼을 좀 냈어야 했는데. 에잇, 젠장. 부전여전 아니랄 까봐."

형오는 명준의 소매를 끌어 당겼다.

"형님, 일단 돌아갑시다."

"형오, 너 엉뚱한 생각 하면 안 된다."

"그럴 순 없어요."

"뭐야?"

"일단 회사 명의로 상희 아버지 탄원서를 넣으라고 할 거예요. 구조조정안도 원점에서 다시 검토하도록 할 거고요."

"네가 무슨 권한으로? 너네 큰 아버지는 절대 동의 안 하실 거다."

"그분들 어차피 지분 다 정리했다고요. 아까 아버지한테 들었는데 자기네들한테 불똥 튈 까봐 안면몰수하는 분위기라던데요?"

"기다려, 형오야. 난 절대 반대다. 용납할 수 없어. 리조트 건설 성 사시키느라 내 돈이 얼마나 들어갔는지 알기나 해?"

"석면이 묻혀 있는 땅에 리조트를 어떻게 만들어요?"

"형오야! 그러면 안 된다. 잠깐 내 얘기 좀 들어. 내가 상희랑 걔네 엄마를 얼마나 잘 보살펴 주었는데, 나한테 왜 이러니? 이러면 곤란하다!"

박강수가 끝내 추태를 보이려 하자 형오는 그냥 밖으로 나가버렸다. 명준도 서둘러 따라 갔다.

"형님은 어떻게 하실 거에요?"

"응? 뭐가?"

"연산면으로 옮기실 건가요?"

"그게……. 그래야 되지 않을까……?"

"…… 그래요?"

형오는 명준에게 손을 내밀었다.

"저는 형님이 보건소에 남아서 석면에 대한 조사를 맡아주셨으면
했는데……. 하긴, 더 이상 신경 쓰게 해드리는 것도 제 욕심이겠네
요. 그 동안 감사했습니다."

일방적으로 악수를 해버리고 형오는 먼저 걸어갔다.

-19-

월요일

가다 보니 막막했다. 산은 길을 따라 이어졌다. 동식은 눈을 거의
오른 쪽 창에 고정시키고 차를 몰았다. 하지만 이런 식으로는 선우
를 찾을 수 없을 게 뻔했다. 그렇다고 한 곳에 머물러 있을 수도 없는
노릇이었다. 선우가 어디로 내려올 줄 알고 기다린단 말인가? 일단
산 아래를 계속 도는 수 밖에 없었다.

그러던 중 검은 색 대형 승용차 한 대가 요란한 엔진 소리를 내며
앞질러 갔다. 혹시 선우를 쫓고 있는 놈들인가? 동식도 속력을 높였
다. 하지만 배기량이 절반에도 못 미치는 경차로는 뒤쫓아 가기가
애초부터 무리였다. 검은 색 승용차는 금새 시야에서 사라졌다. 그
렇다고 내가 포기할 것 같으냐?

동식은 길 끝나는 곳까지 달려갔다. 깜빡깜빡. 노란 불 신호등이
나타났다. 길은 양쪽으로 갈라졌다. 어느 쪽으로 갔을까? 좌우를 살

피던 동식은 숨을 죽였다. 왼 쪽으로 고속도로 진입 톨게이트가 보이고 그 앞에 아까 그 검은 승용차가 서 있었다. 게다가 경찰차까지. 어떻게 하지? 천천히 좌회전을 한 동식은 마침 길가에 주유소를 발견하고 안으로 들어갔다.

"3만원이요."

얼굴이 까맣게 탄 종업원이 기름을 넣는 동안 동식은 톨게이트에서 벌어지는 일들을 지켜보았다. 제복 입은 경찰이 경광봉을 흔들며 버스를 한 대 세웠고 검은 승용차에서 내린 남자 두 명이 안으로 들어갔다. 다른 차들은 그냥 통과. 이게 뭔 상황인가? 남자들이 내리자 버스는 곧 출발했다. 하지만 그들은 거기를 떠나지 않았다. 팔짱을 끼고 지나가는 차들을 관찰하는 걸로 봐서 뭔가를 기다리는 건 분명해 보였다.

"손님, 주유 끝났습니다."

동식은 시동을 켜고 밖으로 나온 다음 차를 돌려 왔던 길을 되돌아 갔다. 머리를 굴려보려 애썼다. 아마 저들은 선우에 대해 더 많은 걸 알고 있을 것이다. 다른 차는 그냥 보내고 버스만 조사를 한다? 혹시 선우는 운전을 못 하나? 동식은 눈이 번쩍 떠졌다. 그랬구나. 어차피 여기를 벗어나려면 버스를 타지 않고는 방법이 없을 거란 걸 저들은 알고 있는 것이다. 동식은 길 옆에 빈 곳을 찾아 차를 세웠다.

시외버스터미널은 분명 읍내에 있을 텐데. 선우가 거기까지 가는 건 아무리 봐도 될 것 같지가 않다. 그렇다면……. 동식은 대학교 MT 갔을 때의 기억을 떠올렸다. 그때 분명 터미널까지 가지 않아도 중간에 세우는 곳에 몇 군데 더 있었다. 여기도 마찬가지지 않을까? 동식은 전화기를 꺼내 들었다.

"반갑습니다. 대연군 버스터미널입니다. 무엇을 도와드릴까요?"

날아갈 듯한 안내원의 목소리가 들리자마자 동식은 다그치듯 물었다.

"저기, 제가 서울 가는 버스를 타려고 하는데요."

"네, 고객님."

"여기가 연산면인데, 읍내까지 가지 않고 차를 탈 수가 있을까요?"

동식을 성질 급한 관광객 정도로 생각했는지, 안내원은 더욱 해맑은 목소리로 '가정마을'이라는 곳에 가면 된다고 알려주었다. 배차 간격은 1시간. 동식은 지도를 검색했다. 여기서 10분 정도 떨어져 있었다. 게다가 선우를 마지막으로 봤던 위치와도 멀지 않았다. 오케이, 여기구나. 가자.

동식은 가정마을에 도착할 때까지 브레이크도 안 밟고 달렸다. 마을 이름이 새겨진 화강암 비석과 울타리가 쳐진 큰 소나무와 할머니들 몇몇이 모여 앉은 평상을 지나자 마을 회관이 보이고 그 앞에 깃발처럼 세워진 간이정류장 표지판……. 하지만 동식은 멈출 수가 없었다. 거기도 검은색 승용차가 있었다. 저들도 이미 눈치 채고 있던 거다. 선우가 어떻게 행동할 지를.

동식은 룸미러로 승용차가 보이지 않는 곳까지 간 다음 차를 돌렸다. 마침 근처 구멍가게 앞에 트럭이 한 대 있어 그 뒤에 숨었다. 아까 톨게이트에서 버스가 지나갔으니까 대략 30-40분 뒤면 다음 차가 올 터였다. 선우가 산을 내려오는 데 걸리는 시간도 그 정도지 싶었다. 문제는 저 놈들이 눈에 불을 켜고 기다린단 건데…….

아무리 생각해도 뾰족한 수가 떠오르지 않았다. 시간도 기다려주지 않았다. 길 반대편에서 시외버스가 오고 있었다. 젠장, 모르겠다. 동식은 바퀴를 최대한 돌려서 여차하면 밀고 나갈 준비를 했다. 정류장 앞에 사람들이 줄을 섰다. 아줌마 둘, 아저씨 하나. 버스는 천천히 속도를 줄였다. 그런데 이게 왠걸, 동식의 뒤에서 버스가 한 대 더 오더니 바로 앞에서 멈췄다. 마을버스였다. 그 때문에 정류장 앞이 다 가려져버렸다. 아씨, 뭐야? 선우가 왔는지 볼 수가 없잖아! 시외

버스가 다시 출발했다. 어떡하지? 따라가야 되나? 그때 구멍가게 안에서 누가 튀어 나왔다. 그리고 마을버스를 향해 쏜살같이 달렸다. 어어어! 저기! 저기! 동식은 목이 메어 제대로 부르지도 못했다.

"선우야!"

선우가 타자마자 버스는 출발했다. 동식은 서둘러 따라갔다. 지나가면서 보니까 검은 승용차도 막 후진을 해서 길가로 나오고 있었다. 이대로라면 얼마 가지도 못하겠구나. 아니나 다를까, 검은 승용차는 부아앙 – 소리를 내며 미친 듯이 날아가 버스 앞을 그대로 막아 섰다. 끼이이이이이이이이이이이익 – 타이어 소리가 귀를 찔렀다. 얼마나 급하게 세웠던지 버스가 크게 휘청거렸다. 채 멈추기도 전에 창문이 열리고 선우가 뛰어내렸다.

"선우야! 여기야! 여기!"

동식은 경적을 울리며 있는 힘껏 선우를 불렀다. 선우가 돌아봤다. 눈이 마주쳤다. 잠시 동안 얼음. 그러다 곧바로 조수석에 올라탔다. 동식은 가속 페달을 밟았다. 순식간에 버스와 검은 승용차를 제치고 쭉쭉 나아갔다. 이제 어쩐다? 여차하면 따라 잡힐 텐데……. 길 옆은 논두렁이었다. 가다 보니 띄엄띄엄 샛길이 나 있었다. 경운기 정도가 겨우 지나다닐 만한 길이었다. 동식은 브레이크를 밟고 핸들을 꺾었다.

차가 한 쪽으로 심하게 쏠렸다. 어마 – 선우가 짧게 소리를 냈다. 동식은 실감이 나기 시작했다. 선우가 지금 옆에 있다. 두근거렸다. 일단 안전한 곳을 찾자. 시멘트 포장이 끝나고 인적 없는 자갈길이 이어졌다. 양 옆으로 노랗게 익은 벼가 가득했다. 거의 바닥이 드러난 도랑을 하나 건너자 굴다리가 보였다. 동식은 그 밑으로 들어갔다.

그늘 속에 숨어서 귀를 기울였다. 조용했다. 따돌린 건가? 동식은 고개를 빼고 밖을 살피다 옆에 앉은 선우와 정면으로 마주보고 말았다. 어이쿠야. 동식은 황급히 고개를 돌렸지만 선우는 눈을 동그랗게 뜨고 계속 동식을 바라봤다.

"왜, 왜…… 그렇게 봐?"

선우는 대답 대신 싱긋 웃었다. 이로써 완전히 무장 해제. 동식은 더워졌다.

"동식아."

"어?"

"정말 동식이 맞아?"

"나 기억 안 나?"

"아니, 기억나. 그냥 신기해서 그래. 너랑 이렇게 다시 만나다니."

아 – 저 천진난만한 말투. 그대로구나.

"어떻게 된 거야? 계속 나 따라 다닌 거야?"

"그, 그게, 어쩌다 보니 그렇게 됐어. 나쁜 뜻은 없었어. 다만 걱정이 돼서……."

"그랬구나. 전에 차 지붕 위에서 뛰어 내린 것도 너 맞지?"

"그래. 나 맞아."

"깜짝 놀랐어,"

"그, 그땐 어쩔 수 없었어."

"아니, 뭐라 그러는 게 아니야. 고마워서 그래."

"그렇지? 하하."

"다치진 않았어?"

"뭐, 그 정도쯤이야."

"그랬구나……."

선우는 고개를 숙이며 갑자기 말이 없어졌다.

"저기, 선우야?"

"응?"

"아, 아니야."

"괜찮아. 말해봐."

"왜…… 그랬어?"

동식은 겨우 입을 떼서 물었다. 선우는 다시 동식을 보았다. 더없이 쓸쓸한 표정.

"너무 화가 나서."

선우는 말끝에 목이 메었다. 동식도 말을 잃었다.

"이제는 나 따라다니지 마."

선우는 차문을 열고 나가려 했다. 동식은 가슴에 불이 났다.

"어디가?"

"근처에 버스 타는 데 있을 거야."

"그래서 어디 가려고?"

"경찰서."

"선우야."

목소리가 떨려 나왔다. 선우는 돌아보지 않았다.

"꼭 그래야 돼?"

"이제 도망 다니는 거, 그만 할래."

동식은 시동을 걸고 기어를 넣었다.

"뭐 하는 거야?"

선우의 당황한 목소리. 하지만 동식은 듣지 않았다.

"동식아."

"데려다 줄게."

"안돼. 너도 의심 받을 거야."

"괜찮아."

"뭐가 괜찮아?"

"괜찮다니까."

목소리가 커져버렸다. 선우는 더 이상 아무 말 안 했다. 대신 짧게 한 숨을 내뱉었다. 길가로 나왔을 때 다행히 검은 차는 보이지 않았다. 동식은 휴대폰으로 경찰서를 검색했다. 그리고 출발.

차창 밖에 펼쳐진 풍경은 무심할 정도로 예뻤다. 절벽을 따라 나무들은 우거졌고 늦은 오후의 햇살에 강물은 반짝거렸다. 어디 놀러 가는 중이었으면 참 좋았겠다. 다음에 또 한 번 선우와 나란히 앉아 이런 길을 달려 볼 수 있을까?

드라이브는 오래 가지 않았다. 대연군을 넘어가는 다리가 보이기 시작했다. 그리고 건너편에 서 있는 검은 색 승용차들. 적어도 서너 대는 되는 것 같았다.

"동식아."

불안해 하는 선우에게 동식은 짐짓 환하게 웃어 보였다.

"걱정하지 마. 대한민국 택배기사를 믿으라고."

동식은 다리 입구에서 급히 우회전 했다. 그리고 강을 따라 좀 더 남쪽으로 내려갔다. 아까 본 지도에는 하류 쪽에도 대연군을 들어가는 다리가 하나 더 있는 걸로 나와 있었다. 그 다리를 통과하자마자 여섯 블록 직진, 좌회전 해서 네 블록 더 직진하면 경찰서 앞이었다. 어느새 뒤에는 검은 차들이 바짝 붙어 왔다. 조금만 더, 제발. 골목으로 들어가기만 하면 이 차가 훨씬 빠를 거라고. 동식은 앞선 차들을 지그재그로 피해가며 드디어 다리를 건넜다. 그리고 첫 번째 골목에서 왼쪽으로 파고 들었다.

예상대로 쫓아오는 놈들 기세가 한 풀 꺾였다. 동식은 마음 속으로 세었다. 하나, 둘, 셋. 그때 눈 앞에 검은 승용차가 돌진해왔다. 서둘러 우회전. 엄마야, 일방통행이네. 한 블록 가자마자 다시 오른 쪽으로 돌았다. 젠장 오히려 경찰서에서 멀어져 버렸어. 바로 다음 골목에서 좌회전. 그리고 큰 길이 보일 때까지 직진했다. 계산을 새로 해야 했다. 여기서 경찰서까지 직진으로 두 블록, 왼 쪽으로 두 블록이다. 동식은 큰 길을 그대로 가로질러 반대편 골목으로 내달았다. 하나, 둘, 좌회전, 다시 하나, 둘. 거의 다 왔다.

동식은 일단 멈췄다. 전봇대 너머로 경찰서 입구가 보였다. 그런데 그 앞에는 이미 검은 차들이 진을 치고 있었다. 동식은 선우를 돌아봤다. 선우는 평온했다.

"선우야. 미안하다."

"난 괜찮아. 넌 할 만큼 했어. 정말 고마워. 잊지 않을게."

"여기서 내려야겠다."

선우는 힘없이 웃으며 고개를 끄덕였다. 이 녀석. 내가 무슨 말 하는지 아직 못 알아들었구나.

"선우야, 그게 아니라."

동식은 자세를 고쳐 잡고 양 손으로 핸들을 움켜쥐었다.

"여기서 경찰서까지 뛸 수 있지?"

"뭐?"

"내가 저 놈들 끌어 낼 테니까 무조건 뛰어. 뒤도 돌아보지 말고 뛰어. 할 수 있지?"

선우는 처음엔 어리둥절하며 동식을 바라보다 끝내 눈물을 보였다.

"고마워. 정말 고마워. 잊지 않을게."

"그런 소리 마. 다신 못 볼 사람처럼."

"그래, 알았어. 동식아. 조심해야 해."

선우가 내렸다. 동식은 두 눈 크게 뜨고 숨 한 번 크게 쉬고 출발했다. 최대한 빨리 움직여야 저들이 선우가 없는 걸 눈치채지 못할 것이다. 동식은 검은 승용차가 있는 경찰서 턱밑까지 질주해갔다. 외제 스포츠카 못지않은 굉음이 울려 퍼졌다. 앞에 서 있던 남자 몇 명이 놀라 뒤로 넘어졌다. 인도를 타고 넘어 차를 돌리고 이번엔 역주행. 어서 와. 날 따라 와. 남자들은 허둥지둥 차에 올라타기 바빴다. 경찰서에서 멀어지자 동식은 일부러 속력을 늦췄다. 검은 차 한 대가 앞을 가로막았다. 동식은 옆으로 피했다. 하지만 이내 거기도 막혔다. 이번엔 뒤쪽. 다음에는 또 앞쪽. 마침내 갈 데가 없어지자 동식은 차를 세웠다. 맥이 탁 풀렸다. 그러고 보니 선우 전화기를 안 주고 그냥 왔네. 취직하려던 병원에서 연락은 끝내 오지 않았구나. 기다리고 있었을 텐데. 그나저나 내일 출근은 할 수 있으려나……? 운전석 앞으로 남자들이 모여들었다. 그들 어깨를 밀치며 누군가 다가왔다. 박진호였다. 동식은 웃음을 참을 수가 없었다.

- 20 -
월요일

해가 저물고 있었다. 명준은 답답한 마음에 뭐 새로운 뉴스라도 있나 인터넷을 뒤졌다. 그런데 시간이 지날수록 일이 심상찮게 돌아갔다. 언론사들은 여전히 신중 모드였지만 카페나 게시판 등을 중심으로 지금까지와는 급이 다른 내용들이 퍼지고 있었다. 뒷산 절벽 위에서 누가 뭘 던지는 걸 봤다는 목격자도 나타났다. 그때 전화기가 울렸다. 상희였다.

"오빠, 언니가 경찰서에 있대."

명준은 그 말을 들었을 때 가슴이 쿵 - 내려앉는 것 같았다. 상희는 당장이라도 보러 달려갈 태세였다. 명준도 가만 있기 뭐해서 일단 경찰서로 향했다. 그곳 사람들은 정문에서부터 빡빡하게 굴었다. 갓 스물 넘긴 것 같은 비리비리한 의경이 내려다보며 이것저것 캐묻는 바람에 명준은 들어가기 전부터 주눅이 들어버렸다. 강력1팀이 있다는 2층으로 올라가는 계단은 컴컴했다. 지나치는 남자들은 모두 명준을 흘깃거리는 듯 했고, 금방이라도 불러 세워 시비를 걸 것만 같았다.

다행히 그곳의 문은 열려 있었다. 그러지 않았다면 명준은 들어서

지도 못했으리라. 일렬로 늘어선 책상 위에는 우그러뜨려진 캔커피와, 그 위에 꽂힌 담배 꽁초와 국물이 남은 사발면과 발갛게 물든 나무 젓가락이 뒤섞인 와중에도 하얀 서류들은 한 켠에 가지런히 놓여 있었다. 명준은 구부정하게 서서 주위를 살피다 상희를 발견했다. 상희는 집에서 바로 온 듯 반팔 반바지 차림으로 '대기실'이라고 검은 글씨가 적힌 나무 판자 밑에서 등받이도 없는 의자에 앉아 울고 있었다. 유치장에 있는 아버지는 끝내 보러 안 가더니, 언니는 다른 모양이었다.

"오빠, 저 사람들이 언니를 무슨 테러 어쩌고 하면서 함부로 대해. 면회도 제대로 안 시켜 주고, 밥도 안 주고, 막 다그치고……."

상희가 손을 들어 가리킨 끝에 보이는 것은 책상 앞에 앉은, 작고 웅크린 뒷모습이었다. 아, 선우야. 네가 왜 이러고 있니? 10년 만에 동생 앞에 이런 모습으로 나타나야 했니? 명준은 원래 경찰이란 사람들은 일부러 더 그런다고, 형오가 나서서 뭔가를 하고 있으니 좀 기다려 보라고, 별 소용도 없는 위로로 상희를 달랬다.

그때, 낯 익은 얼굴의 남자가 스쳐 지나갔다. 희멀건 얼굴에 끔뻑이는 작은 눈. 박실장이었다. 저 인간이 여기 왜……? 그는 이쪽은 눈에 보이지도 않는지 쥐라도 잡을 기세로 누군가를 찾았다. 사복 경관 몇 명이 쩔쩔 매면서 서 있고, 이윽고 내실에서 나이 든 간부가 한 명 나왔다.

명준은 자기도 모르게 박실장이 있는 쪽으로 다가갔다. 박실장은 그 간부에게 있는 대로 짜증을 냈다. 나긋나긋한 따지는 말투가 귀에 콕콕 박혔다.

"김팀장님, 일을 이런 식으로 하십니까? 제 말이 어려웠나요? 일이 어떻게 돌아가는지 이해가 안 되세요?"

"자자, 진정 하세요. 여기서 이러시면 안 됩니다."

"지금 사태의 심각성을 제대로 파악하고 계신 겁니까? 제가 전화

드렸잖아요. 저 아이를 잡으면 저한테 먼저 데려오라고 했습니까, 안 했습니까?"

세상에, 맙소사. 명준은 입이 벌어졌다. 저게 무슨 소리인가? 선우에게 또 뭔 짓을 하려고? 이에 대해 김팀장이라는 사람이 답하길, 제발로 경찰서로 걸어 들어온 걸 어떻게 하느냐, 여기는 보는 눈이 너무 많아서 어쩔 수 없었다는 것이다. 불행 중 다행이라는 건 이럴 때 쓰는 말이지 싶었다.

어쨌든 당장 할 수 있는 일은 없었다. 그래도 상희는 아예 여기서 밤을 셀 작정이었다. 명준도 상희만 덩그러니 두고 갈 수는 없었다. 명준은 형오에게 전화를 걸어보았다. 아까 그렇게 헤어졌지만 지금 기댈 사람은 형오밖에 없었다.

"아, 형님. 저도 알고 있습니다."

형오는 그새 목소리가 다 쉬어 있었다.

"여기 경찰서야. 박실장도 와 있어."

"이제 와서 그 분이 할 수 있는 일은 없을 겁니다. 일단 내일 출근하는 대로 가능한 빨리 회사 이름으로 탄원서를 제출하겠습니다."

"그래도 선우가 한 일이 있는데 쉽게 나올 수 있을까?"

"후……."

형오의 한 숨이 길게 이어졌다.

"형님이니까 말씀 드릴 게요. 회사 변호사한테 살짝 물어봤는데, 방화는 최하 3년이래요."

명준은 눈을 감았다. 선우의 처지가 와 닿기 시작했다.

"3년이 넘으면 집행유예가 안 되요. 보석도 잘 안 해주고요. 그러니 지금부터라도 정상 참작이 될 만한 건 뭐든 준비해둬야 해요. 그분 가족들한테는 저희 큰 아버지나 박강수 아저씨께서 먼저 잘못하신 거니까……."

"박강수 아저씨가 가만 있을까?"

"저도 생각이 있어요."

그러면서 한다는 말이, 좀 있다 지역 케이블 방송국 불러놓고 기자회견을 할 거라고 했다. 이번 일에 대해 다 밝힐 생각이었다. 높으신 분들 모인 데서 폭발이 일어났으니 여기저기서 해명을 요구하는데, 아버지는 우왕좌왕하고만 있고, 그 틈을 타 박강수가 적당히 덮어버리려고 손을 쓰는 걸 보고만 있을 수 없었던 것이다.

명준은 심호흡을 한 번 했다. 만약 형오가 아침에 뉴스에라도 나온다면 아마 동네가 뒤집어지겠지. 저녁이나 내일쯤이면 전국 방송을 탈지도 모른다.

"형오야, 괜찮겠어?"

"별장 뒷산의 숲이 상당 부분 불에 타버렸잖아요. 소방서 같은 데서 조사한답시고 흙을 파헤치면 석면이 묻힌 게 어차피 드러날 거라 뒷감당이 안 된다고요."

형오의 목소리는 비록 떨고 있었지만 힘이 있었다.

"어쩌면 이 방법이 회사를 지키는 길일지도 몰라요. 이런 말 하긴 좀 뭐하지만, 여기 사람들, 공장문 닫는 일까지 벌어지는 건 원치 않을 거니까요."

거기까지 내다보다니……. 녀석, 의외로 결정적인 순간에는 강단 있게 행동하고 있구나. 명준은 수고하란 말을 해주고 전화를 끊었다. 명준은 눈을 들어 선우의 야윈 어깨를 보았다. 그리고 마음을 굳혔다. 박강수를 만나고 나서 헤어질 때 형오는 명준보고 보건소에 있어달라고 부탁했었다. 석면에 대한 조사가 시작되면 그간의 사정을 잘 아는 사람이 필요하다는 이유에서였다.

물론 명준도 형오의 청을 거절하는 게 편하지는 않았다. 애초에 보건지소로 옮기라는 결정 자체가 박강수의 지시였으니 말이다. 그럼에도 불구하고, 솔직히 좀 전까지 들었던 생각은 이제 그만 발을 빼고 싶다는 거였다. 게다가 선우의 방식, 썩 동의하기 힘들었다. 그

러다 사상자라도 나왔으면 어쩌려고……. 하지만 명준은 남기로 했
다. 어쨌든 이대로 외면할 수는 없었다.

– 21 –

다마스로 오르기에는 길이 너무 가팔랐다. 가속페달을 밟아도 적
어도 1초는 있다가 속력이 났다. 그때마다 땀이 삐질. 부산에 있는
학교들은 왜 이리 죄다 높은 곳에 있는지……. 게다가 지금 가야 하
는 인문관은 산 등성이를 따라 지어진 캠퍼스 중에서도 제일 꼭대기
에 있었다.

아직 절반도 안 올라갔는데, 앞에 차들이 엉키는 바람에 10분 넘
게 제자리였다. 동식은 아예 기어를 중립에 넣고 창 밖으로 눈을 돌
렸다. 가로등에는 무슨 콘서트 플래카드가 나부끼고, 그 밑으로 들
뜬 표정의 남녀들이 경사진 길을 올라가고 있었다. 연말이구나. 좋
을 때다. 너네들도 한 몇 년만 지나면 절반은 나처럼 되어 있을 텐데.

새삼 짐칸에 눈이 갔다. 동생이랑 아버지가 새벽부터 출근해 찍
어낸 석사학위 논문들이 한 가득 실려있었다. 검은 양장표지에 금
빛으로 박아 넣은 이름들. 조금 더 나은 미래를 꿈꾸며 선택한 것이
었겠지만 과연 저 얇은 책자가 보장해줄 수 있는 게 얼마나 될 지
동식은 좀 씁쓸했다. 물론 저걸 일 거리로 보는 아버지는 생각이 다
르겠지만.

어느덧 부산에 내려온 지도 석 달이 다 되어가고 있었다. 하지만
하는 일은 달라진 게 없었다. 아니 더 안 좋아졌다. 택배 트럭 대신
몰고 다니는 다마스는 오토바이를 타는 기분이었고, 배달해야 할 짐
들은 전부 종이라 무게가 얄짤없었다. 그나마 어머니가 해주는 밥을
먹고 다닐 수 있다는 점이 유일한 낙이라고나 할까?

마음이 답답해져 창문을 내렸다. 쨍 – 하고 차가운 공기가 얼굴에 닿았다. 그러자 더 우울해졌다. 구치소에 있을 선우가 생각났다. 얼마나 추울까? 동식은 핸드폰을 꺼냈다. 연락처의 이름들을 쭉 따라 내려가서 '홍명준'을 찾았다.

"여보세요."

동식은 근처 빈 곳에 차를 세웠다.

"안녕하세요? 조동식입니다."

"아, 예. 안 그래도 전화 드리려 했습니다."

"뭐 새로운 거라도……?"

"선우가 마음을 돌렸습니다."

"아……."

그렇게 됐구나. 한 동안 고집 부리더니. 선우에게 연락이 온 건 택배 회사에서 잘리고 부산에 내려온 지 한 달 정도 지나서였다. 동식의 고향집 주소로 편지가 한 장 왔다. 선우의 이름을 보는 순간 가슴이 두근 반, 봉투에 쓰인 '경기남부구치소'를 보는 순간 또 다시 세근 반. 내용은 더 무거운 고민거리를 담고 있었다. 증언을 좀 해달라는 것이었다. 백화점에서 자기를 봤다고.

백화점 측에서는 폭발이 있었건 걸 숨기고 있었다. CCTV도 다 지워버렸고 직원들도 입을 다 맞춘 상태였다. 경찰도 그쪽은 별로 열심히 조사할 의지가 없는 것 같고, 그러다 보니 선우의 혐의는 폭발을 일으킨 별장 옆 수목원에만 한정되는 분위기라 했다. 그 밑에 폐기물이 묻혀져 있었고 그 중에 석면이 다량 검출되어 조영전자 사장이 구속까지 된 것은 동식도 뉴스를 통해 알고 있었다. 그런데 선우가 전한 바로는 원래 석면을 묻은 사람은 조영전자 사장의 큰 형인 조영그룹 회장인데 동생에게 덮어 씌웠다는 것이다. 백화점이 그 회장의 아들 것이라 자기네들이 연루되어 있다는 게 알려질까 폭발이 있었던 것도 부인하는 것이고.

처음에는 동식도 선우가 하자는 대로 하려 했다. 지금 전화하는 '홍명준'이란 사람의 전화를 받기까지는. 명준은 동식이 선우의 편지를 받아본 뒤 며칠 지나지 않아 어떻게 알았는지 동식의 핸드폰으로 직접 전화를 걸었다. 그는 자기를 선우의 고향 친구라고 소개하더니 다짜고짜 증언을 하지 말아달라고 했다. 이미 조영그룹 내에서는 회장의 동생이 감옥에 가는 대신 백화점 사건은 문제삼지 않고, 조영전자 또한 그룹에서 독립시켜서 그 동생의 아들한테 물려주겠다는 합의가 되어 있다는 것이다.

동식은 발끈했다. 정당한 심판을 받아야지 이런 식으로 법망을 빠져나가려고? 그런데 이어진 명준의 설명에 동식은 입을 다물어버렸다. 만약 백화점에도 폭발을 일으킨 것까지 혐의에 추가가 되면 선우에게 중형이 선고되는 건 불가피하다는 것이었다. 동식은 무조건 선우가 원하는 대로 하겠다고 했다. 그리고 결국 선우가 마음을 바꿨단다.

"어떻게 설득한 거죠?"

"선우 아버지께서 다녀가셨어요."

"간경화 때문에 병원에 계시다고 하지 않으셨어요? 퇴원하신 건가요?"

"아뇨. 안 좋으세요. 복수까지 차는 걸로 봐서는 더 나빠지는 건 시간 문제에요. 간이식 받지 않는 한 1년 이상 바라보기 힘들 겁니다."

"그 정도에요? 그런데도 그 몸을 이끌고 선우를 만나러……."

"선우 아버지께서 이렇게 말씀하셨다고 해요. 너는 순교자가 되지 말아라."

"아……."

동식은 목구멍이 뜨거워졌다.

"그럼 앞으로 어찌 되는 건가요?"

"일단 변호사 말이 수목원에 불을 낸 건 석면 때문이니까, 공익적인 목적이 있었다는 점을 최대한 부각시킬 거래요. 제가 그거랑 관련해서 열심히 보고서를 만들고 있답니다."

"더 추워지기 전에 나와야 할 텐데요."

"최대한 노력해봐야죠. 선우네, 10년 넘게 떨어져 살았잖아요."

"그러게요. 다른 가족 분들은 좀 괜찮아요?"

"동생이랑 어머니 모두 하남으로 이사했어요."

"하남이요?"

"선우 아버지께서 그 근처 병원에 계시잖아요."

"아, 맞다."

"아무래도 사람들 눈 때문에 여기 계속 머무는 건 좀 그랬거든요. 선우 동생도 영어 학원 강사 자리 괜찮은 데 찾은 것 같고요."

"다행이네요."

"조만간 시간 되시면 선우 면회나 한 번 가시죠."

"그래요."

"좋은 소식 있으면 연락 드릴게요."

동식은 한 동안 멍하니 있었다. 그래, 어쩔 수 없는 일이다. 그래도 일말의 아쉬움이 남는 건 사람들에게 선우가 얼마나 열심히 살았는지 말할 수 없게 되어서였다. 동식이 증언하려 했던 건 그거였다.

배달을 마치고 내려오는 길에 동식은 신호를 기다리며 대학교 앞 사거리를 바라보았다. 언젠가 선우를 다시 만나서 예전처럼 버스를 타고 이 길을 지나 광안리에 놀러 가볼 수 있을까? 그날을 위해서라도 동식은 하고 싶은 말들을 마음 속에 묻어두기로 했다.

　우선 감사 드립니다. 소설을 쓴지는 십 년이 조금 넘었습니다. 그 시간이 지나는 동안 나이를 먹은 걸까요, 선명해 보이던 것들은 갈수록 모호해지고 쉽게 써지던 문장도 '쥐어 짜낸다'는 표현이 딱 맞게 되었습니다. 그래서 이번 소설은 마지막이라 생각하고 쓴 것입니다. 운 좋게 좋은 상을 받을 수 있게 되어 기쁩니다. 다시 한 번 감사 드립니다.

　지면이 허락한다면 개인적인 인사를 좀 하겠습니다. 어머니, 아버지, 감사합니다. 장모님, 장인 어른, 감사합니다. 마누라, 고마워. 아들, 사랑한다. 내 소설을 읽어 준 몇 안 되는 친구들, 고맙다.

생활 · 기록문 부문 당선작

포이동 이야기—아무도 모르는 마을

이혜정

1981년생
한국비정규노동센터에서 편집국장으로 일하면서 인터넷 매체와 잡지에 노동기사와 칼럼을 쓰고 있다
〈삶이 보이는 창〉 편집위원으로도 활동하고 있다

포이동 이야기—아무도 모르는 마을

1장 - 방문

아무도 모른다

'아무도 모른다'라는 영화가 있다. 그 영화가 충격적인 이유는 그것이 실화였기 때문이라고 나는 생각한다. 아무도 모르게 버려진 아이들이 있는 방. 쓰레기 더미로 변해가는 그곳에서 날짜가 지난 음식들을 먹으며 살아가는 아이들의 이야기. 이 낯선 마을 입구에 서서 나는 문득 그 영화를 떠올린다. 두꺼운 아파트의 철문이 닫히면 그뿐, 그 아이들의 삶은 '아무도 모른다.' 그렇게 세상으로부터 멀어지고, 결국 잊혀지는 아이들이 있다. 내가 사는 이 세상 어느 장소에서 정말로 죽어가는 아이들이. 그 영화 속 아이들의 사정처럼 이 마을도 그럴 것이라는, 이 낯선 담벼락 안에서 아무도 모르게 사람들이 죽어가고 있을 거라는 예감이 스친다. 선뜻 마을 안으로 발이 들여지지 않는다. 한참 마을 바깥을 서성인다. 반듯하지 않고 여기저기 기울어진 마을의 담벼락을 따라 한 바퀴 빙 돌아본다. 뒤쪽에는 얼마 전 났던 화재의 잔재가 더미로 쌓여 있다. 화재로 잠자리마저 빼앗긴 사람들을 생각하니 걸음이 더욱 무거워진다. 서른한 살의 나는 그 사람들의 심정이 감히 상상이 되지 않는다.

어느 잡지사로부터 이 마을에 대한 취재를 청탁받았을 때, 나는 마을의 사정이 떠오를 듯, 떠오를 듯 가물가물해서 포이동, 포이동 하며 입으로 여러 번 되뇌어 보았다. 그러나 몇 번 기사로 건너들었던 것이 희미하게 떠오를 뿐이었다. 그 마을에 화재가 나던 날, 나는 기사에서 무일푼의 사람들이 집마저 잃고 울부짖는 것을 보고서도 넘겨버렸다. 누군가는 분신하고, 누군가는 목숨을 내놓고 크레인에 올라가 있던 때였다. 온갖 불행들로 뒤범벅 된 기사들 속에서 나는 '포이동'이라는 이름만 기억해 두었다. 언젠가 한번은 찾아가봐야지, 그런 생각을 하면서. 그러고도 한참을 가보지 않았다. 잔인한 일들이 연일 벌어지는 이 나라에서 나도 점점 불행이라는 것에 무뎌지고 있다. 반은 타서 없어진 마을 입구에 서서 나는 그렇게 생각한다. 2011년 9월에 잡지사에서 원고청탁을 받고서야 찾아오게 된 서른한 살의 내가 거기 서 있다.

첫 만남

세상으로부터 동떨어진 듯한 모습의 그 마을. 뜨거운 뙤약볕 아래 서성이는 나를 아저씨 한 사람이 부른다. 그늘도 없는 인도에 앉은 채로 무슨 일 때문에 왔느냐고 묻는다. 묻는 아저씨도 그 옆에 앉아서 담배를 물고 있는 아저씨도 얼굴이 까맣다. 취재를 나왔다니 연락은 하고 나왔느냐 한다. 그렇다고 하니 이리로 따라오라고, 자리를 툭툭 털며 일어선다. 옆에서 담배를 피던 아저씨는 앉은 채 꿈쩍도 않는다. 꽁초가 다 타도록 뻑, 뻑, 마지막 한 모금까지 빨고 있다. 일어선 아저씨는 멍하니 서있는 내게 가쁜 손짓을 하더니 좁은 골목으로 먼저 쑥 들어가버린다. 아저씨가 들어간 그곳은 '거기에 골목이 있었나' 싶을 정도로 좁다. 어른 두 사람이 들어가면 딱 맞을 듯한 폭의 골목 양 옆으로 집들이 들어서 있다. 바닥이 울퉁불퉁해서 자꾸만 몸이 기우뚱한다. 딛는 걸음마다 옅은 지린내가 불쑥불쑥 올라온다.

마을에 들어서자 여기저기 아무렇게나 걸터앉은 사람들이 보인다. 하나같이 지친 얼굴들이다. 마을 내부로 나를 안내해 준 아저씨는 "저기가 마을회관이니 저기 가서 물어보슈" 하고선 또 다른 골목으로 휘적휘적 들어가버린다. 간이 계단으로 오르게 되어있는, 아슬아슬한 모양새의 슬레이트 건물이 눈앞에 있다. 나는 그 건물에 바로 오르지 않고 지친 낯의 사람들에게 말을 건다. 얼굴을 자꾸만 마른 손바닥으로 싹싹 문지르는 할머니 곁에 같이 주저앉아 묻는다. 여기서 얼마나 사셨느냐고.

"살 만큼 살았지. 나는 여기 들어온 지 오래 됐어."

할머니도 30년 전, 강제이주 때부터 이곳에 계셨느냐 묻자 갑자기 손사래를 친다.

"그런 건 나한테 물어보지 말어. 그런 건 부위원장이나 위원장한테 물어봐. 나는 몰라. 서운타 생각 말고. 저기 부위원장 오네."

그녀들의 이야기

이 마을의 부위원장이라고 자신을 소개한 그녀는 바닥에 스티로폼을 깔고 모노륨 장판을 덮은 간이 천막 같은 곳에 자리를 내 준다. 집이 다 타버린 사람들이 낮 동안 지내는 공간은 군 내무반의 그것처럼 옆으로 길쭉하게 나와 있다.

부위원장 그녀는 30년 전에 이 마을에 들어왔다고 자신을 소개한다. 강제이주 때 들어오셨냐 물었더니, 맞다고 그런다. '자활근로대' 때부터 이곳에 들어와 살았노라고. '자활근로대'라는 낯선 말을 그녀로부터 직접 듣는다. 이름도 생소하던, 기사를 읽으며 '자활근로대란 것도 있었나' 싶었던 그것. 그 단어를 직접 살아온 그녀로부터 그 시간을 전해 듣는다. 곁에서 늦은 점심을 먹고 있는 할머니는 밥을 씹어 삼키는 동안 계속 "에휴, 어휴" 한숨을 폭폭 쉰다. 부위원장, 그녀가 눈물지을 적에 할머니의 한숨 소리는 더 커진다.

"79년도 강제이주를 당했어요. 애 아빠가 먼저 들어왔고, 여자들은 아빠 찾아서 들어왔어요. 처음 여기 들어왔을 때는 말 그대로 수렁이었어요. 양재동 둑도 없고 물구덩이었지요. 지금 주택가 있는 저 쪽은 전부 논밭이었어요. 양재천 건너도 다 논밭이었고 집은 드문드문 있었지요. 수렁에 연탄재니 돌이니 실어다가 붓고 해서 터를 만들었어요. 그러는 동안은 일을 못 해 사는 게 더 어려웠어요."

이 넓은 터가 다 수렁이었다던 그녀의 말 속에서 나는 '포이동'이란 마을의 이름을 다시 한 번 떠올린다. 포이동. 한강에 큰 물이 질 때면 포구처럼 물이 들어찬다고, 두 번째 포구라는 뜻의 '포이'라는 이름이 붙었다는 곳. 물 하면 지겹다면서 손사래를 치던 그녀의 얼굴. 첫 터를 다지던 때의 기억이 새삼 떠오르는 듯 그녀는 물, 이야기를 할 적마다 몸을 움찔움찔한다. 그녀는 아파트 지하실 쓰레기장을 뒤져가며 새끼들을 키웠다. 온갖 것으로 뒤범벅이 된 쓰레기장 앞에 쭈그리고 앉아 갈쿠리로 쓰레기를 긁어 올리던 그녀의 지친 얼굴. "냄새가 독해서 말도 못한다"고 말하는 그녀의 얼굴은 30년 전의 그 악취를, 그 시절의 피로를 그대로 가지고 온 듯하다. 그 오물들 속에서 옷을 꺼내 빨아 입고, 새끼들 입히고 했다고, 그때는 힘이 들었어도 젊었으니 그나마 나았다고 그녀는 말한다.

"강제로 끌려와 30년을 깔고 앉은 땅인데 쉽게 떠날 수 있겠어요."

그녀는 한참 말이 없다. 나도 덩달아 숨을 죽인다. 9월인데도 덥고 습한 바람이 불어온다. 모노륨 바닥으로 땀이 배인 종아리가 끈적하게 늘러 붙는다. 콧물을 두어 번 훌쩍이던 그녀는 30년 전, 아픔을 기억하는 그 얼굴을 마른 손으로 쓸어내린다.

남은 김치를 싹싹 씹으면서 수돗가에 쭈그리고 앉아 식판에 물을 끼얹는 노인이 있다. 그녀의 거친 손놀림에 식기는 우당탕, 이리 저리 부딪는다. 인터뷰 하는 내내 곁에서 한숨을 폭폭 내리쉬던 이. 그녀는 내가 말을 걸자 바로 옆 돌바닥에 철퍽 주저앉는다. 그녀, 팔십 두 해를 지나온 삶이 함께 철퍽, 주저앉는다.

"청춘을 여기서 다 바쳐 살았는디. 박정희 대통령 때부텀 살라고 몰아부쳐놓구섬. 오미, 이렇게 억울한 일을 당허고 살겄어. 어휴, 시상 이렇게 살아갖고 뭣 할라고. 여기 뜯기면 죽어불고 말지. 갈 데가 어디가 있어. 이런 험한 시상 살아갖고, 서러와 죽겠소, 아주."

그녀가 무릎을 치면서 운다. 제 무릎을 턱, 턱 칠적마다 그녀 삶의 무게가 그대로 전해져오는 것 같다. 먹먹하다. 나도 따라 무릎 사이로 고개를 박고 운다. 그녀 발 끝에 걸려 있는 보라색 고무슬리퍼가 처연하다.

"평생을 일했는디, 염병할 한이 많아서 어떻게 살겄소. 거지같은 세상을 살았지. 세상 같이 살았겄소. 시방, 우리 살아온 말을 어디다 가 다 해요."

온갖 설움이 한꺼번에 밀려든 그녀. 풍풍 발이 다 빠지는 그곳에서 그래도 천막 치고 새끼들 데리고 살았다고. 그녀는 말을 마치자 마자 아이처럼 엉엉 울어버린다. 거뭇거뭇 저승꽃이 핀 그녀의 거죽이 벌벌 떨고 있다. 팔십이 년, 그녀를 덮고 있던 그 모질고 억센 삶들이 벌벌 떨고 있다.

아무 것도 잃을 것이 없다는 사람들. 잃을 것이 없어진다는 게 어떤 의미인지 짐작할 수도 없다. 절망한 사람들의 곁에 서서 나는 그만, 말을 잃어버린다.

2장. 그의 이야기

그 남자, 박동식

박동식이라는 남자가 있다. 풍채 좋고 얼굴도 흰한 사내. 그러나 얼굴 곳곳이 흉터로 얽어있는. 나는 아무렇게나 주저앉은 사람들 가운데서 그를 처음 만난다. 그는 누구도 신경 쓰지 않았던 그의 존재에 대해 더듬더듬 이야기하기 시작한다. 그는 속을 우렁우렁 울려가면서 이야기를 꺼낸다. 그의 목소리에는 오래 묵혀온 분노가 어려있다. 한 때 위원장으로 있었다는 그는 세상에다 "왜 우리를 안 만나주는가" 묻는다. 그에게 나이가 어떻게 되시나 물었더니 큰 몸을 울리며 내던 목소리가 갑자기 너털웃음을 터뜨린다. "저는 고아입니다"하고.

"저요? 저는 허허허. 저는 제 주민등록증을 강남구청하고 강남경찰서에서 만들어줬습니다. 거기에 1960년생으로 되어 있어요. 저는 정확한 제 나이를 몰라요. 성이 뭔지도 잘 모르고. 그냥 어렸을 때부터 "동식아, 동식아" 부르다보니까 당시에 저를 관리감독하던 경찰관이 "그냥 너 동식이 해" 그러더라구요. "성은 뭘로 할까?" 묻길래 "글쎄요, 뭐가 좋을까요?" 그랬더니 "박씨 해. 너 술 잘 먹게 생겼다." 그래서 박동식이가 되었습니다. 79년도에 주민등록증을 만들었는데 그 경찰관이 그래요. "너 나이 몇 살로 할래?" 내 친구 용팔이 저 놈이 54년생이에요. 우리는 십대 때 만나서 늘 친구로 지냈거든요. 용팔이 출생년도를 부르니까 "너 이대로 만들면 병역법에 걸린다" 그래요. 우리는 단순무식해서요. 군대 갈 나이가 되었는데 안 가면은 징역가는 줄 알았어요. "너 그럼 1960년 생으로 해" 그래서 그렇게 만들었습니다. 나이도 이름도 경찰관들이 정하기 마련이었어요. 저는 어려서부터 고아원을 전전하고 살아오다보니까 주민등록증이란 개념이 없었어요. 내가 60년생인 줄, 이름이 박동식인 줄 어떻게 알겠어요. 당시만 해도 없는 호적을 만들어준다니 고맙지 뭡니까."

79년, 그의 주민등록증이 나왔다. 얼마나 살았는지 본인도 모를 세월이 처음 기록된 것이다. 코흘리개 때 고아원을 뛰쳐나왔지만, 비록 호적등본 부모란에는 '없음'이라고 쓰여 있지만, 부모가 누군지 이름도 얼굴도 모르지만 그는 살아남았다고. 아무렇게나 기록된 것이었지만 그래도 없던 것을 만들어주니 고마운 일 아니냐며. 그래도 세상에 내가 살아 있음을 증명해주는 것 아니냐며 그는 웃고 있다.

그 남자, 박동식. 그와 만나고부터 나는 세상의 모든 이야기들 속에서 그를 본다. 어느 영상 속의 문구였던가. 어느 날의 나는 글자 한 자, 한 자에서 그의 목소리를 듣고 있다.

"지금의 나를 이해하려면 당시의 나를 알아야 합니다. 전 겨우 십 대였어요. 그 소년은 삼십년 동안 제 머릿속에서 나를 바라보고 있었습니다."

한 소년이 삼십년 동안 오롯이 그를 지켜보고 있었다. 마르고 까만 소년, 형형한 눈빛만은 지금의 그와 꼭 닮아있다. 오십이 넘은 그가 어린 그의 얼굴을 마주한다. 그의 어린 얼굴을 소경이 더듬듯 찬찬히 더듬고 있다. 어린 그가 만난 사람들과 그의 감정들을 하나 둘 꺼내놓는다. 목소리는 어느새 착 가라앉아 있다.

시립아동보호소에서

"용팔이. 어렸을 적 친구지요. 걔는 10대 때 만났어요. 70년도에 응암동에서 저 놈을 처음 알았죠. 응암동에 시립아동보호소라고, 고아로 자라거나 거리에서 앵벌이하고 밥 동냥하고 그러는 어린 아이

들을 잡아다가 수용하는 수용시설이 있었습니다. 좋은 말로 시립아
동보호소구요. 넝마주의, 망태할아버지 소리 들어가면서 고물을 주
웠죠. 그땐 우리가 어려서 추링 같은 거를 못 맸어요. 쌀자루를 질질
끌고 다녔죠. 때로는 밥도 얻어먹으면서. 식모가 굉장히 많았거든요.
식모를 잘 알아두면은 누룽지도 얻어먹고, 명절날 고기도 좀 얻어먹
고 그랬어요. 누나면 누나, 나이 많은 식모들한테는 엄마라고 그러
면서요. 거기서도 숱하게 얻어맞고 뺏기고 했어요. 오죽하면 거기서
도 도망쳐나왔겠습니까."

친구 용팔이, 그는 용팔 씨 이야기를 가장 많이 한다. 10대, 고아원
을 전전하던 시절부터 맺은 인연인데 오죽 할까. 맞고 도망치고 하
던 세월, 둘은 서로가 세상의 버팀목이었다.

"76년도인지 너무 오래 되어서 기억은 잘 안 나요. 응암동에서 재
건대로 넝마 줍고 하던 사람의 부인이 나를 불러내요. 어디 갈 데가
있대요. 그때는 우리가 워낙 어릴 때고 옷도 마땅치 않았는데 세수
만 깨끗이 시켜가지고 지금 롯데백화점 자리로 데리고 왔어요. 당시
엔 허허벌판이었어요. 도곡동 주변은 다 재래시장이고 노상 장사하
고 그랬어요. 거기서 같이 생활하자 그래서 그러자고 했죠. 그때
나를 데려온 아저씨가 한국개미회에 있었어요. 당시는 '자활근로대'
가 아니라 이름이 '한국개미회'였어요. 그러고 나서 한 달 사이를 두
고 응암동에서 친하게 지냈던 애들이 하나 둘 오는 거예요. 용팔이
도 그랬고, 하태경(가명)이도 그랬고, 서형철(가명)이도 그랬고, 저
기 병호(가명)도 그랬고, 성희(가명)도. 아, 성희(가명) 새긴 죽었지.
그래도 친구들이 있으니까 거기 있어야 싶었어요."

추링도 매지 못할 정도로 작은 그 애의 몸. 제 몸만한 쌀자루를 끌
고 다니는 열 살 남짓한 소년이 오십이 넘은 그를 물끄러미 건너다
본다. 그리고 그 작은 소년이 묵묵히 고물을 주워 담는 모습을 오십
이 넘은 그가 또 그렇게 바라보고 있다.

"어느 날 구청에서 경찰관들이 오더니 강남구청 뒤 어디 학교에서 아이들하고 예행연습을 하기 시작했어요. 제가 기수였어요. 롯데백화점 자리에 건물이 들어서면서 지금의 영동 세브란스 병원 있는 데로 오게 되었지요. 롯데백화점 앞에서만 해도 현장에 경찰관이 나와 있지는 않았는데 영동 세브란스 오면서부터 경찰관들이 공식적으로 투입이 되어서 우리를 관리하기 시작했어요."

"79년도에 박정희 대통령령으로 자활근로대가 통폐합이 됐다고 그러면서 우리를 서초동으로 몰기 시작했어요. 관리하기 좋게 자활근로대 몇 지대를 통폐합시킨 거예요. 수백명이 우글대는 거예요. 다 험하게 살아온 사람들이잖아요. 부모 밑에서 못 자라고, 못 배우고, 교도소도 가 보고 고문도 당해 본 사람들. 저만 그랬겠습니까. 용팔이 내 친구 놈만 그랬겠습니까. 거기 모여 있던 수백 명의 사람들은 안 그랬겠어요. 서로 생판 모르는데 그런 세계에서는 한번 밑으로 들어가면은 평생 똘마니 잡힌다 그래요. 주먹 깨나 쓰는 놈들이 고물을 뺏었어요. 안에는 경찰관들이 상주를 하고 있기 때문에 노골적으로 뺏지는 못했어요. 그런데 들어가기 전에 길에서 만나면 뺏기고 그랬죠. 용팔이 친구 놈한테 그랬어요. 여기는 너무 삭막하고 살벌해서 못 살겠다고요. 뿐만 아니라 제일 기가 막혔던 것은 같이 일하던 사람들이 없어지는 거였어요."

고문의 기억들

사람들이 하나 둘 사라지는 밤. 전날 막걸리 한 사발을 나누어먹고 잠든 이들이 조용히 사라졌다. 어린 그는 영문을 몰랐지만 물어볼 사람도 없었다. 곁에서 사람들이 수군댔다. 조마리니 총무니 경찰관이니 하는 말들. 그들에게 목소리를 높였던 이들이 사라지고 있음을 깨달았다. 그래서 어린 그는 말없이 자랐다. 구부정한 등으로 땅바닥만 훑는 버릇은 그때 생겼다. 시선을 맞추기에 세상은 너무 두려웠다. 사라진 사람들은 얼마 후 거짓말처럼 다시 나타났다. 그들은 징역을 살고 왔다고 말했다. 징역. 그는 얼마 지나지 않아 그들의 말을 이해할 수 있었다.

"저는 거기서 못 견디고 도망쳐 나왔어요. 용팔이 놈은 그 놈 대로 도망가고 나는 나대로 도망갔어요. 그때 처음 그 놈과 헤어지게 되었어요. 그런데 사람 마음이 다 같은가 봐요. 서초동에서 같이 지내던 놈들이 다 거기서 만나게 되더라구요."

도망을 나온 어린 그들은 갈 곳이 없었다. 종일을 굶은 아이들은 다시 그들이 왔던 곳으로 되돌아 갔다. 영동 세브란스가 들어서기전, 그 터로. 십 수 명의 아이들은 영동 세브란스가 있던 그 터에 모여 함께 밥을 먹고 잠도 함께 잤다. 다행이다, 반갑다 하면서.

"그런데 경찰관들이 우리를 가만히 놔두지 않았어요. 영동 세브란스 부지에도 막사라고 내무반이 있었는데, 자고 있으면 새벽에 와서 잡아가요. 그때 저는 역삼 파출소, 양재 파출소, 심지어 남대문 경찰서까지 잡혀가봤어요. 가장 많이 잡혀갔던 곳이 역삼 파출소, 양재 파출소였죠."

하루가 고단했던 아이들의 숨소리가 쌕쌕 찬 방 안으로 워커 발들이 들어왔다. 소년의 연한 등이나 발 뒤꿈치를 꾹꾹 눌러 밟는 워커. 한창 꿈 속을 더듬던 소년은 커다란 손에 뒷덜미를 잡혀 밖으로 들려 나왔다. 소년은 새벽 잠 묻은 얼굴로 영문도 모른 채 차에 실려 어딘지도 모르는 파출소로 끌려갔다.

"방도 많고 이상한 곳도 있었어요. 방범복을 입은 사람들이 다짜고짜 방에 끌고 가서 "너 뭘 훔쳤어, 인마" 그래요. "훔친 적 없습니다." 대답하면 "이 새끼 봐라" 그러면서 수갑 채워놓고 매달아요. 방범대원 곤봉으로 두들겨 팹니다. 수갑 계단 밑에 채워놓고 잠 안 재우는 건 기본이구요. 몇 날 몇 일을. 그래도 훔친 게 없다고 그러면

타협이 들어와요. "좋다. 너는 안 훔쳤다고 치더라도 니 옆에 있는 놈이 훔치는 걸 보기는 했을 것 아니냐. 본 것만 이야기해라. 그 놈이 누군지만 찍어라. 그러면 너는 내보내겠다." 저는 본 적도 없다 그랬어요. 실컷 두들겨 맞았죠."

항상 고문의 형식은 같았다. 잠도 자지 못하고 지치도록 두들겨 맞던 날들. 그들은 그의 이름, 혹은 그를 대신할 다른 이의 이름을 원했다. 그러나 그는 무엇을 불어야 할지 도통 알 수 없었다.

"한 번은 똑 같은 방식으로 남대문 경찰서를 끌려갔습니다. 그때는 새벽도 아니었어요. 영동 세브란스에서 일 나가려고 구루마 끌고 나가는데 포니 차 한 대가 세워져 있더라구요. 그런데 웬 사복 입은 사람 둘이 나를 타닥 채 가더라고. 그때는 일 나가기 전이니까 빈 구루마였어요. 왜 이러시냐고 그랬더니 "조용히 따라가, 이 새끼야" 그래요. 거기서 몇 대 두들겨 맞고 끌려간 데가 남대문 경찰서였어요. 거기서는 방범대원 옷 입은 사람도 아니고 그냥 사복입은 사람들이 때리더라구요. "공사 좀 시작하자. 너 훔친 거 빨리 대!" 수갑을 천장에 매달아놓고 신나게 팼어요. 그러더니 의자에 앉혀서 손 뒤로 묶어놓고 수건을 얼굴에 뒤집어 씌워놓고 물 부어요. 당해보지 않으면 몰라요. 코로 입으로 물이 다 들어와요. 그거 숨 못 쉬어요. 그러면서 하는 말이 할 말 있으면 발가락만 까딱대래요. 못 참고 발가락을 까딱 대니까 "고생하지 말고 진작에 말 하지. 너 뭐 훔쳤어?" 그래요. "훔친 거 없습니다" "이 새끼가, 완전히 닳고 닳은 새끼네." 발하고 손을 같이 묶어놓고 곤봉에다가 꽂아서 양쪽에 걸어 놔요. 그러면 사람이 뱅글 돌아요. 제가 참 잘 버텼어요. 경찰도 지치는지 저더러 독종이라고 했으니까요. 그러니까 또 똑같은 제안이 들어오더라구요. 옆에 있는 놈 중에 훔친 놈 이름만 찍으라고. 뭘 훔쳤는지 본 것만 찍으래요. 없다고, 없다고. 이틀 밤을 그렇게 패더니 밥 한 그릇 먹여서 무슨 차를 태워 내보내더라구요. 근데 내가 탄 차가 용

산 경찰서, 중부 경찰서, 강남 경찰서까지 거쳐서 한 바퀴를 삥 돌더라구요. 경찰서마다 사람을 태우니까 차에 탄 사람이 수십 명 되더라구요."

"그렇게 나를 갖다 내려놓은 곳이, 이름도 안 잊어버려요. 응암동에 있는 '시립갱생원'. 나를 거기다 내려놓더라구요. 내가 여기를 왜 와야 하느냐고 그 말 한 마디 했다가 갱생원 사람들한테 곡괭이 빠따로 무지하게 두들겨 맞았어요. 너무 맞아서 일주일 동안 못 일어났어요. 사람이 그렇게 맞으면요. 눈치만 보게 되고 할 말을 잃게 돼요. 갱생원에서 6개월쯤 온갖 고생을 다 했어요. 내 평생에 이런 일들이 너무 많았어요. 어딘지도 모르는 곳에 끌려가서 두들겨 맞은 건 수도 없어요. 눈 가리고 끌려간 적도 있구요. 무슨 단속 때, 후리가리(경찰의 조직폭력배 일제 단속) 때가 되면은 빈 병 하나 훔친 것도 좋으니까 대라는 거야."

수도 없이 반복되던 매질과 고문. 맞으면서 그는 생각했다. '나는 왜 태어났나.' 어디론가 끌려가서 매질을 당한 경험들은 그에게 사람에 대한 경계심을 심어놓았다. 낯선 사람들의 생활에 대해 알려고 들지 않았다. 본능이었다고 그는 말하고 있다.

일명 후리가리(경찰의 조직폭력배 일제 단속) 때가 되면 각 파출소의 경찰관들이 자신들에게 배정받은 할당량을 채우기 위해 제일 먼저 그들을 찾았다.

"우리가 고물을 해 오면 경찰관들이 다 저울에 달았어요. 어느 집에서 잔치를 하면 쓰레기통 옆 박스에 공병들이 빽빽이 들어가 있어요. 그걸 들고 오면 경찰관들이 봐놨다가 후리가리 때 자기하고 가장 가까운 경찰한테 알려줘요. 어떻게 알고 찾아왔는지 "너 몇 월 몇 일 이 공병 어디서 났어?" 이러는 거예요. 나중에 EBS에서 취재할 때 그때 알았는데 당시 우리를 관리감독하던 서영원씨가 그러대요. 서로가 알려준대요. 그런 일이 자주 있진 않았지만 가끔가다 그런 일은 있었다고 그러더라고요."

용팔씨가 옆에서 중얼거린다.

"김대중 같은 사람들도 안기부 가면 불구되어서 나오잖아. 그게 맞는 거여. 우리는 안기부는 안 갔지만 숱하게 고문 당했잖여. 안기부는 더 심하겠지. 그러니까 불구가 되는 건 맞긴 맞아."

동식씨와 용팔씨는 수없이 도망치지만 다시 영동 세브란스 자리로 돌아왔다. 지금의 부위원장(그는 그녀를 형수님이라고 불렀다)처럼 반겨주는 사람이 있어서였다. 그렇게 의지하며 살던 사람들 곁으로 그는 돌아갔다.

땅굴

그러는 동안 박정희가 죽고, 12·12사태가 일어났다. 어느 날 부터인가 그들이 잠드는 곳에 총을 든 군인들이 들락거리기 시작했다. 단단한 군화만큼이나 군인들은 무자비했다.

"군인들은 빤스까지 홀랑 다 벗겨요. 몸에 흉터가 있거나 문신이 있는 사람들은 따로 다 추려내요. 저도 거기에 걸렸어요. 그런데 저는요. 하도 어렸을 때 끌려가서 고문당한 기억이 많다 보니까 '이건 끌려가면 그냥 죽는다'라는 생각이 본능적으로 들더라구요. 일부러 우리를 타겟으로 삼은 것 같았어요. 경찰관들하고 군인들이 영동 세브란스 터에 와서 우리를 전부 다 잡아가는데. 다행히 수갑을 채우거나 포승줄로 묶지 않더라구요. 거기가 산 속이었는데, 산 아래를 보니 군용트럭이 있어요. 끌려가면 죽는다는 생각에 거기서 도망을 치기 시작했어요. 제가 젊었을 때는 몸도 날렵하고 뜀도 빨랐어요. 내가 도망을 가니까 열댓 명이 다 도망가기 시작했어요. 군인들이 당황을 하더라구요. 그래도 총은 안 쏩디다. 그 땐 잡히질 않았는데 나중에는 군, 경 합동으로 맨날 오는 거예요. 그래도 우리는 어리석어서 거기를 떠나질 못했어요. 대한민국 어딜 가도 군, 경찰 감독의 지도하에 있다고 도망가봐야 소용 없다고 그러니까. 그래도 여기는 내가 터전을 삼아오던 데니까 여기서 살아남아보자, 그런 생각이었어요."

그들은 어떻게 살아남을지를 날마다 궁리했다. 아직은 머리에 쇳내가 나는 말 만한 소년들이 살 궁리를 하다 결국 땅굴을 팠다. 그곳에서 십 수 명의 소년들은 조를 짜 생활했다. 들키면 쥐도 새도 모르게 잡혀가기 때문에 누구 하나라도 허튼 짓을 할 수 없었다. 그들은 잠을 자다가도 밥을 먹다가도 누가 언제 뒷덜미를 잡아챌지 모른다는 불안감에 항상 뒷목이 서늘했다. 살아도 산 것 같지 않은 날들이었다.

"저는 땅굴이 없어졌는 줄 알았어요. 그런데 PD수첩 찍으면서 "내가 이 근처에 땅굴을 팠습니다" 그렇게 이야기하는데 그 자리에 땅굴이 그대로 있더라구요. 장판이며 이불이며 그때 그대로 다 있었어요. 그때는 일도 못했어요. 들키는 순간 잡혀가니까. 밥도 못 얻어먹었죠. 날이 어둑해지면 영동시장이나 도곡시장을 나가서 버릴려고 모아 둔 썩은 사과나 배를 뒤져요. 썩은 귤도 주워오고. 생선 파는 아주머니들한테 부탁해가지고 생선머리 뼈 갖다가 시장 길바닥에서 배추 우거지 버리는 거 주워다가 깡통에 넣고 끓여 먹었어요. 연기를 보면 쫓아올까봐 산에 있는 방공호 속에 들어가 불 피우고 그랬어요. 땅굴 노출시키지 않으려고요."

솔직히 남의 집 곡식창고에서 곡식을 한 줌씩 쥐고 도망친 적도 있었다고 그런다. 그게 가슴에 남았었는지 그 말을 참 어렵게 꺼낸다. 못 먹어 죽을 지경에도, 쓰레기를 뒤지는 한이 있어도, 훔치는 것만은 안 하려고 했다고 말하는 그의 눈이 흔들린다.

포이동으로

그렇게 살아남은 그 사람들을 누군가 불러 모아 다시 서초동으로 데리고 갔다. 서초동엔 어느새 고급주택들이 들어서 있었다. 그리고 얼마가 지난 81년 말, 지금의 포이동 자리로 오게 되었다. 매번 여기 저기로 매 맞고 끌려 다니던 사람들, 그 날 새벽도 새우잠 자는 그들은 자다 말고 끌려 나와야 했다. 그 날을 기억하는 그의 눈앞에 첫눈이 흩날리고 있다.

"자고 있는데 새벽에 워커발로 깨워요. 나가보니까 벌써 군용 트럭에 수십 명이 올라 타 있어요. 영동1교가 당시에는 나무다리였어요. 거기다 우리를 내려놓길래 쭉방길을 따라 쭉 걸어들어왔어요. 제 기억으로는 그때 첫눈이 왔어요. 지금 생각해보면 여름에는 이곳이 도저히 작업하기 힘든 곳이어서 그랬던 것 같아요. 그때 여기는 사람 사는 곳도 아니었고, 비닐하우스만 몇 동 달랑 있었거든요. 그 날도 비닐하우스에 우리를 소집해 놓고 자라고 그러더라구요. 그 날 가족이 같이 온 사람들은 세 가구 정도 되었던 걸로 기억해요. 나중에 그 사람들은 관에서 합동결혼식을 올려줬어요."

경찰들은 그 땅을 개간할 수 있는 연장들을 그들에게 던져주었다. 6개월 동안 무릎이 푹푹 빠지는 땅을 개간해야 했다. 쓰레기가 가득 쌓여있던 터를 밀고 패인 곳을 메웠다. 쓰레기더미 위에 흙을 덮어 걸을 적마다 땅이 울렁울렁거렸다. 그리고 밥 때가 되면 군인, 경찰들이 밥을 날라다 주었다. 그 밥은 각이 진 밥이었다고 동식 씨는 기억하고 있다. 밥을 커다란 도람통에 실어왔더라고. 쪄온 밥 같았다고. 그때 먹은 반찬들도 모두 기억한다. 국에 김치에 노란 무에 콩장. 사복 입은 사람, 군복 입은 사람, 경찰복 입은 사람들이 차례로 사과박스로 만든 단상 위에 올랐다. 그들은 하나같이 말했다. 이곳의 생활이 훨씬 나을 거라고.

"우리는 시키는 대로 했으니까요. 죽으라면 죽는 시늉까지는 했죠. 구루마가 지나다니고 경운기가 지나다닐 수 있을 정도로 땅을 개간하고 나니까 일을 시작하게 되었어요."

포이동 재건터에서도 엄혹한 시절은 계속되었다. 밤 사이 또 누군가가 사라졌다. 그들은 이제 파출소가 아닌 삼청교육대로 끌려갔다. 짧게는 4주 만에도 나왔지만 6개월까지 있다 나온 사람도 봤다고 동식씨는 말한다. 6개월 있다 나온 사람 중 한 사람은 내 친구놈이었다고, 6개월을 사라졌다 돌아온 그는 갑자기 말도 잃어버렸더라고. 그는 그 친구의 이름을 말할 적마다 울음을 삼키고 있다.

"애가 힘이 천하장사였어요. 기운도 좋고 일도 잘 하는 놈이었는데 6개월 동안 안 보이더라구요. 삼청교육대를 갔다 왔대요. 한 반 년을 술로 살더라구요. 어느 날 사람이 죽었다 그래요. 달려가보니까 그 놈이 물 위에 쓰러져 있더라구요. 그때는 영동 1교, 영동 2교가 놓이기 전이었는데 요 앞에 조그만 다리가 하나 있었어요. 그 다리 밑에서……. 양재천 무릎까지밖에 안 오는 물에 코 쳐 박고 죽었어요. 결국은 그렇게 죽더라구요. 그래도 그냥 부랑자 처리해서 치워버리면 그만이었겠죠."

물, 물, 물

박동식, 그도 물 이야기를 하고 있다. 물만 봐도 치를 떨었다던 세월들. 어김없이 물난리가 나던 여름날들, 물에 코를 쳐 박고 죽은 친구가 떠 있던 양재천, 그리고 먹을 물이 없어 물 동냥을 다니던 나날들. 처음 그들이 이곳으로 끌려왔을 때 원주민들의 시선은 싸늘했다. 거지새끼들 쫓아낸다고 우물물을 열쇠로 잠가버렸다. 영문 모르고 끌려온 이들은 우물물을 몰래 퍼가다 들켜서 원주민들의 지게 작대기, 곡괭이에 맞아 죽을 뻔 했다. 그리고 그곳을 다 개간할 때까지

물을 한 방울도 얻어 마시지 못했다. 하는 수 없이 말죽거리 같은 곳에 일 나가는 사람들이 석유드럼을 싣고 나가 물을 구걸해 왔다. 물동냥 하는 것도 하루 이틀이지 한 달이 되고 두 달이 되니 물을 주지 않았다. 결국 우물을 팠지만, 나온 것은 뻘건 녹물이었다. 그 물로 머리를 감으면 빗질도 못했다고, 지금의 무스는 저리가라였다고 동식 씨는 말한다. 노란 다라이 통에다가 숯도 집어넣고 모래도 집어넣고 가마니로 덮어서 물을 정화시켜 보았지만 쇳내가 가시지 않아 그 물을 마시지 못했다. 양재천 물도 많이 먹었다. 위에 둥둥 뜨는 것들을 걷어내고 잔모래들은 가라 앉혀서 먹었다. 그래도 부족했던 물, 물, 물. 이제 풍채 좋은 사내가 된 동식 씨가 오십이 넘은 동식 씨에게 묻는다. "가장 가슴 아팠던 물 이야기. 그때. 기억 나냐?"

"여기 들어와서 얼마 안 있다가 예쁘고 멋진 대학생 분들이 와서 우리 공부를 가르쳐준 적이 있어요. 일 하고 들어오면 잠자기 전에 공부 가르쳐주시던 분들. 그런데 우리는 구정물에 적응이 되었지만 그 분들은 그러지 못하셨던 것 같아요. 우리가 해 주는 밥이나 이런 것들을 내 놨을 때 어땠겠어요. 처음에는 몇 번 드시더니 그 뒤로는 안 오시더라고."

학교를 다녀 본 일 없는 청년 앞에 나타났던 고운 대학생들. 밤마다 지친 몸으로 들어오면 그들을 기다리고 있던, 애틋했던 그 시간들. 그렇게 고맙고 고맙기만 하던 그들이 얼마 못 가 떠나버렸을 적에 그의 상실감이 얼마나 컸을지.

그곳의 땅은 개간을 한 후에도 장화 없이는 살 수 없었다. 걸음마다 땅이 출렁거리고 발이 푹푹 빠졌다. 비라도 오면은 그 고생을 말로 다 할 수 없었다고 동식씨는 이야기한다. 경찰들은 그 울렁울렁하던 터에 집을 지으라고 했다. 시멘트를 바르면 금방 깨져버리는데도 그저 지으라 했다. 집 짓는 것도 그들 마음대로 할 수 없었다.

"경찰관들과 총무라는 사람들이 자 들고 다니면서 재 가지고 여기서 여기까지만 지어라, 정해줬어요. 워커발로 깽깽이 발 뛰어가면서 줄을 그어요. 그래도 이 집이 사람집입니까, 개 집이지, 이런 말은 감히 못했어요."

경찰관들이나 총무들에게 이쁜 사람들은 따로 있었다고 그는 이야기한다. 그들에게 잘 보인 사람들은 터도 좀 더 좋은 곳으로 얻고 고물을 해 왔을 적에도 특혜를 많이 줬다고.

"우리가 물건을 주워오면 큰 자루 같은 데 넣어서 저울에 답니다. 옛날 저울을 아시려나 모르겠네. 쌀집 같은 데 가면은 판이 길게 서 있고 추를 이렇게 왔다갔다 하면서 다는 게 있어요. 그런데 이 저울 추가 왔다갔다 하는 게 20키로 차이가 나요. 그거를 손가락으로 툭툭 치니까 20키로가 그냥 왔다갔다 하는 거예요. 그러니까 자기들 마음이었죠."

얼마 안 지나 갑자기 경찰관들이 지금의 영동3교 아래로 옮기라고 명령했다. 동식씨는 왜 그곳으로 옮겨갔었는지 아직도 알지 못한다. 다리 밑 교각과 교각을 기둥 삼아 반네루로 집을 지었다. 사과 궤짝, 귤 궤짝을 주워다가 담을 쌓았다. 그러다 또 다시 경찰들은 포이동 재건터로 돌아가라 명령했다. 왜 오라 가라 했는지 설명은 없었다. 그들은 원래 그랬다.

"다리 밑에 나갔다 오니까 원주민들이 다 나가고 없더라구요. 보상을 받고 나간 것 같았어요. 얼마간은 원주민들이 나간 집에서 잠도 자고 했었어요. 그러고 나서 얼마 뒤에 다 철거가 되더라구요."

86년 아시안 게임. 그들은 바깥으로 나가지 못했다. 88년 서울올림픽 때도 마찬가지였다. 그들이 나가지 말라고 명령했기 때문이다. 동식씨는 잠실 경기장이 여기서 가까워서 그랬을 것이라고 짐작했다. 한 경찰관이 그랬다. "솔직한 이야기지. 너희들이 자랑거리는 아니잖아."

"우리 요 앞에 은행나무 있잖아요. 그 근처에는 작업장 외에는 아무 것도 없었어요. 은행나무 밑에 앉아있으면 영동 1교까지 사람 다니는 게 다 보였어요. 아무 것도 없는 평지였으니까요. 우리는 옴짝 달싹도 못 했어요. "야, 너 어디 가냐?" 그러고. 밤에는 감시가 좀 덜했어요. 어차피 밤에는 일도 못 하니까요."

그때도 각진 밥이 왔다. 큰 도람통에 담아 온 밥이 수북했다. 마을 사람들이 지금의 타워펠리스 자리에 있던 8688 서울경비대 교도대에 가서 밥을 받아 왔다. 담당 경찰관들의 눈에서 벗어나면 밥이나 옷이 나오지 않았다. 갑자기 사라지는 사람도 있었다. 명절 날 고기 한 덩이라도 얻어먹으려고 그들은 항상 경찰관들의 눈치를 봐야했다. 어쩌다 내 옷이 나오지 않거나 밥이 나오지 않아도 왜 안 나오느냐고 묻는 법이 없었다.

"그거 물어보면 바보야." 오십대의 동식 씨가 말한다. 누군가 밥이나 옷을 못 받으면 곁에 있는 사람들과 나눠 먹고 입었다.

사표, 그 이후

88년 서울올림픽이 끝날 때를 기다려 그들은 마을사람들에게 자활근로대 사표를 쓰게 했다. 까막눈의 청년은 공무원에게 어떻게 쓰는 거냐고 물어봤다. 공무원은 "이 무식한 새끼야" 욕을 하고는 대신 써 주었다. 청년은 지장만 찍었다. 그들 중에 한 사람이 다시 사과박스로 만든 단상에 올라섰다. 얼굴은 잊었지만 선심 쓰는 듯 힘 들어간 목소리는 아직도 생생하다.

"우리는 물러간다. 이제는 너희가 국가의 관리를 안 받는다는 뜻이다. 여기서 너희들 꿈을 한번 마음껏 펼쳐 봐라. 열심히 살면 좋은 일도 있을 것이다."

그러고도 경찰관들은 몇 년을 계속 드나들었다. 그들은 90년대 중반까지 나왔다. 경찰관들은 은행나무 밑에서 그들이 담당님이라 불렸던 공무원들과 고스톱을 쳤다. 공무원들은 경찰관들에게 일부러 돈을 잃어주곤 했다.

사표를 쓰고 나니 포이동 200-1번지였던 주소가 266번지로 바뀌었다. 주소가 바뀌면서 200-1번지로 등재된 기록도 말소되었다. 강남구청은 기록이 말소된 주민들에 대해 주민등록 전입조치를 해주지 않았다. 그리고 이 지역은 행정구역 상 사람이 살지 않는 '공터'가 되었다. 이곳에서 살아온 사람들은 행정에 의해 한 순간에 유령이 되어 버린 것이다. 그래도 때마다 세금이나 전기, 수도요금 고지서는 꼬박 포이동 200-1번지로 날아들었다. 그 주소로 아들들 군대도 보냈다.

주민등록이 말소되면서 그들은 '불법 무단 점유자'가 되어 있었다. 주민들에게는 '토지변상금'이라는 족쇄가 채워졌다. 1990년부터 지금까지 '토지변상금'은 주민들의 목을 죄고 있다. 동식씨는 고스톱을 치고 있는 담당에게 다가가 물었다. 이게 뭔지 한 번 봐 달라고. 담당은 고스톱을 치면서 동식씨를 힐끗 건너다 보았다.

"어, 그거 아무것도 아니야. 이미 나라에서는 니네들 존재를 알고 있기 때문에 신경 안 써도 돼. 한 번만 내면 너희가 여기 있다는 것을 스스로 인정하는 꼴이 되니까 한 번만 내라."

32만원, 그 돈 마련하기가 그렇게 어려웠다. 한 달 내내 일해도 10만원이나 벌까말까 했으니까.

누구에게나 수없이 되돌려 후회하는 순간이 있다. 갈 수만 있다면 할 수만 있다면 백번이고 되돌리고 싶은 순간이 동식씨에게도 있다. 그것이 스스로 불법무단점유자라고 인정하는 꼴이 된다는 걸 왜 몰랐을까. 다음 해에는 첫 번의 꼭 10배 돈이 나왔다. 경찰관들과 공무원들은 신경 쓸 것 없다고 일축했다. 그런가보다, 꾸벅 인사를 하고 일을 나갔다. 그런데 그때부터 지금까지 자신 앞으로 꼬박 쌓인 토지변상금이 1억이 넘는다. 그는 재산을 가질 수 없다. 그의 이름으로 된 재산은 모조리 가압류된다. 1억이 넘는 토지변상금은 그의 목을 틀어쥐고 조금도 놓아줄 생각을 않는다.

2003년이 될 때까지 숨 죽여 지냈다. 구청에 가서 항변할 생각도 못했다. 열아홉, 스무 살 때 아무렇게나 주민등록증을 만들어 준 사람들. 필요에 따라 수도 없이 끌고 가서 고문하고, 두들겨 패고, 착취하던 그 사람들. 그리고 지금은 다 타버린 집터에 신발 채로 들어와 그나마 남은 집터마저 철거해버리는, 마지막 남은 희망까지도 깡그리 밟아버리는 그 사람들이 바로 공무원들이었다.

"저 느티나무 아래가 아주 자리가 좋습니다. 경찰관들이나 공무원들 서너 명이 거기다 침상 펴놓고 딱 드러누워서 우리 일 나가는 거 이렇게 봐요. 그러면은 난 가까운 길로 못 나갔어요. 꼭 멀리 돌아서 나갔어요. 저는 지금도 그 사람들만 보면 아무 죄가 없는데도 피해 갑니다. 초창기 때부터 경찰관들이나 공무원들의 지배하에 살고 있었기 때문에 그 사람들이 말하는 것이 곧 법이었어요."

지배, 아무 죄가 없는데도 죄인이어야만 했던 가난한 사람들. 공무원들은 행정이라는 폭력으로 긴 세월동안 이들의 삶을 속속들이 짓밟아 놓았다.

3장. 가족

남편으로, 아버지로

그는 서초동으로 가기 전, 경찰들을 피해서 도망가는 길에 그녀를 만났다 한다. 그때 그는 사랑하는 사람에게 재건대원이라는 사실을 말하지 못했다. 그녀는 부모 밑에서 자란 평범한 가정의 둘째딸. "내가 젊었을 때는 좀 봐줄 만했던가 봐요" 하고 그는 능을 친다. 딸애가 다섯 살 때 그는 처음, 그녀에게 고백을 했다. 그 말을 처음 들었을 때 그녀는 현실을 받아들이기 힘들어 했다. 오래 고민했지만 그녀는 있는 그대로의 그를 받아들이기로 했다. 어른 둘이 누우면 빠듯한 하꼬방. 눅눅한 습기가 하루도 가시질 않는 그 방 안으로 그녀, 딸을 데리고 들어왔다. 그녀는 그 방에서 둘째를 낳았고 남편이 끌려가는 밤이면 맨발로 이웃의 다른 그녀들에게 달려가곤 했다. 그가 살아야 가족들도 살 수 있었다.

"어느 날, 사복입은 사람들이 우리를 다 불러모아놓고 1인 1기를 습득해야 한다고, 그게 나라의 방침이라고 그러더라구요. 안 다니고 싶었지만 할 수 없었죠. 한 달 교통비로 2만원 지원해주고 의복도 주고, 중식도 주고 버스도 태워준다더라구요. 저는 고물 일을 하다보니까 그 일에 도움이 되겠다 싶어서 용접을 배우겠다 그랬어요. 그런데 거기는 다 찼으니 타일공과로 가라더라구요. 다음에 책임지고 전기용접과 보내준다고요. 3개월 동안 암사동에 있는 서울직업훈련소를 다녔어요. 거기 다닐 때는 그 전에 일 다 끝내놔야 했죠. 저는 무궁화 표시가 부착된 버스를 타고 다녔는데 거기서도 시선이 따가웠어요. 선생님들도 우리한테 너희들 정체가 뭐길래 정부 버스를 타고 다니느냐고. 지금 생각해보면 그때 우리가 타고 다녔던 버스가 유치장, 법무부 호송 버스랑 비슷했던 것 같아요. 같이 버스타고 다니는 사람들 중에 유일하게 저 혼자만 자격증을 땄어요. 자격증 땄을 때 구청에서 나와서 사진도 찍어가고 인터뷰도 해 가고. 그 사람들이 꿈, 희망, 이런 것들을 적어줬어요. 인터뷰할 때 읽으라고."

아버지여서 남편이어서 그는 가난을 벗어나려고 무엇이든 할 기세였다고 말한다. 자격증을 땄을 때, 그것이 꿈이나 희망이 될 거라고 거창하게 생각해 본적도 없건만 그는 그 사람들이 적어 준 꿈, 희망들을 한 자 한 자 읽었다. 2차 모집 때도 그는 사정하여 전기 용접 자격증도 땄다. 뭐든 해보겠다는 기세에 자격증을 땄지만 사는 데 별로 소용이 없었단다.

딸

딸 이야기를 꺼내 놓는 그가 매우 힘에 겨워 보인다. 딸 때문에 그는 운전을 시작했다. 쓰레기통을 뒤지는 모습을 보이지 않으려고. 아버지는 우는 딸아이 앞에서 속이 다 녹아내렸다.

"딸 이야기를 하려면은……. 더군다나 계집 아이라서. 딸 아이가 구룡초등학교를 졸업했는데요. 6학년 때까지도 산 하나만 넘어오면 집인데 바로 오지를 못했어요. 뱅뱅 돌아가지고. 그때 요 앞 시영아파트 쓰레기통이 내 담당이어서 내가 뒤졌거든요. 경운기 끌고 가는데 딸래미가 학교 끝나고 오는 거예요. 반가운 마음에 딸 이름을 불렀어요. 친구들하고 여럿 있는데 모른 척 하더라구요, 나를."

애들이 커 가니까, 애들한테 일 하는 모습을 보이면 안 되겠다 싶었다는 그. 여기를 벗어나려고 밤낮 운전을 했다는 그.

"이 생활 안 하려고 굉장히 노력 많이 했어요. 운전으로 벌어먹으려고 80년대 초에 면허증을 땄어요. 영업용 택시 들어갈 때 거짓말을 좀 했지요. 고졸이라고요. 저는 학교 다닌 기억이 없거든요. 그런데 그게 다 탄로가 나더라구요. 회사에서 호적등본을 꼭 떼어오라 그래요. 택시회사 들어갈 때 과장이 그러더라구요. "박동식 씨, 원래 입사가 안 되는 거 압니까? 그런데 불쌍해서. 부모 없이 어떻게 자랐어요, 그래?" 그래요. 그래서 "아니, 그걸 어떻게 아셨습니까?" 그랬더니 "호적등본 보면 다 아는데, 뭘." 그러더라구요. 호적등본에 고아라는 게 나오드만요. 부, 박모 미상. 모, 성명미상. 이렇게 나오더라구요. 무학이라는 것도 나오드만요. 그것도 알더라고."

그는 택시 운전을 하면서 새벽 3시면 집을 나서야 했다. 자는 아이들 얼굴을 보고 나와서 아이들 들어올 무렵 잠이 들었다.

"새벽 일을 할 때였어요. 새벽 4시에 교대인데 내 차가 안 들어오는 거예요. 8시까지 다른 사람들 다 나가고 회사에 나 혼자만 남게 되더라구요. 기다리고 있는데 과장이 8시 출근을 해요. 그때서야 내 짝꿍이 들어왔어요. 이 양반이 술을 한 잔 먹고 일을 안 하고 집에서 쓰러져 잔 거예요. 그 양반이 들어와서는 정말 미안하다고 그러더라구요. 그때 차가 포니였고, 기본요금이 550원인가 600원인가 그랬는데, 그 날 입금을 다 못했어요. 내 돈으로 채워서 그날 분 입금을 했죠. 과장이라는 사람이 부르더라구요. 왜 말을 안 했느냐고. 원래 한 시간에 얼마씩 배상을 해 주는 게 있대요. 또 "회사에 이야기하면 스페어차도 있는데 얘기를 해 줘야 알지" 그러더라구요."

그는 과장에게 포이동 하꼬방에 산다는 이야기를 하지 않았다. 이상한 시선으로 볼 까봐 두려웠다. 그런데 나중에 알고 보니 과장은 이미 다 알고 있었다고. 알고서도 모르는 척 했었더라 한다. 그가 택시일을 그만두고 버스회사로 갈 적에 과장이 이야기를 잘 해 주어서 버스 운전대를 잡게 되었다며 과장을 고마운 사람으로 기억하고 있다.

"80년대 중반에 대형면허 시험을 보러갔다가 네 다섯 번 떨어졌어요. 하루 벌어 하루 먹고 사는데, 돈이 없다 보니까 연습을 못 했어요. 그때 담당 경찰관을 찾아갔어요. 자활근로대증을 보여주면서 "자식도 생기고 어떻게든 먹고 살려고 하는데 운전 연습하는 게 너무 비싸다. 좀 도와달라"고요. 그랬더니 저 초소에 있는 사람한테 가보라 그러더라구요. 그 사람들이 코스 시험을 볼 때 우회전, 좌회전 이야기를 해주더라구요. 그렇게 우여곡절 끝에 대형면허증도 땄죠."

평생 짐스럽기만 했던 자활근로대증으로 생긴 고마운 기억도 있다면서 그는 웃는다. 택시 일 보다는 버스 운전이 벌이도 낫고 안정적이라는 말에 버스회사로 가면서 그는 희망을 품었다고 그런다.

사고

그러나 운전을 했던 것도 잘못된 선택이었을까요, 그는 묻는다. 99년 지리산에서 관광버스를 몰다가 화물차가 졸음운전으로 버스를 덮치는 바람에 장애인이 되었다고, 그때는 정말로 죽는 줄 알았다고. 화물차 운전수는 그 자리에서 즉사하고 그는 살아남았다. 장애인이 된 그는 지금 구둣방을 하고 있다. 두 아이는 그 사이 다 컸다고, 대견하고 고맙다고 그는 말한다.

"내가 못 배우고 가진 게 없어서 당한 설움이라면 어쩔 수 없지만 단지 자식들한테만큼은……. 나만 세상을 미워하면 되지 아이들까지 그럴 필요는 없지요. 아이들한테는 유독 고지식하게 굴었어요. 어떻게든 이 생활 안 물려주려고. 정신 똑바로 차리라고."

동식씨에게 자식은, 세상의 모든 부모들처럼 사무치는 이름이다. 부모가 되면서부터 그들은 자식의 이름으로 살고 있다. 하루도 빠짐없이 자식들을 위해 살았으면서도 동식씨는 아이들을 사랑해주지 못한 것 같다고 그런다. 사랑도 받아 본 사람이 주는 법도 아는 것 같다면서.

"아이들을 마음껏 사랑해주지 못하고. 솔직히 저는 아이들한테 사랑을 줄 줄도 몰랐어요. 그거 아세요? 사랑을 받아 본 사람이 사랑을 할 수 있다는 거. 저는 어려서 너무 일찍 생존에 눈을 떠 살았기 때문에 아이들에게 사랑을 많이 못 줬어요. 그게 제일 미안해요."

친구 놈 용팔이는 손주도 봤다 한다. 벌써 할아버지 소릴 듣는다고, 그 애들이 오면 나도 덩달아 할아버지 소릴 듣는다고 웃는다.

그리고 그녀들

"박스도 줏으러 다니고 파출부도 다니고 닥치는 대로 했지. 그럼요."

곁에 앉았던 그녀들이 거든다. 어머니로 아내로, 그들도 그렇게 가족의 이름으로 살았다고. 가족들과 함께 살아남으려고 닥치는 대로 일 했다고. 여기 들어온 지 30년이 넘었다는 일흔의 그녀의 이야기다.

"청소부 댕겼어요. 저는 영동 세브란스 병원에 10년 넘게 일 다녔어요. 병원 지을 때부터. 그거 지을 때 공사현장에서 일 하다가 다 짓고 나서는 청소일 다녔죠. 그거 그만두고 한국타이어에서 1년 일하다가, 우덕빌딩에서도 1년 좀 못되게 일하다가 나왔죠. 음성빌딩서 마지막으로 댕겼어요. 우리 아저씨 돌아가신 지는 10년 되었네요. 우리 아저씨도 막노동 했지요. 그날 벌어서 그날 먹고 그랬는데. 집 다 타버리고 이러고 있으니까 돈 벌러 나갈 수도 없고……."

새벽 5시에 나가서 4시에 퇴근한다. 힘들어서 많이 옮겨 다녔다는 그녀. 한 용역회사에서 일을 옮겨다녔다는 그녀는 처음 일 나갔을 때 48만원씩 받았단다. 그래도 최근에는 84만원까지도 받았다고 그런다. 그래도 이런 거 저런 거 다 떼고 나면은 81만 5천원밖에 안 된다고. 새벽이라 차가 없어 택시타고 가야 되니까 그렇게 길에서 흘리는 돈도 많았다고.

"엄마들 나이 들어서 할 수 있는 거는 그런 거 밖에 없어. 설거지 같은 거 많이 하고 그래서 손가락이 많이 아파요. 식당일도 하고."

여기 들어온 지 20년이 조금 넘었다는 또 한 명의 그녀. 예순 여섯이라는 그녀는 이 나이에 이제 할 수 있는 일도 없고, 갈 데도 없다고, 우릴 다 여기 쓰레기더미에다 묻어버리라고 한숨을 쉰다.

"우리 아저씨는 막노동 했어요. 여기서는 몸만 건강하면 일용직 막노동 해요. 그러다가 뇌졸중으로 별안간에 돌아가셨어요."

그들은 그곳에서 고물이며 폐지를 줍고 일용직 노동자로 일 하면서 살고 있다. 그들은 비정규노동자로 빈민으로 세상의 구석진 곳에서 숨죽이면서 살아왔다고 말하고 있다. 그래도 이곳에서 가족들과 살았다고, 부모로, 남편으로, 아내로 살아남아야 했다고. 그들은 하나같이 말 한다. 우리는 갈 곳도 없다고, 여기는 우리의 주거지이자 생존터라고.

4장. 저항의 시작

왜 우리를 안 만나 줍니까

2003년 3월, 서울시는 압구정동의 현대백화점 주차장이 임대하고 있는 초등학교 부지를 공원화하는 대신, 포이동 주민들이 살고 있는 266번지를 학교부지로 대체한다고 발표했다. 집터가 강제철거된다는 말에 그들은 생존의 기로에 놓여졌다. 266번지에는 30년 전 강제 이주되었던 그들과 그들의 어린 아이들이 살고 있었다. 어려서부터 스스로 생존해야 했던 그들은, 이제 자식들의 생존까지 책임져야 한다는 현실에 정신이 번쩍 들었다. 2003년 그렇게 포이동 사수대책위원회가 결성되었다.

"저도 한때는 여기 위원장으로 있었습니다. 법정까지 가서 섰습니다. 강남구청장, 그렇게 만나달라 통 사정을 해도 안 만나줘요. 그러면 우리가 어떻게 할까요. 재판관님이 마지막으로 할 말 있으면 하라 그래서 그랬어요. "좀 못 배우고, 좀 덜 가졌고 몸이 불편하다 그래서 민원인이 아닌 것을 아닐 텐데, 왜 우리가 만나자 그러면 안 만나주느냐" 그랬습니다."

두려워하던 관청에 항의하기 시작했다. 그들은 자신들이 살아온 이야기를, 그것이 자신들의 잘못이 아니었다고 말하기 시작했다. 강남구청장을 만나려다 '업무집행방해, 폭력 행위 등 처벌에 관한 법률 위반'이라는 길고도 긴 죄명으로 법정에도 서야했다. 그 앞에서 종이를 찢었다고 공무집행방해로 벌금도 물었다. 그들의 울분을 보고도 공무원들은 모르쇠로 일관했다. 토지변상금이라는 이름으로 행정이 갖다 붙인 그들의 빚도 모르겠다, 자활근로대와 강제이주의 역사도 모르겠다, 국가에 의해 핍박받아온 그들의 억울한 삶도 죄다 모르겠다며 증거를 가져오라고 했다. 주민들은 환장하지 않을 수 없었다. 30년을 그렇게 살아왔는데, 내 삶이 그걸 증명하고 있는데 뭘 더 내놓으란 말이냐?

"제가 화가 나서 탁자 두드리면서 이야기하면 자기가 국장급 되는 사람들이 그럽디다. 자기가 안 그랬대요. "좋다. 그러면 그 사람들(당시 담당 공무원들, 경찰관들) 찾아내라. 30년 밖에 안 흘렀다." 그 사람들은 또 그래요. "여러분 증거 잘 찾아내잖아. 여러분이 찾아요." "나랏일 하는 사람들이 나랏일 하던 사람을 더 잘 찾겠소. 우리 같이 무지하고 하루 벌어 하루 먹고 사는 사람들이 잘 찾겠소." 그러면 자기들은 모르는 일이라고 그래요."

30년 전이면 나는 공무원도 아니었다고, 전임자가 한 일이니 나는 모르는 일이라고 발뺌하는 사람들에게 어떤 말을 해 주어야 할까. 포이동 주민들은 지금의 행정 실무자들에게 책임을 지라고 하는 것이 아니다. 그들은 국가에게 책임을 묻고 있는 것이다. 30년 전 국가의 책임이 30년 후라고 해서 깡끄리 없어질 수 있는 것인가. 역사라는 건 이 나라에선 아무런 의미를 갖지 못하는 것인가. 권력자의 역사, 부호들의 역사들은 그들이 살인자여도 온갖 범법 행위를 다 저질렀어도 여지껏 뻔뻔하게 살아남았는데, 가난한 이들의 역사는 단지 당시 담당자들을 찾을 수 없으니 어쩔 수 없는 일이라니. 그렇게 사라져달라니.

"그쪽에서 인정하기 힘든 과거일 수도 있겠습니다만 사실은 사실로서 받아들여야죠. 이것은 정책의 실패였고 어두운 과거의 한 단면이라고, 그것만 인정해 줘도 가슴이 뻥 뚫릴 것 같습니다. 그러나 거기에 대한 입장차를 밝히는 것 뿐만 아니라 범죄자로 몰아서 수천만 원에서 수십억씩 벌금(토지변상금)을 물려놓고 임대아파트 줬는데 안 나가더라 그러면 어떡합니까. 임대아파트로 내모는 것도 좋습니다. 그러나 나갈 수 있는 길을 내 놓고 내몰아야지요. 우리를 뭘 달라고만 하는 거지새끼들처럼만 보지 말고 나라에서 잘못한 정책은 잘못했다고 인정해야지요. 그래야 그 같은 역사가 다시 되돌림 되지 않을 것 아닙니까. 지난 군사정권의 과오라고 보기에는 그것에 의해 희생당한 사람들이 너무도 많지 않습니까. 지금도 아파하고 있는 사람들이 너무도 많지 않습니까."

한 가구당 억대의 빚으로 남아 있는 토지변상금은 살려고 발버둥 치던 사람들의 마지막 숨통까지 죄고 있다. 동식씨는 장애인 차가 압류되었다. 어떤 이는 형제가 공동으로 쓰던 통장까지 모조리 압류되었다. 그리고 그 사람들, 한 달 사이 죽어나갔다던 부부의 이야기…… 토지변상금이 살 길을 막아놓아 그들은 고물상에서 장롱에서 목을 맸다.

만수씨의 이야기

서만수(가명)라는 사람이 살았다. 자활근로대로 끌려와 30여 년간 이곳에서 살았다. 그는 가족을 지키려고 닥치는대로 일했다. 그러다 어느 날, 기억하기도 어려운 이름의 병을 얻었다. 산소호흡기를 꽂지 않으면 살 수가 없었다. 한 번 꽂는 데 60만원. 그것도 며칠을 못 갔다.

"다 썩은 차를 덜덜덜덜 끌고 다녔어요. 아는 사람이 타던 차를 명의 이전만 해가지고 '니가 타라' 그랬던 차였는데, 명의이전을 하자마자 (토지 변상금 때문에) 압류당한 거죠. 그래서 타지도 못하고 저

구석쟁이에 한참 썩혀 있었어요. 그런데 그 차가 있어서 기초생활수급자가 안되고, 도움도 못 준다는 거예요."

주민들은 동사무소에 몰려가 도움을 요청했다. 해도 너무하다고 하소연했지만 아무 소용 없었다. 구청은 '행정상 불가능하다'는 답변만을 반복했다. 치료만이라도 받게 해달라고 애원했지만, 답은 같았다. 국가는 '행정'을 내세우며 만수씨의 죽음을 방치했다.

어느 날 새벽, 만수씨는 가족들에게, 그리고 마을 사람들에게 폐가 되지 않으려고 고물상에서 목을 맸다. 모두가 잠든 새벽, 여기저기 잔돌들이 솟은 울퉁불퉁한 골목을 지나 고물상 앞 까지 걸으며 그는 어떤 생각들을 했을까. 그가 불편한 몸으로 목을 맬 적에, 그가 지나온 좁고 괴괴한 골목으로 아침이 스멀스멀 기어들어올 적에, 그가 마지막 숨을 내 쉴 적에 그는 어디를 바라보고 있었을지. 그가 죽고 한 달 뒤, 부인이 장롱에서 목을 맸다. 생떼 같은 자식을 세상에 홀로 남겨두고 두 부부가 목을 매 죽었다. 그렇게 남겨진 아들은 아버지의 빚을 물려받지 않으려고 유산 상속 포기 절차를 밟았다.

"오죽했으면 부부가 한 달 사이에 목숨을 끊고, 그 부인은 옷장에서…… 그렇게 죽을래야 죽을 수가 없어요. 장롱, 아휴…… 장롱 안에서 돌아가셨어요. 장롱 안에 옷 거는 거 있잖아요. 거기에 줄을 매서…… 다리를 뻗으면 닿잖아요. 어휴. 다리를 이렇게 오므리고 돌아가셨어요. 인간이 본능적으로라도 (다리를) 뻗는 게 당연한 거 아니겠어요. 그런데 본인이 다리를 이렇게 오므리고 돌아가셨다니까요."

기억을 떠올리는 사람은 목이 턱, 멘다. 먼 산을 보고 눈물을 가라앉힐래도 서러운 세월이 자꾸만 덮쳐온다. 다리를 제 스스로 곱아 죽은 사람의 심정을 누구보다 잘 알기 때문이다. 아이들은 부모가 스스로 목숨을 끊은 자리에서 살아간다. 다리를 곱은 엄마가 죽어 있던 장롱 안에서 옷을 꺼내 입고, 아빠가 목을 맨 고물상을 지나 학교에 간다.

"그런데 그때뿐이에요. 구청에서도 그때만, 서울시에서도 그때만. 사람 죽고 나서 어떻게 도와드려야 되느냐고, 장례절차를 어떻게 도와드리느냐고. 얼마 전 화재나고나서 그 형님 아들을 만났어요. "은수(가명)야 너냐?" 그랬더니 "맞습니다" 그러더라구요. 서로 살기 바쁘다보니까 은수를 오래 못 보고 살았죠. 은수한테 그랬어요. "길거리에서 너 만나면 서로 알아보겠냐.""

30여년을 일구어 온 생이 새카맣게 타 버린 지금, 그들은 정말 맨몸 하나로 서 있다. 살아보겠다는 의지도 불법이라는 딱지가 붙는 세상에서 그들은 더 이상 희망을 찾을 수가 없다고 말한다.

고향이 되어버린 이곳에서

"우리요? 책임져달라는 소리 아닙니다. 우리 인생 보상해달라는 거 아니예요. 솔직히 무슨 자랑이라고. 고아로 자라난 게 자랑입니까. 강제이주 당해서 자활근로대 생활하면서 온갖 수모 다 당한 게 자랑이겠습니까. 자식들에게도 제대로 이야기하지 못하는 것이 자랑이겠습니까. 그러나 그것을 100% 너희들 잘못이다. 너희들 못 배워서 그렇다. 너희들 능력 없어서 그렇다. 너희들 게을러서 그렇다. 그러기에는 너무 나라에서 우리를 너무 짓밟았어요."

그들은 그저 이곳에서 살게 해달라고 말한다. 무상임대를 해 주면 더 바랄 것이 없지만 그렇지 않다고 하더라도 이곳 사람들과, 함께 그 서러운 시간들을 보내 온 가족 같은 사람들과 살 수 있게 해 달라고 이야기한다.

"바깥에서는 투기 목적으로 버티고 있다, 그런 이야기들이 나온다 그러는데요. 기자님 두고보세요. 내가 여기 점유권을 인정해 달라, 여기 이 땅 우리 땅이니까 달라 이런 이야기를 한다면은 제 얼굴에

침을 뱉으세요. 우리는 그런 거 아닙니다. 여기다가 정든 이곳에 집을 다시 짓고 살 수 있다면은 그것보다 좋은 게 없어요. 우리 형수님 (부위원장님)은 우리 어렸을 때 나뭇불로 밥해주고 했지요. 우리는 잘 먹고 잘 살면서 만난 사람들이 아니예요. 땅굴 속에 숨어서, 경찰관들 워커발 피해서 동냥해서 깡통에다 얻은 밥 먹고 살아온 사이입니다. 내 인생에 가장 어려울 때 같이했던 사람들이에요. 그렇게 어려운 시절에 떡 한 쪽이라도 나눠먹으면서 살아 온 사람들이에요. 그렇게 이뤄온 공동체예요."

그는 극단적인 생각마저 든다고 이야기한다. 어느 새벽에 경찰들이 들어와 겨우 다시 올려놓은 집들을 부수어버릴지 몰라 깊은 잠을 잘 수가 없다고.

"행정대집행 또 들어온다는데……. 저 놈이 내 30년 불알친구인데, 내가 어제 우리 그냥 석유 끌어안고 죽자. 그런 말까지 했어요."

그때가 추석을 앞둔 때였던지 나는 그에게 묻는다. 추석엔 고향에 내려가시냐고.

"추석이요? 마을 사람들하고 같이 지내야죠. 저는 솔직히 일가친척이 없으니까 갈 데가 없지요. 저 한텐 고향이 여기예요. 처갓집도 가기가 좀 부끄러워요. 나는 왜 이렇게 살아야 되는지, 참. 내가 태어나고 싶어서 태어난 것도 아닌데."

눈물짓는 그를 보면서 괜히 물어봤다 싶다. 미안한 마음에 말을 못 꺼내고 있는데 그가 갑자기 내게 사과를 한다.

"제가 울분 같은 것이 있습니다. 어떨 땐 눈물도 나요. 오늘은 스스로 다짐을 했어요. 목소리 높이지 말고 이야기해야지 해도 이야기를 하다 보면은 화가 나요."

그는 목소리를 높여서 미안하다고 굳이 내게 사과한다. 말 끝마다 딸 같은 이에게 '선생님'이라는 존칭을 붙여가면서 그는 긴 이야기를 마친다. 오래 앉았다 일어서는 그가 다리를 절고 있다. 절룩거리는 그의 다리가 그가 보는 세상을 자꾸만 기울게 만들고 있다.

5장. 외부의 시선들

내쫓으려는 사람들

8년 전 방송했던 〈PD수첩〉 속 영상에서 당시 23년이라는 강제된 설움에 항거하여 싸우고 있던 포이동 마을 주민들의 삶을 본다. '타워팰리스 옆 판자촌, 23년의 보고서'는 이제 '30년'이라는 세월로 넘어섰지만 지금, 그들의 삶은 더 비참해졌다고 나는 생각한다. 집도 다 타버린 터에 하루가 멀다 하고 날아드는 철거계고장. 그들은 스스로의 삶을 "비참하다"고 말한다. 단지 언어가 아니라 삶 전체로 덮쳐오는 비참함의 무게는 얼마만큼일까. 8년 전, 그 영상 속에서 초등학교 3학년이었던 상우는 "이 지구만큼"이라고 대답한다. 10살, 낮고 동그스름한 어깨의 아이는 화면으로부터 등을 돌리고 앉아 그렇게 말한다. 제가 생각하기에 가장 벅차고 거대한 것. 우연히 제 작은 발을 디디게 된 세상은 상우에게 그 자체로 벅찬 슬픔이다. 지금 열일곱이 된 상우는 여전히 부모가 살아온 가난의 굴레를 고스란히 진 채 살아가고 있다.

오세훈 전 시장은 2007년, 포이동 판자촌 사람들을 만나 그들의 서러운 과거를 청산해주겠노라고 약속한다. 당시의 기사엔 환하게 웃고 있는 오세훈 전 시장과 포이동 주민들의 사진이 있다. 포이동 주민과 웃으며 악수를 하고 있는 훤칠한 키의 잘 생긴 시장은 거짓말을 할 사람 같지 않아 보인다. 그러나 그는 보란 듯 거짓말을 해 버린다. 아주 점잖고 세련된 방식으로. 몇 달 사이 약속을 번복해 버린 것이다. 그는 전후 설명도 논의도 없이 포이동 주민들의 주거지에

호화판 장기 전세주택 시프트(Shift)를 건축할 계획을 발표한다. 이 아파트는 보증금은 물론 임대료도 포이동 주민들이나 영세민이 감당하기엔 턱 없이 비싼 것이다. '지구만큼' 커다란 가난의 무게에 짓눌려 살아가고 있는 포이동의 아이들은 오세훈 전 시장의 '저소득층'에는 포함되어있지 않았다는 사실을 주민들은 다시 한번 확인한다. 절망의 골은 그렇게 더 깊어진다. 좋은 부모 밑에서 자라 좋은 대학 나와서 좋은 직업을 가지고 일하다 서울시장이 되기까지 그의 생에 있어 절망이란 어떤 의미일지. 그가 과연 포이동 주민들의 절망을 비참함을 이해했을런지.

그의 한계는 그런 것 아닐까 하고 나는 생각한다. 저소득층 아이들에게 더 많은 복지예산을 써야한다면서 '가난병'이라는 폐결핵에 걸려 죽어가는 포이동 266번지의 아이들에게 등을 돌려버린 오세훈 전 시장은 어쩌면 그들의 비참한 삶을 이해하지 못했던 것일지도 모른다고. 그가 말한 복지는 그만큼이나 공허한 것이었다고. 강남이 텃밭인 전 한나라당인 새누리당은 저소득층의 복지를 책임지기는커녕 그들에게 벗어날 수 없는 빚의 굴레마저 씌워놓는다. "미래세대의 빛"을 운운했던 그에게 현 세대의 빚부터 탕감해주는 것이 순서라고 말해주고 싶어진다.

그리고 포이동 주민들을 쫓아내고 싶어하는, 강남 대치동에 살고 있는 그들에게도 한 마디 해주고 싶어진다. 나는 첫 번째 기사에 이렇게 쓴다.

"포이동, 그들은 그저 부와 교육의 메카 '강남 대치동'이라는 이름을 불편하게 만드는 풍광, 그 이상도 이하도 아니었다. 사람들은 그들의 삶을 동정하는 한편 그들이 사라져주기를 바란다. 자본주의 사회에서 '인정'이란 것들은 과감하게 버릴 줄 알게 되면 우리는 비로소 '철이 들고' 이 경쟁일변도의 사회에서 살아남기에 용이해진다. 포이동 266번지 판자촌에 사는 사람들의 사정이 딱하긴 하지만,

그들이 사라져야 집값이 오르기 때문에 사람들은 당당하게 구청에 민원을 넣는다. 우리들의 주변에서 또 우리 스스로들에게도 자주 일어나는 이런 일들은 '사람'을 넘어서는 무엇인가가 자본주의 사회를 지배하고 있음을 확신하게 한다. 포이동 266번지에서 분명 살아 있는 그 사람들은, 이런 의미에서 또한 살아 있어서는 안 되는 사람들이 되어가는 것이다. 그들은 이제 이 땅 위에 설 곳조차 빼앗기고 있다."

새누리당 소속 신연희 강남구청장과 오세훈 전 시장은 서로 책임을 떠넘기며 주민들과의 면담을 거부한다. 나는 임대보증금뿐만 아니라 재산이란 모조리 압류되는데도 임대주택으로 가기만을 종용하는 그들의 무자비함에 어이가 없어진다. 포이동을 다녀온 다음 날, 강남구청으로 무작정 전화를 한다. 전화를 받은 이인원 도시계획과 담당자는 "그런 적 없다"고 못을 박는다.

"형편이 정말 안 좋으신 분들에 대해서는 임대주택 보증금뿐만 아니고 그 외에 월급이나 예금이나 이런 것에 대해서는 전혀 압류를 하지 않아요. 한 적이 없습니다."

그는 거짓말을 하고 있다. 2004년 서만수라는 사람이 그리고 그의 부인이 압류된 중고차 때문에 기초수급자조차 될 수 없어 스스로 목숨을 끊었는데도, 그는 그렇게 뻔한 거짓말을 하고 있다. 만수씨의 이야기는 이미 기사화 된 바 있음에도 불구하고 토지변상금 때문에 재산을 압류한 적이 없다는 구청의 입장은 이 모든 사건을 전면적으로 부인하겠다는 의지처럼 느껴진다. 아니, 포이동 266번지에 살고 있는 이 모든 사람들의 존재 자체를 부인하고 싶은 것일지도.

다시 전화를 넘겨받은 강남구청 강태근 도시계획팀장은 8월 19일, 아무 전제조건 없이 정식 공문을 주민들에게 전달했다고 말한다. 그러나 주민들은 신뢰할 수 없다는 이유로 공문을 받아들이지 않는다. 공문의 내용이 모두 '서울시와 협의해서 조만간 협의, 검토하겠다'로 끝나 있었기 때문이다. '할 수도 있고, 안 할 수도 있다는 것을 문서화한 것에 불과한 것 아니냐'는 주민들의 입장에 대해 강태근 팀장은 '검토하겠다'와 '하겠다'의 차이를 모르겠다고 내게 되려 항변한다.

"그건 말장난하는 것밖에 안 되는 겁니다. 그 차이가 있다고 그러면, 먼저 전 동 다 철거하라 그러세요. 그렇게 써 줄 테니까."

그는 "아무런 전제조건 없이 공문을 전달했다"는 말을 "전 동 다 철거하면" 확실한 공문을 써주겠다는 말로 번복하고 있다. 게다가 할 수도 있고, 안 할 수도 있다는 구청의 의지를 다시 한 번 확인시켜 주기도 한다.

"서울시가 언제 어떻게 해 줄지 모르지 않습니까. 예를 들어 9월 말까지 결정해서 해주겠다고 했다 칩시다. 그런데 서울시가 안 해줬을 경우……. 그러면 구청에서 거짓말 한다고 또 난리가 날 겁니다."

'조만간'이 언제를 뜻하는 것이냐는 물음에 대한 강태근 팀장의 답이다. 구청에서 제안한 내용이 언제쯤 실행될 것인지 기약이 없다는 것을 본인이 인정한 꼴이다. 강 팀장이 확인시켜준 것처럼 구청은 제안한 사항을 이행하지 않을 경우 언제든 서울시에 책임을 미룰 수 있도록 공문을 작성한 것이다. 이처럼 오세훈 시장과 강남구청장이 서로 책임을 미루는 사이 주민들은 점점 절망의 나락으로 떨어지고 있다고 나는 그에게 쏘아붙인다.

첫 번째 기사의 마지막에서 나는 이렇게 쓴다. "오세훈 전 시장이 말한 것처럼 서울이 "품격있는 도시, 시민이 행복한 도시"는 못 되어도 사는 것이 비참한 도시는 되지 말아야 하지 않겠느냐"고. "아주 기본적인 인권부터가 지켜지지 않는 도시에서의 복지 논쟁은 공허할 뿐만 아니라, 아직 이르다"고.

전쟁

　모서리가 사방에서 바짝 다가와 있는 단칸방에 누운 내가 있다. '고지전'이라는 영화를 보다가 문득 자리에서 일어나 앉는다. 처음 그 마을에 도착했을 때 '아무도 모른다'라는 영화가 떠올랐던 것처럼, 이제 '고지전'이라는 영화 속에서도 그 사람들의 목소리를 듣는다.

　"사람은 진작에 죽었어. 3년 지랄에 사람이 살아남았겠어?"

　김수혁 중위의 말이 한 글자 한 글자 마음에 와 박힌다.

　두 번째 기사 첫 머리에 나는 이렇게 쓴다.

　"영화 '고지전'은 1951년부터 진행된 2년여의 휴전회담 기간 동안, 하루에도 서너 번 주인이 바뀌는 고지를 위해 죽어간 사람들의 '공포'를 그린 영화다. 오늘 무사해도 내일을 확신할 수 없는 전장에서, 죽음에 대한 공포는 그들을 살아도 산 것 같지 않은 시간으로 내몬다. 그들은 살기 위해 싸웠지만 결국 모두 죽는다. 3년 전쟁에서 기적처럼 살아남은 그들을 결국 죽게 만든 것은 전장의 죽음과 멀찍한 곳에서 손익을 따지고 있던 사람들이었다."

　전쟁 같은 하루를 보내고 있는 이들은 지금의 여기에도 있다. 포이동 266번지. 마을 주민들은 눈만 뜨면 날아드는 새로운 '철거계고장'으로 살아도 산 것 같지 않은 시간들을 보내고 있다. 집을 지어놓으면 바로 계고장이 날아든다. 그 계고장은 '1일 이내 전 동 모두 자진철거하라'는 말도 안 되는 내용으로 시작해, '그렇지 않을 시 행정대집행으로 강제철거하겠다'는 협박으로 끝난다. 그리고 지난 8월 12일 새벽 5시경 일어난 강제철거를 시작으로 9월 29일 새벽 4시 10분, 또 한 번의 강제철거가 집행되었다. 집은 다 타버렸고, 살 곳은 없는데 대책도 내놓지 않은 채 집을 짓지 말라는 것이다. 밥 지어먹고, 잠 잘 곳을 지으면 다 부수겠다는 협박은 갈 곳 없는 이들에겐 죽음을 통보하는 것과 다름이 없다.

8월 12일 새벽 5시, 철거용역들과 강남구청 직원들이 마스크를 쓰고 해머를 든 채 구둣발로 들어와 자고 있던 주민들을 끌어낸다. 와중에 많은 주민들이 용역들의 폭력에 몸을 다친다. 이가 부러지고, 멍들고, 인대가 늘어난 사람이 여럿이다. 대부분이 60세 이상의 노인들이다.

9월 29일 새벽의 강제철거 현장도 다르지 않다. 놀란 아이들이 울음을 그치지 못해 학교를 못 간다. 두 번의 철거 모두 사람들이 곤히 잠든 새벽에 일어난다. 이후 주민들은 편히 잠을 잘 수 없다. 전쟁 같은 나날이 계속된다.

그곳에서 아이들은 꿈이 없어진 지 오래이고, 너무 늙어버린 부모들은 내일이 없어진 지 오래다. 서울시와 강남구청이 손익을 따지는 동안 전쟁은 계속되고 있는 것이다. 주민들이 지어놓은 집은 반복해서 철거되고 있다. 주민들에겐 내일이라는 시간이 '공포'가 되어버린다.

구청관계자들은 그것이 그저 '일'의 연장선상이고, 강남구청장과 서울시장에게는 그것이 '정치'의 연장선상에 다름 아니다. 정치인들은 자신들에게 표를 줄 강남 부유층 유권자들을 무시할 수 없고, 그들의 미감에 맞지 않는 포이동은 '불난 김에' 강남에서 지워버리고 싶은 것이다. 실제로 강남구청 도시계획팀장은 인터뷰에서 다음과 같이 말한다.

"지금 불이 나가지고 주민들이 오갈 데가 없잖습니까. 그러면 좋다. '이 기회에' 아파트가 들어갈 수 있는 땅을 취하고 나머지 부분에 임시주거시설을 지어라. 그거예요."

주민들이 오갈 데가 없다는 것, 그리고 '불난 김에 철거하자'라는 것. 강남구청은 이 두 가지 의도를 스스로 인정한 셈이다. 지금 현재로서는 강남구청에서 제안한 '임시주거시설 건축'도 무산된 상태다.

포이동 주민들에게 임시주거시설을 지으라며 강남구청이 내놓았던 부지는 앞에 거주하고 있는 현대아파트 주민들의 반대에 부딪혀 무산되었다. 사실상 강남구청에서 포이동 주민들에게 주거지에 대해 내놓은 대안은 현재로서는 전혀 없다.

신연희 강남구청장과 오세훈 전 서울시장은 모두 다름 아닌 한나라당 소속이다. 이런 맥락에서 MB정부가 내년 대선을 앞두고 '친서민 이미지'를 만들려 애쓰고 있지만 실제로는 아무런 실속이 없는 '텅 빈 정책'들을 남발하고 있음을 여기서 다시 한번 확인할 수 있다. '친서민 정부'는 말 만으로 만들어지는 것이 아니므로.

영화 속에서 김수혁 중위는 전장의 상황을 고려하지 않은 명령으로 수많은 병사들을 죽음으로 몰아넣은 중대장을 망설임 없이 쏴 죽인다. "네가 사람이냐?"라고 소리지르는 친구 강은표 중위에게 그는 말한다.

"사람은 진작에 죽었어. 3년 지랄(전쟁)에 사람이 살아남았겠어?"

생사가 걸린 지루한 전쟁. 포기할 수도 없고, 도망칠 곳도 없다. 내가 살기 위해, 가족 같은 동료들을 살리기 위해 싸워야 한다. 2005년부터, 아니 강제이주 되었던 79년부터 그 전쟁 같은 세월들을 살아낸 사람들. 88년, 경찰과 공무원들의 폭력에서 벗어나자마자, 수억의 벌금이 다시 그들을 덮친다. 그도 모자라 지난 2005년부터는 하루가 멀다 하고 날아드는 '철거계고장'에 매일 같이 가슴을 졸인다. 지난 6월 마을을 덮친 화마에도 그들은 기적처럼 살아남았지만 지금 서울시는 그들을 다시 죽음으로 내몰고 있다.

삶을 지키려는 사람들

"그 사람들이 너무 드세어가지고……."

강남구청 강태근 도시계획팀장은 전화인터뷰 도중 그런 이야기를 한다. 2007년 방송된 PD수첩에서도 강남구청 공무원들은 그렇게 말했다. 이처럼 포이동 266번지에 사는 사람들이 "드세다"라고 단정 짓는 공무원들은 점잖게 양복을 입고 들어와 철거계고장을 전달한다. 그들의 표현대로 이른바 '드센' 주민들이 언제 달려들지 모르기 때문에 경찰을 대동한다. 그리고 구청에 찾아와 '드세게' 항의하는 주민들을 폭력행위 등 처벌에 관한 법률 위반, 또는 업무집행방해로 고소고발한다. 또 언론사에 보도자료를 보내 주민들이 지어놓은 '불법 무허가 건축물'을 엄중 조치하겠다고 발표한다. 그리고 새벽 4시에 의뢰한 용역업체 직원들로 하여금 잠든 주민들을 끌어내고 '불법 무허가 건축물'을 '적법'하게 철거하도록 한다.

살고 죽는 문제가 걸린 주민들은 '드세게' 항의하지만 좌절당하고, 이른바 행정권력을 손에 쥐고 있는 구청 공무원들은 점잖게 죽음에 준하는 폭력을 그들에게 행사한다. 이는 51년부터 시작된 휴전회담에서 나라의 수장들이 쾌적한 회담장에 점잖게 앉아 뜸들이며 펜대를 굴리는 동안, 50만이 넘는 병사들이 팔다리가 잘리고 머리가 터져 처참하게 죽어가는 장면과 정확하게 닮아 있다.

그런데 도시계획과 담당 공무원은 "형편이 안 좋으신 분들에 대해서는 (토지변상금으로) 임대주택 보증금뿐 만이 아니라 그 외에 월급이나 예금에 대해서 전혀 압류를 한 적이 없다"고 당당하게 이야기하니 기가 찰 노릇이다. 사람들은 '정말로' 그렇게 죽어나갔다.

"이제 그만 거기서 나와서 우리도 남들처럼 사람답게 살아봅시다."

국가로부터 부당하게 부과된 100억 원의 빚 탕감 전쟁을 벌이고 있는 포이동의 부모 세대들은 이제 자식들에게 이런 이야기를 듣는다. 말문을 트자마자 무릎을 치며 어린아이처럼 울어버리던 포이동 할머니의 말처럼 "하늘같이 채워놓은" 토지변상금이라는 이름의 빚 때문에 평생 발목이 묶인 부모들에게 이제 그만 포기하자고 남은 생이라도 사람답게 살다가 죽자고 말한다, 그저 남들처럼. 포기하고 싶은 마음은 굴뚝같지만 부모들은 그럴 수 없다. 그 빚이 자식에게 고스란히 되물림 되기 때문이다. 남들처럼, 평범하게 사는 삶은 포이동 주민들에겐 아직, 너무 멀다.

변명과 거짓말

강남구청은 2011년 10월 1일자로 포이동 담당을 도시계획과에서 주택과로 넘긴다. 부서가 바뀐 이유에 대해 "원래 무허가 건물 정비는 주택과 소관"이라고 밝힌 김모 주택과 팀장은 10월 1일부터 업무를 정상적으로 인수를 받는데 아직 업무파악이 제대로 되어있지 않아 할 말이 없다고 말한다. 그런데 9월 29일 새벽 강제철거가 있고 나서, 주민들이 강남구청을 찾아 항의하자 해명을 하러 마을로 온 사람은 바로 김모 팀장이었다고 마을 주민들은 이야기해준다. 업무도 제대로 파악되어 있지 않고 9월 29일 당시로서는 아직 업무가 주택과로 넘어온 것도 아니었고 본인 말대로 "업무파악도 제대로 되어 있지 않아 할 말이 없다"던 그가 해명을 위해 나선 것이다.

이에 대해 그는 "주택과를 도시계획과와 연결을 시키면 안된다"고 이야기한다. 9월 29일 있었던 철거는 도시계획과에서 주관한 사안이라 주택과에서는 들은 바 없다고도 한다. 그렇다면 도시계획과에서 해명을 해야하는데 이제 그쪽 소관도 아니라고 하니, 도대체 9월 29일 새벽 있었던 철거에 대한 해명과 그에 대한 책임은 누가 지는 것일까. 주민 4명이 실신했고, 놀란 아이들은 학교를 가지 못한 그 날의 일에 대해서 나는 묻는다. 그런데도 김모 팀장이 마을을 방문한 것은 단지 "업무파악" 때문이라고 대답한다. 내 질문에 김모 팀장은 다음과 같은 말을 덧붙인다.

"구청에서 저희 책임이다, 통감한다. 이런 이야기는 할 수 없는 거 아니겠어요? 수습을 하러 간 상황은 아니예요."

또 김모 팀장은 당일 주민들과 간담회를 통해 10월 6일 구청장과 면담을 하게 해주겠다고 약속했던 것도 확실한 것은 아니라고 한다.

"구청장님과의 약속은 어제 강남경찰서 쪽에서 나온 이야기인지는 모르겠지만은 꼭 누구라고 지칭한 것은 아니예요. 구청장도 계시지만 부구청장님, 국장님도 계시잖아요. 지금 상태로는 구청장과의 면담을 확실하게 답변드릴 수 있는 사항은 아닌 거 같은데요."

"아침에 한 말을 점심때 와서 번복하는 사람들"이라던 주민들의 말이 나는 그제야 이해가 된다. 관청에 대한 그들의 불신의 원인은 바로 관청에게 있었다는 사실을 확인한다. 주민들에게 구청장과의 면담을 약속해두고서도 확답은 할 수 없다고 말을 바꾸는 관청. 주민들의 항의에 대해 일련의 상황들을 잘 알지 못하는 담당자가 와서 해명을 하는 상황. 이 일련의 장면들은 웃지 못 할 한 편의 블랙코미디가 아닌가, 나는 생각한다.

박정희 정권 때 거리미화 명목하에 강제이주 된 이들은 지금 오세훈 전 시장의 전시행정으로 다시 한번 쫓겨 가게 된 것이다. 오세훈 전 시장이 내세운 '디자인 서울'은 말 그대로 모든 것을 세련된 디자인 아래 감춘다. 노점상도 재개발 지역의 오래된 건물들도 모두 철거당했고, 말끔한 대리석과 값비싼 가로수가 그 자리를 대신한다. 오세훈 시장의 '디자인 서울' 속에는 포이동 266번지도 포함되어 있다. 호화 장기임대아파트를 건설하겠다는 계획은 판자촌 사람들을 위한 것이 아니다. 단지 그의 섬세한 미감에 포이동 판자촌은 영 맞지 않았던 것 뿐.

10월 1일부터 포이동 담당을 맡게 되었다는 김모 강남구청 주택과 팀장은 "강남구 브랜드에 맞지 않게" 존재하는 집단 판자촌을 철거, 이주시켜야 하지 않겠느냐고 내게 되묻는다. 강남구의 세련된 풍광에 맞지 않는 사람들이 순순히 나가주면 강남 브랜드에 걸맞는 풍광이 완성될 것이기 때문이다. 그들의 미감에 따라 사람들이 길거리로 내쫓겨도 할 수 없다. 그들은 그들의 말대로 그저 행정절차에 따라 '행정업무'를 할 뿐이고, 그 행정 속에 빈민을 위한 내용은 없기 때문이다.

얼마 후, 포이동 주민들에게 등을 돌려버렸던 오세훈 시장은 그 훤칠한 키를 다 구부려 시민들에게 사과를 하고 있다. 저 사과는 포이동 주민들에게까지는 닿지 않을 것이다. 나는 그렇게 생각한다. 그리고 곧 서울시장 보궐선거가 진행될 것임을 발표한다. 저렇게 시장이 쉽게 물러날 수 있다니. 저런 이가 가난한 이들에게 책임을 느낄 리는 없었겠구나, 싶다.

나는 서울시장 보궐선거로 서울시가 웅성거리던 때에 박원순 후보 캠프에 전화를 한다. '포이동'에 대해 후보에게 묻고 싶다 하니 너무 바쁜 박원순 후보는 전화인터뷰도 어렵다 한다. 서면 인터뷰에서 박원순 후보는 너무도 겸손한 태도로 "이제라도 시장으로 출마해 찾아뵐 수 있는 기회를 갖도록 노력하겠다" 한다. 거기에 덧붙여 "선거 기간 중 뻔한 방문을 의미하는 것이 아니고 30여 년 간 지역을 지켜오시고 삶의 터전을 일궈오신 분들이 직면한 어려움을 풀기 위해 진정성을 가진 방문을 하겠다"고도 한다. 그는 포이동 주민들의 상처에 대해서도 위로의 말을 전한다.

"그 동안 상처 받아오신 시간들이 어떻게 위로되어야 할 지 저 또한 마음을 다해 고민하고 풀어나가겠습니다."

박원순 후보는 다소 희망을 품을 수 있는 답안을 보내온다. 지지율이 미미했던 그는 드라마틱한 역전극을 통해 마침내 서울시장이 된다. 시장실을 독특하고 자유로운 방식으로 꾸미는 시장, 광장을 시민에게 돌려주겠다는 시장, 반값등록금을 실현시키겠다는 시장, 공공부문 직접고용 비정규직을 정규직화하겠다는 시장의 기사가 연일 메인을 장식한다. 그러나 포이동에 관한 기사는 뜨지 않는다. 그리고 하루가 또 하루가 지나고 나도 포이동을 잊는다. 박원순 시장이 포이동을 까맣게 잊었듯이 나도 포이동을, 그곳의 사람들을 잊고 지낸다.

5장. 기록의 의미

그렇게 일 년이 지난다. 2012년 봄에, 나는 다시 포이동 사람들의 이야기를 기사에서 읽고 있다. 그 기사에서 주민들은 이제 시장이 된 박원순 후보에게 왜 우리를 찾아오지 않느냐 묻는다. 그제야 나는 박원순 시장이 후보 시절 주민들과 했던 약속을 지키지 않았음을 확인한다. 그리고 나도 그들을 잊고 지냈음을 깨닫는다. 스스로 삶을 거두어야했던 이들의 웃음이나 울음 따위가 스쳐간다. 그렇게 세상에서 사라져야만 했던 것으로도 모자라 그들의 고통마저 영영 삭제되고 있음을 깨닫는다. 강요된 삶이었음에도 고통의 시간들에 스스로를 탓하면서 가슴을 치던 사람들의 눈물이, 고개를 떨구던 얼굴들이 가슴에 쿵, 쿵, 내려앉는다. 그이들을 위해서, 또 거대한 이 세상의 가난들을 위해서, 핍박과 고통의 시간들 곁에서 내가 대체 무얼 할 수 있을지, 생각해본다. 내가 쓰는 글들은 어떤 것들이어야 할지 도로, 내게 묻고 있다.

2012년 봄에, 나는 그 물음에 답하기 위해 포이동을 다시 찾는다. 나지막한 나무울타리를 따라 이어지는 천변의 공원, 무엇하나 걸리는 것 없이 매끈하게 다듬어진 산책로, 우뚝 솟아있는 키 큰 가로수와 무성한 잎들, 그리고 그곳을 지나는 사람들의 여유와 세련된 생기들. 이 모든 것이 풍경 너머의 가난들을, 세상의 모순을 감추고 있는 것 아닌가 생각한다. 처음 이곳에 왔을 때 이 길 너머 마을의 모습을 상상하기 어려웠던 것처럼.

삼십년 넘게 낯설게 변해가는 동네를 지켜보았을 이들. 주변이 온통 낯선 것들로 메워지자 기괴한 풍광이 되어버린 집터와 사람들. 이토록 역설적인 이야기들을 되짚어 들어가야 한다고, 지금은 흔적도 없어진 나무다리와 포이동 사람들이 메웠던 마을 입구를 지나며 나는 생각한다.

양재천 다리 너머로 한걸음, 한걸음 다가오는 포이동은 일 년 전 모습 그대로다. 얇은 합판으로 덧대어진 담이며 울퉁불퉁하게 솟은 돌들에 자꾸만 걸음이 뒤뚱거려지는 입구. 옅은 지린내가 배어 있는 좁은 골목, 골목들. 사람이 살지 않을 것 같아도 열린 문에 쳐 있는 모기장이며 그 너머로 희미하게 딸깍이며 돌아가는 선풍기의 살. 그 안에서 낮게 새근대는 낮잠자는 이의 고단한 숨소리. 한쪽 어깨가 기울어진 신발장 옆으로 뒤꿈치가 구겨진 신발들이며 그 앞에 옹기종기 자라는 상추잎사귀, 여린 고추줄기들. 그 모든 것에 어려 있는 사람의 기척들.

남들 보기엔 어떨지 몰라도 그 집안으로 들어가면 사랑하는 남편과 부인이 있고, 아이들이 있었다고, 그 안에서 우리는 울고 웃고 했다고 이야기하던 사람들의 목소리가 귓가에 생생하게 떠오른다.

포이동의 불행은 현재진행형. 그들에게 강제이주는 과거의 기억으로 멀어지거나 왜곡되거나 뭉뚱그려지지 않는다. 지금도 그들은 30년 전 당시의 시간을 살아내고 있기 때문이다. 내가 할 일은 미디어에서 보여지는 정제되거나 왜곡된 모든 시선에서 벗어나 진짜 현실을, 내가 사는 세상 어딘가에서 이름도 얼굴도 없이 죽어갈 사람들의 현실을 그 사람들의 이야기를 쓰는 것이라고. 지금 내게 벌어지는 일, 내가 보고 들은 것들, 내 삶 속에 들어와 있는 사람들, 이 모든 것을 통해 내가 느끼는 세상을 가감 없이 기록하는 것이라고 되새기고 있다. 1년 전, 내게 이야기를 건넸던 그 사람들의 불행이 아직 끝나지 않았으므로 나는 그들의 이야기를 다시 쓰겠다고 다짐한다. 그들이 이야기하는 역사가 곧 진실이라고. 그들의 이야기가 현실을 가장 정확히 볼 수 있는 통로가 될 것이라고 확신하면서. 삼십 년 세월을 그곳에서 살아온 사람들이 세상의 시선에서 배제되지 않고 그곳에서 계속 살아갈 수 있도록…….

　스물일곱 먹던 해에 저는 한 비정규직 노동자들의 농성장에 앉아 있었습니다. 아래로 디딘 손바닥에는 바닥에서 부스러진 잔모래들이 콕콕 박히곤 했습니다. 그들은 높은 곳으로 기어오르고, 쌕, 쌕 내장 속 단내가 오르도록 굶었지만 아무도 그녀들을 만나주지 않았습니다. 그녀들이 세상에 말을 거는 일은 그렇게나 어려웠습니다.

　"왜 우리를 만나주지 않는가요."
　서른한 살, 처음 포이동을 찾았을 때 박동식 씨도 그렇게 말했습니다. 그의 지친 목소리가 오래오래 마음에 남았습니다.

　제가 만난 이들의 삶은 전태일 열사가 풀빵을 사 먹이고, 몸을 다 태우면서까지 지켜내려 했던 그 노동자들의 삶과 닮아 있었습니다. 오늘날 차별받고 해고되고, 삭제될 위기에 처한 그들의 역사를 부족한 글로나마 또박또박 기록해 세상에 전달하고 싶었습니다.

　저의 글 속, 그들의 목소리에 귀 기울여주신 것이라 믿습니다. 심사위원 선생님들께 감사드립니다.

　앞으로도 내내 그들 곁에 있겠습니다.

심사평

시 부문 | 다소 투박하지만 구체적이면서도 차분한 묘사. 인간 가치를 지향

소설 부문 | 소설적 얼개에 가장 충실하고 문장력이 뛰어남

기록문 부문 | 식상의 기록에서 벗어나야 생명을 얻을 수 있다

〈 시 부문 〉————————————————————————

　　제20회를 맞는 전태일문학상에 많은 작품들이 투고되었다. 노동 해방과 인간 해방을 온몸으로 추구한 전태일의 정신을 기리고자 하는 사람들이 많다는 사실에 고무적이지 않을 수 없다. 예심을 거쳐 올라온 원고 중에서 최종적으로 논의된 것은 「벽돌」 외 5편, 「나사렛의 집」 외 4편, 「오버로크」 외 8편이었다.

　　「벽돌」 외 5편은 담장 속에 들어 있는 벽돌을 이웃과 함께하는 노동자들의 꿈으로 연결하거나, 밤하늘의 초승달 모습을 철야 작업을 하는 생산직 노동자로 연결하는 데서 볼 수 있듯이 상상력이 뛰어나고 문장의 표현력이 눈에 띈다. 노동자로서의 삶의 실제를 좀더 구체적으로 그려내었으면 좋겠다.

　　「나사렛의 집」 외 4편 역시 좋은 표현력을 보여주고 있다. 그렇지만 노동자로서의 주체적인 모습이 약하다. 「달의 분화구를 파다」에서는 탄광의 막장으로 들어가는 광부의 마음을 나름대로 그리고 있지만, 나머지 작품들은 가난한 집과 골목을 그리는 데 머무르고 있어 아쉽다.

　　「오버로크」 외 8편을 당선작으로 결정하는 데는 어려움 없이 의견의 일치를 보았다. 제재들을 다소 투박하지만 구체적이면서도 차분하게 묘사한 면이 좋았다. 인간 가치를 지향하려고 고민하는 모습에도 공감했다. 수천 벌의 옷을 만드는 여성 노동자들이며(「오버로크」), 목숨을 걸고 피자 배달을 하는 십대의 젊은이들이며(「십대의 꿈」), 서른이 넘도록 취직자리가 없어 이력서를 쓰지 못한 채 부모에게 의지하고 있는 청년 실업자(「늙은 독수리의 선택」) 등을 외면하지 않는 시인 정신이 더욱 확장되길 기대한다.

전태일의 정신을 40년 동안 몸소 실천한 이소선 어머니가 돌아가신 지 1년이 되었다. 그동안 어머니가 키워낸 수많은 전태일이 사회 곳곳에서 활동하고 있지만, 노동자들이 살아가기란 여전히 어렵다. 불안정한 일자리와 실직으로 인한 소득 감소, 먹거리에서부터 교통비나 전셋집에 이르기까지 치솟는 물가, 기득권 계층의 비인격적인 대우 등으로 노동자들이 인간답게 살아가기란 참으로 힘든 것이다. 이와 같은 삶의 조건에 맞서고자 전태일문학상에 응모한 모든 분들께 감사의 말씀과 아울러 격려의 박수를 드린다.

예심 심사위원 : 김사이, 고영서

본심 심사위원 : 정우영, 맹문재

〈 소설 부문 〉

해마다 심사를 하면서 느끼는 것은 전반적으로 글 솜씨가 좋아지고 있다는 점이다. 투고자들의 이력을 확인할 수는 없으나, 나날이 세련되고 잘 다듬어진 문장을 가진 작품들이 늘어나는 것으로 보아 문예창작을 전문으로 하는 고등학교와 대학이 늘어난 결과가 아닐까 추측도 해본다.

하지만 문장의 완성도에 비해 주제의식의 깊이와 이를 가공하는 보다 진정성 있고 현실감 있는 묘사는 여전히 부족하다고 느껴지는 것 역시 사실이다. 글쓰기 훈련은 되어 있으되 보다 절실한 현실체험이나 이 사회현실을 분석하고 해석하는 냉철한 시각은 부족한 결과가 아닌가 한다.

이번 회차에는 총 46명이 56편의 작품을 투고했는데 그 중 9편이 본심에 올랐다. 「잠부」, 「북쪽의 끝」, 「뿍갱이」, 「나마스테 코리안」, 「붉은 달」, 「아직 끝나지 않은 이야기」, 「교정 날품팔이 쟁투기」, 「떠나가는 배」, 「반글레의 기쁨」이 그것이다. 본래 5편을 선정해 본심에 올리게 되어 있는데 공교롭게도 두 예심심사위원이 1개 작품을 제외하고는 서로 다른 작품을 지목한 결과였다. 이는 기본수준은 되지만 딱히 지목받을 작품이 없다는 반증이기도 하다.

본심에서도 작품의 수준이 비슷해 딱히 공감대를 형성할 만한 최고 작품을 고르지 못해 애를 먹었다. 예년에는 당선작 한 편과 가작 두 편을 뽑은 데 비해 올해부터는 한 편만을 선정하기로 해 더욱 판단이 어려웠다.

「붉은 달」의 경우, 노동현장과 노동운동의 경험이 생생히 드러나는 모처럼의 장편이라는 점에서 주목을 받았으나 아무리 자전적 소설이라 하더라도 기본적인 소설적 얼개가 취약하고 긴장감이 떨어져 집중해 읽기가 어려웠다.

「교정 날품팔이 쟁투기」는 처음부터 끝까지 이메일의 형식을 빌려 출판노동자들의 각박하고 억울한 현실을 잘 보여주고 있다. 설정도 특이하고 내용도 구체적이어서 좋았으나 단 한편의 당선작으로 선정하기엔 모험이라는 생각을 주었다.

「나마스테 코리안」은 한국인들이 즐겨 찾는 인도의 한 여행지에서 일어났던 실제 사건을 가공한 듯 보이는데, 한국 내에서 인도인 노동자들에 대한 학대와 인도 현지의 불량배들에 의한 한국인 여성에 대한 폭력을 인과응보 식으로 마무리한 설정이 오히려 어색했다.

그밖에 「뿍갱이」는 진보세력에 대한 사회일반의 왜곡된 시각을 지적하려는 의도는 좋았으나 단순하고 상식적인 차원에 머무르는데 그친다. 「반글레의 기쁨」도 사회문제를 그리려는 의도는 알겠으나 보다 깊은 고민을 필요로 한다고 보았다. 다른 작품들 역시 작가가 의도한 주제의식이 보다 깊은 감동을 주는 데 부족했다.

최종적으로 남은 경장편 「북쪽의 끝」의 경우, 여주인공이 특이한 행동을 하는 이유 또는 이에 대한 남자 친구들의 지나친 관심 등 기본 설정이 충분한 설득력을 갖지 못한 채 계속해서 왜 이런 행동들을 하는가 하는 의문을 불러일으킨 채 끝나고 만다. 때문에 긴장과 흡인력이 약하다는 취약점이 지적되었다. 그럼에도 투고작 중 소설적 얼개에 가장 충실하고 문장력이 뛰어나다는 점에서 장차 좋은 작가로 성장할 수 있으리라는 희망을 갖고 당선작으로 선정하였다.

당선자는 물론, 아쉽게 탈락한 모든 출품자들에게 감사를 드리며 더욱 열심히 좋은 작품을 쓰도록 노력하기를 바라는 마음이다.

예심 심사위원 : 최용탁, 홍명진

본심 심사위원 : 김하경, 안재성

식상의 기록에서 벗어나야 생명을 얻을 수 있다

픽션과 논픽션의 경계는 과연 어디쯤일까? 여기서 주지할 점은 픽션과 논픽션은 선로처럼 서로 연결되어 있다는 것이다. 우리의 일상이 허구와 실제를 넘나들며 그 안에 여러 모양으로 숨 쉬고 있는 까닭이다.

예심을 거쳐 본심에 올라온 작품은 생활글 3편과 기록문 4편, 모두 7편이었다.

먼저 생활글 부문 본선 응모작품은 「파라다이스」, 「어느 가난한 소년의 일기」, 「나는 노동자로소이다」.

1964년도를 배경으로 쓴 「어느 가난한 소년의 일기」는 당시 17세였던 한 소년의 일기다. 집안 형편이 어려운 소년은 고등학교 진학을 포기한 채 돼지를 길러 생계에 보탬을 주는데, 문제는 문장의 허술함이었다. 일기체를 벗어난 점도 못내 아쉬웠다. 일기를 고치는 과정에서 비롯된 욕심이 아닌가 싶었다. 또 하나 반복되는 내용도 흠으로 작용했다.

「나는 노동자로소이다」역시 2008년 8월에 '석회성 건염'이라는 진단을 받은 한 노동자의 일기다. 하지만 이 일기는 무려 세 해 동안에 일어난 치료 과정을 담았음에도 페이지가 더해질수록 짜임새를 잃고 말았다.

「파라다이스」는 방문 교사의 일상이 한 편의 소설처럼 그려지는 진정성이 묻어났다. 문체 또한 유려해 읽는 사람의 눈을 떼지 못하게 만들었다. 하나 아쉬운 점이 있다면 그 실상이 일상을 통해 명징하게 다가오지 못했다는 점이다. 너무 많은 주변 묘사들이 파놓은 아쉬운 함정을 보는 듯했다.

기록문에서 「쉰도 넘은 아줌마가 크레인에 왜 올라가나」는 글쓴이와 언론의 기사를 오가는 과정에서 김진숙 씨를 다루고 있으나, 안타깝게도 단조로움을 벗어나지는 못했다. 위치 또한 어정쩡해 생활글과 기록문에서 모호한 상태가 되고 말았다. 와중에 재능교육 부분이 왜 삽입됐는지, 전체적으로 산만한 느낌마저 들었다.

쌍용차 문제를 다룬 「쌍용차 대한문 현장 기록」은 방대한 분량에도 불구하고 그 핵심을 파고들지 못했다는 점에서 많은 아쉬움을 남겼다. 22번째 분향소가 대한문 앞에 차려졌지만, 정작 글쓴이는 그 주변만을 맴돌 뿐 실체를 보여주지 못했다. 사망자와 사망자 가족 등이 그 예다. 분향소가 차려진 대한문 현장 기록으로는 주제를 살려놓았지만, 그 죽음에 대한 가족들의 목소리는 끝내 들려오지 않았다.

「이주 노동자의 삶, 사랑, 나눔, 희망」은 이란주 씨가 쓴 두 권의 책을 계속해 떠오르게 만드는, 필시 그것은 견줌에서 이미 그 빛을 잃었다는 쪽으로 아쉬움을 남겼다. 직업상의 기록도 물론 중요하다. 그러나 그것을 기록으로 남기고자 할 때 더 중요한 점은 이주 노동자들과 함께 한 기록의 책들을 미리 눈여겨 살펴보는 것도 글쓴이의 지혜가 아닐까 싶다. 창작물처럼 기록물도 '그것이 그것 같은' 반복의 경우라면 식상할 수 있기 때문이다.

제20회 전태일문학상 생활·기록문 부문 당선작인 「포이동 이야기 – 아무도 모르는 마을」은 먼저 글의 체계(논픽션)를 고루 갖췄다는 점에서 흡족함을 더했다. 국가에 의해 강제로 이주한 포이동 사람들이 현재 다시 국가로부터 강제 이주를 당해야 하는, 바로 그 현실을 다룬 「포이동 이야기 – 아무도 모르는 마을」은 무엇보다 포이동이 생겨난 배경과 그 군상들을 파헤쳐 들어가는 글쓴이의 노력이 한눈에 읽혀졌다. 뿐만 아니라, 과거와 현재를 넘나드는 과정에서 그 연결고리가 매끄럽다는 점도 기쁨의 한 요소로 작용했다. 당선을 축하하며, 글쓴이의 발품과 노고에 박수를 보낸다.

예심 심사위원: 강곤, 안미선

본심 심사위원: 박영희, 서정홍

제7회 전태일청소년문학상

김해외국어고등학교 신소원	|	문화체육관광부 장관상
광주 동아여자고등학교 전 목	|	전태일재단 이사장상(시 부문)
진명여자고등학교 한지수	|	전태일재단 이사장상(독후감 부문)
안양예술고등학교 유병현	|	전국국어교사모임 이사장상(시 부문)
대원외국어고등학교 신지민	|	전국국어교사모임 이사장상(산문 부문)
담양 한빛고등학교 이유정	|	전국국어교사모임 이사장상(독후감 부문)
검정고시생 손서윤	|	한국작가회의 이사장상(시 부문)
부천여자고등학교 유정민	|	한국작가회의 이사장상(산문 부문)
울산 남목중학교 신채은	|	한국작가회의 이사장상(독후감 부문)

양떼 목장의 반란
– 그리운 255-3, 달리를 기억하며

1

얇은 가죽위에 돋은 털 사이사이를 지나칠 때 시원하다고만 느껴졌던 바람이 점점 차갑고 시리게 변해가는 것을 느낍니다. 바야흐로 순백(純白)의 계절이 오고 있습니다. 파도가 출렁거리는 모양의 초록색 바다마냥 넓게 펼쳐진 목장 전체가 바람 따라 눕고서는 금빛으로 물든 지가 얼마 지나지도 않은 것 같은데 말입니다. 곧 이 위로 무결점 그 자체의 하얀 물감이 칠해질 겁니다. 흰색과 초록색은 먼 데서 보아도 구분하기가 쉽습니다. 흰색은 명도가 아주 밝은 색이니까요. 우리의 흰색은 초록색이 변질되어 버린 갈색과도 대비되어 어느 정도 구분을 지을 수 있지만, 흰 데에 섞인 흰 색은 구분하기가 힘듭니다. 때문에 우리는 곧 목장 아래에 있는 온실로 옮겨가게 될 겁니다.

제 기억에 따르면 늘 이렇게 추운 계절이 되면 우리 모두는 나란히 줄 맞춰 온실로 옮겨 갔습니다. 한 올의 털도 없이 미끄덩거리는 붉은 몸에 눈도 잘 뜨지 못했던 제가 처음 세상의 빛을 본 것도 눈이 내리던 한밤중, 온실 안이었습니다. 그러고 보니 제가 태어난 지도 어느덧 칠 년이나 되었군요. 지금 당신은 아마 '뭐야, 몇 년 살지도 않았으면서 되게 아는 척 이야기를 하고 있군.' 하고 너털웃음을 지었을지도 모르겠습니다. 그러나 우리 세계에서의 일곱 살을 당신 세계에서의 나이로 치면 못해도 지명(知名)의 나이는 되었을 겁니다. 그러니 가볍게 생각하면서 여기서 이 이야기를 당신의 책상 구석 한 편으로 치워두지 말고 부디 끝까지 들어 보세요.

사실 저는 이 찬 계절을 그다지 좋아하지 않습니다. 저뿐만 아니라 보통 우리 중에서 겨울을 좋아하는 이는 잘 없습니다. 그 대표적인 이유 몇 가지를 알려드리겠습니다. 우리는 해마다 한두 번씩 인간에게 털을 내주어야 합니다. 당신이 매일 밤 덮고 자는 이불이나 한겨울 발을 따뜻하게 감싸주는 부츠, 그리고 조끼나 스웨터 같은 옷들 모두 우리의 털로 만들어져 있지요. 본디 우리의 털은 시린 바람이 불 때 우리 자신을 보호하라고 주어진 것이었을진대, 하필 시기가 잘못 겹치게 되면 우리는 겨울 내내 발가벗은 채로 살게 되는 겁니다. 몇 백의 우리가 당신들에게 주는 털의 양이 어마어마하게 많다는 걸 알고 있습니다. 그러나 당신들의 욕심은 끝이 없지요. 그 욕심 때문에 우리는 한겨울에도 털을 뺏긴 채 오들오들 떨게 된 것이고요. 그래서 늘 겨울은 두려운 존재입니다. 우리의 주인이자 이 큰 양털 공장의 주인인 K가 창고 앞에서 크고 거칠게 생긴 기계를 꺼내 놓으러 가는 것을 볼 때마다 두려웠습니다. 다 큰 양들이 먼저 언덕에서 제일 높은 데로 올라가 앞발을 뻗은 채 매에, 매에 하고 울었습니다. 그러면 어린 양들은 아무것도 모르고 따라서 울곤 했지요. 그 울음이 며칠 지나지 않아 우리는 영락없이 K의 우락부락한 팔에 잡혀 털을 빼앗길 수밖에 없었습니다.

또 하나 우리가 겨울을 싫어하는 이유는 목장의 풀들이 시드는 계절이기 때문입니다. 당신이 우리가 사는 목장을 봄, 여름 또는 가을에 처음 왔다면 아마 신록의 물결이 파도치는 푸른 바다라고 기억할 겁니다. 목장의 봄은 다른 곳보다는 다소 늦게 찾아옵니다. 하지만 세상의 초록빛을 열심히 관찰한 만큼 작은 씨앗들은 얼어붙은 땅 위에 잠깐 내린 단비에도 그 싹을 열렬히 틔워 올리지요. 그리고 시간이 지나 어느덧 여름이 되면 그 싹들은 어느새 당신 손 한 뼘 만큼이나 자랍니다. 이곳의 여름은 당신이 살거나 본 곳과는 다소 다른 풍경일 겁니다. 날이 흐릴 때 당신이 만약 우산을 쓰지 않는다면 목장 가득 짙게 깔린 가랑비 같은 안개에 옷이 흠뻑 젖어버릴 거구요. 날이 밝다면 눈부신 초록의 목장 위로 한가로이 뛰어 놀고 있는 우리들(아마 당신은 우리가 놀고 있다고 생각하겠지요), 그리고 그 위로 불어오는 시원한 바닷바람도 즐길 수 있습니다. 여름은 그야말로 목장의 진면모를 볼 수 있는 계절이지요. 그러나 목장의 여름에 한창 빠져있는 것도 잠시, 당신은 어느새 얼굴에 닿는 바람에 제법 찬 기운이 도는 것을 느끼게 될 겁니다. 가을이 오면, 보통 사람들은 높은 산으로 찾아가지만 그보다 훨씬 아름다운 곳이 목장이라는 것은 와 본 사람만 아는 사실이지요. 목장 군데군데 자란 나무들이 차가운 바람에 맞서 그 잎을 따뜻한 색으로 채우기 때문입니다. 붉은 단풍과 여태껏 푸른빛을 유지해 온 어린 풀들의 조화란! 보지 않고서는 달리 표현할 수가 없는 것이지요. 이렇게 목장은 세 계절이나 푸른 빛을 뿜낼 수가 있습니다. 그러나 겨울이 되면, 목장은 고요한 백색의 침묵에 휩싸입니다. 가끔씩 사진을 찍으려는 이를 제외하고서는 사람들의 발걸음도 끊기기 시작하구요. 목장의 풀들은 다음 해를 기약하며 하나둘 언덕 바닥으로 드러눕습니다. 더 이상 풀을 뜯을 수 없는 우리들은 온실로 들어갈 준비를 합니다. 온실로 들어가면 더는 신선한 풀을 뜯을 수가 없게 됩니다. 우리는 긴 겨울을 발가벗은 채로 온실 안에 갇혀서, 둥글게 생긴 암갈색의 사료를 먹으며 버텨냅니다. 그나마 초원의 푸른빛을 보며 마음을 위로하고 달래며 풀을 뜯던 우리들은 좌절합니다. 그러나 잠깐의 좌절이 끝입니다. 그저 하라는 대로 온실로 들어가게 되지요.

아, 이쯤에서 미리 말해둘 것이 하나 있습니다. 목장을 찾아오는 사람들은 우리가 푸른 초원의 언덕에서 한가롭게 여유를 부리며 풀을 뜯기나 한다고 생각하겠지요. 한 번씩 젖을 짜내거나, 털을 깎는 대신으로 말입니다. 그러나 그것은 인간의 눈으로 봤을 때의 일이지, 우리의 입장에서는 그렇게 볼 수가 없습니다. 우리에겐 초원에서 풀을 뜯는 것 역시 일입니다. 하나하나의 행복을 위해서가 아니라 더 질 좋은 털을 생산하기 위해, 더 맛있는 양젖을 짜내기 위해 뜯는 풀은 하나도 맛있지가 않습니다. 더 많이, 더 좋게 만들기 위해서 꾸역꾸역 먹어야 하고, 초원을 일정 거리 산책하면서 최적의 건강 상태를 유지해야 하지요. 사실은 양떼 목장이라기보다는 양털 공장에 가깝다고 볼 수 있지요. 따라서 풀을 뜯는 것은 노동이지 한가로운 놀이 따위가 아닌 겁니다. 다만 우리의 걸음이 느리고, 온순한 표정들 때문에 그렇게 보일 뿐이지요. 겨울은 적어도 일을 하지 않아도 된다는 점에서는 나쁘지는 않습니다.

지금, 바로 그 겨울이 오고 있는 겁니다. 모든 것을 내준 채 멍청하게 온실 안에 머물러야 하는 그 차가운 겨울이요. 재작년까지만 해도 '겨울'하고 떠올리면 이런 생각만 들었습니다. 그러나 올해는 조금 다르게 느껴집니다. 그것은 아마 작년 겨울의 일 때문이겠지요. 올해 들어선 이후로 딱히 그때에 대해 생각해본 적은 없었습니다. 다만 언젠가 시간이 지나면 누군가에게 이야기해줄 것이라 다짐했을 뿐입니다. 그 해 겨울, 그리고 그 친구에 대해서요. 그 겨울 이후로 지난 일 년 간 몇 번 열지도 않던 입을 열어 무언가 이야기를 해주려 하는 것이 바로 작년 겨울의 일입니다. 이 이야기 안에는 당신들이 배울 점도 많을 거라고 감히 말할 수 있습니다. 당신도 알듯, 우리들이나 당신들의 세상이나 크게 다를 것이 무엇이겠습니까. 만약 당신이 지금 이야기를 들을 준비가 되셨다면, 다음 장으로 넘겨주십시오.

2

이야기를 들어보기로 결심한 당신에게 감사 인사를 먼저 전합니다. 겨울에 대한 이야기부터 이어가도록 하겠습니다.

……. 그 친구가 떠난 것도 겨울. 겨울이었습니다.

그러고 보니 시간은 참 빨리 흘렀습니다. 매일매일 생각나고 평생을 가슴속에 묻고 살게 될 것만 같았던 그 친구는 어느새 기억 한 구석으로 들어가 띄엄띄엄, 기척을 낼 때에나 들여 보게 되었습니다. 세월이 지날수록, 아무리 엄청난 경험이었다고 해도 잊혀져가고 덤덤해져가는 것은 어쩔 수 없나 봅니다.

작년 겨울은 참으로 격정적인 때였지요. 처음 해보는 일이 많았습니다. 시린 겨울에 털을 달고 있던 것도, 아무리 파내어도 끝없이 쌓인 깊은 눈 속에서 말라버린 풀을 뜯는 것도, 썩어가는 사료를 꾸역꾸역 먹어가며 매일매일 몇 시간씩을 울어 재꼈던 것도, 다 처음해보는 일이었습니다. 모두 그 친구와 함께였고, 그 친구 덕분에 했던 일이었지요.

그 친구의 공식적인 이름은 255-3이었습니다. 아마 우리가 서로의 이름을 부르는 방식에 대해 익숙하지 않겠지요. 이 이름은 농장에서 태어난 저 같은 양은 태어나자마자 귀 끝에 달린 태그에 찍힌 것이고, 중간에 온 이들은 목장에 들어설 때 바로 찍은 것입니다. 우리가 처음으로 가진 이름이지만, 우리들 사이에서는 역시 별로 쓸 일이 없습니다. 초원에서 우리로, 우리에서 초원으로 갈 때 주인 K가 모두들 잘 있나 확인할 때에나 쓰는 이름이지요. 그나마도 대충 생김새로 구분하기 때문에, 우리의 이름은 없는 것이나 마찬가지였습니다. 물론, 그 친구가 나타나기 전까지는 말입니다.

그 친구가 처음 나타난 것은 딱 이맘 때, 날이 점점 차가운 기색을 띠던 일 년 전의 지금인 늦가을 무렵이었습니다. 그 날 주인 K는 이른 새벽부터 연신 콧노래를 흥얼거리더니 자신의 큰 덤프트럭을 몰고 목장을 어딘가로 향했습니다. 우리는 그저 그가 떠났다는 사실만을 염두에 두고 기뻐했습니다. 이런 여유가 주어진 것이 얼마 만이었던지. 우리는 온실로 가기 전에 마지막으로 마음껏 푸른빛을 즐기기 위해 아직은 싱그러운 초원위에 털썩 드러누웠습니다. 북실한 흰 털에 풀에 맺혀있던 아침 이슬방울이 젖어들자 등 뒤로 초록 물이 드는 기분이었습니다. 선선하게 부는 바람의 윙윙대는 소리가 들릴 정도로 목장은 고요하기만 했지요. 그렇게 반나절 동안 목장은 평화로웠습니다. 다만 몇 녀석이 주인 K가 돌아올 것을 겁내면서 열심히 풀을 뜯기는 했지만요. 이제 갓 노을이 지려던 찰나에, 고요한 목장의 평화를 깬 것은 K의 덤프트럭이었습니다. 갈 때는 구불구불 굽어있는 내리막이나 오르막을 최고 속도를 내며 달리더니, 올 때는 천천히 오는 것처럼 보였습니다. 내리막길에서 브레이크가 끙끙 앓는 소리를 내더군요. 브레이크의 끵끵대는 소리 때문에 그가 속도라도 올릴라치면 검은 천으로 덮인 덤프트럭 안의 무언가가 우는 소리가 들렸습니다. 저는 본능적으로 그것이 우리와 같은 살아 있는 생물임을 직감했습니다. 우리 모두는 숨을 죽인 채로 목장 안으로 들어선 K의 트럭을 바라보고 있었습니다. 그가 낮은 욕을 지껄이며 트럭에서 내리고, 검은 천을 휙, 하고 가볍게 내렸습니다. 그 안에는 저의 예상대로, 우리와 같은 친구들이 있었습니다.

K는 제법 추워진 날씨임에도 땀에 전 회색 반팔 티 위로 얇은 셔츠 한 장만 입고 있었습니다. 그나마도 우락부락한 몸 때문에 단추가 잠기지 않아 대충 몸에 두른 것 같았습니다. 그는 허리에 손을 올리고서 적어도 스무 마리는 돼 보이는 친구들을 바라보고 있었습니다. 입을 동그랗게 모은 채 휘파람을 불며 이리저리 멀리서만 보더니, 이내 트럭 뒷문을 열고 한 마리, 한 마리씩 잡았습니다. 그는 그의 팔뚝만한 펜치로 친구들의 귀를 잡고서는 태그를 찍었습니다. 아마 첫 번째로 잡힌 이의 이름은 250-8이 되었을 겁니다. 아, 앞의 숫

자는 밤을 보낼 우리의 번호, 뒤의 숫자는 그 우리의 8번을 뜻하는 말입니다. 그러니까 그 친구는 '250번 우리의 8호' 양이 된 것이지요. 순간적으로 가해진 고통에 울음소리가 멈추었습니다. K는 태그를 찍자마자 트럭 바깥으로 끌어내렸습니다.

……. 처음 K에게 끌려서 목장으로 내쳐진 친구가 울기 시작했습니다. 그리고 영락없이 모두들 목을 하늘 높이 쳐들고선 한 마디씩 거들었습니다.

'버텨, 내리지마! 하나씩 가다보면 결국 다 내리게 된다고.'

'뿔을 흔들어, 놈을 다치게 해!'

'어이, 거기! 너희들은 뭐야?'

사람들의 귀에는 다 똑같은 '맴, 매에-'하는 울음소리로 들릴 테지만, 우리에겐 그 울음이 언어입니다. 우리 목장 식구들은 그들의 누구냐는 물음에 아무런 답도 하지 않았습니다. 그들이 크게 울어재끼든 뿔을 흔들어대든 간에 결국은 K의 힘에 밀려 우리 목장으로 오게 될 거라는 생각을 했었지요. 우리는 잠시 바라보다 말고, 다시 풀을 뜯기 위해 고개를 밑으로 내렸습니다. 낮 동안 쨍쨍했던 해 때문에 습기가 없어져버린 풀들은 쓴 맛이 났습니다. 그들의 울음소리는 더 커져갔습니다.

"어쭈? 싼 값에 데려온 놈이라 그런지, 영 버릇이 잘못 들어 있군. 이 녀석, 어디 한번 해보자는 거지?"

K는 어느새 스물이나 되는 그들을 트럭 밖으로 다 몰아냈습니다. 그러나 아직 한 친구가 트럭 안에서 완강히 버티고 있는 것이 보였습니다. 그는 위협적으로 다가오는 K에 물러서지 않고 고개를 빳빳이 든 채 큰 소리로 울어댔습니다.

'난 절대로 당신 말을 따라 내리지 않을 거다!'

친구는 다가오는 K의 무릎을 향해 돌진했습니다. K는 순식간에 이어진 공격에 뒤로 나자빠지면서 신음을 냈습니다. 그러던 것도 잠시, K는 자리에서 일어나자마자 무자비하게 팔을 휘저어서 그 친구를 넘어뜨렸습니다. 그 친구는 그 단단한 팔뚝에 잡히고서도 끊임없이 발버둥을 치며 울었습니다. K는 승리의 미소를 띠며 그 친구의 귀에 태그를 찍고선 트럭 밖으로 내던지다시피 했습니다. 저는 쓴 풀을 씹다 말고 그 친구의 곁으로 다가갔습니다. 뿔로 한두 번 치면서 몸을 일으킬 수 있도록 도와주었습니다. 그 친구의 귀에 박힌 노란색 태그, 새빨간 피가 묻어 정확하게 보이진 않았지만 앞 숫자는 255였습니다. 저와 같은 숫자였지요. 저는 그 친구의 뒤로 가서 부축해주었습니다. 그는 아직도 무슨 일이 일어난 지 파악되지 않은 듯 충격 받은 표정을 하고서 연신 비틀거렸습니다.

그 친구가 바로 255-3입니다. 어쩌면 저는 첫날부터 그가 이 목장에, 주인 K에게 잘 적응하지 못할 것이라고 직감했는지도 모르겠습니다. 그래서 처음부터 그가 최대한 K의 눈에 띄지 않도록, 괜한 시선을 끌어 나쁜 일을 당하지 않도록 도왔습니다. 처음 며칠 동안은, 255-3은 잘 움직이지도 못했습니다. 저는 하루 종일 제 몫의 풀을 뜯고 나면 신선한 것을 언덕 위 나무 옆에 쌓아 두었다가 다시 우리로 들어가는 저녁 때 쯤에 챙겨갔습니다. 그에게 먹을 것을 주면 그는 겨우 한두 입 뜨다 말고 이렇게 말했습니다.

'그 우락부락한 사내는 하루 종일 너희에게 일을 시키나 보지? 그런데 너희는 왜 아무도 힘들다고 말하지 않는 거지?'

저는 255-3이 아직 어려서 철이 없다고 생각했습니다. 대충 입에 먹을 것을 넣을 수 있고, 밤에 따뜻한 데서 눈을 붙일 수만 있다면 그 정도로 만족해야 한다고 배워왔고, 그렇게 살았기 때문이었죠. 당연하다는 듯 그의 말을 바로 잇는 저의 대답에 255-3의 표정은 한껏 일그러졌습니다.

'설마. 내가 전에 있던 곳은 이 정도까진 아니었어. 물론 거기도 해가 떠 있을 동안은 바깥에 있어야 했지만 풀을 뜯어야 할 의무도 없

었고 그냥 가만히 앉아 쉬기만 해도 되었지. 털도 내주기 싫으면 싫다고 하면 해결됐었지.'

저는 그가 농담을 하는 것이라 생각하고 웃었습니다. 일하고 싶으면 일하고, 쉴 수 있는 만큼 다 쉬어가면서 하는 일이 보상받을 수 있다니요. 잠시 꿈을 꾸었나보다며 장난스럽게 뿔로 그를 두어 번 쳤습니다.

'정말이야. 원래는 내가 있던 곳도 더 많이 일을 시켰지만 우리가 저항한 끝에 결국 바뀌게 되었지.'

그렇게 그들이 이 목장에 오게 된 배경을 듣게 되었습니다. 본래 그들이 일하던 목장은 이곳과 별반 다를 게 없었다는 것도 알게 되었지요. 그러던 어느 날부터 255-3을 주축으로 한 스무여 마리가 집단 저항을 시작했다는 겁니다. 그들은 둥글게 둘러서서 울었다고 했습니다. 사료도 먹지 않았고, 풀도 뜯지 않았고, 밤에도 우리 안으로 들어가지 않고 둥글게 선 대열을 유지한 채로 울었다고 했습니다. 그러다 채 열 밤이 가기도 전에 전 주인은 화해의 손을 내밀었다는 겁니다. 그때부터 거의 반년을 일하고 싶은 만큼 일하고, 쉬고 싶은 만큼 쉬었다고 했습니다. 그리고 자기들끼리 새로 이름도 지었다는 겁니다. 그렇게 지은 255-3의 이름은 '달리'라고 했습니다. 그러나 갑자기, 늙은 주인이 세상을 뜨고, 그의 아들이 새 주인이 되었답니다. 그러고서 얼마 지나지 않아 K의 덤프트럭이 검은 연기를 몰며 목장 안으로 들어왔다고 했습니다. 그들은 그 아들이 자기들 모두를 판 것을 직감했습니다. 하지만 K의 완강한 힘을 저항할 수 없어 트럭에 억지로 타게 되었고, 결국 여기까지 오게 된 겁니다.

저는 가만히 앉아 그의 말을 들어주었습니다. 그리고 우리가 만약, 주인 K에게 저항한다면 그가 지금의 고된 생활을 좀더 나은 것으로 바꾸어줄까 하고 고민해보았습니다. 그리고 255-3, 아니 달리에게 똑같은 것을 물어보았습니다. 여기서도 똑같은 저항을 한다면,

K가 변할까 하고요. 그는 고개를 끄덕이며 매애애 - 하고 큰 소리로 울었습니다. 달리의 까만 눈이 달빛을 받아 또 하나의 별처럼 반짝였습니다. 그의 눈이 확신에 차있는 것을 보자 괜히 두근거렸지요. 우리도, 숫자가 이백을 넘는 우리가 합치면 뭔가 해낼 수 있지 않을까. 하지만 저는 눈을 감았습니다. 다른 데서면 몰라도, 여태껏 봐왔던 K의 모습을 떠올리니, 영원히 불가능할 것만 같았기 때문이지요.

3

그 날 밤은 제가 눈을 감아버렸던 그때부터 아예 없었던 일처럼, 일어나지 말았어야 하는 일처럼 잊혀갔습니다. 그러던 새에 건강을 회복한 달리도 우리와 함께 풀을 뜯으러 나가기 시작했지요. 저는 그와 같은 우리에 사는 친구 그 이상도 그 이하도 아닌 거리를 유지하기 위해 노력했습니다. 무언가 일을 일으키려는 듯 항상 반짝거리는 그 두 눈도, 은근히 저를 볼 때마다 기대에 찬 표정 역시 저를 부담스럽게 만들었지요. 저는 괜한 일에 휘말리기 싫었습니다. 매일 풀을 뜯는 것이 힘들고 곧 있을 털 깎이도 그다지 내키지는 않았지만 괜히 문제를 일으키면 상황은 더 고달파질 것이라는 걱정이 앞섰기 때문이었습니다. 그런 저의 태도를 눈치 챈 것인지, 언젠가부터 달리 역시 저에게 가까이 오려는 노력을 그만두었습니다. 아침에 일을 나갈 때, 저녁에 다시 우리에 들어와서, 그저 저를 한 번 바라보고는 슬픈 미소를 띠며 고개를 숙일 뿐이었지요. 저 역시 그런 달리를 바라보면서 마음이 편하지만은 않았습니다. 무슨 이유에서건 달리 역시 K 밑에 일하면서 같이 힘든 친구인데, 그의 아픔을 모른척하는 것만 같아 신경 쓰였습니다.

어느덧 시간이 흐르고 겨울로 접어든 저녁이었습니다. 추워진 날씨에 바람마저 얼어붙어 창을 때리는 소리가 여간 세찬 것이 아니었습니다. 목장 내의 이백 마리 전체가 K의 지휘에 따라 줄맞춰서 온실로 옮겨갔습니다. 여느 때와 마찬가지로 주인 K가 우리의 수를 확인하던 날이었습니다. 우리는 아직 눈이 내리지 않아 남은 풀을 계속 뜯어야 했기 때문에 노곤한 몸을 가누기가 힘들었습니다. 모두들 좁아터질 것 같은 우리 내의 벽면에 겨우 기대고 있었습니다. 게다가 온종일 찬바람을 쐰 터라 골골거리는 이들도 많았습니다. K는 시끄러운 기침 소리에 짜증이 난다는 듯 얼굴을 찌푸렸습니다. 자꾸 되풀이되는 수 세기에 우리도, K도 모두 지쳤습니다. K가 마지막 255번 일곱 마리의 양을 세고 난 뒤 밖으로 나갔습니다.

그런데 K가 나가고 난 후, 누군가 울기 시작했습니다. 저와 나이가 같은 255-1의 울음소리였습니다. 우리는 짧게 매, 매 하며 왜 그러냐고 물었습니다. 그가 대답하기를, 같은 우리의 255-7이 보이지 않는다는 겁니다.

'아까까지 있었는데. 어딜 간 거야? 어디로 없어진 거지? 혹시 너희들은 보았나?'

그러나 제 몸 하나 간수하기도 힘든 우리가 255-7의 행방을 봐줄 여유가 있을 리 없었지요. 저는 다소 피곤했지만 친구를 찾는 그의 울음소리가 너무도 애타는 것이었기에 그냥 쉴 수만은 없었습니다.

'방금 K가 수를 세고 나갔잖아. 그때는 있었을 거 아냐?'

'K가 수를 셀 때도 없었어. 그래서 K가 화를 내지는 않을까 걱정하고 있었는데 그도 그냥 나가버렸단 말이야!'

뭔가 이상했습니다. 이제까지 K가 수를 잘못 센 적은 단 한 번도 없었습니다. 우리 이백 마리 하나하나가 그의 소유물이자 물질적 욕구를 채워주는 수단이었으니까요. 그런데 하나가 부족한 것을 알고도 그냥 가버리다니요. 어린 양들은 어른들의 이어지는 침묵에 영문도 모른 채 큰 소리로 울기에 바빴습니다.

그때, 255-3이, 달리가 갑자기 몸을 일으키더니 우리 쪽으로 다가

왔습니다.

'내가 봤어. 아까 일 끝나자마자 목장으로 다들 들어올 때 K가 데리고 가던 걸.'

그 순간 255-1의 눈에는 두려움과 당혹스러움이 스쳐갔습니다. 새 식구인 달리를 제외한 나머지 여섯 명 모두 마찬가지였지요.

…… 겨울이 온 것이었습니다.

255-1은 아마 이 시간쯤이면 발가벗은 채 혼자 오들오들 떨고 있겠지요. K는 늘 겨울이 시작될 때 우리 중 하나를 먼저 데려가서 얻을 수 있는 털의 양을 미리 확인해보곤 했습니다. 그렇게 빨리 간 하나는 긴 겨울 동안 제일 먼저, 또 가장 오랫동안 찬바람을 견뎌내야 했기 때문에 다음 봄을 맞지 못하는 경우가 부지기수였습니다. 추위 속에서 혼자 씨름하고 있을 255-1을 떠올리자 어찌할 수 없이 마음이 찢어진 것처럼 아려왔습니다. 다들 짙은 흐느낌이 섞인 울음소리를 내기 시작했습니다. 달리는 전혀 감을 못 잡겠다는 듯 우리를 바라보고만 있었습니다. 제가 먼저 입을 뗐습니다.

'겨울이 온 거야. 털을 내주어야 할 때가 온 거지.'

달리는 이해할 수가 없다고 말했습니다. 일 년을 겨우 사료나 풀을 먹고 버티면서 털까지 내주는 것도 억울한데, 그 털을 하필 추운 겨울에 빼앗겨야 한다는 사실에 화가 난다고요. 발이 뜯어져서 피가 나고 고름이 차서 절뚝거릴 때까지 일을 시키는 K의 무자비함을 더 이상 바라보고만 있어서는, 안된다고 말했습니다. 우리가 아무런 불평도, 말도 하지 않았기 때문에 그가 더 기고만장해진 것이라고, 말했지요.

'그럼 이제 우리가 어떻게 해야 하는 건데?'

우려했던 일이 벌어졌습니다. 달리는 신이 나서 255번 우리의 친구들에게 자신의 옛 이야기와 앞으로의 계획에 대해 알려주었습니다. 강한 확신과 함께 반짝거리는 눈빛 때문인지, 열변을 토하는 울음소리 때문인지 모두들 꽤나 동조하는 듯 보였습니다. 저는 남몰래 작게 한숨을 쉬었습니다. 그리고 잠깐 뒤로 물러서, 몸을 기대고 앉았습니다. 다들 조금 고민해볼 시간이 필요하다고 생각했는지, 다음 날 아침 다시 모여서 이야기를 한 후 결정하기로 했습니다. 달리는 당당한 걸음걸이로 제 옆으로 걸어왔습니다.

'다 잘 될 거야. 나도 저번에 처음 시작할 때는 절대 일이 해결될 거라고 확신하지 못했거든.'

저는 그를 가만히 바라보았습니다. 그의 눈동자에 담긴 밝은 빛이, 그 확신이 제 눈으로도 옮겨오길 바라면서요. 제 눈도 그런 확신을 보일 수 있게, 그의 굳은 믿음이 제 마음으로도 전해 오길 바랐습니다. 달리는 힘차게 한 번 울음소리를 낸 뒤, 문을 밀 듯 저의 몸통을 뿔로 툭툭 쳤습니다. 다들 자기 자리를 차지하고 하나씩 잠들기 시작한 것은 달이 하늘 중천에 뜬 이후였습니다. 그러나 저는 잠이 오지 않았고, 제 옆에 자리를 깔고 누운 달리 역시 마찬가지인 모양이었습니다. 저와 달리는 나무 서까래로 지어진 아득한 지붕 천장을 말똥말똥한 눈으로 바라보고 있었습니다. 먼저 말을 꺼낸 것은 달리였습니다.

'난 말이지. 내가 태어난 데에 이유가 있을 거라는 생각을 했어.'

그의 낮은 울음소리는 바깥에서 들려오는 휘이, 휘이하며 부는 바람소리만큼이나 잔잔하고 평온했습니다. 그는 작게 뚫린 창 사이로 들어오는 새하얀 달빛을 바라보고 있었습니다. 친구의 눈이 달빛을 훔치려는 것처럼 모두들 그 깊은 검은 눈으로 빠져 들어가는 것 같았습니다. 저는 아무 말도 하지 않았습니다. 달리는 혼자 계속 말을 이어갔습니다.

'그냥 인간에게 이용당하기 위해서 태어난 것만은 아닐 거라고 굳게 믿었어. 그 믿음 때문에 외롭지 않았고, 친구들과 나 자신을 보호할 수 있었지. 그 후에 이름도 만들게 되었고. 내가 이름을 짓게 된

이유가 뭔지 알아?'

저는 모르겠다는 듯 고개를 휘저었습니다. 그가 나지막한 울음소리로 말을 이어갔습니다.

'내 이름은 말이지. 저번 목장에서 제일 친했던 친구가 지어줬어. 특별한 의미는 없지만, 우리가 우리 존재를 인정하는 계기가 되었지. 우리가 더는 인간의 소유물이 아니라, 우리 자신의 것임을 말이야……'

4

달리의 재촉에 이른 새벽부터 눈을 떴습니다. 새벽이라 그런지, 괜히 그렇게 느껴지는 것인지 이전까지의 날씨보다 훨씬 찬바람이 불고 있었습니다. 온몸을 북슬북슬하게 덮은 털에도 불구하고 바람이 몸을 때릴 때는 제대로 서있기도 힘들었습니다. 달리와 저, 그리고 다른 다섯 명의 친구들의 얼굴은 비장했습니다. 하나씩, 하나씩 높은 우리를 넘어 바깥으로 향했지요. 아직 동이 트지 않아서인지 하늘에는 짙은 푸른빛이 감돌았습니다. 곧 해가 뜰 것이라는 의미겠지요. 우리는 달리가 다음에 어떤 행동을 취할지, 그를 바라보았습니다. 그가 나타나기 전까지, 어쩌면 어제까지 낮이 되면 풀을 뜯고, 하루 한 번씩 사료를 먹고, 밤이 되면 잠을 자는 그 일과를 매일 반복하는 것이 우리가 살아온 방식이었습니다. 어쩌면 그가 나타나지 않았다면, 우리는 피곤을 달래기 위해 아직 한 시간은 더 잠을 자기 위해 온실 안에 누워 있었겠지요. 털을 빼앗긴 채, 발가벗은 채로 말입니다.

달리가 동그랗게 대열을 만들자고 제안했습니다. 우리는 바깥을 향해 얼굴을 뻗은 채 작은 원의 대열을 만들었지요. 시린 바람이 불었지만 춥지 않았습니다. 우리의 뒤에는 다른 누군가가 있었고, 곧 해가 뜰 것처럼 새벽 여명이 밝아오고 있었기 때문이었습니다.

곧 해가 뜨고, 목장의 아침이 밝아왔습니다. 온실 안에서는 다른 친구들이 하나둘 깨어난 듯 울음소리가 들렸습니다. 그리고 그 소리는 점점 커졌지요. 태양으로 인해 퍼진 따뜻한 기운이 초원 위에 깔렸을 때쯤, K의 모습이 시야에 들어왔습니다. 그가 뜬금없이 언덕 위에 원을 만들고 있는 우리를 의문스러운 표정으로 바라보았을 때, 달리가 모두에게 신호를 보냈습니다. 그 신호에 맞춰, 모두가 목이 터져라 울음소리를 냈습니다.

그는 우리가 할 행동을 조금도 예상하지 못한 듯 당황한 것 같았습니다. 먼발치에 서서 의문스러운 표정으로 우리를 바라보았습니다. 그리고는 허탈한 웃음을 짓고선 안으로 들어가 버렸습니다. 그가 안으로 들어가고 난 이후에도 저는 두려웠습니다. 그것은, 그의 표정에는 걱정이나 우려가 서려있는 것이 아니라 어이없다, 가소롭다는 뜻만 읽혔기 때문이었습니다. 하지만 그런 분위기를 읽었던 것은 저뿐이었는지, 다른 친구들은 모두 기쁨의 울음소리를 냈습니다. 속이 타들어가는 것 같았습니다. 내가 정말 잘하고 있는 것인지 끊임없이 의구심이 들었지요. 결국 저는 이 사실을 달리에게 말하기로 결심했습니다. 잔뜩 흥분해서 얼굴이 발갛게 상기된 달리에게 다가갔습니다.

'K는 우리가 하는 행동에 전혀 반응하고 있지 않아. 그는 오히려 우리를 비웃을 뿐이야. 우리가 하려는 일은, K밑이기 때문에 어쩌면 절대 불가능한 것일지도 몰라.'

255-1도 걱정스러운 표정으로 저를 거들었습니다.

'오히려 지금 우리 행동이 255-7에게 안 좋은 영향을 줄지도 모르잖아. 간혹, K가 그를 없애버린다던가 하는……. K는 그럴 만한 사람이라고.'

달리는 잠깐 고심하는 듯 했습니다. 그는 우리말고도 K에게 같이 저항할 더 많은 이들을 필요로 한다고 말했지요. 그리고 저에게, 온실로 같이 가서 더 데려올 것을 제안했습니다. 이미 일은 벌어진 터, 저는 조금 겁이 나더라도 그와 함께하기로 했습니다.

며칠이 지나고, 목장의 절반은 되는 양들이 금빛으로 변해가는 목장의 언덕 위에 모였습니다. 당신이 보았더라면 금색 종이 위에 흰 솜이 흩뿌려져 있는 것 같다고 말했을 겁니다. 이른 새벽, 목장에 모인 모두들은 큰 단풍나무를 둘러싸고 섰습니다. 단풍나무 옆에는 제 크기의 두 세배 쯤 될 것 같은 바위가 있었지요. 그 위에 달리가 섰습니다. 그는 모두를 한번 바라보더니, 힘찬 울음소리를 냈습니다.

'힘든 일에 다들 동참해주셔서 감사합니다. 우리는 앞으로 적어도 며칠, 길어지면 한 달 이상을 여기서 보내야 할 겁니다. 그 동안 잘 먹지도, 잠을 자지도, 쉬지도 못할 수 있습니다. 그러나 제가 약속드리겠습니다. 고되지만 짧은 지금 이 시간이 지나고 나면, 우리는 남은 나날 동안 여기 이 목장에서 행복한 생활을 할 수 있게 될 겁니다. 하지만 지금 당장 조금 더 편하자고 해서 온실로 들어가 버린다면, 영원히 K밑에서 풀을 뜯게 될 겁니다. 지금 이 고생이 결코 헛된 것이 아닐 겁니다.'

그의 말이 끝나는 동시에 255번 우리의 양들부터 낼 수 있는 만큼의 최대한 큰 울음소리를 내기 시작했습니다. 매에, 매에 하고 들리는 울음소리는 순식간에 나무에서 제일 멀리 있던 이까지 퍼져나갔습니다. 그 큰 소리에 세상 전체가 요동치는 듯 했습니다. 불어오던 바람 때문인지, 아니면 정말 우리가 내는 소리 때문인지 밑동이 두꺼운 나무들도 같이 흔들리던 걸요. K 역시 울음을 못 들었을 리가 없었겠지요. 우리는 달리를 중심으로 둥근 원을 만들고서 K가 있는 산장을 향해 울음소리를 냈습니다. 산장 꼭대기에 있는 창문에 어렴풋한 새벽빛이 비칠 때가 되어서야, K의 형체가 보였습니다. 그의 형체는 창문을 열지도 않고서 그 뒤에 꼼짝 않고 서 있더군요. 수적인 부분이든, 우리가 하는 행동적인 부분이든 결코 처음처럼 우리를 무시할 수는 없었을 겁니다. 우리는 창문에서 더 이상 K가 보이지 않을 때까지도 계속 울음소리를 냈습니다. 태양이 지평선 너머에서 떠오를 즘이었던가, 날이 다시 흐릿한 게 어두컴컴해지더니 눈발이 하나둘 날리기 시작했습니다.

K가 다시 모습을 보였을 때는 이미 새하얀 눈으로 범벅된 세상은 땅과 하늘의 경계가 허물어져 있었습니다. 그는 망루 위에 우두커니 서 있었습니다. 저를 비롯해 이미 투쟁을 시작한 지 며칠이 지나서 굶을 대로 굶은 255번 우리의 양들은 한 번 울음소리를 낼 때마다 목구멍이 찢어지고 뱃가죽이 쪼그라드는 것처럼 괴로워했습니다. 단, 달리만은 예외였습니다. 그는 오히려 투쟁에 새로 동참한 이들보다 더 큰 소리를 내며 앞장섰지요. 그런 그를 보며 저는 지친 티도 낼 수 없었습니다. 다만, 같이 힘껏 소리를 내는 것뿐이었지요. 그때 아마, 저는 굳게 다짐했을 겁니다. 이 싸움의 끝이 어디일지는, 언제일지는 모르겠으나 달리를 믿고 한 번 가보자는 것을 말입니다. 눈부시게 흰 빛을 자랑하는 이 눈들처럼 우리의 미래도 밝을지도 모른다는, 그런 작은 기대를 하면서요.

5

우리는 그렇게 며칠을 아무것도 먹지 않은 상태로 버텼습니다.

배고픔은 처음의 강렬한 투지를 점점 약하게 만들었습니다. 나이가 많은 175-7이나 53-4같은 이들은 소리를 내기는커녕 제대로 서 있기조차 힘들어했습니다. 그들의 눈에는 어느새 '후회'라는 빛이 어려 있었습니다. 누구도 달리에게 직접 말하지는 못했습니다. 그는 반쪽으로 야윈 몸을 힘겹게 지탱해가면서도 끊임없이 울었습니다. 악을 쓰며 울어대는 달리를 보아야 했던 저는 한없이 안쓰러웠습니다. 정말 이렇게까지 해야 하나, 이러다가 일이 풀리기도 전에 잘못

되면 어떡하나. 혹시라도 달리가 저렇게 무리하다가 무슨 일이라도 생긴다면, 그때 남은 우리는 어떻게 될까……. 이런 걱정은 저만 하는 것은 아닌 듯 했습니다. 오히려 다른 어른 양들 사이에서는 더 심한 말이 오가기도 했지요. '달리가 미쳤다고 하더라', '병에 걸린 거라더라' 하는 말 따위가 그렇습니다. 하지만 분명 제가 기억하기에 그는 병에 걸리거나 미치지 않았습니다. 그의 정신은 온전했습니다. 다만 그의 모든 것이, 몸이, 의지가 더 나은 생활을 하고자 하는 것에, K를 굴복시키고자 하는 것에 미쳐있다면 모를까요.

굶은 지 이십 일이 거의 다 지나가던 즈음, 달리도 더 이상 소리를 낼 수가 없었습니다. 의지가 몸을 이기는 것도 한계에 다다른 것일 테죠. 밤이든, 낮이든 모두들 차가운 눈으로 덮인 새하얀 목장 위에 드러누웠습니다. 눈은 겉으로 볼 때나, 발로 밟을 때면 한없이 푹신하지만 막상 그에 손을 대었을 때면 차갑기 그지없습니다. 우리의 털은 차가운 물기에 젖어들어 축축해졌습니다. 털은 잠시 동안 물기를 머금고 있다가 차가운 바람과 맞닿자 작은 결정들로 얼려버렸지요. 차갑고 시린 것이 여린 피부에 직접적으로 닿기 시작했습니다. 추위는 더욱 극심해졌습니다. 아마 이제 이 털을 깎게 된다고 해도 영 쓸모없는 것이 될 것 같았습니다. 밤이 되면, 어린 아기 양들은 나오지도 않는 어미의 젖을 물고서 반쯤 풀린 눈을 하고선 허덕이기 일쑤였습니다. 문득 저는 죄책감에 견딜 수가 없었습니다. 어쩌자고 이렇게 많은 이들을 끌어들여서, 감당도 못할 일을 저질렀는가. 저렇게 어린 양들까지 이 고통을 감내하게 만들었는가. 그렇게 길고 긴 밤이 흘렀습니다.

다음 날 아침, 얼어붙은 털을 녹이는 따스한 기운에 눈을 떴습니다. 오랜만에 눈발이 아닌 햇빛이 우리를 어루만져주고 있었습니다. 따뜻함을 느끼는 것도 잠시, 웅성거리는 소리에 눈어 번쩍 뜨였습니다. 아래 편 언덕의 단풍나무 주변으로 많은 이들이 몰려있었습니다.

주변을 둘러보니 누구도 없었습니다. 모두 그 주변에 몰려있었던 것이죠. 저 또한 궁금증을 이기지 못하고 그 옆으로 다가갔습니다.

'K가 사료를 주고 갔어!'

어른 양들은 이것이 그가 점점 우리에게 백기를 들고 있다는 증거라며 환호했습니다. 이제 곧 K가 우리를 데리고 온실로 들어갈 것이라고 다들 좋아했지요. 모두들 사료에 몰려들어 우걱우걱 먹어치우기 시작했습니다.

'K가 변한 거야. 이제 착한 사람이 된 거라고.'

'이제 그만 돌아가도 되지 않을까? 엄마 양들과 어린 양들이 많이 힘들어하는 것 같은데.'

달리는 갑자기 달려드는 이들의 질문에 표정을 굳혔습니다. K가 직접 와서 우리를 정중하게 대해주고, 온실로 데려가는 것 외에 다른 합의는 없다고요. 단지 지금 K가 변한 것처럼 느껴진다고 해서 우리가 제 발로 다시 들어간다면 이는 자살 행위나 다름없다고 말했습니다. 대부분의 이들이 수긍하는 듯 고개를 끄덕였으나, 유독 어린 양을 데리고 있는 181-3과 그 가족들은 샐쭉거렸습니다.

'뭔가 좋을 것처럼 말하더니, 제대로 계획된 것도 없는 것 같은데. 도대체 왜 이렇게 일을 크게 벌인 거야? 어린 애도 힘이 없고 이렇게 고생하게 될 줄은 자세히 말해주지도 않고서. 언제 끝날지도 모르고 여기서 빌빌거리자는 거군, 흥. 능력도 없으면서.'

181-3의 새끼인 182-7은 다친 발을 절뚝거리며 제 어미에게 기대 있었습니다. 달리는 차마 아이를 안고 있는 어미 양에게 화를 내지는 못하고, 잠시 쏘아보았지요. 181-3은 고개를 다른 방향으로 돌리고서 그의 눈빛을 못 본 척 했습니다.

K는 그 날 이후, 매일 새벽 단풍나무 옆에 사료를 가져다 두었습니다. 처음엔 흔들리지 않을 것 같던 이들도, 사료에서 느껴지는 온기와 배부름에 점점 동요하는 듯 했습니다. 배불리 먹고서 충분히

소리를 낼 수 있음에도, 더는 산장을 향해 우는 이도 없었습니다. 이젠 사실 장소만 밖으로 옮겨서 조금 더 추울 뿐이지 평년의 겨울과 별반 다를 것 없는 생활을 하게 된 겁니다. 걱정스런 표정의 달리를 제외하고서는 모두들 삼삼오오 둘러 앉아 수군거리는 것이 일이었습니다. 오히려 백이 넘는 숫자 중에 투쟁의 뜻을 담고 있는 이를 찾기가 더 힘이 들 것 같았습니다. 어쩌면, 처음 이 긴 투쟁을 시작한 255번 우리의 여섯을 제외하고서는 모두들 온실로 돌아갈 생각만 하는 것처럼 느껴지기도 했으니까요.

결국 181-3은 아픈 새끼를 데리고서 새벽녘 사료를 가져다 놓으러 온 K를 따라 온실로 가버렸습니다. 이른 새벽이었지만 다들 두 눈을 똑똑히 뜨고서 그들 가족을 지켜보고 있었습니다. 더 많은 이들이 동요하기 시작했습니다. 아예 K는 사료를 주러 올 때면 주변으로 몰려드는 어른 양들에게 누가 주도했는지 묻기도 했다는 겁니다. 물론 그가 우리의 대답을 기대하고 물은 것은 아닐 테지만, 우리는 인간들의 말을 알아들을 수 있으니까요. K는 주도한 이들을 빼고 나머지가 바로 온실로 돌아온다면 큰 책임을 묻지 않을 것이라 말했습니다. 일도 줄여줄 것이고, 사료도 더 나은 것으로 주겠다고 말했지요. 달리의 얼굴이 밝은 날이 하루도 없었습니다. 그 이전의 당당한 모습은 어디로 가고, 달리는 남들의 눈치를 보느라 바빴지요. 그건 255번 나머지 우리들도 마찬가지였습니다.

예상과 다름없이 다른 몇 십 마리의 양들 역시 가식적인 웃음을 짓는 K를 따라 주홍빛 기운이 도는 온실로, 가버렸습니다. 다시, 남은 것은 우리뿐이었습니다. 몇 십이나 되는 그들 중에 진심으로 무언가를 얻고자 하는 열망에, 투지에 불타올랐던 이는 없었던 겁니다. 그들은 그저 순간순간의 이야기에 혹해 우리를 따라나섰던 것이었겠죠. 모든 이들의 역사가 그랬던 것처럼, 혁명은 누군가의 희생이 필요한 겁니다. 다수는 그 희생 위에 편승할 뿐이지요. 그리고 그들은 모두를 위한 희생자가 될 용의는 없었던 것이고요.

더 이상 가능성이 없는 것처럼 보였습니다. 괜한 일을 시작한 것 같다는 그 생각이 다시 제 머리 위로 떠올랐지요. 저는 자책감에, 괴로움에, 후회에 울었습니다. 달리는 미안해서 그런지 제 곁으로 오지도 않더니 곧은 뿔로 툭툭, 몸통을 치며 위로하더군요. 저는 그에게 기댔습니다. 결국 더 큰 흐느낌이 터져 나왔습니다. 우리는 외로워서 울었던 겁니다. 아니, 이 외로운 싸움을 우리가 더 이어갈 수 있을까 하는 의문 때문에, 두려워서 울었던 겁니다.

한밤중, 누구도 잠에 들지 못했습니다. 다들 단풍나무 주변에 모여 앉았습니다. 서로 붙어 있다 보면, 조금은 덜 춥지 않겠나 하는 기대였지요. 누구도 말을 꺼내지 않았습니다. 이제 더는 울지도 않았고요.

……. 그 고요한 침묵을 깬 것은 달리였습니다.

'내일, 마지막으로 한 번만 더 싸우자. 그러고도 안 되면, 내가 책임을 질 테니 우리도 다시 온실로 들어가자.'

더는 사료를 공급하지 않는 K덕분에, 단풍나무 주변에 흩어진 썩어가는 사료를 꾸역꾸역 먹었습니다. 우리는 소리를 내어 울었습니다. 그리고 마지막 의지를 다졌지요. 우리는 K가 매일 밤 어둑한 창문 뒤에서 우리를 지켜보고 있다는 것을 알고 있었습니다. 어둠에 가려 잘 보이지도 않는 그의 형체는 언젠가 어린 시절, 어머니에게 들었던 이야기에 나오는 악마 같았습니다. 착한 이를 괴롭히고 못살게 구는 그런 악마, 말입니다.

새벽 동이 트기 훨씬 전부터, 우리는 그 악마를 향해 울부짖었습니다. 목청을 높여, 한계에 다다를 때까지 소리를 질러댔습니다. 단여섯의 소리였지만 의지가 단단히 뭉쳐져 그 어느 때보다도 강렬한 울림이었습니다. K는 무언가 긴 것을 메고 우리 쪽을 향해 다가왔습니다. 그가 한 걸음, 한 걸음 다가올수록 우리는 더욱 소리를 키웠습

니다. 그는 메고 있던 것을 앞으로 들더니 우리를 향해 겨누었습니다. 그리고,

"빵-!"

하고 귀가 찢어질 것 같은 소리가 났습니다. 그의 손에 들린 무언가에서 작고 빨간 빛 같은 것이 튀어 나왔습니다. 우리 쪽을 향해 있었지요. 달리가 소리쳤습니다.

'뛰어, 피해!'

우리는 순식간에 흩어졌습니다. K는 검은 양털 점퍼를 입고, 갈색 양털 부츠를 신은 채 우리를 향해 뛰어 왔습니다. 우리 역시 언덕 위만을 바라보며 뛰었지요. 깊이 쌓인 눈에 푹푹 빠지는 발 때문에 달리는 것이 너무도 힘들었습니다. 안은 얼어붙어 있어 미끄럽기까지 했지요. 달리가 우리의 제일 뒤에서 달려오고 있었습니다. 그러던 중 255-2가 언덕 아래로 굴러 떨어졌습니다. 저와 달리는 그를 향해 뛰었습니다.

빵, 한 번 더 소리가 울렸습니다. 우리는 정체모를 무언가를 피하기 위해 몸을 날렸습니다. 넘어져 있는 255-2가 걱정되었지만 본능적인 생명의 위험이 다가왔음이 느껴졌습니다. 달리는 소리가 멈추자 255-2를 향해 왔던 길을 되돌아 다시 언덕 아래로 달렸습니다. 이제 K의 손에 들린 '그것'이 달리를 가리키고 있었습니다. 저는 할 수 있는 한 최대한의 크기로 울부짖었습니다. 빨간 불빛이 달리의 몸에 닿았습니다. 저는 그것이 무엇인지 알지 못했지만 255-2를 부축하던 달리가 그 자리에 고꾸라진 것을 보고 무언가 잘못되었다고 느꼈습니다. 하지만 우리는 감히 그에게로 다가서지 못했습니다. 그는 정신을 잃고 절뚝거리며 언덕 위를 향해 뛰기 시작했습니다.

다시 한 번, K는 달리를 향해 '그것'을 겨누었습니다. 달리는 아랑곳하지 않고 언덕 위를 달렸습니다. 그가 밟고선 눈 위의 깊은 발자국 위로 시뻘건 핏물이 뚝뚝 흘러내렸습니다. 순백 위의 빨강은 이

듬해에 눈이 대지 위로 녹아내리고 땅이 푸른빛을 발할 때에도 지워지지 않을 것처럼 짙은 색이었습니다. 달리가 언덕을 넘기 전, 우리를 한 번 돌아보았습니다. 피를 흘리며 언덕을 넘는데 힘들지는 않을까, 많이 아프지는 않을까 했던 걱정과는 다르게 그의 표정은 밝았습니다. 투쟁을 시작한 이후로 여태껏 한 번도 보지 못한 환한 미소였습니다. 마지막으로 큰 소리가 목장 전체를 덮었습니다. 그리고 그는 언덕 너머로 영원히, 사라졌습니다.

6

다시 찾아온 온실은 따뜻했습니다.

K는 우리를 따뜻한 물에 씻기고서 온풍기 앞에 데려다 놓았습니다. 그리고 난 후 바짝 마른 털은 그의 손아귀로 들어갔습니다. 우리에게는 더 이상 울 힘도 남아 있지 않았습니다. 그저 무덤덤하게, 털을 빼앗기고 발가벗은 채로 온실 안으로 향할 뿐이었습니다.

…… 온실에 난 창 밖으로 보이는 시뻘건 핏자국은 며칠이 지나도록 지워지지 않았습니다. K의 무지막지한 힘에 끌려 온실로 들어갈 때도, 우리는 끝까지 그것을 멍하니 바라보았습니다. 영원히 그 피를 기억하라는 듯, 해는 눈을 녹이지 않았습니다. 하늘 또한 그 시뻘건 자국을 덮을 눈을 더 내리게 하지 않았습니다.

그 짙은 자국이 우리에게 우리의 마음이 달리를, 255-3을 절대 잊지 않도록 마음에 짙게 새기라고 말해주는 것 같았습니다. 물론, 그렇지 않아도 우리는 그를 잊지 못할 것이었지만요. 아직도 달리가 온실 255번 우리 모서리 끝 편에 기대고 앉아 우리를 지켜보는 눈길이 느껴지는 것만 같아, 자꾸만 목울대에 뭔가 차오르는 것 같았습니다.

저는, 또한 모두들 달리가 어디로 갔는지 알지 못합니다. 심지어 죽었는지 살았는지 조차 알 수가 없습니다. 분명 마지막 고개를 넘을 때에 걸어서 간 것 같았는데, '총'이라는 무서운 것에 여러 발 맞고 그렇게나 많은 피를 흘리고서 살았기를 기대하는 것도 말이 안 되는 것이니까요. 그가 살았든 죽었든, 우리 마음에는 계속 머무를 겁니다. 그는 우리로 하여금 K의, 인간의 소유물이나 일꾼이 아닌 하나하나의 존재로서의 가치를 일깨워 주었으니까요. 어쩌면 우리는 그 덕분에 우리가 태어난 의미를 찾고 우리가 살아갈 의미를 얻은 것이나 다름없는 겁니다.

어느 덧 시간이 지나 벌써 다시 그 겨울이 오고 있습니다. 작년의 그 혹독한 겨울 이후로 더 이상은 겨울이 두렵지만은 않습니다. 우리는 작년 겨울, 봄-여름-가을을 합친 것보다 더 의미 있는 일을 해냈기 때문이지요.

K는 예전보다는 훨씬 우리에게 잘 대해주는 것 같습니다. 온 종일 일을 시키지도 않고, 한 번씩은 고급 사료를 주기도 하니까요. 이제 우리는 그가 두렵지 않습니다. 변한 그의 태도 때문만은 아닙니다. K 역시 그가 변했기 때문에 우리가 그를 두려워하지 않는다는 생각을 한다면, 큰 오산입니다. 우리가 더 이상 그를 두려워하지 않는 것은 언젠가는 다시 한 번 그때와 같은—어쩌면 더 혹독한—겨울이 올 것이고, 또 다른 255-3, 달리가 나타날 것임을 믿기 때문입니다. 어쩌면 우리 하나하나가 새로운 255-3이 될 수 있음을 알고 있기 때문입니다.

……. 털 사이로 비집고 들어오는 바람이 차갑습니다. 이제 어느 덧 해가 지려는가 봅니다. 달리가 넘어갔던 그 언덕을 다시 바라보고 있습니다. 이 이야기를 들은 당신께 부탁 하나 하겠습니다. 달리를 기억해 주세요, 그리고 그때 그런 겨울이 있었음을 기억해 주세요. 우리가 바보같이 주인 K에게 당한 것이 아니라, 끝까지 저항했음을 알아주세요. 그로 인해 더 나은 현재가 올 수 있었음을 기억해

주세요.

마지막으로 우리의 저항을 딛고서, 지금보다 더 좋은 미래가 올 수 있도록, 그것이 우리의 후손들에게는 당연한 것이 될 수 있도록 기도해주세요.

봄이었지만 아직은 바람이 차던 작년 3월, 여느 때처럼 이른 아침 등교한 저는 가만히 자리에 앉아 신문을 펼쳤습니다. 그 날 자 신문에는 몇 페이지를 크게 차지한 부고란 이 있었습니다. 신문 말미에나 짧게 한 두어 줄 적히던 것이, 얼마나 큰 사람이기에 이렇게 크게 실렸나 궁금해서, 아주 꼼꼼히 읽었던 기억이 납니다.

'전태일'씨의 어머니, 아울러 자신을 노동자의 어머니라 하셨던 이소선 여사의 부고였습니다. 그것이 아마 '전태일'이라는 분과 인연의 시작이었던 것 같습니다. 그 이후로 『전태일 평전』을 읽게 되고, 그 시대 역사 수업에도 유독 집중해서 들을 수 있었으니까요. 말로만 들었던 그의 짧은 생에 대해 하나하나 알아갈 수록, 몸에 큰 멍이 든 것처럼 아렸습니다. 당연하게만 받아들였던, 원래부터 누렸던 것 같은 현재의 모든 일들. 그 바탕에는 숭고한 피가 흐른다는 사실에 이루 입 밖에 함부로 꺼내기도 부끄러운, 감사함과 죄송함을 느꼈습니다.

평전을 읽으면서, 유독 청년 '전태일'의 희생을 높게 사시는 학교 역사 선생님이 가르침에서 제가 느낀 그대로를 쓰고자 했습니다. 물론 그 분의 희생 그 사실만큼이나 큰 감동을 줄 수는 없겠지만, 복잡한 이해관계와 시대적 사실은 최소한으로 만들고 그의 희생에만 집중해 쉬운 이야기로 풀어내고자 했습니다. 늘 제 생각대로 글을 진행하던 것과 달리, '양떼 목장의 반란'은 한 문장 한 문장의 진행이 어려웠습니다. 내 생각대로 이렇게 적어서, 그의 희생을, 또는 그의 생각을 왜곡시키는 것은 아닐까, 조심스러운 부분이 많았습니다. 글을 퇴고하는 중에도, 그의 생각과는 다르게 느껴지는 부분과 충분히 담아내지 못했다는 생각이 드는 부분에서는 괜히 죄책감이

들기도 했습니다. 수상은 제쳐두고 오히려 욕보이는 일이 될까 두려 웠습니다.

그런 점에서, 수상 소식은 다른 청소년 문학상과는 다르게 더더욱 큰 기쁨으로 다가왔습니다. 부족한 부분이 더 많은 데도 불구하고 상을 받은 것은 '양떼 목장의 반란'에 담긴 저의 진심을 알아주셔서 가 아닐까 생각합니다. 더 많이 배우고, 더 널리 그의 희생을 알려달 라는 뜻으로 받아들이겠습니다. 그가 아름다운 청년 '전태일'로 남 은 것은, 남은 자신의 생을 희생해서라도 모두의, 또 한국 사회의 발 전을 위하고자 한 깊은 뜻이 있었기 때문일 것입니다. 그 '아름다운 희생'이 겨우 스물 셋 청년의 것이었음을 생각해보면, 더욱 막중한 책임감을 느끼게 됩니다. 그 분만큼이나 아름다운, 자신의 이득보다 한국 사회의 아픔을 보듬고 행복한 곳으로 만들기 위해 노력하는 새 로운 시대의 청년 '전태일'이 되고자 노력하겠습니다.

끝으로, 공부는 제쳐 두고 매일 책 읽고 글만 쓰는 저를 3년 간 응 원해주신 담임선생님, 국어선생님, 또 많은 가르침을 주신 학교 선 생님들께 감사하고, 또 죄송합니다. 부족한 글을 읽고 진심어린 조 언과 칭찬을 해주던 친구들, 그리고 언제나 곁에 있는 가족들에게도 이렇게 감사함을 전할 수 있어서 다행입니다. 제가 무슨 일을 하던 저를 믿어주시고 응원해주신 분들 덕분에 이런 큰 상을 받게 된 것 같습니다. 제 진심을 알아주신 심사위원 선생님들과 전태일 재단 관 계자분들께도 감사합니다. 그리고 이 모든 연을 닿게 해주신 故이소 선 여사님과 아름다운 청년 '전태일' 씨가 주신 가르침과 감동을 늘 기억하겠습니다.

늙은 원숭이

늙은 원숭이가 발톱을 자르고 있다
발톱 깎는 아버지의 자세
최초의 직립을 기원하는 유인원 같다
손톱깎이 날개를 펼쳐
벼랑 끝에 서 있는 것들, 불온한 것들
톡톡 잘라낸다
잘라진 발톱들의 행동반경을 생각했다
사람 같지 못한 놈
가볍게 튕겨져 오르는 단어들이
신문지 안을 뱅뱅 돈다
계절은 구인광고 신문에
차곡차곡 쌓였다
행동반경이 좁다는 것은 무료하다는 것
tv에선 특선영화가 방영중이지만
특선되지 않은 우리 집을 뱅뱅 도는 아버지
진화 따윈 몰라
아버지, 생존법을 알지 못한 채
사람들이 먹다 남은 희망찌꺼기를 먹었다
나의 할 일은
더 이상 아무 할 일 없는 늙은 원숭이의
퇴화된 각질층을 걸러주는 일
신문지 위 쌓인 발톱들, 씨앗 같다

늙은 원숭이의 텃세권이 넓어질 수 있도록
팬지꽃처럼 생긴 발톱들을
앞마당에 휙 뿌린다
아버지 걸을 때마다 좌표를 잃지 않게
푯말을 세워둔다

출입금지, 사나운 동물을 주의하시오

여자라는 사람

기도하다 잠든 어머니 곁에 앉았다
지울 수 없는 사연들이
자글자글 엄마의 주름들로 자리 잡았다
세상은 자꾸만 아빠를 속였지만
그래도 봄은 왔다
봄은 보증을 위하여 언제나 불안했다
목 늘어난 티셔츠 안
꽃무늬 브래지어가 비친다
오십 어머니의 브래지어, 꽃무늬라는 걸 알았다
꽃샘추위 때문인지 아빠는 매일
코가 빨개져 돌아왔다
엄마, 어둠 속에서
나이50을 기도해봤을까
어머니의 이팔청춘은 시들어버린 지 오래
내가 처음 입을 물던 그곳
나는 자꾸만 졸음이 쏟아졌고
엄마는 내게 자장가 불러주듯
성경을 외웠다
나는 십자가 위에 위태롭게
사춘기를 보냈다
엄마, 언제쯤 엄마를 위해 기도할 건가요
엄마는 성모마리아처럼 거룩한 존재가 아니에요
꽃무늬 브래지어를 입고
쓸쓸히 밤을 채우는 엄마, 여자다

벌레

집가(家)라는 한자를 보면
지붕 위에 벌레 한 마리가 붙어있다
원시 종으로서, 어떠한 종으로도 분리 될 수 없는 그는
아메바처럼 이동생활에까지 진보하지 못했다
모든 것의 꼭대기에 있는 사.생.관.두
꼭대기에 달라붙어 수액을 빨아먹는다
김 씨 가문 유족을 닮아 말라있는 잎사귀들
여름을 훔친 탓일까
바람의 발자국이 분주하다
아삭아삭 벌레 한 마리가 그의 집을 갉아먹는다
배가 잔뜩 부른 벌레
곧 독립을 하겠죠
지붕이 무너져 내린 집에서
며칠을 보내고
다시 몇 달을 보내면
흉측하고 진화를 마친 가족들이
뿔뿔이 흩어졌다
멀쩡한 것은 우리뿐이었다
그곳은 원래 지붕이 필요가 없었으니까
아니 지붕이란 걸 쳐다 볼 수 없었으니까
돼지시(豕) 지붕이 없는 우리 집에서
나는 난폭한 육식동물로 진화하고 있다

빨래

아버지는 표백되지 못한 채
두 팔을 벌리고 물기를 뚝뚝 흐르고 있다
물먹은 셔츠 쭈글쭈글
실업을 매달고 말라가고 있다
내세울 옷 한 벌 걸쳐보지 못한 옷걸이
아버지의 어깨뼈가 그대로 찍혀 나온다
고장난 삶을 거품 가득히 넣고
세탁기를 돌렸다
탈탈탈 털어도 나오지 않는
생활보조금은 어디론가 흘러들어 가고
우리들은 원심력을 잃은 채
세탁기 안에서 점점 가벼워졌다
나는 옥상 위 올라가
젖어있는 것들을 생각했다
티셔츠가 생의 이면을 타고 훌쩍훌쩍
빨래들 양팔 벌려 널려 있는데
아버지 지금 벌을 서고 계신가요?
불온한 내일이 달라붙지 않게
구겨진 사람이 꼿꼿하게 펴지게
아버지 바삭바삭 건조되고 있다

불꽃같이 살다 간 당신의 삶 영원히 기억하겠습니다!

덕수궁 대한문 앞을 지나면서 '쌍용자동차 해고노동자 분향소' 텐트에 걸린 '해고는 살인이다'는 섬뜩한 글귀를 보고 있는데 지나가는 사람들 중에는 텐트 속 사람들과 어지럽게 널린 현수막들을 보면서 눈을 흘기며 욕을 하고 있었다. 언젠가 뉴스에서 한진중공업 크레인위에서 300일 넘게 투쟁하다 내려온 김진숙이란 분의 인터뷰를 본 후 노동자의 권리가 무엇이며 노동자는 무엇을 위해 투쟁하는지에 대해 깊은 관심을 갖게 된 나로서는 분명 그 욕을 하며 지나가는 사람들도 이 땅의 노동자임에 분명한데 저럴 수 있을까 싶어 막 화가 났다. 지금 당장 나의 일이 아니고 내 가족의 일이 아니라고 해서 무관심하고 심지어 욕까지 한다는 건 무지하다 못해 충분히 비난받을 행동이라 생각한다.

노동자의 파업에 대해 내가 우호적인 생각을 하게 된 것은 두 번의 프랑스 여행에서였다. 마침 첫 번째 프랑스 방문 때는 공항이 파업중이었고, 두 번째는 철도가 파업을 했었는데 아버지의 프랑스 친구 분 말로는 프랑스 사람들은 이럴 경우 자기들이 좀 불편하다고 해서 파업하는 사람들을 무조건 욕하거나 항의하지 않는다고 한다. 내가 알기로는 개인주의적인 성향이 강하기로 둘째가라면 서러울 프랑스 사람들인데 참으로 이상했다. 우리나라 같으면 신문이나 방송부터 '시민의 발을 볼모로' 어쩌고 하는 제목에 노동자들이 월급이 얼마인데 파업이냐는 식으로 보도를 해서 일반시민들로 하여금 파업참가 노동자들을 미워하고 적대시하게 만들기 때문이다. 그런데 프랑스 사람들은 모든 노동자는 자신의 권리를 위해 투쟁할 수 있고 노동자의 가장 큰 무기는 파업이며, 이번에는 당신이 권리를 위해 싸우고 다음번엔 나도 내 권리를 위해 투쟁한다는 마음을 기본적으로 갖고 있다고 했다.

하지만 실업자가 되어 본 적도, 실업자인 아버지를 가져본 적도 없는 내가 과연 해고 노동자나 부당한 노동에 시달리는 사람의 심정을 이해하기는 힘들었는데 공교롭게도 이번 여름방학에 처음으로 읽은 책이 신경숙의『외딴 방』이었고 두 번째 읽은 책이 바로『전태일 평전』이라 간접적으로나마 경험할 기회를 가졌다. 『외딴방』에서 본 1980년대 구로공단 여공들의 고단한 일상은 신경숙 작가의 자전적 소설이고 결국에는 주인공이 작가로까지 성공했음을 알고 읽는지라 약간은 가난한 시절의 낭만같은 부분도 있었지만『전태일 평전』에는 1960~70년대 평화시장의 풍경은 산업화의 어두운 그림자가 되어 버린 처절한 노동자의 현실과 공허한 투쟁의 목소리가 담겨 있었던 것이다.

사실 전태일이라는 이름 앞에 '열사'가 붙었다는 것을 모른 채로 초등학교시절 '고래가 그랬어'라는 잡지에 실린 만화 '태일이'를 통해 그의 삶을 어렴풋이는 접하게 되었다. 그런데 내 나이가 너무 어렸고 사회가 어떻게 돌아가는지를 전혀 몰랐기 때문에 소년 태일이가 불쌍하기만 했고 왜 꼭 자기 몸을 불살라 죽어야만 했는지 답답해 했던 기억이 난다.

『전태일 평전』은 인권변호사로 활동하신 고 조영래 변호사가 전태일의 삶을 그가 남긴 일기나 낙서, 주변의 증언들을 모아 쓰신 건데 한 청년의 20년밖에 살지 못한 삶 속에서 거대한 사상을 발견하고 정리하신 공로가 참 크다고 느꼈다. 이 책을 읽지 않은 사람은 노동자로 살아갈 자격이 없다는 생각마저 들었다. 우리가 지금은 아무렇지도 않게 받아들이고 당연하게 생각하는 노동자의 기본 권리를 찾기 위해 한 젊은이가 목숨을 바쳤다는 사실에서 왜 역사는 누군가의 희생이 있어야만 조금씩 발전하는걸까 하는 의문도 들었다.

아버지의 실직으로 먹고 사는 것 조차 해결되지 않았던 소년 태일은 너무나 공부가 하고 싶었지만 야간학교마저도 다닐 형편이 안 되었다. 그 흔한 청소년의 반항과 일탈로 인한 가출이 아니라 굶어죽지 않기 위해 가출을 시도했고 동생을 데리고 구두닦이도 하고 막내동생을 고아원에 맡기기도 하는 등 어린나이에 짊어져야 할 삶의 무게가 너무 무거웠다. 겨우 온가족이 서울 달동네에 모여 살게 되지만 생활은 여전히 나아지지 않았다. 저주받은 현실앞에서도 무릎을 꿇지 않으려했고 마침내 온몸으로 자신의 인간성과 인간다운 삶의 권리를 싸워 찾으려는 처절한 투쟁을 한 젊은이였다. 평화시장의 재단사가 되면서 그는 평화시장 일대의 근로조건과 근로환경에 대해 관심을 갖게 되었다. 업주들이 어린 시다들에게 잠 안오는 약을 먹이거나 주사를 놓아가며 밤일을 시키는 것은 예사이고 질식할 것 같은 탁한 공기, 지저분하고 어두침침한 분위기에도 불구하고 환기장치도 없었고 작업장의 조명시설이나 변소시설도 열악했고 당연히 난방이나 냉방은 전혀 되지 않았던 것이 당시 평화시장의 현실이었다.하지만 평화시장 일대의 도급제도는 업주에게는 유리하게 노동자들에게는 불리하게 작용해 임시공들은 노동시간 단축이나 임금인상 투쟁에 관심을 갖기보다 하나라도 더 제품을 늘려 수입을 올리는데만 신경을 쓰니 몸이 가루가 되더라도 일감이 많아져 노동시간이 길어지는 걸 오히려 환영했다고 하니 노동자들의 건강상태가 얼마나 나빴겠는가? 요즘에도 직업병을 인정하기 싫어하는 대기업들이 많은데 그 당시에 업주들이 책임지고 돈을 대 직업병을 고쳐주었을 리는 만무하다. 오히려 병이 걸린 사실을 알면 그 즉시 해고되었다고 한다. 언젠가 본 〈반도체소녀〉라는 연극에서도 직업병으로 인해 백혈병에 걸려 죽어가는 이야기였고 우리나라에서 가장 큰 기업에서조차 산재와 직업병을 결코 인정하지 않는 현실을 볼 때 40년 전의 상황은 어땠을까? 어린나이에 잠도 못자고 제대로 먹지도 못하고 몇 년에 걸쳐 번 돈을 다 털어도 고치기 힘든 폐결핵에 걸려 죽음을 기다리게 되는 여공들의 사연을 보게 되는 것이 태일에게는 몸이 고된 것 이상으로 힘들었고 울분에 치떨게 되었던 것이다. 당시 그의 일기에는 "인간을 물질화하는 세대, 인간의 개성과 참인간적 본능의 충족을 무시당하고 희망의 가지를 잘린 채 존재하기 위한 대가로 물질적 가치로 전락한 인간상을 증오한다"로 쓰여져 있었는데 거의 학교교육을 받지 않았던 그가 인간의 본질에 대해 이런 각성을 할 수 있었다는 것이 나로서는 놀라웠다. 아마도 젊은 전태일이 평화시장의 현실속에서 가슴속에 좌절감이 쌓여갔지만, 그 고된 노동 속에서도 책을 손에서 뗀 적이 없었기 때문이 아니었나 싶다.

피를 토한 여공이 전태일에게 준 깊은 충격은 '죽어가는 저 여공을 살리자'로부터 시작해' 우리의 생명과 건강을 갉아먹고 삶의 모든 기쁨과 보람을 빼앗아가며 우리를 비정한 현실의 쓰레기로 만드는 저 잔인한 노동조건을 내 힘으로 바꾸어보자'로 거듭나게 되었다.

그는 낮이면 직장에서 재단사 친구들을 틈틈이 찾아다니며 '바보회'를 조직했고 밤이면 판잣집에서 근로기준법을 뒤지며 밤이 새는 줄 모르고 제대로 된 노동조건을 꿈꾸는 그런 사람이 되어가고 있었다. '바보회'의 이름은 법이 보장하는 근로조건을 쟁취하지 못하고 혹사당하고 있는 평화시장 일대의 모든 노동자들이 다 '바보'라 생각해 지었는데 어찌보면 세태와 타협할 줄 모르는 자신을 바보라고 부르는 세상의 거꾸로 된 가치관에 대한 도전이었고 자신이 가려는 길이 절대로 그릇된 길이 아니라고 하는 강렬한 자기 확신의 표현이었다고 한다. 이 대목에서 갑자기 3년전에 돌아가신 노무현 대통령의 별명이 '바보 노무현'이었던 것도 떠올랐다. 함께 살아가는 세상을 꿈꾸는 사람들의 삶은 왜 비극으로 끝나야 하는가 하는 생각도 들었다.

전태일은 조직에 대한 책임감으로 더 열렬하게 노동운동을 하게 되고 '근로기준법 해설서'를 읽고 공부하지만 어려운 법률용어에 부딪힐 때마다 대학생 친구가 하나 있었으면 원이 없겠다고 했다니 참으로 가슴이 아팠다. 배우지 못한 사람도 이렇게 인간의 권리를 찾기 위해 애쓰는데 자신의 배움을 자기 혼자 잘먹고 잘사는 데 쓰는 사람이 되어서는 안 된다는 생각이 막 솟아올랐다.

평화시장 업주들 사이에서 위험분자로 찍혀 취업이 안된 태일은 정부산하의 근로감독관들은 당연히 노동자편인줄 알았다가그 무성의한 태도와 업주를 싸고도는 모습에도 크게 실망하게 되는데 1969년 가을부터 1970봄까지는 전태일에게는 참으로 주체적이고 인간적인 사상이 형성된 시기였다. 특히 친구 원섭에게 보낸 편지를 통해 전태일의 사상은 모든 것을 빼앗기고 거부당하고 밀려난 소외된 인간의 밑바닥 사상 그 자체였고 혼자만이 아니라 다른 모든 사람의 인간으로서의 존립조건임을 알고 있었다는 점에서 연대행동의 사상이라고 이 책의 저자 조영래 변호사님이 평가한 부분에 나는 깊이 공감할 수 있었다.

그러나 만 21살의 힘없는 그가 근로조건 개선을 위해 적극적인 투쟁을 할 방법은 모범기업을 설립하는 것과 그의 죽음으로 통하는 길 그 두가지 정도밖에 없었는데 모범기업설립이 좌절되자 그는 목숨을 걸지 않는 한 결단은 없으며 목숨을 걸지 않는 투쟁은 거짓이라고 믿게 되면서 오로지 자신에게 남은 것은 불꽃같은 행동뿐이라는 결심을 하기에 이른다.

당시의 언론은 거의 노동자들의 현실을 다뤄주지 않았다고 한다. 그런데 전태일이 모든 자료를 갖춰 노동청에 정식으로 진정서 제출하자 노동청 출입기자들이 그것을 빌미로 평화시장을 기사로 다룰 용기를 내게 되고 마침내 경향신문 사회면 톱기사로 '골방서 하루 16시간 노동'이 나가게 된 것이다. 자신들의 이야기가 신문에 나오자 평화시장의 노동자들은 술렁거렸고 세상 사람들도 그들에게 관심을 가지기 시작했다. 이 일로 인해 아마 전태일은 그 자신의 피로써, 그 자신의 스물둘 젊은 목숨을 아낌없이 던지는 모범을 보임으로써 사회무관심의 벽을 깰 수 있다고 생각하지 않았나 싶다. 기자의 꿈을 안고 있는 나로서는 왜 당시의 기자들이 자신들도 노동자이면서 노동자들의 열악한 환경이나 비인간적인 대우에 대해 관심을 가져주지 않는지는 항의하고 싶어졌다. 왜 노동자라고 하면 육체적인 노동만 하는 사람들로 생각하고 화이트칼라인 자신들은 육체노동자들을 발 아래로 생각하거나 한번쯤 시혜를 베푸는 존재라고 생각하는 건지 참 이해가 되지 않았다.

마침내 전태일이 굳은 결심을 한 1970년 11월 13일몸에 휘발유를 끼얹고 친구에게 성냥불을 붙이라고 한다. 그는 '근로기준법을 준수하라, 우리는 기계가 아니다'라는 구호를 거리에서 짐승처럼 외치다 쓰러진다. 어머니조차도 못 알아 볼 정도의 참혹한 몰골로 마지막 남은 생명의 힘을 다해 울부짖었고 놀라서 달려온 기자들에게 죽음의 고통과 싸우면서도 자신의 의지를 밝혔던 것이다. 그가 죽어가는 와중에도 데모했다는 이유로 평화시장 노동자들은 경찰에게 개처럼 끌려갔다고 하니 경찰은 과연 누구의 편인가 기가 막혔다.

그의 이름 뒤에 따라다니는 '열사'라는 거창한 호칭이 나와 그의 사이를 왠지 멀게 했었지만 이 책을 읽고나니 그는 위인전 속의 투사가 아니라 너무나 억울할 정도로 따뜻한 인품을 가진 사람이었고 정규 교육은 못 받았음에도 정확하게 세상의 이치를 통찰하는 명석한 분이었다. 인간에 대한 깊은 사랑과 함께 더불어 잘사는 세상을 만들고자 했던 한 젊은이의 뜨거운 열정은 긴 세월이 흘러도 변함없이 후세대에게 전해진다. 아니 전해져야만 한다.

아들이 죽은 후 돌아가시는 날까지 아들의 뜻을 받들여 '노동자의 어머니'로 새로 태어나신 전태일 열사의 어머니 이소선 여사와 『전태일 평전』이라는 책을 통해 전태일의 사상을 정리해 주신 조영래 변호사님이 너무도 감사하다.

전태일이 있었기에 그의 뒤를 이어 가고 있는 수많은 노동자들의 삶이 나아졌다고 생각한다. 하지만 전태일 열사가 자신의 몸을 불사른지 40년이 지난 지금도 이 땅에는 여전히 고통받는 노동자들이 있다. 조금씩 조금씩 민주주의가 발전해 노동자들의 인권이 좋아지는 건 사실이지만 그만큼 자본주의의 힘은 더 커져 다른 방향으로 노동자들을 탄압하고 있는 현실이 되어 버렸다. 노동자가 우리 사회의 주인으로 올바른 대접을 받고 살 수 있는 세상이 진정으로 '사람사는 세상'이다. 급격한 산업화와 경제성장, 자본주의의 좋은 점만 부각시키지 말고 그 뒤에서 희생당하고 있는 노동자의 현실을 늘 돌아보며 공부하고 깨우쳐야 한다. 아마 『전태일 평전』을 읽은 사람이라면 결코 대한문 앞의 쌍용차 해고노동자 분향소를 지나면서 거리가 지저분하다고 욕하거나 크레인 위에서 300일 넘게 투쟁한 김진숙 님을 불순분자라고 생각하지는 않을 것이다.현재의 노동자는 물론 미래의 노동자가 될 우리 모두가 전태일의 삶을 잊어서는 안되며 '나의 죽음을 헛되이 하지 말라'며 죽어간 그를 영원히 기억해야 할 것이다.

편의점 모범수의 하루

편의점, 사각의 유리 철창에 갇힌 한 사내가 있다
그는 시간에 따라 가석방 시급이 측정되는 죄수
가판대에 구속돼 자전 한 바퀴의 형량을 복역한다
봄 햇살도 몸을 구기며 들어오는 사내의 독방
축 늘어진 그의 그림자로 항상 어둑한 그곳은
갈증으로 가득 찬 생수병들의 지층이 버티고 있다
담배들의 벽에 몸을 기댄 한 개비 담배 같은 사내
마지막 남은 청춘의 불씨가 다 타오르기도 전에
햇빛이 미끄러지듯 반짝반짝 윤이 나는 유리창 너머
배회하던 사람들은 예고도 없이 사내를 향해 온다
문에 매단 풍경을 울리며 면회를 신청하는 사람들
사내는 그들을 모르고 그들도 사내를 알지 못한다
죄수복에 달린 그의 이름이 바코드처럼 난해한 것일까
아무도 이 감옥을 들어서서 사내의 이름을 부르지 않는다
아무 말 없이 사내의 값싼 형량을 사가는 사람들.
규칙 없는 면회에 지친 사내가 잡지의 순서를 배열한다
사회면을 뒤져도 가석방과 시급이 바뀌지 않는 세상
사내는 유리창이 빚어낸 햇빛의 유언을 묵묵히 닦아내고
어둠이 졸음처럼 꾸벅거리다 창밖까지 찾아오면
기한지난 음식을 배급받아 허기진 위 속으로 환불한다
사내의 형량은 내일이면 다시 사내를 구속할 것이다
세상을 향해 두부처럼 눅눅한 걸음을 옮기는 사내
유통기한이 지난 태양, 가로등만이 남아 사내를 비춘다

공중철창과 이카로스

1

공사가 중단된 빌딩의 날갯짓이 위태롭다
공중철창에서 한때는 고독해서 깃털이 돋는다지
담배를 질끈 물은 이로 철근을 물어뜯다가
우리들의 막장을 위해 쇠파이프로도 연주하자!
비파의 첫소리가 지상으로 손금을 펼쳐 보이고
놀란 쥐처럼 올려다보는 인간들은 헐값의 운명을 읽는다

2

일회용 유산이다, 아들의 뒤통수에 라이터를 던진다
아들아 담배는 펴도 너의 깃털은 모두 불태워라
니코틴에 절어 가면 몸은 비틀거리지도 않고
실밥 터진 손가락의 로얄층은 아물지가 않는단다
차량용 배터리처럼 방전된 아침이 더 또렷했고
태양은 누군가의 토사물이 된지 오래였다
맞다, 우리의 투쟁도 순간의 욱하는 마음이었지

3

하루하루 새로운 진화법으로 비대해지는 비둘기들
하늘의 층을 밟으며 비행 유전자의 깃털을 기부하는데
도시의 소음에 짓눌려 누렇게 변색된 바람의 치아
너희들도 이제 공중을 아프게 깨물 수가 없구나
페인트 통에 모으던 울화가 밀랍으로 굳어가고 있다
새시를 달지 않아 김 사장의 뒷담은 쉽게 추위에 떨고

단식으로 가벼워진 동료들이 날개를 펴고 파닥인다
땅바닥에 마침표 찍고 싶다면 지장은 두고 가라

4
막차가 어둠을 목덜미까지 끌어올린다
역세권 빌딩의 공사가 멈춘 이유는 허공에 걷지 오래
동료들은 가식적인 날개를 달고 지상으로 복귀한다
아아 퇴화한 비둘기처럼 회색의 정장을 맞춰 입고
야생성의 두 날개는 공손히 뒤로 젖히는 비열한 조류
비굴한 날갯짓 뒤로 우리를 천천히 부추기지 마라
너흰 비둘기다 비둘기, 땅바닥에 갇혀버린 신화 없는 종족
이제 고개도 들 수 없는 것들이 공중철창은 보지마라

5
밤의 여백이 눈물을 닦아준다
담뱃불 깊어질수록 사색하는 별빛, 그리고 동공이 흐릿하다
수평선에서 녹아내린 날개 뭉툭하게 굳어간다
깃털이 몽땅 빠진 잇몸으로 담배를 질끈 문다
또 울화가 끓는다. 페인트 통에 뱉는다. 아침이면 굳겠지

시체가 되어버린 이카로스의 텅 빈 속이 아직도 쓰리다

구름팩토리

공장단지 벤치에 앉아 하늘을 본다
굴뚝에서 찍혀 나오는 검은 양들과 하얀 양떼들 하늘로 돌아갈 준
비를 하고
컨베이어벨트에서 쫓겨난 여린 양들
지평선 끝까지 뻗은 농장의 울타리 너머 어느 나라의 국경을 향해
팔려나간다

국적 없는 양들이 삼삼오오, 공장에서 피어나고
이민국을 피해 도망치던 양들이 한데 모인 산의 그림자 속 휘파람
을 불며 지친 양들을 조롱하는 바람.
서로 몸을 기댄 양들이 헐떡이며 서로의 상처를 핥아준다

손바닥으로 하늘을 가려본다
손금 밖으로 조금씩 흘러가는 양떼들은 사라지지 않고 나를 보며
울상을 짓는다
매몰찬 바람이 불어와 양들을 채찍질하며 검은색과 하얀색의 털
들을 골라내는 동안

햇살로 양들의 침묵을 벗겨낸다 이국의 언어로 멀리 고향에 대한
그리움을 속삭이는 양들
검은 털들과 하얀 털들이 구석진 곳을 향해 날아가고
벗겨진 털들을 주섬주섬 모으는 바람은 한 올 한 올 풀려 나온 털
로 하늘의 지붕을 엮는다

어슬렁거리는 어둠이 양들을 주시한다
공장 반장의 날카로운 눈빛으로 점점 밤이 다가오고
초승달 같은 이빨로 양들이 눈치 채지 못하게 조금씩 아주 조금씩
어둠 속으로 양들을 삼킨다

공장굴뚝에서 계속 새로운 양들이 찍혀나오고 있다
쿵쾅거리는 망치질 소리와 함께 검은 털의 양과 흰 털의 양들이
서산으로 기울어 가는데
어느 국경을 넘어 달려가고 있는 저 양들은 사실
굴뚝아래에서 그리움이란 펜을 잡은 노동자들이 하늘로 써 보내
는 편지라는 걸
색색의 양들은 오늘도 울대를 삭히고
나는 벤치에 앉아 하늘을 보고 있다, 보고만 있다.

직녀성의 만유인력

혜성들이 착잡한 궤도를 돈다

빨래를 털며 베란다의 불을 밝히고
혜성들은 별자리를 그린다
은하수 독신 아파트는
곧게 서 있는 것부터 힘겹지만
빨래를 걷어내는 밤
모든 소음들이 반상회를 연다
벽 사이로 바람이 지나며
늘어진 졸음을 길게 관통한다

직녀들이 견우를 기다리는가
도마와 칼날을 만들어내고
공장에서 잘라내던 비린 어묵처럼,
울음보를 난도질한다

어느 우주의 반상회가 이보다 처절할까
베는 짜지 말고 잠이나 자자

오작교는 꿈꾸지 말아라 이년아
옆방 언니의 욕보다 꽃이 좋고
꽃무늬 이불 덮고 떠올린 임이 좋았지
꼬리를 못 자른 어린 혜성이 운다
눈물자리마다 반짝이는 별빛

창밖의 네온사인 수심을 긋는다

금성보다 맑은 눈물샘이 수몰한다
자전의 스위치를 내리자 반짝,
별자리가 지워지는 아파트
노크 없이 궤도이탈을 꿈꾸는 직녀들
검은 성운 속으로 뭉툭한 꼬리 끌고 간다

은하수 독신 아파트에 비가 내린다.

노란금붕어

겹겹이 떨어져가는 콘크리트 사이를 비집고 자란 풀의 서글픈 싱그러움과 코끝을 찌르는 하수구 냄새가 섞여 만들어낸 오묘한 향이 항시 머무르는 이곳에는 오늘도 어김없이 밤이 내렸다. 흐릿하게 일렁이는 별이 투박하게 박힌, 구름 한 점 없는 그러한 밤. 시체처럼 누워 있는 그의 온 몸은 오늘도 역시 하염없이 녹아들고 있었다. 뼈도, 근육도 모두 형체 없는 하나가 되어 해져가는 누런 모노륨 바닥 속으로 스며들어가는 그 순간은, 자신을 꼭 닮아 투박하고 거친 별빛 아래 창백히 빛나는 그의 하루에서 가장 달콤한 시간이었다. 힘없이 늘어져 있는 그의 두 눈꺼풀이 파르르 떨렸다. 힘겹게 별빛을 담아낸 그의 초점 없는 눈동자가 주름으로 갈라진 눈꺼풀 사이로 드러나자, 꺼져 들어가는 듯하던 그의 사지에 발작적인 경련이 스치듯이 지나갔다. 잠이 깬 그는 소처럼 눈을 껌뻑이며 사각진 창밖 풍경을 멍하니 바라보았다. 그리고 숨을 길게 내쉬었다……. 들이쉬었다, 내쉬었다……. 들이쉬었다, 내쉬었다……. 들이쉬었다……. 내쉬었다.

그는 미간을 찌푸렸다. 악몽 때문이었는지, 아직 숨이 붙어 있다는 사실을 알아차렸기 때문이었는지는 알 수 없었다. 그는 그저 감긴 눈과 눈 사이에 자신에게 주어졌던 하루의 일과를 말없이 구겨낼 뿐이었다. 어제도, 엊그제도 그랬듯이. 그리고 또 내일도, 모레에도 그럴 듯이.

– * –

생기 없는 모노륨 바닥이 햇살을 머금으며 온기를 되찾기 시작할 쯤, 무기력으로 흘러내렸던 그의 몸은 언제 그랬냐는 듯이 온전한 인간의 형체로 복구되어 있었다. 죽음을 맞이하려는 산송장의 모습으로 널브러져 있던 그를 되돌려놓은 것은 아마도 그의 재킷 안주머니에 있는 샛노랗고 작은 편지봉투일 게다. 펴고, 접고, 만지기를 수도 없이 한 탓에 가장자리가 방 모노륨 바닥처럼 해진 모습이었지만, 그는 그의 재킷 안주머니에 그 작은 편지봉투를 신주단지 모시듯 아주 거룩한 모양새로 고이 넣어놓곤 했다. 단이 뜯어지면서 실이 풀려버린 그의 재킷에 난 구멍이 몇 년 전부터 점점 커지기 시작하자, 그는 봉투가 어디론가 달아나지 않을까 하는 불안한 마음에 안주머니가 있는 왼쪽 가슴에 오른 손을 올리고 밖을 나서곤 했는데, 그러한 그에게 그의 동료들은 매일 아침 익살스러운 모습으로 거수경례를 하곤 했다. 오늘도 예외는 아니었다.

"충성심이 대단하셔 그래. 오늘도 국기에 대한 경례를 하면서 오는 건가?" 하며 동료들은 그의 미간만큼이나 주름이 자글자글한 얼굴들에 웃음기가 간신히 서린 표정을 힘겹게 찡그려내는 것이었다. 그는 엷은 미소를 띤 얼굴로 고개를 한 번 끄덕이며 가슴에 얹은 손을 더욱 꼭 누르더니, 동료들을 뒤로 하고 말없이 안개 사이를 빠르게 헤쳐 나갔다. 멀어져가는 그의 뒷모습을 보던 그의 동료들 중 한 명은 고개를 절레절레 흔들더니 들릴 듯 말듯 한 한숨을 폭, 내쉬었다.

"젠장, 저렇게 열심이어도 이수한이 저건 이번 달 역시 땡이란 말일세."

그는 분명히 이 말을 들었다. 하지만 그는 안대를 한 경주마처럼 그저 묵묵히 앞으로 나아가기만 할 뿐이었다. 사실 동료의 말이 아니었어도 그는 알고 있었을 것이다. 올해도 역시 집으로 돌아갈 수 있을 만큼의 돈도, 시간도 없을 것이란 사실을. 또한 그 자신이 몇 년 전부터 이 같은 사실을 열 번 넘게 되새기고 있으며, 이 사실이 그를 무척이나 괴롭게 하고 있다는 사실을. 그는 아주 잔인하도록 분명히 알고 있었다.

딸아이가 보낸 그 노란 편지봉투가 담긴 그의 왼쪽 가슴이 먹먹하게 아려왔다.

— * —

아침 해가 그를 녹여 없애버릴 듯한 매서움으로 내리쬐기 시작하자 그는 반항이라도 하듯이 어깨에 둘러진 끈을 더욱 세게 쥐었다. 위로 끝없이 뻗어 있는 듯한 계단을 따라 한 발 한 발 내딛던 그는, 그간의 고된 노동으로 다져진 단단한 몸을 뚫을 듯이 맹렬한 기세로 비치는 햇빛에 마지못해 실눈을 떠 고개를 들었다. 햇빛을 가릴 구름 한 점 없는 시퍼런 하늘을 원망스럽게 노려보던 그의 걸음이 점차 느려졌다.

"어이, 거기, 좀 빨리 빨리 움직이자고."

밑에서 들려오는 소장의 익숙하고도 달갑지 않은 목소리에 그는 오만상을 지으면서도 버릇처럼 끈을 다시 동여맸다. 다시금 발을 내딛는 그의 어깨 속으로 벽돌의 천근같은 무게가 모질게 파고들었다.

이글거리는 해를 품은 채 몇 번이나 계단을 오르내렸을지 그는 알 수도 없었고, 궁금해 하지도 않았다. 시간을 염두에 두며 일을 하는 것을 사치로 알고 지내온 그는 그저 자신이 오르내린 만큼 쌓여가는 벽돌을 보며 대충 얼마의 시간이 지났을지를 어렴풋이 짐작할 뿐이었다. 이쯤 됐으면 점심을 먹을 때가 되지 않았을까라는 생각이 스치고 나서야 그의 배에서 꼬르륵거리는 소리가 미미하게나마 들려왔다. 이미 계단 밑 저 멀리로 뛰어 내려가고 있는 용준이가 그에게 밥을 먹자며 손짓하는 모습과, 동료들이 연기가 모락모락 피어오르는 냄비를 가운데에 두고 옹기종기 모여 앉은 모습이 주름을 따라 눈가로 흐르는 시큰한 땀에 따뜻하게 번져났다. 시멘트통과 벽돌지게를 이제 막 내려놓고 내려오는 그의 발걸음은 용준에게는 너무나 느린 것이었다. 결국 배고픔을 이기지 못한 용준이가 국물 한 숟갈을 뜨기 위해 냄비를 열었다. 용준이는 냄비를 들여다보더니 고개를 저으며 피식 웃었다.

"오늘도 라면이구만." 용준이 옆에 쭈그려 앉아 있던 누군가가 이마의 땀을 훔치며 중얼거렸다.

"짜장면 값이 많이 올라서 말이지." 하며 만수 씨가 입가로 국물 한 숟갈을 가져갔다. 비 오듯이 쏟아지는 땀을 조금이나마 식히려고 연신 손부채질을 하던 만수 씨는, 라면이 담긴 냄비를 무표정으로 쳐다보며 목장갑을 막 벗고 있는 모습의 그와 아직 반도 완성되지 못한 건물을 번갈아보더니 쓴웃음을 지었다.

"저 건물은 언제 완성될런지 알 수가 없어 그래."

만수 씨가 애써 웃음을 지어보였다. 만수 씨의 웃음에 그는,

"언젠가는 완성이 되겠지." 하며 수저를 들었다.

뭔지 모를 체념적 결단이 진하게 묻어나오는 그의 무뚝뚝한 한 마디에 모두들 말없이 라면 국물만 들이마셨다. '언젠가'…….

그렇게 멍한 표정들로 수저를 몇 번 드는 듯 마는 듯 하던 그들에게 식사 시간이 끝났다는 소장의 외침이 약 올리는 듯이 들려왔다. 이 외침을 들은 인부들은 반사적으로 하나 둘씩 일어나 작업장을 향해 천천히 걸어가기 시작했다. 처음에는 뭔 놈의 식사시간이 이리도 짧냐며 구시렁대던 용준이도 이제는 묵묵히 닳아가는 몸을 주섬주섬 주위 공사장을 향해 그저 묵묵히 움직여가기만 할 뿐이었다. 방진 마스크를 쓰고 나면 일을 시작하기도 전에 질식해버릴 것 같은

답답한 느낌에 눈앞이 아득해지곤 했지만, 그래도 겨울에 낡은 방한 복 한 벌로 버티던 때보다는 났다는 말로 서로를 위로하는 그들의 천근같은 발걸음을 옮기는 유일한 희망의 허상은 마스크를 벗고 횟가루를 마시다 죽느니, 마스크를 쓰고 죽을 만큼 고생을 하는 게 나을 것이라는 변명 아닌 변명뿐이었다.

아침부터 밤까지 같은 모습으로 같은 일을 반복하는 그들의 하루에서 달라지는 것은 점점 어둠이 번져가는 시무룩한 하늘 색깔뿐이었다.

— * —

그는 손에 들린 흰 봉투를 보며 어둠 속에서 한동안 가만히 서 있었다. 언제라도 여린 숨결과 함께 사라져버릴 것만 같은 자신의 하루살이 같은 인생에서, 한 달이라는 귀한 시간을 통째로 빼어 맞바꾸게 한 이 봉투가 대체 무엇이냐는 스스로의 질문에 그는 손에 봉투를 꼭 쥐고서도 아무런 답을 할 수 없었다. 그는 점점 짙어지는 어둠 속에서 그 작은 봉투를 이리 저리 돌려보며, 앞면에 '이수한'이라고 큼지막하게 써진 글씨가 땅거미를 따라 어둑한 밤 속으로 희미하게 사라지는 것을 가만히 지켜보았다. 자신의 이름을 따라 손가락으로 봉투를 쓸어내리던 그는 봉투 속에서 꼬깃꼬깃한 지폐 한두 장을 꺼내 자신의 재킷 주머니 속으로 슬쩍 집어넣었다. 봉투 입구를 접어내린 후 몇 번이나 꾹꾹 누르는 그의 손길에서는 왠지 모를 구슬픈 노련함이 묻어나왔다.

그가 일을 끝내고 나오면 우체국은 항상 닫혀 있었다. 그는 이번에도 꼬맹이를 시켜 봉투를 부치도록 해야겠다는 생각을 하며 누런 모노륨이 깔려 있는 자신의 작은 무덤 속으로 사그라졌다. 그가 옷을 입은 채로 바닥에 쓰러지듯 눕자, 그의 몸은 쓰러진 모습 그대로 녹아내리기 시작했다. 바람 한 점, 구름 한 점 없어 징그럽도록 맑고 고요한 이런 밤에 들리는 유일한 소리라고는 자신보다 몇 배는 늙은 듯한, 하지만 분명히 자신에게서 나오는, 아주 외롭고 울적하며 메마른 숨소리뿐이었다.

그는 재킷 주머니 안에 있는 작고 노란 봉투를 생각하며 자신의 이름이 새겨진 그 흰 봉투를 불안한 듯이 계속 만지작거렸다. 그는 딸아이의 얼굴을 기억해내려 안간 힘을 썼지만, 그의 침침한 눈앞에 그려지는 것이라고는 수 년 전 스치듯이 보았던, 아내의 품에 안긴 아이의 뒷모습뿐이었다. 아내도, 아이도, 이제 그에게는 그저 흐릿하고 불분명하여 잊기 쉬운 존재였다.

그는 고요히 흘러가는 시간에도 잦아들지 않는 자신의 힘겨운 숨소리에 뒤척이다가 문득 드는 어떤 생각에 온 힘을 다해 몸을 일으켜 세웠다. 그는 두리번거리며 무언가를 찾는 듯한 모습으로 바닥을 더듬었다. 힘겹게 바닥을 더듬는 그의 뇌리 속에 스친 것이란, 그가 서울로 올라온 후에 처자와 딸아이에게 보낸 봉투들에는 소장의 퉁퉁한 손길만이 닿은 꼬깃꼬깃한 지폐만이 있었을 것이라는 깨달음이었다. 창 안으로 흘러들어오는 별빛을 품은 채 쪼그려 앉은 그는 그 앞에 놓인 한 장의 메모지를 보며 잠시 고민하는 듯 하더니, 마침 주머니에 들어있던 부러진 몽당연필을 꺼내 무언가를 천천히, 하지만 열심히 써내려갔다. 처자에게 한 번도 편지라는 것을 써본 적이 없는 한 외로운 아버지의 말라비틀어진 손가락을 가지처럼 감싸들고 있는 것은 여름의 죽어가는 공기와 탁한 별빛뿐이었다.

— * —

다음 날 그는 평소보다 조금 더 일찍 일어나 공사장 반대쪽으로 뛰듯이 걸어갔다. 익숙한 걸음걸이로 계단을 오르는 그의 재킷 안주머니 안에는 낡은 메모지와 한 달 치 급여가 함께 담긴 흰 봉투가 노란 편지봉투와 사이좋게 들어있었다.

"어, 아저씨!"

그는 찾던 목소리를 듣자 반가움에 걷다 말고 계단 위쪽을 올려다보았다. 초록색 반팔 티셔츠에 회색 추리닝 반바지를 걸친, 열 살 쯤 된 남자아이가 그를 바라보며 싱긋 웃고 있었다. 그를 향해 뚜벅뚜벅 걸어오는 아이의 얼굴에는 반가움이 수줍게 번져 있었다.

"꼬맹이, 잘 지냈나?"

"에이, 꼬맹이 아니라니까. 저 벌써 삼학년이에요, 아저씨. 아저씨 되게 오랜만에 본다, 그죠? 열흘만인가?" 아이는 신나게 재잘대면서 그를 향해 계단을 총총 뛰어내려왔다. 언제나 그랬듯이 그는 아이에게 어딘가 어색한 웃음을 지어보이더니, 주머니에서 지폐 두어 장을 꺼내 손에 쥐고 있던 봉투와 함께 건넸다.

"이번에도 수고 좀 해줘야겠다. 어디로 보내야 되는지 알지?"

아이는 받아든 꾸러미를 주머니에 넣더니 고개를 끄덕였다.

"……. 남은 돈은 맛있는 거 사먹고."

그는 아이가 다른 때에 비해 더욱 서운해 하는 것 같다는 느낌을 받았지만, 애써 그 서운함을 외면하려고 더 어색한 웃음을 억지스럽게 구겨냈다.

"네……."

반쯤 굳어있는 어색한 표정을 한 채 그가 돌아서려고 하자 아이는 그의 해진 옷자락을 꼭 붙들었다. 항상 이런 식이었다. 그는 매번 같은 일을 겪으면서도 아이를 피하지 못하는 자신을 이해하고 싶지 않았다. 하지만 그러기에 그는 너무 외로웠고, 아이에게는 아버지가 없었다.

"아저씨, 아빠한테 한 번만이라도 와달라고 다시 한 번 얘기해주세요, 네?"

그는 침묵을 지켰다.

"네? 아저씨. 진철이가 기다린다고요. 아빠한테 좀 전해주세요, 네? 저번에도 말씀 하셨다면서요. 그런데 왜 안 오세요, 우리 아빠."

그는 한동안 아무런 말을 하지 않았다. 안주머니의 샛노란 편지봉투가 그의 가슴을 툭, 툭 쳐댔다. 그는 그 먹먹함에서 오는 죄책감을 이기지 못해 여전히 어정쩡하게 돌아선 채로 말없이 고개를 한 번 끄덕일 뿐이었다. 이런 그를 보던 아이는 무엇 때문이었는지는 몰라도 그의 옷자락을 조용히 놓았다. 그는 자신의 뒷모습만을 하염없이 바라보는 그 작은 아이에게서 말없이 그대로 멀어져만 갔다.

무거운 마음으로 계단을 따라 터덜터덜 내려오던 그의 앞으로 거수경례를 한 누군가가 다가와 나긋한 목소리로 말을 걸어왔다.

"표정이 왜 이리 어둡나? 오늘도 짜장면 비싸다고 라면만 시켜줄 게 뻔한데, 아침부터 그리 우울하면 어째?"

김만수 씨. 진철이 아빠. 그는 만수 씨를 차마 바라보지 못했다.

― * ―

"오늘도 햇빛 한 번 참 더럽게 내리쬐네요." 시멘트를 바르던 용준이가 줄줄 흘러내리는 땀을 털어내려고 고개를 요란스레 흔들며 투덜댔다. 용준이는 어서 시원한 바람이 부는 가을이 와야 한다며 툴툴거리더니, 이내 수한이 형은 어쩜 그렇게 불평 한 번 안하고 묵묵히 일만 할 수 있냐며 아부를 떨기 시작했다. 쉴 새 없이 떠들던 용준이는 식사 하라는 소장의 말이 들려오자마자 목장갑을 벗어던지며 계단을 따라 쿵쾅쿵쾅 뛰어 내려갔다. 계단을 내려가던 용준이가 멈칫하더니 막 시멘트 통을 내려놓고 있는 그 쪽으로 돌아보며 빨리 오라고 소리를 힘껏 질러댔다. 젊은 게 좋다는 말이 이럴 때 쓰이는 가보다고 혼잣말을 하며 싱긋 웃던 그도 식사를 하러 천천히 내려가기 시작했다.

"와아, 어떻게 이럴 수가 있습니까. 어떻게 또 라면을 시켜줄 수가 있냐는 말입니다. 안 그럽니까, 형님들?" 용준이가 광대만큼이나 익살스러운 표정으로 입을 삐죽거리자 공사장 인부들은 오랜만에 소리 내어 함박웃음을 터뜨렸다. 하지만 웃음도 잠시, 이내 여기저기서 불만이 봇물 터지듯이 터져 나왔다. 그래 말이야, 짜장면 값이 나가면 얼마나 나간다고 그거 하나 못 시켜주냐는 가시 돋친 속삭임이 대부분이었다. 삭감된 수당 때문에 불만이 점점 커져가던 참에, 용준이가 아주 적절한 시기에 물꼬를 튼 셈이었다.

언성을 높이던 인부들 가운데서 묵묵히 라면을 먹고만 있던 그는 소장의 거처 쪽을 바라보았다. 반쯤 열린 창문 너머로 보이는 방안에는 공사장으로 놀러온 딸과 에어컨 밑에 마주앉아 환하게 웃는 소장의 얼굴이 보였다. 말없이 라면을 먹는 그의 재킷 안주머니 속에서는 노란색 편지봉투가 자꾸만 꿈틀대며 그에게 말을 걸고 있었다. 그 말들을 애써 듣지 않으려고 노력하던 그에게, 문득 봉투와 돈을 쥔 채로 자신을 빤히 바라보던 그 꼬맹이 녀석의 얼굴이 떠올라버리고 말았다. 그는 만수 씨를 힐끗 쳐다보았다. 그릇을 들고 남은 라면 국물을 들이마시고 있는 만수 씨에게 뭔가를 말하려던 그는 무슨 생각이 들었는지 반쯤 벌렸던 입을 이내 닫아버렸다. 그는 집으로 가까워져 가고 있을 흰 봉투에 담긴 메모지를 생각하며 조용히 자리에서 일어나 공사장으로 이끌리듯이 움직여갔다.

― * ―

일이 끝나고 나면 만수 씨는 혼자서 어디론가 사라지곤 했다. 몇 년 동안 만수 씨와 함께 일을 해온 그였지만, 만수 씨가 일이 끝나자마자 어디로 사라지는지는 도통 알 수가 없었다. 만수 씨의 행방에 대해 고민하던 그는 자꾸 눈앞에 아른거리는 진철이의 얼굴에 고향으로 부쳐졌을 흰 봉투 생각을 했다.

'진철이 녀석, 봉투는 잘 부쳤겠지?'

호랑이도 제 말하면 찾아온다더니, 저 멀리 어둠 속에서 "아저씨!" 하며 진철이가 달려왔다. 언제나처럼 싱글벙글 웃으며 뛰어오는 진철이의 양손에는 진철이 만큼이나 맑은, 둥근 유리 어항이 들려있었다.

"아저씨, 오늘 공터에서 친구들하고 내기하다가 어항 땄어요. 이쁘죠?"

비록 군데군데 흙이 묻어 있었지만 물로 한 번 씻으면 꽤나 볼 만한 모양새일 어항이었다. 그는 입이 귓가에 걸린 진철이를 보며 조용히 고개를 끄덕였다. 환하게 웃는 진철이의 얼굴 위로, 용준이랑 내기를 해서 오천원을 땄다며 좋아하는 만수 씨의 주름 자글자글한 얼굴이 겹쳐보였다. 씩 웃던 진철이가 오늘은 아빠한테 제 얘기를 했냐고 갑자기 묻는 바람에 그의 말문이 턱 막혔다. 공사장에서 아빠를 보지 못했다고 하려던 그는 그 말을 들은 진철이가 제 아빠 걱정을 할 것 같은 생각에 잠시 동안 고민을 하더니, 결국 아저씨가 너무 바빠서 네 아빠를 만나지 못했다는 구차한 변명을 늘어놓고만 말았다.

당황한 기색이 역력한 표정으로 서툰 거짓말을 지어내는 그를 보며 진철이는 치, 하고 입을 씰룩였다. 씨알도 먹히지 않을 거짓말이란 걸 알면서 왜 그런 한심한 변명을 했는지……. 그는 마음속에서 가슴을 주먹으로 연거푸 쳐댔다. 하지만 그렇다고 해서 진철이에게 "아저씨는 네 아빠에게 그런 말 할 자격이 없다"라고 할 수는 없는 노릇이었다. 아이들은 이해하지 못하는 말을 흔히 변명으로 치부한다는 사실을 잘 알고 있었던 그였기에, 그는 진철이에겐 변명으로만 들릴 잡소리를 늘어놓고 싶지는 않았다.

멋쩍은 표정으로 서있던 그를 보며 뾰루퉁해 있던 진철이의 얼굴이 어쩐 이유에서인지 갑자기 환하게 피어났다.

"그럼 아저씨, 아저씨는 내 약속 안 지켰으니까 뭐 하나만 부탁할게요."

그제야 조금 밝아지는 그의 얼굴을 보던 진철이가 개구쟁이같이 씩 웃더니 금붕어를 두 마리만 사달라고 했다.

"한 마리만 있으면 외롭잖아요. 그러니까 두 마리. 내일 당장 사달라고는 안 할게요. 하지만 언젠간 꼭 사주셔야 해요."

진철이는 금붕어를 사면 어항에 넣어 달라며, 멀뚱히 서있는 그에게 어항을 건네고는 온 길로 다시 뛰어갔다. 깜깜해진 길거리에 그는 우두커니 서서 어항만을 내려다보았다. 어느새 그의 재킷 주머니 안에는 노란 봉투 옆으로 금붕어 두 마리가 헤엄치고 있었다.

– * –

그는 지폐를 자꾸만 만지작거렸다. 얼마 되지 않는 이 돈으로 남은 한 달을 버틴다는 건 역시 녹록치 않은 일이었다. 그리고 그 돈으로 금붕어 한 마리도 아닌, 두 마리나 산다는 건 더더욱 쉽지 않은 일이었다. 사실 그는 금붕어 한 마리가 얼마나 하는지 알지도 못했고, 그랬기에 생활고에 가중된 그 막연한 부담은 더 큰 공포로 작용할 수밖에 없었다. 그래서 진철이가 금붕어를 사달라고 한지 이주일이 조금 넘은 오늘, 그는 직접 시장에 나가 금붕어가 얼마나 하는지 알아야겠다는 생각에 여전히 겁에 질린 상태로 무작정 시장거리로 나와 본 것이었다.

그러나 수족관 안에서 한가로이 헤엄을 치고 있는 금붕어들을 보자 그는 온몸의 긴장이 쭉 풀리는 것을 느꼈다. 사실 금붕어를 보고 긴장이 풀렸다기보다는 금붕어 장수의 말을 듣고 안도했다고 하는 것이 맞을 것이다. 이제 그의 눈앞에는 금붕어가 아닌, 500원, 1000원, 2000원, 그리고 3000원이 각각 다른 수조 안에서 무리지어 헤엄치고 있었으니 말이다. 그는 2000원짜리와 3000원짜리 금붕어는 한 마리만 넣어도 어항이 꽉 찰 것이라는 변명에 가까운 생각을 하며 나머지 두 종류의 금붕어들이 있는 수조 쪽으로 눈길을 돌렸다.

500원짜리와 1000원짜리 금붕어들을 번갈아가며 유심히 살펴보던 그는 두 종류의 금붕어들의 크기가 비등하다고 느꼈다. 왜 굳이 500원짜리와 1000원짜리로 나눴는지 모를 정도였다. 한참을 고민하던 그는 자꾸만 500원짜리가 있는 수조 쪽으로 눈길을 돌렸다.

'500원짜리 두 마리를 사면 1000원짜리 두 마리를 샀을 때보다 배 채우기가 더 쉬워질 거란 말이지…….'

500원짜리 금붕어들이 있는 수조를 향해 걸어가던 그는 자기도 모르게 얼굴이 화끈거리는 것을 느꼈다. 그는 더 고민할 것도 없다고 생각했는지 바로 1000원짜리 금붕어 두 마리를 사서 비닐봉지에 담았다. 도망치듯이 가게를 나온 그는 진철이와의 약속이 담긴 비닐봉지를 눈높이까지 들어올렸다. 뻐끔뻐끔하면서 그를 쳐다보는 금붕어가 귀엽기는 하다는 생각에 진철이가 금붕어를 사달란 이유를 알 것도 같았다. 물론 진철이 그 녀석도 금붕어가 실제로 어떻게 생겼는지 한 번도 보지 못했겠지만 말이다.

비닐봉지가 너무 많이 흔들리지 않도록 작은 보폭으로 조심조심 걸어가던 그는 어디선가 익숙한 목소리가 들려오는 것을 느꼈다. 그는 시장 바닥에선 아는 사람이 있을 리 없다는 것을 알면서도 혹시나 하는 마음으로 소리가 나는 방향으로 고개를 돌렸다.

"놓칠 수 없는 짜릿함! 내일 오후 다섯 시에 청단극장에서 있습니다……."

광대였다. 코는 새빨갛게 칠하고, 얼굴에는 하얀 분을 얹은, 우스꽝스럽기 짝이 없는 광대. 천박하다 싶을 정도로 밝게 물들인 그 광대의 옷은 아이들이 잡아당기는 바람에 늘어날 대로 늘어난 모습이었다. 광대는 자신의 키만 한 입간판을 힘겹게 들고 다니며 처량할 만큼 우스운 동작으로 박수를 치고 있었다. 그의 동작은 시간이 흐르고 사람들의 관심이 식어감에 따라 우스움을 뛰어넘어 절박하기 그지없는 모습으로 변해갔는데, 그 절박한 몸짓은 벽돌과 시멘트 통을 이고 매일 계단을 오르내리는 자신의 모습과 어딘가 묘하게 닮아 있었다. 광대를 조롱하며 뛰어다니는 아이들을 짜증 섞인 눈으로 바라보던 그는 동병상련의 마음 때문이었는지는 몰라도 눈을 들어 그 광대의 슬픈 눈을 바라보았다.

그제야 그는 깨달았다. 왜 만수 씨가 일이 끝나자마자 말도 없이 공사장을 떠나는지. 왜 진철이를 보러 가지 않는지.

— * —

그는 어항을 깨끗이 씻어 물을 담아 금붕어를 넣어 놓았었다. 한번은 어항을 들고 공터까지 올라갔다가, 혹시나 어항이 깨질 일이 생길까 싶어 진철이가 집 쪽으로 내려오면 바로 전해줄 생각으로 어항을 집으로 다시 가져왔었다. 그 후로는 어항을 햇빛이 잘 드는 곳에 모셔 두고 매일 아침 공사장으로 나가기 전 간밤에 줄어든 물을 보충하고 있었는데, 이상하게도 진철이가 거의 일주일째 보이지 않고 있었다. 그는 며칠만 더 기다리다가 공터까지 다시 직접 어항을 들고 걸어가야겠다는 생각을 하다가 헐레벌떡 공사장으로 뛰어갔다.

— * —

낮은 무심하게도 더욱 뜨거워져만 갔다. 등짝이 타들어가는 것만 같았다. 시멘트 통과 벽돌의 무게는 보통 무거운 것이 아니었다. 땀

때문에 어깨에 멘 끈이 미끄러져 벽돌이 밑층으로 떨어져버린 날도 있었다. 용준이가 제때 머리를 피하지 않았더라면 그 자리에서 바로 머리가 두 동강이 났을 수도 있는 일이었다. 하루하루 더워지는 날들 때문이었는지 몰라도 인부들의 체력은 눈에 보일 정도로 급속히 떨어져갔고, 그들 사이에는 일일 근무 시간이 점점 더 길어지는 것 같다는 이상한 말들이 오고가기 시작했다. 그러나 아무에게도 시계가 없던 탓에, 그 소문은 막연히 드는 느낌으로만 남기는 수밖에 없었다. 일의 시작과 휴식, 그리고 끝을 알리는 것은 시계를 가진 소장 몫이었으니 인부들은 그저 묵묵히 맡은 일에 소임을 다 할 뿐이었다.

"무슨 생각 하세요?" 시멘트를 바른 벽 위에 벽돌을 누른 채로 멍하니 서있던 그를 향해 용준이가 고개를 돌리며 물었다. 그가 여전히 멍한 표정으로 아무 말 없이 서있자 괜히 민망해진 용준이는 벽돌을 하나 더 집어 들더니 소장의 임시거처 쪽으로 눈길을 돌렸다.

"수한이 형, 아무리 생각해도 요즘 근무 시간이 연장된 것 같아요. 이거 불합리한 거 아닙니까?"

"확실한 거 아니잖아. 요즘 해가 길어서 그래." 하며 계단을 걸어 내려가는 그의 머릿속에서는 금붕어 두 마리가 유유히 헤엄을 치고 있었다. 여전히 내리쬐는 햇빛에 인상을 찡그리며 올려다본 이층에서는 만수 씨가 쓰고 남은 작업재를 정리하고 있었다. 안 그래도 진철이가 일주일 동안이나 보이지 않고 있다는 말을 하기 위해 이층으로 내려가던 그에게 만수 씨가 나직한 목소리로 그를 부르며 손짓했다.

"수한 씨." 이층으로 내려온 그가 주위를 둘러보며 그에게 한 발짝 더 다가왔다.

"방금 소장에게 급여를 땡겨서 달라 하려고 임시거처를 갔다 왔어."

"욕 뒤지게 먹었겠네, 만수 씨."

만수 씨가 고개를 크게 끄덕이더니 허허, 웃었다.

"근데 창문으로 벽시계를 봤어……. 우리 원래 일 끝나는 시간이 언제지?"

"아홉시."

웃음기가 가신 만수 씨의 낯빛이 싹 바뀌었다.

"방금 봤을 때가 열시 사십분이었어."

– * –

보통 잿빛으로 내려앉은 아침 안개가 걷히기 전에 길을 나서다 보면, 밤이 지나간 그늘에서 사람들이 꾸역꾸역 밖으로 떠밀려나오는 모습을 볼 수 있곤 했다. 하지만 오늘 거리에는 아침 안개가 걷힌 지 한참이 지난 후에도 아무도 없었다. 그는 공사장에서 그를 태우던 그 같은 햇볕이 따스하게 데워놓은 누런 모노륨 바닥에 맥없이 누워 있었다. 잠을 청하려고 눈을 감아도 감지 않은 것만 같은 그였다. 훤한 대낮에 방안에 누워 있기란 정말로 괴이하고 참으로 할 짓이 못 된다는 같은 생각만 되풀이하며 그는 계속해서 뒤척였다. 모두들 자신처럼 방 안에서 하릴없이 있을 테였다. 말 많은 용준이가 아무도 없는 자기 방에 자신처럼 혼자 아무 것도 하지 않고 누워 있을 것이라고 생각하니 웃음이 피식 나왔다. 하지만 그런 생각도 잠시, 더 이상 이렇게 누워 있을 수만은 없다고 생각한 그는 진철이를 보러 공터 쪽으로 가야겠다는 생각에 몸을 일으켜 세웠다.

진철이는 아버지 만수 씨가 집을 비우기 시작한 몇 달 전부터 혼자 집을 지키고 있었다. 아무리 사람이 없어 위험할 일이 없는 동네라지만, 열 살밖에 되지 않은 진철이가 걱정이 될 수밖에 없는 것은 당연한 일이었다. 진철이가 잘 지내나 살펴보러 가는 것은 아들 몰래 자랑스럽지만은 않은 부업을 하고 있는 만수 씨를 위해 그가 할 수 있는 최소한의 것이었기에 그는 짬이 나는 대로 진철이를 보러 가곤 했지만, 그것도 일주일에 한두 번뿐이었다. 그가 찾아가는 때가 주로 늦은 밤이어서 그랬는지 몰라도 그가 보는 진철이는 십중팔구 잠들어 있는 모습이었는데, 만수 씨의 재킷을 베개 삼아 혼자 누워 자고 있거나 어디선가 주워온 부러진 색연필로 그림을 그리다가 잠이 들어있는 식이었다. 진철이가 그린 그림에는 언제나 키는 작지만 다부지게 생긴 남자 아이 한 명과 키 크고 어깨가 떡 벌어진 남자 어른이 사이좋게 손을 잡고 서 있었다. 그 그림은 그로 하여금 재킷 안주머니 안으로 손을 넣어 자신의 노란 보물을 꺼내게 만드는 묘한 힘을 가지고 있는 듯했다.

여느 때와 같이 창문 너머로 방안을 들여다보던 그는 소스라치게 놀랐다. 아버지의 재킷을 덮고 누워있는 진철이 옆에는 웬 성인 남성이 쪼그려 앉아 조용히 울고 있었기 때문이다. 눈이 어둠에 익숙해지자, 그는 울고 있는 그 남자가 몇 달 만에 집으로 돌아온 진철이 아빠 만수 씨라는 사실을 금방 알 수 있었다. 그는 만수 씨가 돌아온 겸에 어항을 갖다 주어야겠다는 생각에 신이 나 어린아이처럼 계단 밑으로 총총 내려갔다. 잠깐 멈춰 숨 돌릴 겨를도 없이 단번에 집 쪽으로 뛰어 내려온 그는 아직까지 인부들이 집에서 나오지 않은 것을 보고 헛웃음을 지었다. 이렇게 해서 뭐가 달라질까라는 생각뿐이었다.

하지만 그가 집에 들어서자 그 생각도, 그의 즐거움도 형체도 없이 깨져버렸다. 구두를 신은 누군가의 발자국과 물로 뒤덮여 난장판이 된 방 한 가운데에 산산조각이 나있는 진철이의 어항처럼.

— * —

일이 이렇게 크게 될지는 몰랐다. 무언가 달갑지 않은 반응이 올 것이라고 예상도, 각오도 하고 있었지만, 막상 소장의 통통하게 기름진 미간에 쩍쩍 갈라진 주름을 보고 있자니 심장이 조금 많이 두근거리기는 했다. 그는 자신이 어떻게 될지에 대해선 두려울 것이 없었다. 다만 깨져버린 진철이의 어항과 말라비틀어져 죽은 두 마리의 금붕어처럼, 자신의 노란 봉투도 잿빛으로 물들어 사라져버릴 것만 같은 불길한 예감이 자꾸만 드는 것이었다.

"소장님."

밖에서 들려오는 인부들의 성난 웅성거림에 한동안 조용히 잠겨 있던 만수 씨가 입을 열었다. 소장은 아무런 대꾸도 하지 않았다. 그저 책상 위에 있는 서류 뭉치를 그 통통한 손가락으로 툭, 툭 치고 있을 뿐이었다. 만수 씨 옆에 앉아 하얗게 질려가는 그의 귀는 그 툭, 툭 하는 소리만 끝나지 않는 악몽처럼 되울리고 있었다. 소장이 한 번 손가락을 움직일 때마다 그의 심장이 쪼그라들었다. 그는 분명히 협상을 위해 만수 씨와 함께 이곳에 앉아 있었다. 하지만 에어컨의 싸한 냉기가 병처럼 퍼져 있는 이곳에 들어설 때부터, 그는 이번에도 역시 일방적인 타협을 당할 것 같은 착잡한 기분에 사로잡혀 여태껏 한 마디도 제대로 할 수가 없었던 것이다. 하지만 그 착잡함도 잠시, 소장이 몇 분째 가슴을 졸여오는 저 소리를 내고 있는 지금 시점에서는 아무리 불리한 타협이라도 그저 감사할 따름일 것이라는 비겁한 생각이 그를 조금씩 삼켜버리고 있었다.

"그래서." 소장이 한참 만에 입을 열었다. 불투명한 만큼이나 불운한 미래 앞에서 한없이 작아져버린 두 명의 인부들을 바라보며 소장은 눈썹 한 쪽을 매섭게 치켜떴다. 정신이 아득해져오는 그의 옆에서는 만수 씨가 마른 침을 넘기려고 안간힘을 쓰고 있었다. 이러한 만수 씨 옆에서 그는 정말이지 아무 것도 할 수 없었다. 그는 그저 도살장에 끌려온 소와 같은 참혹한 모습으로 소장 앞 책상 위에 놓여 있는 서류 뭉치만 계속해서 멍하니 쳐다볼 뿐이었다. 그런 그의 모습을 보던 소장의 입가에 알 수 없는 미소가 퍼졌다.

"……. 죄송합니다." 만수 씨가 조용히 이를 뿌득 갈며 고개를 숙였다. 소장은 여전히 같은 모양새로 서류를 툭, 툭 치고 있었다. 그는 이러한 소장의 모습에서, 깨진 진철이의 어항 조각만큼이나 위험하도록 날카로운 무언가를 감지해냈다. 어느 때보다 날이 서 있는 소장과 마주앉은 만수 씨의 사과를 끝으로 한동안 고문 같은 침묵이 흘렀다. 몇 분 동안 같은 표정으로 서류를 툭, 툭, 툭, 툭 치고 있던 소장이 손가락의 움직임을 멈추고 들고 있던 펜으로 서류 뭉치를 짓이겨 누르더니 꾹 다물고 있던 입을 열었다.

"죄송할 일은."

소장이 펜으로 누르고 있던 서류 뭉치의 맨 윗 장에 구멍이 뚫렸다.

"…… 하지를 말았어야지."

— * —

눈물이 볼을 타고 조용히 흘러내렸다. 입술 끝이 축축하고 찝찔했다. 그는 따뜻하게 부어오르는 눈가와 달리 시퍼렇게 멍든 몸은 딱딱하게 굳어오는 것을 느낄 수 있었다. 깨진 어항 한 조각조각이 그의 뼛속까지 파고드는 것 같은 아픔에 그는 신음도 내지 못하고 눈만 질끈 감았다. 그는 희미해져가는 의식을 간신히 붙들고 생각나지 않는 딸아이의 얼굴을 떠올려보려고 자꾸만 애썼다. 딸애는 그간 보낸 봉투들 안에 담긴 침묵의 지폐들을 보며 무슨 생각을 했을까. 혹시 편지가 없다고, 아빠가 제 생각을 하지 않는다고 울며 제 엄마에게 안기지는 않았을까……. 아내는, 아내는 지금 무얼 하고 있을까…….

마지막 온기를 잡아두기 위해 애처롭게 떨리던 그의 가냘픈 몸이 누렇게 굳어갔다.

깨진 어항 조각과 말라붙은 금붕어 두 마리로 수놓인 그의 방바닥에는 별빛의 싸늘한 숨소리만이 흘러가고 있었다.

– * –

여러 번 손을 타서 보풀이 진 샛노란 원피스를 입은 한 여자 아이가 곤히 잠들어있다. 색이 빠진 머리띠가 살포시 얹힌 머리맡에는 어딘지 모르게 어울리지 않게 큼지막한 흰 봉투가 살짝 구겨져 열린 채로 놓여있고, 그 작고 부드러운 손에는 빛바랜 메모지 한 장이 측은하게 모양새로 들려 있다.

귀퉁이가 찝찔하게 젖어 있는 그 메모지에는 아주 뭉툭한 연필로 썼을법한, 흐릿하고 삐뚤빼뚤한 글씨가 몇 자 있다.

'잘 지내니? 곧 내려갈게.'

경숙이 이모
- 『청계, 내 청춘』을 읽고

이모, 안녕

나 유정이야. 잘 지내?

저번 겨울에 보고 연락 한 번 없다가 처음으로 보내는 편지에 놀랐지? 그래도 이모가 이 편지를 받고 웃고 있을 거라 생각해.

나는 잘살고 있어. 대학 입시 준비하고 있는데 지겹다가도 재밌어. 내가 하루하루를 간절히 원하면서 이렇게 열심히 준비하는 것은 처음인 것 같아.

가끔 엄마의 옛날이야기를 듣다 보면 엄마보다 2살 많은 이모가 등장해. 공부 욕심이 많은 엄마와 달리 집안 형편을 생각해 이모는 초등학교 졸업하고 돈 벌러 갔다며. 엄마는 미안했지만 내심 이모가 돈 벌어서 동생들 공부하는데 도와줬으면 했대. 그런데 한 2년 돈을 꼬박꼬박 갖다 주던 효녀 이모가, 어느 날부터 집에도 자주 안 오고 돈도 갖다 주지 않아서 외할머니가 많이 힘들었대. 엄마 어릴 적 이야기를 들을 때마다 궁금했어. 어려운 집안 도우려고 어린 나이에 식모로 갔던 이모가, 돈 더 준다고 청계천 평화시장 시다로 가며 좋아했다던 이모가 왜 변했는지, 궁금했어.

전태일청소년문학상에 응모하려고 독후감상문 선정 책을 살펴보다가 옛날부터 궁금했던 걸, 언젠가 이모한테 묻고 싶었던 게 생각나서 이모 이야기도 있다는 '청계, 내 청춘'을 골랐어.

'청계, 내 청춘'은 이모 같은 어린 시다들의 이야기였어. 아들이 죽은 후 노동자들을 위해 평생을 싸워 오셨던 이소선 어머니, 청계 노조가 만들어지기 위해 고군분투했던 전태일 친구들, 조합원 간부 이야기도 많이 나오지만 내 눈길을 끈 건 내 나이보다 어린 이모 같은 시다들이었어.

사실 난 '시다'라는 단어도 몰랐는데 미싱사가 편하게 일할 수 있게 보조해주는 일이라며. 첫차 타고 가서 막차 타고 올 때까지 계속 일만 했다는 게, 아무리 일만 시켜도 잘릴까 봐 찍소리 못했다는 게 상상이 안 돼. 시다일 하면서 가장 괴로웠던 때는 언제였어? 철야 작업할 때, 먼지 구덩이에서 일할 때, 사장이 함부로 할 때 아니면 월급 제대로 못 받을 때? 이렇게 나열해 보니까 안 괴로울 때가 없었을 것 같다.

초등학교를 졸업했다고 해도, 이모가 하고 싶은 게 있고 아직 엄마가 생각날 나이인데 정말 힘들었겠다. 어렸을 때 집이 가난했다고 책에도 나오지만, 엄마한테 자세한 상황을 들으니 더 마음이 아프더라. 나는 대안 비인가 중학교에 다니면서 어쩔 수 없이 학교를 옮겨야 하고, 폐교를 청소해서 쓰고, 부모님과 떨어져 기숙사 생활을 하면서 장을 저렴하게 보는 법을 배우고, 직접 밥을 해먹고, 청소와 빨래를 친구들끼리 관리해 오면서 내 또래들이 안 해보는 고생 많이 했다고 자부해왔어. 그런데 만약 집이 가난해져서 이모 나이 때 식모살이든, 미싱 일이든 하라고 하면 사실 자신이 없어. 그 당시 대부분의 애들도 이모처럼 살았겠지만, 그 점은 정말 대단한 거라 생각해. 책을 보면 간혹 남편한테까지도 청계에서 미싱일 했던 걸 숨기는 사람들도 있데. 나는 오히려 자랑거리라고 봐. '나는 이렇게 고생했지만, 열심히 살았다. 상황에 최선을 다해서 살았다.' 이런 자부심을 가질 필요가 있다고 생각해.

근데 책을 읽으면서 찍소리도 못했던 시다들이 어떤 마음의 변화로 조합원이 되고 간부가 되어 사장과 싸우게 됐을지 궁금했어. 책에 나온 얘기나 엄마에게 들은 얘기로는 야학이 계기가 됐다고 해.

정말이야?

어렸을 때 서울의 빈민촌에서 자란 이경숙은 야학에서 노동운동을 배웠을 뿐 현장 싸움의 경험이 없었음에도 이날 경찰들이 진절머리를 내도록 악착같이 달라붙어 싸웠다.

시다들에게 어떤 마음의 변화가 있었을지 궁금해서 청계노조에서 어떻게 시다들을 대했는지, 야학이나 소모임은 무엇인지 계속 읽어 봤어. 내가 그 당시 시다였으면 하면서 계속 생각해 보니까 노동의 가치를 배우고 노동자들을 존중해주는 분위기 속에서의 야학은 이모가 자신감을 가질 수 있게 하고 이모의 개성을 깨워준 계기가 된 것 같아. 나는 이모와 상황은 좀 다르지만, 초등학교에서 6년 동안 공부만 하면서 살았을 때 내성적이고, 아무런 생각 없이 다른 사람들이 사는 대로 똑같이 살았었어. 그런데 대안학교에 가게 되면서 나를 학생이 아닌 하나의 인격체로 봐주고 존중해주니까 내 의사표현도 확실히 할 수 있게 되고, 활발하고 유쾌해지더라. 자신감을 가지면서 꿈도 생기니까 공부도 하고 싶고 삶이 행복해. 이모도 야학을 배우면서 그러지 않았을까? 효녀였던 이모가 할머니한테 돈을 못 갖다 준 것도, 대안학교 이전 시절의 공부 기계 같던 나를 생각하면 돌아가고 싶지 않은 내 마음과 같았을 것 같아. 가족들한테는 미안하지만, 나라도 일만 하면서 청춘을 보내고 싶진 않았을 거야. 근데 아무리 생각해 봐도 답이 안 나오는 건 이모가 항상 앞에 나섰던 거야. 몸을 사리면서 뒤에서 노조활동 할 수도 있는데.

노동자들의 위세에 밀린 경찰은 집중적으로 이재환과 김성민을 연행하려 들었다. 두 사람은 버둥대며 닭장 차에 실렸고 경찰은 그대로 출발하려 했다. 그러자 부위원장 김영선이 몸을 날려 경찰차 앞 길바닥에 드러누웠다. 동시에 이경숙도 작은 몸을 날려 차 앞에 드러누워 목이 찢어지게 소리 질렀다.

"죽일 테면 죽여라! 나를 죽여라!"

이때 기억나? 나를 보며 항상 웃으며 예뻐해 주고, 애기라고 엉덩이 토닥토닥 해주던 이모가 '죽일 테면 죽여라'라고 외치는 모습이 상상 되진 않지만, 이모가 너무 멋있고, 나도 이모 옆에 누워서 이모처럼 외치고 싶어.

피는 못 속인다고 이모를 닮았는지 나도 세상의 불의를 고쳐나가기 위해 나름 노력은 해! 저번 5차 희망버스 때 거리에서 밤을 지새우며 '정리해고 철회하라'를 외치며 시위를 했고, 매년 5.18기념행사도 꾸준히 참여해왔어. 위안부 할머니들을 응원하기 위해 수요시위도 참석하고. 그렇지만 이모와 다른 점은 앞에서 나서서 싸우지도, 끝까지 싸우지 못해. 나는 정의를 위해 싸우다가도 공부도 더 하고 싶고, 연애도 하고 싶고, 여행도 가고 싶고, 부모님께 효도하고 싶고 살면서 하고 싶은 것을 생각하며 도망칠 것 같아. 아직도 힘 세 보이는 사람이 잘못하고 있을 때 아니라고 말하는 것도 겁나. 이모는 보안대 요원들이 갑자기 모임장소에 쳐들어오고, 차에 깔릴 수도 있는 상황을 지나고서도 소극적이게 활동도 안 하더라. 그러고 나서도 재판관한테도 달려들었다며? 도대체 이모를 앞장서서 거리에 나가게 한 힘은 뭐였을까?

어렸을 때는 이모가 식당을 해서 이모에 대한 이미지는 요리 잘하고 나 예뻐해 주는 상냥한 이모라고 밖에 생각하지 않았어. 근데 책을 보고 이모에게 편지를 쓰면서 이모가 되게 존경스럽다. 이모가 지금 천연염색으로 옷하고 여러 물품을 만드는 일을 하고 있잖아, 그게 아쉬워. 내 생각에는 이모는 집안에서 셋째였는데도 제일 처음으로 일 한 것도 그렇고 요리도 잘하고 그런 거 보면 야무지고, 앞장

서서 싸우던 강인함도 있으니까 더 어마어마한 일을 할 수 있다고 보거든. 이모가 오십 대지만 인생은 짧으면 30년 길면 50년까지 더 남았잖아? 천연염색 일도 좋지만, 이모가 내 나이 때처럼 하고 싶은 일을 하면서 살았으면 좋겠어. 내가 항상 응원할 테니까 힘내고!

언제 볼 수 있으려나? 대학 붙고 시간이랑 마음이 여유로워지면 이모네 집 놀러 갈게.

그동안 잘 지내고 건강 항상 생각하고, 세상에서 건강만큼 중요한 건 없으니까!

힘찬 오빠랑, 청림 언니, 이모부한테도 안부 전해줘. 잘 지내.

2012년 8월 9일 목요일. 유정이가

구름

땡볕에 사라진 자리에
서늘한 바람이 자리 잡은 가을 날씨에도
유기공방 안은 쇳물의 뜨거운 열기로 가득 차
저절로 땀방울이 맺힌다

유기공방 안에서 쇳덩어리는
네핌질 되어 갓 구운 핫케이크처럼 얇아지고
얇아진 쇳덩어리는 다시 화덕으로 옮겨져
달궈지고 두드리고 잘라내기를 반복한다

쇳덩어리가 두드릴수록 얇게 늘어지듯
바람은 단단한 벽에 부딪혀
두드릴수록 자꾸만 얇아져갔다
하늘을 수놓은 구름처럼
손을 뻗으면 닿을 것처럼 가깝다가도
길을 걷다 올려다보면 한없이 멀게만 느껴졌다

두드림으로 만들어진 징은 뒷면에
두드렸던 자국을 선명하게 새기고 있었다
자국을 새길 때마다 깊어진 깊이만큼
징은 맑고 깊은 소리를 냈다
소리는 멀리 퍼져 다시 전율을 새기고 돌아왔다

아직 두드림의 자국만 새길 뿐
깊은 소리를 내지 못한다
길을 가다 마주한 커다란 구름
그 위에 바람을 새겨놓으면
구름이 바람을 안고 떠나간다

별을 삼키다

바닷물을 먹고 끝없이 흘러나온
맹그로브나무 뿌리와 줄기 사이를
정글 삼아 넘어 다니는 소년
주머니에 두둑한 별을 챙겨 넣고
오늘도 숲속으로 등교를 했다
상처투성이가 된 맨발을
한 발씩 내딛을 때마다
잔가시들이 소년의 발에 깊게 박혀가고
베인 곳에서 흘러나온 진물은
진흙 사이에 박혀 제 상처를 숨긴다

서로를 옭아맨 줄기와 뿌리들이
제 몸도 모자라 순식간에 소년까지 옭아매고 있다
나무줄기에 뒤엉켜가며
쿠릴 조개를 찾는 소년
시장에 내다팔 쿠릴조개를 찾기 위해서
소년은 매일 맹그로브 숲에 가야만했다

나무사이를 수십 번 오가도
빈 그물에 조개는 쌓이지 않고
그럴 때마다 소년은 주머니에서
별을 한 주먹 꺼내먹는다
하루 종일 별을 삼키는 시간만 기다렸던 소년
별이 식도를 타고 내려가

뇌신경을 소용돌이치듯 넘나든다
섬광을 내며 소년의 세계를 잠시 소등한다

매일 우주 속으로 빨려 들어가는 소년
밀물과 썰물의 중심에서
맹그로브나무는 바다를 보호하고
누구에게도 보호받지 못하는 소년,
이름 없는 행성이 되어
캄캄한 우주 속을 헤맨다

발자국

배를 대고 누운 여자의 등판에
새겨진 나비가 태워진다
딱딱거리는 소리를 내며
기계가 지나갈 때마다 까맣던 테두리가 하얗게 변한다
나비 날개 한쪽에 색소레이저를 갖다 대도
이미 오래 전 자리 잡은 기억처럼
스며든 문신염료는
완전히 지워지지 못한다

온몸에 피멍울이 필 때마다 집에서 뛰쳐나와
보이지 않는 발자국들을 잊으려
상처를 새겼던 여자
일초에 팔십 번 바늘이 스쳐 지나치고
문신 염료가 살갗에 스며들 때면
얼굴을 내리치던 아빠의 손도
사라지지 않는 발자국도 잠시 잊혔다

술주정이 흩어진 집이 아닌 곳으로
갈 수 있길 바라며 새겼을 나비,
나비의 색이 희미해지는 동안
여자는 박제된 나비처럼 갇혀
홀로 어둠을 삼키며 멍울을 어루만졌다
겉에 보이는 멍울보다
언제나 보이지 않는 발자국은

더 많은 상처를 찍어낸다

지워버리고 싶은 발자국은 시간을 먹고
자꾸만 더 또렷해진다
무엇으로도 지울 수 없는 깊게 파인 발자국이
이제 박제된 시간 속을 걸어 나온다
여자의 몸에 새겨진 나비는 시간을 밟고 거꾸로 변태한다
여자는 하얀 점이 된 나비를 자꾸만 힐끔거린다

사라지다

제 몸을 뒤로 젖힌 노란 백합
여자는 곧게 뻗은 암술과 수술을
손가락으로 그러쥐며
손가락 끝에 엷은 힘을 준다
여자의 손가락에 딸려 나오는 수술
전해질수 없는 꽃가루들이
바닥에 떨어져 흩어진다

꽃가루가 전해지지 않아
홀로 남은 암술을 담은 백합같이
혼자 남겨진 할아버지
평생 꼿꼿했던 할아버지 옆에서
둥글게 그를 지켜봐주던 수술이 사라져버리자
피울 수 없는 꽃송이가 된 할아버지

할머니를 잃어버린 할아버지에게
벌이 되어 날아간 자식들은
잠시 들렸다 가지조차 않는다
박람회를 위해 오래도록
잎을 열어두어야 하는 백합처럼
혹시나 찾아올 자식들을 위해
잎을 열어젖힌 할아버지는
잎을 열어둠으로써 아직 자신이 있음을 알린다

할아버지는 마루에 걸터앉아
지붕 아래로 떨어지는 빗방울을 본다
둥글게 뭉쳐 제 형상을
사방으로 지워나가는 빗방울들
모습을 지워나갈 준비를 하는 할아버지는

꽃인가, 빗방울인가

무늬

링크 벨의 입자가 귀를 울린다
입안을 맴도는 응답을 내뱉으며
반사적으로 달려가는 여자
어눌한 말투로 불판을 간다

입에서 흘러나오는 자음과 모음이
제 짝을 찾지 못하듯
여자는 어디에도 속하지 못한다
저녁을 먹는 단란한 가족을 보며
바다 건너 남은 가족의 단출한 밥상을 떠올린다

제아무리 이 나라 사람들과 비슷한 생김새를 하고
똑같은 앞치마를 둘러도
이곳에서 여자는 언제나 이방인
석 달째 돈을 송금하지 못해
곯은 배에 무늬를 새길 아이들
하루하루 기다림으로 배를 채우고 있을 것이다

여자는 매일 아줌마라는 이름으로 불리며
반 토막 난 말에 굽실거린다
눌어붙은 고기 불판을 닦으며
독한 세제에 손가락무늬도 잃어버렸다
자신도 지문도 잃어버린 여자
손가락에 새겨진 무늬가 사라졌듯

여자의 시간도 빛이 바랬다

무릎에 기워진 파스를 매만지며
거친 손을 감싸주던 아이들을 떠올리는 여자
생에 무늬 한번 새겨본 적 없는 여자의
가뭄 든 손가락에 지문이 차오른다

하우스메이드

조금 심하게 말하자면 작은 고모 집에는 현대판 노예가 있다. 바로 우리 할머니다. 얼마 전 고모의 집에서 할머니를 보는 순간 나는 하우스메이드가 떠올랐다. 할머니는 고모부와 고모의 명령에 따라 움직이고 있었다. 고모가 "엄마, 밥!" 하면 할머니는 바로 밥을 퍼왔고, 고모부가 "장모님, 애들 좀!" 이러면 할머니는 바로 손자를 업었다. 나는 그 모습이 너무 보기 싫었다. 고모는 정말 잘산다고 말할 수 있는 상류층 부자였고, 내가 만약 그만한 돈을 벌 정도였다면 가정부를 들였을 것이다. 그런데 고모는 돈도 안 들고 싸움날 일도 없는 할머니를 이용해서 결국 몇 년째 손 안 대고 코를 풀고 있는 격이다. 고모부는 딸이 없어 나를 아꼈다. 그만큼 나도 고모부를 아빠처럼 대했고, 할머니에게 무언가를 시킬 때면 고모부를 나무란 적도 있다. 우리 아빠가 그렇게 행동한다 해도 그랬을 테니까 말이다. 하지만 고모부는 그 얘기를 귓등으로도 듣지 않았다. 내가 할머니라는 단어를 꺼내기만 하면 "용돈 줄까?"라며 말 돌리는 솜씨는 언어술사 부럽지 않다.

한 번은 고모부가 혼자 몰래 부엌에서 부스럭거리는 소리를 내서 내가 지켜본 적이 있다. 구석 창고에서 눈치를 보며 무언가를 마시기에 내가 다가가자 고모부는 나쁜 짓을 하다가 들킨 것 마냥 화들짝 놀란 표정을 지었다. 그때 고모부 손에는 '홍삼진액'이라고 적힌 조그만 병이 들려 있었다.

"고모부, 뭐하세요?"

고모부는 나에게 소곤소곤 이야기하기 시작했다.

"어……. 요즘 기운이 없어서 홍삼 좀 샀어. 이거 비밀이다. 네 고모 몰래 산거야."

"이거 어디에 좋은데요?"

"홍삼? 피로회복도 되고, 항암효과도 되고, 노화방지도 되고, 숙취제거도 되고 다 좋지. 이거 하나면 끝이야 끝."

고모부는 내 앞에서 병을 흔들며 자랑을 했다.

"여기서 뭐하냐?"

그때 할머니가 고모부와 나를 발견했다. 고모부와 나는 놀라 뒤를 돌아봤다. 할머니가 우리 쪽으로 점점 다가오고 있었다. 나는 아까 고모부가 왜 그렇게 화들짝 놀랐는지 이해가 되었다. 나는 이왕 이렇게 된 김에 좋은 거라니까 할머니에게 주고 싶어서 홍삼진액 한 병을 꺼냈다.

"할머니! 빨리 와 봐요. 이거 잡수셔. 몸에 좋대."

할머니는 의아해하는 표정으로 진액을 받아들었다. 고모부의 표정이 일순간 일그러졌다.

"민희야, 잠깐만……. 이거 날짜 다 정해진 거라. 안 돼. 딱 한 달치 분량이야."

고모부는 할머니의 눈을 쳐다보지 못한 채 나에게 대신 말을 했다. 어떻게든 자신의 홍삼진액을 뺏기지 않으려고 머리를 쓰는 것이다. 할머니는 이내 병을 내려놓았다.

"그래 됐다."

할머니의 얼굴에 실망한 기색이 역력했다. 고모부는 할머니가 병을 내려놓자마자 재빠르게 집더니 자기가 몰래 숨겨놓던 박스에 다시 넣었다. 나는 고모부에게 실망했다는 말조차 하지 않았다. 고모부는 그러고서 부엌을 조심히 빠져나갔다. 서로 말은 하지 않았지만 아마 할머니나 나나 같은 생각을 하고 있었을 것이다.

고모부가 할머니를 이렇게 대하는 이유는 따로 있다. 남부러울 것

없이 자란 부잣집 외동아들인 고모부는 어릴 때부터 왕자님이라는 소리를 듣고 자랐다고 한다. 사업도 물려받았다하니 아마 평생 손에 물도 안 묻힌 것은 당연하고 또 고생이란 것도 전혀 모르는 사람일 것이다. 그리고 가장 중요한 이유는 태어날 때부터 집에 가정부가 있었다고 한다. 그런데 결혼을 해서 가정부가 없으니 생활에 적응이 되지 않았던 고모부는 가정부 나이대라고도 볼 만한 할머니에게 이것저것을 시키기 시작했다. 할머니는 또 바보같이 고모부 덕분에 가난했던 가족이 인생을 펴게 된 거라며 고모부한테 함부로 하지도 못하는 것이다. 우리 엄마는 그런 할머니가 너무 안쓰러워서 할머니를 우리 집으로도 데려오려고도 했었다. 하지만 짠돌이 고모부가 '무료 가정부'를 쉽게 놓아줄 리 없었다.

고모부도 처음부터 할머니에게 시키는 것을 대놓고 시작한 것은 아니었다. 고모부는 고모 모르게 몰래 할머니에게 한두 번씩 이런저런 일을 시켰다. 그러다가 한번 심하게 들킨 적이 있다. 그런데 고모가 알고도 모른 척한 것이다. 자신이 가난하게 자란 게 할머니 탓이라며 평소에 할머니를 못마땅했던 사람이 바로 고모였다. 그 뒤로 고모부의 부름이 잦아지게 되었다. 고모가 자기편이라는 걸 확실히 알게 되었으니 누구의 눈치를 볼 필요가 없는 것이다. 그래서 고모부네 집에 갈 때면 고모랑 고모부는 볼수록 젊어지는데 할머니는 그 반대로 등이 굽고 손이 더 쭈글쭈글해지는 모습이 어린 나의 눈에도 너무 보기 싫었다.

특히나 고모내외 사이에는 진오라는 초등학생 사촌동생이 한 명 있었는데 두 분은 할머니에게 아예 양육을 맡겼다. 자기들은 바쁘다면서 말이다. 그래놓고 진오 성적이 1점이라도 떨어졌다 치면 바로 할머니에게 다짜고짜 애를 어떻게 교육시킨 거냐고 뭐라고 하는 날이 내 눈에도 자주 띄었다. 고모부는 심지어 "장모님, 돈 받으시는 만큼은 하셔야죠." 라며 심한 말을 하기까지 했다. 그때 할머니가 처음으로 화를 냈던 날이었다.

"최서방, 너무하네! 내가 그렇게 뭘 잘못했나?"

그러자 고모가 나타나서는 할머니를 끌고 방으로 들어갔다.

"엄마, 진오아빠가 엄마 싫어해서 그러는 거 아닌 거 알지? 우리 집 빚 다 갚아주고 못 살았던 거 구해준 사람이잖아. 그러니까 웬만하면 우리 싫은 티 내지 말자."

할머니를 '아낌없이 주는 나무'라고만 아는 고모부부가 너무 마음에 들지 않았다. 그래서 나는 늘 할머니를 보면 고모부 때문에 더욱이 일만 하는 가정부의 이미지가 떠오르는 것이다.

몇 년 전 나는 필리핀과 남아프리카공화국으로 여행을 갔었다. 그 두 곳엔 모두 가정부와 같은 의미인 메이드가 있었다. 필리핀에 있던 메이드는 줄리아라고, 남아프리카공화국에 있던 메이드는 크리스티앙이라 불렸다. 그 두 여자의 공통점은 딱딱하게 굳은 손가락, 허름한 옷차림 등 모두 좋아 보이지 않은 것들이었다.

처음 나는 줄리아를 보고 알던 사람인마냥 무척이나 반가워했다. 나는 그때 필리핀으로 유학을 가 있는 사촌언니를 만나러 간 것이었기 때문에 아는 사람이라곤 언니밖에 없었고 언니가 학교에 가는 날이면 결국 집에 남아 있는 사람은 줄리아와 나뿐이었다. 나는 그래서 특히나 줄리아에게 이것저것 물어보았지만 그녀는 내 말을 못 들은 척하거나 일부러 내 눈을 피하기 일쑤였다. 처음에는 너무 당황스러웠지만 내가 줄리아와 같은 입장이었어도 생판 모르는 외국인이 친한 척하며 말을 걸면 자기도 모르게 피할 수도 있다고 이해하기로 했다. 줄리아는 모두가 잠들면 갔고 또 모두가 잠든 시간에 왔다. 매일같이 누군가의 감시를 받으며 하루 종일 일하는 것이다. 나는 그래서 줄리아를 더 챙겨주려고 노력했다. 줄리아의 인생에서 '잘해주던 사람'으로 남으려고 마음먹은 것이다. 어느 날은 내가 줄리아와 단 둘이 있을 때 한국에서 가져온 과자를 건넨 적이 있다. 줄리아는 처음으로 나에게 반응을 했다. 놀라는 표정을 짓더니 고맙지만 사양하겠다며 손을 절레절레 흔들었다.

"줄리아, 괜찮아요. 주려고 가져온 건데."

"괜찮아요."

나는 일부러 아쉬운 표정을 지었다. 그제서야 줄리아는 그것을 잡아들고는 대신 자기가 받은 것을 비밀로 해달라고 신신당부를 하는 것이 아닌가. 나는 순간 내가 하면 안 될 짓을 했다는 것을 깨달았다. 홈스테이 주인이 어떠한 손님이든 간에 아무것도 받지 않기를 약속 하에 그녀를 고용한 것이었다. 그녀는 고용주 앞에서 아무런 반항도 할 수 없는 나약한 존재였던 것이다. 돈을 받고 일한다는 것만 빼면 노예나 다름없었다. 그런 조건이 이미 당연하다는 듯 그녀는 아무렇지 않게 말을 했다. 그러므로 나는 줄리아가 난처한 상황에 빠지도록 계속 이끈 것이다.

"괜찮은데……."

"만약 주인이 물어보면 샀다고 해요. 제가 판 거라고 말할게요."

그러자 줄리아는 나를 신뢰한다는 듯 행복한 표정을 지었다. 그날 이후 줄리아는 가끔 나에게 말을 걸어왔다. 한번은 줄리아가 급하게 부른 적이 있었다. 그녀가 그렇게 나를 다급하게 부른 적은 처음이었기 때문에 나는 놀라서 달려갔다. 줄리아의 상태는 심각했다. 그녀의 이마에서 식은땀이 흘렀고 배를 부여잡고 있는 것이 한눈에 보아도 심한 복통이 찾아온 것이다.

"민희, 민희! 나 약국 좀 갔다 와도 될까요? 만약 주인아주머니 오면 잘 좀 말해주세요."

나는 약국을 가는 데까지 누군가의 허락을 맡아야 하는 줄리아를 보니 순간 울컥한 마음에 눈물이 고였다.

"빨리 갔다 와요. 내가 가서 약을 사다주고 싶지만, 약국이 어딘지 잘 모르니까. 미안해요."

줄리아는 내 말을 듣자마자 부리나케 뛰어나갔다. 다 헐린 슬리퍼를 신고 뛰어가는 줄리아는 넘어질 듯 아슬아슬하게 약국을 향해 달렸다. 5분 쯤 지나서야 갈 때보다 더 빠르게 뛰어오는 줄리아가 눈에 띄었다.

"줄리아! 아직 아주머니 안 오셨어요. 천천히 와요!"

내 말에도 그녀는 아랑곳하지 않고 숨 가쁘게 달려왔다. 한 손에는 약 봉지가 들려 있었다. 그녀는 겨우 집에 발을 들여놓고서야 그녀는 숨을 돌렸다. 나는 줄리아에게 물 한 컵을 가져다주었다. 그러자 그녀는 약을 꺼내 빈속에 들이키는 것이다.

"빈속에 먹으면 안 돼요."

"괜찮아요."

줄리아는 항상 입버릇처럼 괜찮다는 말을 달고 살았다. 아무래도 메이드 생활을 하면서 든 버릇 같았다. 나는 그 날 이후로 줄리아와 같이 모두 잠들 때까지 기다리면서 이런저런 이야기를 나누었다. 그녀는 남편과 딸 하나가 있는 주부였다.

"보다시피 난 이런 일을 하면서 아이를 키워요. 남편은 몸이 성치 않거든요."

마치 외국의 안타까운 실상을 다룬 흔한 다큐멘터리를 보는 느낌이었다. 그런 줄리아에게 너무나 당연한 대답이 돌아올 질문은 하지 않는 것이 좋을 것 같았다. 나는 힘들지 않냐는 질문을 하려다가 다시 삼켰다.

"아이가 기다리니까. 이제 그만 가볼게요. 오늘 고마웠어요."

"마을 밖까지 데려다줄게요."

"괜찮아요."

"나 내일 떠나는데……."

줄리아는 조금 놀란 듯 했다. 나는 먼저 다가가 그녀를 꼭 안아주었다.

"힘들면 나한테 가끔 연락해요. 내 첫 외국인 친구니까."

나는 그녀에게 이메일이 적힌 종이쪽지를 건넸다. 그녀는 쪽지를 한참이나 들여다보더니 정사각형으로 곱게 접고는 주머니에 넣지도 않고 손에 꼭 쥔 채 떠났다.

나는 나쁘게도 한국에 도착하자마자 그녀를 잊었다. 이메일을 잘 확인하지도 않았다. 딱히 변명하고 싶지는 않지만 고등학교에 들어갈 준비를 하면서 바빴던 것은 사실이다.

그러다가 나에게 또 한 번 외국 여행을 가게 될 기회가 찾아왔다. 바로 남아프리카공화국이었다. 2010년 남아공 월드컵을 앞두고 축구를 좋아하는 아빠 덕분에 없는 돈을 털어 '아프리카 최초의 월드컵' 경기를 보러 가게 된 것이다. 나는 비행기 표를 사자마자 주위 친구들에게 자랑을 해댔다. 비행기 타는 날만을 기다리며 달력에 하루하루 표시할 때마다 나는 신이 나있었다.

나는 오랜만에 줄리아가 떠올랐다. 메일을 확인해보자 줄리아의 메일로 메일함이 가득 차 있었다. 메일은 작년 12월에 끊겨 있었다. 내가 필리핀에 갔을 때가 2009년 1월이었으니까 그녀는 1년 가까이 나에게 SOS를 보낸 것이다. 나는 그것을 무참히 무시해버렸다. 그 내용들은 하나같이 홈스테이 아주머니에 관한 내용이었다. 아줌마는 내가 한국으로 돌아가고 난 후에 더욱 줄리아를 못되게 괴롭혔다고 한다. 물론 줄리아의 입장에서 쓴 글이라 더욱 과장된 면도 없지 않아 있겠지만 그녀의 편지를 읽으면 읽을수록 나는 화가 났다. 정말로 노예가 아니고 무엇인가. 내용을 보아하니 나와 줄리아가 가깝게 지내자 아주머니는 줄리아가 나에게 무언가를 받았으리라 생각하고 그것과 관한 얘기를 하다가 그녀를 때린 모양이었다. 나는 남아프리카공화국으로 출국을 하기 전 늦었지만 미안하다며 줄리아에게 사과하는 내용의 메일 한 통을 보냈다.

다음 날 들뜬 마음을 진정시키고 비행기에 올랐다. 도착한 그곳은 꽤나 놀라웠다. 푸른색의 높은 하늘이 날 반겼고 내가 생각했던 그런 아프리카의 이미지는 찾아보기 힘들었다. 며칠간 묵을 집을 찾아간 순간 나는 더욱 내 생각이 완전히 잘못되었다는 것을 깨달았다. 특히나 요하네스버그라는 도시에는 100평 남짓한 마당과 수영장이 포함되어 있는 넓고 넓은 주택들이 펼쳐져 있는 것이었다. 아빠 말로는 그 동네가 부자동네라지만 나는 아프리카가 이 정도일 줄은 아예 상상도 하지 못했었다. 흑인들보다 백인이 더욱 많이 눈에 띄었고 전부 깔끔하게 지내는 모습이 나에겐 정말 적지 않은 충격을 안겨주었다. 나의 방이라고 소개를 받은 곳에 들어서자 푹신한 침대가 한눈에 들어왔다. 나는 영화에서만 보던 것처럼 짐을 던지고 침대로 뛰어가 푹 꺼질 만큼 푹신하게 누웠다. 창문 밖에서 솔솔 불어오는 시원한 공기를 맞으며 잠시 누워있자 누군가 노크를 하는 소리가 들렸다.

"들어오세요."

나는 순간 줄리아가 그곳에 서 있는 줄 알았다. 이곳에도 어김없이 메이드가 존재했던 것이다.

"크리스티앙이라고 해요. 저는 여기 옆 별관에서 지내니까 필요한 것이 있으면 불러주세요."

그녀는 처음 나를 낯설어하던 줄리아와 같은 눈빛을 하고 있었다. 나에게 또 다른 임무가 생긴 것이다.

다음 날 우리 가족은 요하네스버그 근처를 구경하다 밤늦게 들어갔다. 집으로 돌아가자 크리스티앙은 활기찬 모습으로 우리를 맞이했다. 아무래도 저녁을 준비해 놓은 모양이었다. 부엌으로 가자 한 상 가득 차려진 음식들이 펼쳐졌다. 그녀의 솜씨는 수준급이었다. 나는 그녀가 부끄러워서 피할 정도로 계속해서 칭찬을 했다. 그녀는 다행히 줄리아보다는 활달한 성격이었기 때문에 우리는 서로 장난도 치고 같이 쇼핑도 나가기도 할 정도로 친해졌다. 그녀는 나에게 자신의 얘기를 들려주었다. 그녀에게도 어린 자식이 있었다. 메이드 생활 때문에 못 본 지는 꽤 되었다고 했지만 줄리아와 같은 말을 했다.

"어쩔 수 없잖아. 내가 힘을 내야지."

그런 그녀의 당당함 덕분에 그나마 줄리아를 대할 때보다는 조금 덜 부담스러웠다는 것도 과장은 아니었다. 내가 떠나는 날까지 그녀는 나에게 약한 모습을 보이지 않았다.

"너희 나라가 좋은 성적을 내도록 응원할게."

"보고 싶을 거예요."

나는 그녀에게도 종이쪽지를 건넸다. 그녀와 헤어지자 나는 줄리아의 답장이 도착했을지 궁금해졌다.

한국에 도착하고 우리나라는 16강의 성적을 냈다는 소식이 전해졌다. 이윽고 줄리아의 소식도 전해 들어왔다.

「민희에게. 만약 너희 언니로부터 그 동안 무슨 일이 있었는지에 대해 나의 이야기가 전해진다면. 너는 나를 이해해줄 수 있을까? 그 동안 고마웠어. 더 이상은 연락하지 못할 것 같아.」

나는 이 편지의 내용을 하나도 이해할 수 없었다. 내가 아무리 답장을 보내도 줄리아의 대답은 돌아오지 않았다. 결국 나는 수화기를 들어 사촌언니에게 연락을 했다.

"줄리아? 걔 밥통이고 뭐고 전부 훔쳐서 도망갔어. 경찰에 신고는 해봤는데 어떻게 그렇게 은혜를 보답하니? 나쁜 년이야. 먹여주고, 재워주고, 일한다고 돈도 줬는데. 아주머니는 그 일 일어난 뒤로 아파서 드러누우셨어."

한 단어로 말하자면 충격이었다. 약하고 여리기만 하던 그녀가 하룻밤 사이에 도둑이 되어 경찰에게 쫓기는 신세가 되어버린 것이다. 자유를 찾아 떠난 줄리아는 지금 과연 만족해하고 있을까.

나는 순간 할머니가 떠올랐다. 할머니가 그 동안 얼마나 달아나고 싫었을지 나는 예상할 수 없었다. 내가 한동안 컴퓨터 앞에 앉아 생각에 잠겨 있는 동안 전화 한 통이 걸려왔다. 내가 전화를 받으러 발걸음을 옮기려 하자 소리가 끊겼다. 엄마가 받은 것이다. 뒤이어 엄마의 놀라는 목소리가 들려왔다.

"네?! 어머니를요?"

아무래도 할머니에게 무슨 일이 생긴 것 같았다. 나는 엄마에게 입모양으로 '왜?'라며 되물었지만 엄마는 나에게 대충 손짓을 하고 심각하게 전화를 이어갔다. 나는 너무 궁금해서 자리를 뜰 수 없었다. 할머니도 줄리아처럼 탈출한 것일까. 엄마의 전화는 한 시간 가량 이어졌다. 길고 긴 전화가 끊어지자 엄마는 가장 먼저 한숨을 내쉬었다.

"엄마, 왜? 무슨 일인데? 응?"

내가 재촉을 하자 엄마는 한 번 더 한숨을 쉬더니 말을 꺼냈다.

"네 고모부가 결국엔 어머니를 쫓아냈대."

"뭐? 할머니를? 왜, 언제?"

"어젯밤에 갑자기 집 알아보는데 같이 가자해놓고, 여기가 당신 살 집이라고 했대나. 어머니 지금 가뜩이나 몸도 안 좋으신데……. 이제 쓸 만큼 썼다 이거지."

"엄마……. 할머니 뭐 하나도 가져간 거 없대?"

"받은 게 뭐 있겠니. 어머니는 줘도 안 받으실 분이셔."

나는 내심 할머니가 줄리아처럼 무언가 하나라도 훔쳐서 달아났기를 바랐다. 하지만 할머니는 훔치기는커녕 삶을 통째로 도둑맞은 것이다. 엄마의 얘기가 끝나자 나의 손이 떨렸다. 나는 고모부집으로 향했다. 그리 멀지 않은 거리여서 나는 고모부와 자주 왕래하는 사이였기 때문에 집 비밀번호도 알고 있었다. '680619' 비밀번호마저 고모부다웠다. 고모부의 생일인 것이다. 그만큼 고모부는 누구보다도 자기 자신을 사랑하는 인물이었다. 아마 누군가 보물 1호가 무

어냐고 물어본다면 잠시의 망설임도 없이 자기 자신이라고 말 할 것이다.

"고모부, 저 왔어요."

집에서는 아무 대답도 들려오지 않았다. 집에 아무도 없는 모양이었다. 나는 부엌으로 향했다. 고모부의 '보물 2호'가 있는 곳. 싱크대 오른쪽 가장 밑에 있는 서랍을 열었다. 서랍이 열리자 병끼리 부딪치는 청량한 소리가 났다. 홍삼진액은 3병밖에 남아 있지 않았다. 나는 마음속으로 주문을 걸었다.

'나는 훔치는 게 아니야. 할머니 것을 되찾아 드리는 거지.'

커다란 가방을 열고 홍삼진액 3병을 곱게 담았다. 도중에 깨지지 않도록 천으로 감싸기도 했다. 가방에 그것들을 넣었는데도 아직은 텅텅 비어 있었다.

'이거로는 아직 많이 부족한 거 같아.'

나는 남아 있는 물건 중 할머니가 아끼던 것들을 더 가방에 채웠다. 제법 가방이 불룩해졌다. 그럼에도 부족한 느낌은 가시지 않았다. 오히려 아까보다 더욱 허전한 느낌이 더해졌다. 하지만 그게 무엇인지 알 수가 없었다. 나는 결국 허전한 마음을 지우지 못한 채 가방을 메고 나왔다. 나는 뒤도 돌아보지 않고 할머니가 이사 간 집으로 발걸음을 옮겼다. 엄마가 알려준 주소는 그리 멀지 않았다. 넓은 주택들이 모인 마을이 사라지자 높은 고층아파트 단지가 펼쳐졌다. 그리고 그것들을 모두 다 지나서야 작은 빌라가 옹기종기 모인 마을이 나타났다. 할머니는 그곳에서 지내고 있었다. 나를 보고는 꽤 당황한 모습을 보이는 할머니였다.

"어떻게 알고 왔어?"

"엄마가 알려 줬어요. 할머니, 드릴게 있어."

나는 가방을 열어 이것저것 꺼내 할머니의 눈앞에 펼쳐 보였다. 할머니의 눈이 동그래졌다.

"이걸 다……. 네 고모부가 전해주라 그러더냐?"

"아니, 내가 훔쳤어요."

할머니는 아무 말도 하지 않았다. 나는 마지막으로 홍삼진액을 꺼냈다.

"얼른, 드셔. 그 동안 힘들었죠? 이거 몸에 좋대. 전에 말했었나?"

할머니는 몇 십 년 묵은 갈증을 푸는 듯 몇 모금 되지도 않는 진액을 꿀꺽꿀꺽 마셨다.

"쓰다."

"할머니, 이거 다 드시면 내가 또 사다 줄게요."

나는 할머니에게 사탕을 건넸다.

그때 주머니에서 진동이 울렸다. '고모부' 얄미운 세 글자였다. 내가 전화를 받자마자 고모부는 소리를 쳤다.

"우리 집에 도둑이 들었나봐! 그거 없어졌어!"

"뭐요?"

"그거 말이야. 홍삼."

고모부는 할머니의 물건이 없어진 줄도 모른 채 자신의 보물만을 생각했다. 그러면서 또 '홍삼'이라는 단어를 특히 조용히 말했다. 나는 고모부에게 하고 싶은 말이 목구멍까지 차올랐다.

'도둑은 고모부예요. 할머니의 인생을 훔쳤잖아요.'

하지만 고모부는 경찰에 신고도 못할 것이다. 누구보다 자기 체면을 중시하는 사람이 아무도 모르게 혼자 비싼 것을 사먹었다는 것이 알려지면 그 동안 쌓아왔던 게 와르르 무너지니까 말이다. 결국 고모부는 내 예상대로 경찰에 신고를 하지 못했다.

또 다른 바보를 꿈꾸며
『전태일 평전』을 읽고

파키스탄의 전태일 이크발 마시흐에게.

안녕? 이크발 마시흐. 파키스탄은 어떤 날씨니? 폭염의 대한민국은 올림픽에 출전한 선수들을 응원한다고 더욱 후끈해졌어. 나는 요즘 살랑대는 1초의 바람에 고마움을 느끼고 있는 중이란다.

이크발 마시흐, 그 동안 잘 지냈지? 하늘나라에서 조금씩 변해 가고 있는 세상을 내려다보며 흐뭇하지? 이크발, 너는 4살 때부터 공장에 들어가 카펫을 짜는 노동을 했어. 세상에! 4살에 힘든 노동을 하다니 너무나 비극적인 일이야. 이크발 마시흐, 너는 '우리 어린이들에게는 어린이로서 살 권리가 있다.' '어린이는 도구를 들고 일하는 대신 연필을 들고 공부해야 합니다.'라고 외치다 13살의 어린 나이에 총에 맞아 죽고 말았어. 나는 너무나 충격을 받았단다. 나보다 어린 네가 힘든 세상을 살다가 짧은 생을 마치다니……. 세상은 왜 이렇게 불평등할까?

이크발, 나는 한 사람의 평전을 읽게 되었어. 나는 평전과 위인전에는 별로 흥미가 없어. 위대한 사람들이 살아간 이야기니깐 내 자신이 한심해 보여서 말이야. 또 책이 오래되어서 책벌레까지 기어 나오고 있었어. 하지만 이 사람의 일생은 정말 멋지고 강해서 존경스러웠어. 이 사람은 대단한 바보였어. 이 책을 읽다 보니 네가 떠올라. 아마 너와 이 사람이 원하는 사회가 같았기 때문일 거야. 그래서 벅찬 마음으로 너에게 편지를 써.

이크발 마시흐, 너 알고 있니? 우리나라에도 너처럼 근로기준법을 지켜야 한다고 주장한 사람이 있었어. 60년대 우리나라도 근로기준법은 지켜지지 않았단다. 어린 여공들은 활짝 피지도 못한 나이에 병에 걸려버렸지만 죽기 살기로 일을 해야만 했단다. 그런데도 어린 여공들은 쥐꼬리만큼 월급을 받았어. 이런 현실이 너무 억울하고 불쌍해서 저항을 한 사람이 있단다. 하지만 이 저항은 공장 사장과 여러 간부들 그리고 비겁한 지식인들로 인해서 쉽게 펼쳐지지 못했어. 결국 그는 근로기준법이 확실히 지켜져 노동자들이 인간다운 삶을 살기 바라며 자기 스스로 뜨거운 불이 되어 우리의 곁을 떠났어. 그는 한 손에 근로기준법 책을 들고 '내 죽음을 헛되이 하지 말라'고 외쳤단다. 이렇게 너와 비슷한 생각을 가진 사람. 지금은 하늘에서 근로법이 지켜지고 있는 근로자들의 환경을 보며 미소 짓고 있을 사람. 바로 전태일 이야.

이크발, 전태일이 어떤 사람인지 궁금하지? 하늘에서 그 멋진 형을 만나지 못했다면 내가 미리 가르쳐줄게. 그는 정말 너에게 멋진 형이 되어 줄 거야.

전태일은 1948년 대구에서 태어나 죽을 당시까지 밑바닥 인생을 살아왔어. 사업이 잘 되지 않아 폭음과 술주정이 버릇이 되어버린 아버지로부터 어머니와 동생들을 위해 어릴 때부터 돈을 벌려고 가출을 한 사람이야. 몇 번의 가출 끝에 그는 평화시장에서 견습공으로 일하게 되었지.

전태일은 맨 처음 평화시장에서 일하게 되어 흥분을 느꼈데. 지긋지긋하던 떠돌이 생활을 그만두고 새로운 살 길이 열리리라 믿었지. 그는 밑바닥 인생에서 벗어나길 꿈꾸었을 거야. 하지만 그의 삶은 그러질 못했어. 왜냐하면 그가 평화시장의 노동환경에 눈을 떴기 때문이야. 평화시장의 노동환경은 정말 끔찍해, 아마 네가 일하던 카펫공장 같을 거야. 8평정도 되는 작업장에 높이는 고작1.5미터 32명이 끼어 앉아 일을 한데, 원래 높이가 3미터였는데 많은 사람들을 고용하기 위해서 반으로 방을 나눈 거야. 어두컴컴하고 먼지로 가득 차 있는 그런 공장에서 노동자들은 아침 8시부터 밤 11시까지 하루 평균 14~15시간 일을 해. 휴일은 한 달을 통틀어 고작 2일이라고 해. 나는 도무지 상상이 가질 않아. 어떻게 어린 여공들이 8평에서 일을 할 수 있는지. 8평은 내 방만한데 그런 곳에 32명이 들어가 일을 했다니…… 더운 여름날 그들은 어떻게 지냈을까? 옷을 만드는 공장이라서 다리미에서 나오는 열기, 몸에서 나오는 열기 정말 상상조차 하기 싫어져. 이렇게 글로만 보고 있는 나도 화가 나는데, 전태일은 오죽했겠니? 그는 그 환경에서 일하고 있는 어린 여공들이 너무 불쌍했던 거야. 부모님 곁에서 재롱을 떨어야할 여공들이 영양실조, 신경성 소화불량, 신경통, 폐병, 류머티즘, 신경성 위장병에 걸려 하루하루를 보내는 여공들이…… 그래서 그는 미싱사의 일을 그만두고 재단사가 되는 길을 택하게 되었어.

업주들은 재단사를 통해 미싱사와 견습공들을 마음대로 부려먹어. 하지만 전태일은 재단사가 되어 업주편이 아닌 노동자편이 되어 업주로부터 정당한 타협을 이끌어 내고 싶어 했지. 이크발 어때? 네가 일하던 카펫 공장에도 이런 사람이 있었으면 좋았겠지? 어린 여공들에게, 인간 취급 받지 못하는 견습공과 미싱사들에게 전태일은 하늘에서 내려온 동아줄과도 같았을 거야. 그는 한미사라는 곳에 재단보조로 일을 하게 된단다. 그는 점심을 굶고 있는 견습공들에게 버스 값을 털어서 풀빵을 사주고 자신은 걸어서 집에 갈 정도로 노동자들을 사랑하는 마음으로 바라보았어. 하지만 업주는 이런 전태일을 곱게 보지 않았어. 결국 전태일은 한미사에서 더 이상 일을 할 수 없게 되었단다.

나는 전태일의 수기 중 1969년에 쓴 수기가 가슴에 와 닿아. '인간을 물질화하는 세대, 인간의 개성과 참 인간적 본능의 충족을 무시당하고 희망의 가지를 잘린 채, 존재하기 위한 대가로 물질적 가치로 전락한 인간상을 증오한다.' 책을 읽으며 나도 전태일과 같은 생각을 하게 되었어. 인간을 숭고한 가치로 보지 않고 물질적 가치로 전락한 시대, 그 힘든 시대를 기계부품처럼 살아가야 하는 노동자들. 비참하게 바뀌어버린 인간상, 너라도 아니 이성이 있는 사람이라면 누구나 증오하게 될 꺼야. 그래서 전태일은 바보회라는 것을 조직하게 되었어.

전태일은 근로기준법 조문을 뒤지면서 바보회 모임의 사람들에게 울분을 토하며 그렇게 살아갔어. 이크발, 넌 왜? 재단사들의 모임 이름이 바보회인줄 아니? 좀더 멋진 걸로 만들지 하고 생각하고 있지? 나도 맨 처음 이름을 들었을 때 그렇게 생각했어. 하지만 그들은 멍청한 바보가 아니란다. 근로기준법을 몰라 넋 놓고 당할 수밖에 없었던 바보들이 이제는 똑똑한 바보들에게 맞서는 바보가 되기로 했어. 그래서 그들은 바보회라고 모임이름을 지었지. 정말 멋진 모임 이름이지? 하지만 바보회 모임은 오래가지 않았어.

바보회 회원들은 대부분이 직장을 옮기려고 임시로 쉬고 있던 사람들이라 노동운동에 열의를 가진 사람이 적었기 때문이야. 바보회를 하면서 전태일은 근로자들을 보호하기 위해 나라에서 근로기준법을 제정한 줄로 생각하였고 이 근로기준법을 준수시키도록 해야 하는 근로감독관에게 큰 기대를 걸었지. 이들에게 노동환경의 실태를 알려주면 뭔가 해결될 수 있겠구나 하고. 하지만 근로감독관이나 노동청이나 전태일을 배반했단다. 그들은 이미 실태를 알고 있으면서도 아무런 대책을 하지 않았어. 나는 전태일이 너무 불쌍해. 지금까지 믿어 왔던 희망들이 깡그리, 허무하게 무너져 버렸잖아.

큰 실의에 빠졌던 그는 1970년 9월 다시 힘을 내어 일어났어. 자신의 사상인 밑바닥 인간의 사상, 완전한 거부, 완전한 부정의 사상, 근본적인 개혁, 행동의 사상 이 모든 사회개혁사상을 온 몸으로 끌어안고 결심한 듯 평화시장에 다시 모습을 나타냈었어.

그는 뜻있는 사람들끼리 다시 한번 모여서 본격적으로 근로조건 개선 문제를 가지고 모임을 하게 되었어. 평화시장·동화시장·통일 상가의 사람들이 모여 삼동 친목회라는 이름을 가지고 활동하게 되었어. 하지만 그들 뜻을 펼치기에는 무리였어. 그 당시 사회는 노동 자들이 어떤 환경에서 일을 하고 있는지 어떻게 하루에 몇 명이 고통을 받으며 죽어 가는지에 관심을 가져주질 않았어. 노동자들의 죽음은 파리 목숨에 불과했지. 이들이 열심히 일을 하기에 나라가 유지되고 있는 것인데 무관심한 세상을 향해 전태일은 분노가 치밀었을 거야. 그래서 그는 큰 결심을 하게 되었지.

1970년 11월 13일 전태일은 평화시장 앞길에서 분신자살을 일으켰단다. 이 사건은 온 사회의 관심을 받게 되었어. 아무리 노동운동을 해도 관심하나 가져주지 않던 사회가 전태일이라는 사람으로 인해서 노동환경에 관심을 가지는 시발점이 되었어. 전태일은 근로기준법 책과 함께 스스로 불타올랐어. 그는 그렇게 사회개혁에 큰 불이 되어 세상을 떠났지. 그가 불속에서 생을 마감하자 대학생들, 노동자, 종교인들은 노동문제에 관심을 갖고 함께 데모를 하기 시작했지. 어때 이크발, 전태일. 그분은 정말 용기 있는 형이지. 노동자들의 가슴에 우리들의 가슴에 영원히 뜨거운 불로 남아 있을 사람이지.

이크발, 나는 어린이들을 위해 일을 하고 싶어. 아직 여러 나라에는 열약한 노동환경에서 불행하게 일하는 어린이들이 많아. 나는 너처럼 살아가는 아이들을 구해주고 싶어. 그렇기에 더욱이 전태일을 가슴속에 영원히 간직해야겠지? 전태일이 있었기에 지금 우리들은 행복하게 살고 있어.

우리 사회는 전태일이라는 바보 덕분에 살기 좋은 세상이 되었어. 나는 전태일이 보여준 희망처럼 여러 나라에서 힘들게 노동착취를 당하고 있는 아이들에게 희망을 심어주고 싶어. 이크발, 전태일을 내 가슴 깊이 간직하고 있으면 꺼지지 않는 뜨거운 불씨가 언젠가 그 일을 해 낼 수 있도록 도와줄 거 같아. 평화시장, 노동자들에 대한 사랑이 담고 있는 전태일 동상 앞에서 나는 다짐해. '전태일, 당신을 영원히 내 가슴속에 새기고 살겠습니다. 어둠의 바다를 비추는 등불이 되어 주겠습니다.'라고.

이크발, 그동안 내 이야기를 들어줘서 고마워. 하늘나라에서 전태일형을 만나면 당신이 심어 놓은 불씨가 또 다른 바보로 피어나고 있다고 전해주길 바라. 안녕.

2012년 또 다른 바보 채은이가.

낮은 곳에서 살아가는 사람들을 품으려고 하는 마음들

학생들이 투고한 작품이 330편이었는데 지난해와 달리 전태일이라는 이름에 눌리지 않아 다행스러웠다. 전태일청소년문학상의 취지는 전태일 자체를 제재로 삼기보다는 가난하고 사회적으로 낮은 곳에서 살아가는 사람들을 위해 헌신한 전태일의 정신을 구현하자는 데 있다. 따라서 전태일을 추모하기보다는 전태일의 정신을 따르는 학생들의 생각과 행동이 중요한 것이다. 이와 같은 취지를 잘 이해해서인지 학생들이 보내온 작품들의 수준이 매우 높았다.

류수현의 「열쇠」 외 5편은 활발한 상상력을 바탕으로 제재들을 감각적으로 표현하고 있다. 좀더 유기적인 구성을 갖추기를 기대한다.

백희원의 「나에 대하여 동생에 대하여」 외 2편은 제재를 구체적으로 묘사하고 있는 데다가 시 정신이 진솔해 공감대가 컸다. 「장마」가 특히 다가왔다.

이은지의 「그림자의 알레고리」 외 3편은 표현력이 뛰어났다. 「동상 앞에서」의 작품이 특히 돋보였는데, 대상을 바라보는 집중력이 좋았다.

손서윤의 「구름」 외 4편은 제재를 포착해내는 눈길과 표현력이 주목되었다. 작품의 제재들도 유기공방의 노동자, 외국인 노동자, 문신을 한 여자 등으로 넓어 관심을 끌었다.

유병현의 「공중 철창과 이카로스」 외 3편은 시 쓰기의 열정이 돋보였다. 시를 이끌어가는 힘도 있었다. 「편의점 모범수의 하루」는 탄탄한 구성력을 가진 수작이다.

전목의 「늙은 원숭이」 외 3편은 편차가 없는 작품의 수준을 보여주었다. 선택한 제재를 주제로 차분하게 연결시키는 면이 좋았다. 좀더 역동적인 관점과 표현력을 가지길 기대한다.

학생들이 보내온 시들을 읽으면서 낮은 곳에서 살아가는 사람들을 품으려고 하는 마음들에 감동했다. 이 세계 속에서 자신의 존재가치를 적극적으로 인식하는 그 모습이 실로 대견했다. 소중한 학생들에게 고마움을 전하고, 아울러 격려와 응원의 박수를 보낸다.

예심 심사위원 : 김성규(시인), 조혜영(시인)

본심 심사위원 : 맹문재(시인, 안양대 교수)

타인을 감동시키는 글쓰기

올해 산문부문에는 91명이 응모하여 예년의 숫자를 웃돌았다. 글의 수준도 한결 높아져 사장해 버리기 아까운 수작들이 적지 않았다. 청소년들 사이에 전태일에 대한 관심이 그만큼 높아져 간다는 증거로 보람을 느낀다.

특히 단편소설 응모작이 다수라는 점에 놀라웠다. 운영위원회에서는 청소년들이 소설을 쓰기는 어렵다는 판단으로 소설부문을 제외했는데 고등학생의 작품이라고 믿기 어려울 만치 좋은 소설들이 들어왔다. 더구나 예심을 통과한 5편이 모두 단편소설일 만큼 수준도 높았다. 소설 역시 산문의 범주에 들어가기 때문에 수필이냐 소설이냐 차별하지 않고 본심에 임했다.

본심에 오른 작품들은 모두 일정한 소설적 성취도를 달성하고 있어 수상권인 3편을 골라내기에 다소 어려움을 겪었다.

인도인 꿀리 소년과 한국인 여학생의 우정을 그린 정은진의 〈빠리하르의 꿈〉은 다른 작품들에 비해 구성이 약하고 작가의 생각이 이미지나 행동으로 묘사되지 않은 채 직접적으로 드러나는 부분이 많아 제외되었다.

미래의 우주 노동자를 그린 박영준의 〈나무〉는 독특한 상상력과 창의력, 노동자의 고통을 그리려는 뜻이 좋았으나 등장인물들에 대한 치밀한 묘사, 긴장이 부족했다. 현실에 존재하지 않는 사건을 그리는 작품일수록 현실성을 갖기 위한 현실을 반영한 인물묘사가 중요하다는 점을 배웠으면 한다.

부유하고 속물적인 자들에 의한 인간 차별을 그린 유정민의 〈하우스메이드〉, 건축노동자의 이야기를 그린 신지민의 〈노란금붕어〉는 주제의식이 좋고 이야기의 구성도 좋아 수상작에 올랐다. 두 학생 모두 인간에 대한 따뜻한 시선과 글쓰기의 기본기가 좋았다.

가상의 양떼목장을 배경으로 약자들의 저항을 면양이라는 동물을 통해 상징적으로 그린 〈양떼목장의 반란〉은 완벽한 문장과 빈틈없는 구성과 묘사로 최우수상인 문화체육관광부장관상에 추천되었다. 다만, 작가인 신소원 학생에게 말하고 싶다. 이 뛰어난 재능을 너무 빨리 드러내 소진하지 말고, 보다 풍부한 사회경험과 인문학적 소양을 쌓아 장차 한국문학을 빛낼 대기만성의 작가가 되라고.

이는 본선에 오른 다섯 학생 모두에게 적용되는 충고이기도 하다. 어린 나이에 신춘문예에 당선된 이후 거의 글을 쓰지 못하는 많은 작가들을 본다. 타고난 재능 때문에 너무 일찍 작가가 되는 것이 오히려 대작가의 길을 가로막는 경우다. 글은 단순히 글재주의 산물이 아니라 풍부한 인생경험과 이를 통한 깊은 사상의 반영일 때 타인을 감동시킬 수 있다. 너무 일찍 작가라는 직업인이 되어 타인의 삶을 구경만 하는 '관찰자'로 살다보면 진정한 인생의 고락을 느끼지 못하고 좋은 글도 쓰지 못하기 쉽다.

　전체 심사위원들의 일치된 찬사를 받은 신소원 학생은 물론 더욱 겸손해질 일이요, 다른 학생들은 이번에 원하는만큼의 성과를 얻지 못한 것을 오히려 전화위복의 계기로 삼기를 바라는 마음이다.

예심 심사위원: 박선영(잠신고등학교 국어교사)

본심 심사위원: 안재성(소설가)

이웃과 나누며 잇대는 삶의 눈길

빅뱅과 소녀시대, 스타크래프트와 리니지의 시대에 전태일을 읽는다는 것.

쉽게 이어지지 않는 부등식처럼 다가오는 물음이다. 청소년에게 전태일은 어떻게 읽힐까. 독후감 심사를 하면서 줄곧 그런 생각이 머리를 떠나지 않았다.

본심에 오른 6편의 독후감은 모두 제 나름의 눈으로 책을 읽고, 그 책의 내용을 가슴으로 진지하게 받아들인 흔적이 역력했다. 특히 이모와 조카, 쌍용자동차 노동자와 전태일, 전태일과 체 게바라, 그리고 이크발 마시흐와 전태일을 잇대어 생각하는 책읽기의 관점이 흥미로웠다. 그렇다. 벌써 일곱 해째로 접어드는 전태일청소년문학상의 의미는 바로 이러한 '소통'의 눈길에 있지 않을까 하는 생각이 들었다. 전태일 열사의 삶과 희생을 해독하는 데서 머무르지 않고, 그것을 자신의 삶과 이웃들의 고통으로 넓혀나가는 눈길이야 말로 청소년들이 전태일을 읽어야 하는 답변이 될 것이다.

이런 점에서 쌍용자동차 해고노동자들의 문제를 전태일 열사의 책과 관련지어 시종 충실한 읽기와 진지한 진술이 돋보이게 담아낸 한지수 학생의 〈불꽃같이 살다 간 당신의 삶 영원히 기억하겠습니다!〉와 어린 시다였던 이모의 삶을 친근한 편지글의 형식으로 담아

내며, 청계 노동자들의 삶과 전태일 열사의 정신을 자신의 것으로 수용해 나가는 이유정 학생의 〈경숙이 이모〉가 눈에 띄었다. 그리고 파키스탄의 어린 카페트공 이크발 마시흐와 전태일의 삶과 죽음을 연관지어 그 희생이 남긴 의미를 다정다감한 편지글의 어조로 들려준 신채은 학생의 〈또 다른 바보를 꿈꾸며〉나 체 게바라와 전태일의 삶을 비교한 고승범 학생의 〈나약한 나를 다 바치마!〉도 발상과 관점이 새롭고 건강했다. 나머지 작품들도 하나 같이 상을 받아 마땅할 만큼 문장이 안정되고 충실한 책 읽기와 자신의 소견을 짜임새 있게 담아낸 글들이었다.

이번의 책 읽기를 통해 자신이 살아가는 걸음을 이웃들의 삶과 함께 나누며 잇대어 보는 계기로 삼기를 바란다.

예심 심사위원: 정영진 (청담고등학교 국어교사)

본심 심사위원: 이시백 (소설가)

〈 총평 〉────────────────────────────────

　각 부문의 수상작들을 놓고 가장 뛰어난 작품을 선정하는 논의를 했다. 그 결과 신소원 학생이 보내온 소설 「양떼 목장의 반란 – 그리운 255-3, 달리를 기억하며」로 쉽게 의견이 모아졌다. 그만큼 이 소설은 구성이 자연스러우면서도 탄탄하고, 약자들을 일으켜 세우려는 주제 의식이 견고하며, 상황을 그려내는 표현력이 뛰어났다. 그리고 양떼들의 시선으로 지배 관계가 형성된 인간 세계를 바라본 관점도 신선했다. 그리하여 심사위원들은 이 소설을 쓴 학생이 앞으로 큰 작가가 될 수 있도록 응원의 박수를 보냈다.

　이외에 「늙은 원숭이」 외 3편을 투고한 전목 학생의 시작품들이 논의되었고, 『전태일 평전』을 읽고 독후감을 보내온 한지수의 글도 논의되었다. 나름대로 장점들을 가지고 있어 어느 작품을 선택하더라도 괜찮았는데, 소설 작품에 양보하기로 했다. 특히 독후감의 경우 장래 기자를 꿈꾸고 있는 학생으로서 『전태일 평전』과 전태일의 정신을 현재의 사회 문제와 잘 연결시키고 있어 주목되었다. 문장을 좀더 간결하게 쓰면 좋겠다.

　아름다운 전태일의 정신을 새기고 앞으로 더욱 정진하기를 기대하고 응원한다.

최종 심사위원 : 안재성(소설가), 맹문재(시인, 문학평론가),

송기역(시인, 르포작가), 유현아(시인), 옥노옥(소설가)

전태일문학상 제정 취지

"노동자는 기계가 아니라 인간이다!"
"내 죽음을 헛되이 하지 말라!"

전태일이 스스로를 노동해방, 인간해방의 횃불로 불사르면서 외쳤던 이 피맺힌 절규들은 오늘도 우리들 가슴속에서 뜨겁게 고동치고 있습니다. 노동이 있고 싸움이 있는 곳이라면 그 어디에서나 폭풍처럼 해일처럼 메아리치고 있습니다.

죽음마저도 넘어서 버린 전태일의 불꽃은 바로 '인간선언'의 불꽃이었습니다.

불의의 힘이 아무리 강하더라도, 그리하여 그것이 아무리 인간을 억누르고 소외시키고 파괴한다 할지라도, 인간은 끝끝내 노예일 수 없으며 기필코 일어서 스스로의 주체적 삶을 실현시키기 위해 싸울 수밖에 없다는 진실을 밝힌 인간선언의 불꽃이었습니다.

전태일기념사업회에서는 노동해방, 인간해방의 횃불을 높이 든 전태일을 기념하고자 '전태일문학상'을 제정합니다.

우리는 인간을 억압하고 착취하는 모든 불의에 맞서 그것을 이겨내려 노력하는 모든 사람, 모든 집단의 목소리를 한데 모으려는 뜻에서 제정된 이 전태일문학상이 노동운동을 그 핵심으로 하는 우리의 민족민주운동과 문학운동에 새로운 활력과 힘찬 응원가로 자리잡을 것임을 믿어 의심치 않습니다.

전태일문학상이 공장에서, 농촌에서, 학교에서, 각각의 삶터와 일터에서 인간이 인간답게 살 수 있는 사회를 건설하기 위해 노력하는 모든 사람들이 함께 참여하고 함께 나눠 갖는 문학상이 될 수 있도록 많은 분들의 관심과 격려를 부탁드립니다.

1988년 3월 전태일기념사업회